我希望世上有那么一个人，是为我而来。

千山暮雪

目 录

| 第十一章 救美 001 | 第十二章 赴宴 029 | 第十三章 刺杀 055 | 第十四章 乘风 087 | 第十五章 温泉 113 |

| 第十六章 奸细 143 | 第十七章 羌族 165 | 第十八章 医者 189 | 第十九章 少年 219 | 第二十章 醉酒 249 |

第十一章

救美

第二日一早，小麦起床的时候，发现身旁的床铺是空的，心中奇道：难道禾晏已经走了？可昨日他不是说，今日辰时才出发，眼下可还没到时间。

又过了一会儿，众人陆陆续续都起了床，皆发现禾晏不见了。洪山道："这小子不会现在就走了吧？连个招呼都不打？"

"是不是怕将我们吵醒了所以才提前走的？"小麦试探地问。

"这谁知道。石头，你见过他吗？"洪山问。

石头也摇了摇头："没有。"

几人面面相觑，皆是一头雾水。话虽如此，等下还要行跑，便纷纷起来洗脸。

小麦早已穿好了衣服，率先收拾好，推门跑了出去，打算去抢热乎的干饼，石头和洪山还在洗脸，忽然听见外头小麦喊："大哥、山哥——"

"又怎么了？"洪山抹了一把脸上的水珠。

"你们快出来看！"小麦的声音抑制不住地激动。

洪山纳闷，甩了甩手上的水，边走出屋去，边道："小麦，你下次能不能不这么……"

他的声音戛然而止。

禾晏面向他站着，笑道："山哥，我看起来怎么样？"

洪山张了张嘴，一时没说话，屋子里的其他新兵此刻也陆陆续续出来，看到禾晏，"哗啦"一下全围上去，七嘴八舌地说道。

"好看！太好看了，禾兄，你看起来就像京城里富贵人家的少爷！"

"岂止富贵人家的少爷，我看说是宫里出来的也不为过。"

"你可拉倒吧，说得跟你见过宫里出来的人一样。"

"我是没见过，我想象中宫里出来的人就长这样！"

"这衣服可不便宜吧，禾兄，能不能给我也穿一穿？"

"呸！你能穿得出来吗？别糟蹋了衣服，边儿去！"

禾晏被众人拥着，任由他们打量。洪山几人远远地站着，小麦看着禾晏，双眼亮晶晶地道："阿禾哥真好看啊！"

"难怪说人靠衣裳马靠鞍呢，你看，平日里不显山不露水的，这小衣裳一穿，小发簪一戴，看着同我们是不一样。"洪山摸着下巴，问石头，"是不是？"

石头点头："是。"

禾晏任他们打量够了，才整了整肩上的包袱，笑道："走之前还是过来给你们看看，既然弟兄们都说我好看，那我就放心了，说出去也没丢咱们凉州卫的脸面。"她挥了挥手，"我走啦！"

众人朝他挥手作别。

她这厢同人作别，另一头，程鲤素也早早地出了门。

沈瀚正在院子里和肖珏说话，绿耳在旁边低头吃草料。程鲤素昨夜去马厩里挑了许久，才挑了一匹漂亮的小红马，觉得这马瞧着可爱又神气，同自己很般配。

"你又不去，挑马做什么？"肖珏疑惑道。

"我虽不去，但我大哥是代表我去的，总不能让人背后说，右司直郎府上的那个少爷，虽然身手不错，却长得不妙。都说扬长避短，我就这么一个长处，当然要扬一扬。"

肖珏嗤道："怎么办？以你大哥的长相，似乎不能帮你扬长。"

"舅舅，你这话说得不对，"程鲤素认真地看着他，"我仔细看过，我大哥虽然比不得你我，但在凉州卫里，也算得上出类拔萃。"

沈瀚听着这舅甥二人的闲谈，一时无语。正听着，便见前方有人来，就道："禾晏来了！"

说话的两人一齐侧头看去，顿觉眼前一亮。

秋日的清晨，空气清新，凉飒秋风吹过，沁人心脾。日头还未完全出来，只冒出了一个圆边，一线金光落在少年身上，衬得他格外出众。

少年穿着一件暗红蝉纹锦袍，腰间束着腰带。寻常看他太过瘦小羸弱，穿着程鲤素的衣裳，却将那点纤弱完全隐没了，只剩风流。他本就生得清秀，将长发以雕花木簪束起，清冷又精神，步伐悠然，提着包袱，竟一点也看不到演武场上汗流浃背的新兵影子了，活脱脱京城学馆里的翩翩少年，一颦一笑都是诗意。

少年走到几人面前，"啪"的一声展开手中折扇，折扇飘逸，笑容比折扇上的山水画还引人注目，声音刻意压低过："对不住，我来迟了。"

程鲤素瞪大眼睛看着他，半晌终于回过神来，绕着禾晏转了个圈，喜不自胜道："大哥，没想到你竟然是这般的美男子，凉州卫真是埋没你的风姿了！我这样瞧着，你都快赶得上我了！"

禾晏心中得意，嘴上还是谦逊道："哪里哪里，过奖过奖。"

一边的沈瀚看着禾晏，心中倒吸一口凉气。他原先还在想，禾晏也不过就是一个少年，就算过去同肖珏有旧情，何以就入了肖珏的眼？毕竟倾慕肖珏的绝色美人数不胜数，如今看到如此模样的禾晏，心中便稍稍明白了一些。女子便罢了，男子有如此姿容的，并不常见，况且这少年身手出众，脾性还好，若非身份令人生疑，其实……其实同肖都督站在一起，倒也不是很奇怪。

程鲤素仍在絮絮叨叨地说个不停，禾晏朝肖珏看去，但见肖珏站在原处，目光平静地扫过她，丝毫不见欣赏之色，顿生促狭之心，便走到肖珏身边。

"都督，"她折扇半开，掩面低笑，活像调戏良家妇女的登徒子，"你看我这般，如何？"

年轻男人漠然看向禾晏，片刻后，微微弯腰，俯首快要到禾晏的耳边，他的声音少年时期便比寻常少年要低哑一些，如今年岁渐长，还带了一丝散漫的磁性。

"你居然……"

耳边似乎能感到对方呼出的热气，禾晏莫名觉得脸上一臊，心想要听着这个人用这种语气夸人，还真不是人人都能顶得住的。

"比程鲤素还矮。"他说完了剩下的半截话。

禾晏："……"

禾晏退后两步，一脸不可置信地看着他。寻常人不该说"你居然这般惹眼""你居然如此惊艳"吗？

比程鲤素还矮？

那秀美如玉的青年却像是还嫌不够恶劣似的，看着禾晏，勾唇哂道："还有，你腰带系反了。"

他错身往前去了，禾晏低头一看，程鲤素的衣裳样式繁复，她从前不曾穿过这种，此刻听到提醒，便手忙脚乱地去解。程鲤素见状，过来帮忙："啊，忘了跟你说，我的腰带同旁人不同，你要这样系……"

禾晏看着肖珏远去的背影，磨了磨牙。

肖珏绝不可能是因为争旗一事对她心怀愧疚才会让她做程鲤素的替身的，禾晏严重怀疑，他将自己带在身边，只是为了方便羞辱折磨。

这真是天生的冤家。

从凉州卫所到城里，不歇地骑马，大约要三个时辰。早晨出发，到了已是下午。一同前去的除了禾晏和肖珏，还有一个叫飞奴的侍卫。

一路骑马过去，连饭也没顾得上吃，午后总算是到了城里。同朔京不同，凉州别有一番风情。

此地算是东部，四季分明，虽然比不得京城繁华，但也算得上热闹。来往

行人匆匆，到了城里，骑马便不必骑得那般快，禾晏边走边看，只觉得看不够。

但肖珏并非来城里游玩的，几人到了一处客栈。这客栈一共三层，外头修缮得富丽堂皇，到了门口，肖珏下马，伙计帮忙将马牵去马厩，几人一起走进大堂。

肖珏对掌柜的道："两间客房。"

"两间？"禾晏惊讶，"我和飞奴一间？"

"不然？"肖珏盯着他，反问，"你想和我一间？"

"不不不，"禾晏道，"那我还是和飞奴一间吧。"

肖珏没理会他了。

掌柜收下银子，令人收拾客房去了。三人还没吃午饭，客栈一楼是可以用饭的，便打算在此吃过饭再上楼。

大概看出来肖珏身份尊贵，掌柜殷勤地立在他们这桌前，道："咱们这边招牌菜点有绿豆棋子面、五味蒸面筋、麻辣肚丝、芝麻卷、八宝野鸭、鸡丝黄瓜、五香仔鸽……几位要点什么？"

不等肖珏说话，禾晏先大声问道："掌柜的，可有口蘑肥鸡？"

"有的，有的。"掌柜忙回答。

肖珏侧过头来，平静地看着他。禾晏眨了眨眼睛："怎么了，舅舅？你知道，我最爱吃的就是口蘑肥鸡了！"

飞奴："……"

做戏要做周全，这话可是程鲤素告诉她的。如今进了凉州城，她就不是禾晏了，她是程鲤素——肖二少爷的外甥。外甥想吃自己最爱的菜，这有错吗？

完全没有错！

肖珏收回目光，道："给他来盘口蘑肥鸡。"

居然这么好说话？禾晏心中一动，也是，倘若在这里遇到熟人了呢？当着外人的面，肖珏总不好否认。这下禾晏胆子就大了，她在卫所里吃了这么多日的干饼，连肉都没尝过几次，既然逮着个机会，不狠狠地宰一下这只肥羊，岂不是对不住自己？

"舅舅！"禾晏喊得又脆又甜，笑眯眯道，"我还想吃麻辣肚丝、芝麻卷、八宝野鸭、鸡丝黄瓜、五味蒸面筋、五香仔鸽……还有那个什么，绿豆棋子面！我都想吃！"

飞奴动了动嘴唇，想说什么又按捺住了，真是好久没见过这么不怕死的人了。

掌柜的先是诧然，随即喜笑颜开，看着禾晏的模样活像是看见了一尊财神爷，对肖珏道："这位小公子真有眼光，很相信我们客栈的菜品哪！"

"抱歉，"肖珏轻笑一声，动作优雅，语气却带着一种刻薄的嘲讽，他淡淡道，"外甥没见过世面，让人见笑了。"

禾晏："……"

"每样都来一份吧。"

肖二少爷挥金如土，掌柜的欣喜不已，转身吩咐厨房做菜去了。

禾晏本就是为了捉弄他，不承想肖珏竟然真的百依百顺，难不成程鲤素平日里在这个舅舅面前就是如此得宠？禾晏都有些妒忌了。

她凑近肖珏，小心翼翼地问："都督，你怎么这般好说话？"

"怎么？"肖珏淡淡道，"当舅舅的，当然不能让外甥饿肚子。"

这个"舅舅"，委实说得意味深长。禾晏琢磨着琢磨着，却是琢磨出一丝不对味儿来。她和肖珏好歹也是同辈，从前还是同窗，后来同为将领，也是齐名。结果如今，她先是成了肖珏的小兵，叫他一声都督，此刻干脆成了肖珏的外甥，连辈分上都矮了一头。

这个便宜，肖珏可是占大发了！她缄默不语，打算不再叫肖珏了。

客栈的菜品且不说如何，做菜倒是挺快，不多时，菜便上齐了，摆了整整一桌子。如此奢靡，旁边的人都朝他们看来。

禾晏都觉得有些不好意思，道："都督，让您破费了。"

"既是你想吃的，当然要吃。"肖珏慢悠悠道，"只是我从前教过你，俭节则昌，淫佚则亡。不要浪费。"

禾晏觉察出一丝不对，正要说话，只听得面前这人又道："剩一粒米，你明日就别吃饭了。"

禾晏："……"

吃过饭后，禾晏是扶着栏杆上楼的。

菜肴自然很美味，只是要吃得一粒米都不剩，纵然是珍馐佳肴，到最后也难以下咽。好不容易吃完了，还要被肖二少爷瞥一眼，轻飘飘地嘲笑一句"果然兼人之量"。

要不是他说不能浪费，她能在众目睽睽之下做这个饭桶吗？禾晏吃得太饱，实在不想跟肖珏多说，便自顾自地随伙计上楼。飞奴竟也没跟上来，她懒得管，一进屋，便先在榻上躺了下来。

这可真是，撑得走不动路了。

身下触感柔软舒适，禾晏忍不住在榻上打了个滚儿，有银子确实好，出门都住得这般享受。肖珏的房间就在隔壁，她贴着墙竖起耳朵，想听听肖珏在那头干吗，也不知是不是房间墙太厚了，根本什么都听不到。

听着听着，禾晏就睡着了。

今日赶路赶了半天，又酒足饭饱，床铺还如此舒适，让人想不睡也难。这一睡，禾晏醒来的时候，太阳已经完全落山，月亮出来了。她打开窗户，楼下已经点起了灯笼，不远处酒楼里还有歌女唱歌的声音。

禾晏揉了揉眼睛，喝了杯水，起身推开门，走到肖珏的房间前，敲了敲门。

片刻后，屋里才有人道："进来。"

禾晏走进去，房里点了灯，飞奴在门口守着，肖珏坐在桌前，手里拿着书卷看书。

这人都不会困的吗？禾晏心中惭愧顿生，看看，这才叫学无止境。她伸长脖子想去看肖珏看的是什么书，就见这人将书卷一合，什么都看不到了。

他抬眸，目光冷得很："何事？"

禾晏道："都督，您晚上做什么？"

"不做什么。"

"您是不出门了吗？"

他道："你想说什么？"

"我是想说，"禾晏笑一笑，"若是您没什么事的话，我想出去逛一逛。我也是第一次来凉州城，想瞧瞧周围有没有什么有趣的小玩意儿，"她胡诌道，"若是遇到合适的，买些带回去送给我未婚妻。"

肖珏似乎对她的事并不感兴趣，淡淡道："随你。"

禾晏大喜过望："真是太好了，都督，我先走了！"

她几乎是雀跃着下了楼。待她走后，肖珏道："飞奴。"

侍卫早已了解："少爷，我去跟着他。"

"别跟得太近，小心被发现。"

"属下明白。"

禾晏兴冲冲地出了门。

袁宝镇还没到凉州，接下来几日他们住在客栈，提前来城里也没告诉知县，除了修琴，肖珏大概还要处理别的事。

夜色正好，不如就趁着这个时间四处走走。虽然袁宝镇还没到凉州，不过想知道禾家的消息，倒也不是只有这一个办法。但凡有酒馆茶楼的地方，只要去吼一嗓子"我知道最近飞鸿将军……"，就能引出无数个话头。

凉州城夜里，街上的人不如朔京的多，但也不算冷清。路边商贩也有卖这边土产的，禾晏边走边看，她身上只有争旗时得到的一锭银子。

肖珏虽然是她的"舅舅"，却并未有要给她银子花的意思。好在禾晏此时已经吃饱喝足，只是看看不买，并不用花银子。

在她身后十几步远的地方，飞奴正紧紧地跟着。

肖珏怀疑禾晏身份有异，此次带他来凉州城，要随时盯着他，看他是否暗中联系徐敬甫的人。飞奴跟得尽心尽职，不过到底还是有一丝纳闷。

这个少年，一路走一路看，跟没出来逛过街一般，新奇得不得了。嘴里说着要给未婚妻买小玩意儿，看是看了不少，一个也没买。要么就是他是个吝啬鬼，连一盒脂粉都舍不得送姑娘；要么就是他在说谎，眼下不过是掩饰。

禾晏转过一条街，走进一条巷子。飞奴记着肖珏的话，不敢跟得太近，估摸着禾晏快走到巷子尽头时才跟着拐进去，一进去便愣了一下，空荡荡的巷子，只有挂着的几盏灯笼在风中飘摇，哪里还有人影？

飞奴心中暗道糟糕，快步上前，走到巷子尽头，巷子尽头是一条大道，左右都是人潮，没有看到那少年。

被发现了，他握紧双手，不仅如此，还把人跟丢了。

禾晏甩着袖子，径自往前走去。

凉州城看起来不大太平，匪徒宵小不少。她初来乍到，都还没踩熟地皮，就被人跟上了。对方跟了她一路，多半是想要趁火打劫。只是如今她顶着程鲤素的身份，还是不要惹麻烦的好。是以她只是悄无声息地甩掉了后头的人。

没有了尾巴，逛起来更自在了。禾晏在街边随手拦了一名路人，笑道："这位兄台，可知道城里最大的酒馆是何地？"

那人见禾晏穿得富贵，模样不凡，语气便格外好，道："最大的酒馆，当数万花阁了。"

"多谢，"禾晏又问，"请问万花阁应当怎么走？"

"不远，你顺着这条街一直走，走到尽头，瞧见有一家米铺，朝左拐个弯儿，再走不远就看得到。"

"多谢兄台了。"禾晏又冲他一拱手，这才笑容满面地往前走去。

同刚才那人说的分毫不差，确实没走多久，就能听见弹琵琶的声音。周围还有不少穿着富贵的公子老爷正往那头走去，不必说，自然就是万花阁了。

禾晏也顺着人群往里走去。

还没走到门口，便觉阵阵香风扑鼻而来，禾晏脚步一顿，正奇怪着，一团红色的香风霎时扑到她眼前，雪白的藕臂攀上她的肩，女子的娇笑带着些许撩人："公子好面生，是第一次来咱们万花阁呀？"

禾晏："……"

她询问的不是最大的酒馆吗？为何那人所说的万花阁，竟是家青楼！

禾晏道："我不是来这里的。"她试图将这姑娘的手给拨下去，奈何这姑娘闻言，不仅没生气，反而贴得更紧了，禾晏的手臂直接触到一团绵软，顿时面露尴尬。

红衣姑娘搂着禾晏往里走去，边走边道："不是来这里，也可以进来看看呀。我们万花阁，可好玩儿了。"

对方是个女子，不可用对付王久贵的办法对付她，禾晏无奈，只好道："姑娘，我没有银子，我很穷的。"

女子扫一眼他从头到脚的打扮，咯咯咯地笑道："公子真会说笑，云嫣今日请公子喝酒，不收银子，可好？"

她身上的熏香浓得刺鼻，熏得禾晏头晕，一不留神，就被这个叫云嫣的女子拉进了万花阁。一进去，便觉得暖意和着香风扑面而来，台上一溜儿的妙龄女子，衣衫薄薄，正弹琴唱歌，一众公子文人坐在台下叫好，投赠楹联，纸醉金迷。

到处都是人，禾晏脚步顿住，一时不知该往哪里走。云嫣见状，捂嘴咻咻笑了起来，又来扯禾晏的手臂："公子，我们去楼上，这里人太多，公子生得如此俊俏，我怕有人来抢。"说罢，还在禾晏脸上摸了一把。

禾晏只觉得犹如兔子进了狼窟，浑身上下都不自在。这云嫣却是个热情如火的，拉着禾晏就往楼上去。

万花阁一共好几层楼。最下一层是长台，青楼姑娘们在此弹奏歌舞。往上是雅室，这就需要更多的银子，是用来招待贵客的。再往上，就是姑娘们住的地方。

云嫣在万花阁里，姿容算不得出色，来照顾她的恩客并不多。今日好不容易在门口逮着禾晏这么个有钱少爷，哪里舍得轻易放开。再看禾晏生得也是眉清目秀，这样的人要是被别的姑娘看到，难免要来抢人。僧多粥少，当然是先下手为强。

她一直拉着禾晏不松手，禾晏琢磨着要如何才能自然些脱身。走到楼上时，再不见搂着姑娘的恩客。

"这上面没有人啊？"禾晏问。

云嫣笑道："又不是人人都能进姑娘闺房的，公子，你莫要得了便宜还卖乖。"

这里的姑娘泼辣而胆大，禾晏不知如何招架。路过一间房时，房门突然被打开，有个披散着头发的人冲了出来，才冲到门口，便被人一把攥住头发给拖了回去。禾晏还没来得及细看，门就"砰"的一声被关上，差点撞到她的鼻子，但将她的扇子给撞飞了。

这一切发生得实在太快，禾晏也愣怔了一下。云嫣忙上前问道："公子没事吧？刚才可有伤到你？"

禾晏摇头，弯腰捡起扇子，侧头看向那扇紧闭的房门，里头隐隐传来女子的哭泣，然后就是一个嬷嬷骂人的声音。

"这里……"禾晏伸手要去推那门。

"公子不可！"云嫣拦住他的动作，"你做什么？"目光中带了一丝防备。

禾晏心念一动，再抬眸时，眼里全然是好奇："这里面是什么人？刚刚是在做什么？"

到底是第一次来这种地方的雏儿，什么都不知道，云嫣心中掠过一丝轻蔑，面上却笑着，又来挽禾晏的胳膊："是我们楼里新来的姑娘，不懂规矩，冲撞了客人，嬷嬷正在教她呢。"

"你们楼里还有不懂规矩的姑娘？"禾晏不动声色道，"我以为都如姑娘一般善解人意。"

这话说得云嫣喜笑颜开，嗔怪道："公子真是嘴甜。咱们自幼长在青楼，不懂规矩没饭吃，自然不敢冲撞客人。不过有的人却不同，生来不曾受过摧折，乍逢巨变，以为自己还是从前的小姐，骄纵任性，总是少不得苦头吃。多吃几次，也就明白了。"

禾晏挑眉："原来是良家子呀。"

"公子，"云嫣佯作生气，粉拳轻轻捶了一下禾晏的胸口，"这么说可是看不上我们青楼姑娘？"

禾晏低笑："怎么会？比起有爪子的野猫，当然是乖巧的姑娘更招人疼。"

云嫣被他这一笑笑得有些恍神，不自觉话也就多了些。

"虽说如此，可有人就喜欢这种有脾性的野猫。别看这屋里人不懂规矩，如今咱们凉州知县府上的少爷，可是点名要她呢。也不知哪里来的这份运道。"说到此处，倒有些妒忌的意思了。

"知县府上的少爷？"禾晏心中百转千回，但神情上不见半分异样，只诧异地看着她，"这屋里人竟这般姿色动人，连知县少爷都慕名而来？"

"什么慕名而来。"云嫣不以为然，"这姑娘刚来咱们楼里，妈妈要她接客，接的就是孙公子，谁知她倒好，厉害得很，不仅不肯伺候，还用簪子刺伤了孙公子的胳膊。孙公子可是孙知县唯一的儿子，岂能就这么算了？让妈妈将这姑娘调教几日，待乖顺了便送去。"

云嫣边往前走，边道："只是这姑娘也是个有骨气的，都整整三日了，你看方才，还是如此。"

"这可怎么办？"禾晏摇着扇子，担忧道，"调教不好，你们如何与孙少爷交差？"

"公子说笑，万花阁里就没有调教不好的姑娘。再刚烈的姑娘，给喝点药，自然什么都不能做了。我看这姑娘也是自讨苦吃，若是乖乖听话，将孙少爷给哄好了，指不定还能做个妾室。如今这般，纵然是上了孙少爷的榻，怕是也难得孙少爷的欢心，下场不知有多凄惨。"

她说着，妒忌之余，又有些同情。

"指不定这几日她就想通了。"禾晏宽慰，"也无须太过担心。"

云嬷摇头："只怕是没有时间了，再过不久，孙公子的人就会来接人了。方才当是在上妆。"

禾晏没有说话。

云嬷似乎也察觉到自己说得太多了，便又露出最开始那般婉媚的笑容，拉着禾晏走到尽头的一间房，将禾晏推了进去："瞧瞧，你我怎么净说旁人的事，公子，不如来谈谈我们吧。"

这是一间女子的闺房，不是很大，芙蓉红帐，教人顿觉春宵苦短。

她一双手又来搂禾晏的脖子。

禾晏头皮发麻，面上却还要做风流公子的姿态，笑道："佳人在怀，自然是好，只是姑娘不觉得还少了点什么吗？"

云嬷问："少了何物？"

"当然是美酒。我与姑娘一见如故，此情此景，当对饮一杯。"她点了点云嬷的鼻子，"你不是要请本少爷喝酒吗，难不成在骗我？"

风流俊秀的少年郎与自己调情，纵然是欢场女子也忍不住心旌荡漾，云嬷一跺脚，道："怎会？你等着，我现在就去拿酒，今夜……同公子一醉方休。"

她抛了个媚眼，扭着腰肢出门了。禾晏待她走后，一屁股坐在椅子上，这才松了口气。

她又一甩袖子，从袖子里滴溜溜地滚出一个小纸团来。

方才路过那个房间时，里头有人突然冲出来，又被人抓回去，在那极短的时间里，有个纸团被丢了出来。她怕被云嬷发现，顺势将自己扇子丢下去，将纸团给掩住，弯腰捡扇子的时候，将纸团也给捡了起来。

一路怕被云嬷发现，直到现在才敢拿出来。纸团被揉皱，禾晏展开来看，上头写着两个字。

——救我。

字迹是用眉黛写的，有些模糊，写字的人应当很紧张，纵然如此，也看得出一手簪花小楷格外漂亮。

那屋里，关着个姑娘。

虽然云嬷说得冠冕堂皇，可说到底，也无非四个字——逼良为娼。她如今跟在肖珏身边，本不该管这些事，省得招来麻烦，可一知道此事起，心中便积了一口郁气，难以袖手旁观。

禾晏将纸团重新收好，站起身，推门离开了。

等云嬷拿酒回来时，屋子里早已人去楼空，她呆了半晌，一跺脚，骂道："骗子！"

夜渐渐地深了。

万花阁里的歌声越发撩人暧昧，男女搂作一堆，亲昵谈笑，很难说清是逢场作戏还是交付真情。

这里的月亮不如在卫所的时候清亮，大约是没有背山靠河的原因，少了几分旷达，多了几丝迷离。

万花阁对面的茶馆里，锦衣少年正坐着饮茶。

到底是舍不得用那一锭银子，禾晏便从程鲤素的衣裳上抠了一颗扣子下来。这扣子上还镶了金，禾晏用这颗扣子买了杯茶，最便宜的那种。

茶馆的老板大概也没见过这种一身锦衣华服，却要扯扣子付钱的奇葩，看他的目光都带着几分难以言喻，只道："小哥，这扣子您还是自己留着吧，这杯茶送您喝，不要银子。"

禾晏："……多谢。"

夜越深，万花阁反而越热闹，温香软玉在怀，自然让人流连忘返。这时候，如果有人从万花阁里出来，就看得十分清楚。

一辆马车停在了万花阁前。

两个胖嬷嬷扶着一名女子出来，那女子半个身子都倚在其中一个嬷嬷身上，像是喝醉了。禾晏定睛一看，与其说是两个嬷嬷扶着她走，倒不如说是架着她。

这，大概就是云嬷嘴里的那个刚烈姑娘了。

刚烈姑娘被送上了马车，马车载着她离开了。除了车夫，还有两个侍卫模样的人跟在旁侧，活像押镖的镖师。禾晏心里啐了一口，这还真是公然将人当作货物了。

她放下手中茶盏，悄无声息地尾随过去。

凉州城里街边的灯笼不是很多，夜色就显得格外深沉，两个护卫坐在马车的前面说话。

"今日倒是乖顺了不少，一声都不吭。"

"进了万花阁，难道还有好果子吃？这丫头也是太不识时务，若是早些听话，何苦受这些折磨？"

"她不说自己是大户人家的小姐吗？想不开也是常事。不过这样正好，少

爷若不喜她，今夜之后，或许会便宜了你我。"

二人对视一眼，笑声下流无比。

正说着，忽然间，马车往前一栽，差点没将他们二人给颠下来，其中一人一边骂道，"喂！怎么回事？"，一边抬起头来。

但见低矮的房檐上，此刻正坐着一人。他穿着锦衣，束发，半张脸被汗巾蒙着，只露出一双眼睛，依稀像是在笑，因着夜色朦胧，看得也不甚清楚。他手里正上下抛着几块石子，而眼下这马车之所以停住，正是因为一块石子将车轮给削坏了。

"你是谁？"护卫下了马车，厉声喝道。

"你是不是脑子有问题？"那人说话了，声音压得很低，却掩不住语气中的嚣张，他指了指自己，"我都这副打扮了，当然是打劫。"

打劫？

光天化日，不，好吧，现在是月黑风高，但凉州城里，好久没听见这个词了。重要的是，凉州城里居然还有人敢打劫他们？

"我看你是活得不耐烦了！"护卫冷笑道，"你可知道我们是谁？"

"知道。"那人懒洋洋道，"知县孙家，孙家人。"

"知道你还敢……"

"我就敢！"他的话被人打断了，下一刻，但见那人自房檐掠下，急冲而来。

此刻夜深，这条路一人也无，车夫吓得早已丢掉马车，屁滚尿流地跑远了。两个护卫却不能就此罢手，霎时三人缠斗在一起。

外头的声音惊动了马车里的人，马车里发出窸窸窣窣的声音，里面的人似是想出来。禾晏高声道："待在里面，别动！"

顿时，那声音烟消云散，没有再动弹。其中一个护卫恍然大悟："你是她的情夫！好哇，说什么打劫，原来你们是一伙的！"

"你们孙家人的脑子，都是糨糊做的吧。"禾晏一边惊叹，一边一拳揍上他的脸，将他揍得摔倒在地，半天爬不起来。

另一人拿刀冲了过来，可惜他那点力气，在禾晏面前，实在有些不够看。禾晏一把握住他的手腕，那人只来得及发出一声惨叫，手上的刀便应声而落，禾晏一脚把他踢出几米远。

她弯腰，捡起那把刚刚掉在地上的刀。

两个护卫被揍得毫无还手之力，见这蒙面人步步逼近，下意识地后退，一人道："有话好好说，你莫要冲动，大侠？大侠！"

这是个说软话的，还有一人却是毫无惧色，就是不知道是不是色厉内荏，

013

他看着禾晏冷笑道:"臭小子,你胆子不小,敢动孙家的人。你要知道,今夜你截了人,明日就轮到你自己,你……你惹到大麻烦了!"

禾晏步步逼近,待这二人都脸色发白时,一刀劈向马车同马相连的绳索。

"我会怕?"

说罢,她直接伸手,将马车里的人拉了出来。那女子被下了药,四肢无力,只瞪大眼睛看着禾晏。

禾晏将她抱上马,自己跟着骑上去,一扬马鞭,极快地消失在夜色中。

马在寂静的夜色中疾驰,不知过了多久,禾晏勒住缰绳,将马停了下来。

此处是一处空旷的市集,眼下商贩们早已回家。这位刚烈姑娘自上马车起就一直抖个不停,此刻似乎药力稍微过了一点,能开口说话了,她软绵绵地道:"放开我。"

禾晏将她扶下马,在一处豆腐店门口坐下来。

方才情急,也没认真看这姑娘生得是什么模样。眼下就着房檐下挂着的灯笼发出的微光,才看清楚这姑娘生得确实漂亮。娇娇软软,白白嫩嫩,眉目精致,就是脸颊有些肉嘟嘟的,看起来还有些孩子气,应当年纪不大,至多与程鲤素一般大。

一坐下来,那姑娘就往后缩了缩,一脸警惕地看着禾晏:"你是谁?"

禾晏扯下面巾,笑道:"你别怕,我是来救你的人。只是刚才不方便露面,才以布巾遮脸。没吓到你吧?"

月色下,少年眉眼清秀,轻声软语,教人渐渐放下心防。

"你如何知道……"她说话还有些吃力,禾晏从袖中摸出一个纸团:"你丢出来的这个,被我捡到了。我就一直藏在万花阁旁边的茶馆,一路跟着带走你的马车。"

禾晏看了看这姑娘:"你没事吗?他们没有伤你吧?"

不说这话还好,一说此话,这姑娘顿时红了眼眶。

禾晏只好将声音放得更软了一点,问:"姑娘,你家在哪里?我先送你回家吧。"

"家?"那姑娘愣了一下,看向禾晏,半晌才答,"我家在朔京……"

"朔京?"这下轮到禾晏发愣了,"你是被拐来的?"

"算是吧。"小姑娘道,"我是、我是逃婚出来的,本来想去扬州,中途弄错了方向,来到了凉州,本来只想在凉州待几天就走,没想到被孙凌看到了。"她恨恨道,"我若回了朔京,定要他们好看!"说到最后,几乎是咬牙切齿。

禾晏:"……"

这小姑娘看着柔柔弱弱,胆子也实在是太大了。自己就敢从朔京跑到凉州？怎的，现在京城的少年少女们时兴逃婚是吗？一个程鲤素是这样，眼下这个小姑娘也是如此。

禾晏道："你是一个人来的吗？在凉州可还有认识的人，落脚的地方？"

小姑娘摇了摇头。

禾晏也犯了难，这么大个人，难道要把她带回客栈？肖珏应该不会把自己打死吧？虽然再过几日他们就要去孙知县府上赴宴了，虽然她今夜才从孙知县儿子手里截了人。

小姑娘似是看出了禾晏的为难，艰难地坐起身，咬唇道："你……你不用管我，接下来我自己躲一躲就行了。你的大恩大德，等我回到朔京，会让我爹娘报答你的。你想要什么？金银珠宝，豪宅美人，都可以。你叫什么名字？我回去就……"

"小姑娘，你现在自身难保，"禾晏无奈，"能不能走出凉州城都难说，就别提那么远的事情了。"

"那又如何？"对方避开禾晏的目光，红着眼睛道，"反正我也不会求你。"

打朔京来的少爷小姐们，个个都顶有脾气。禾晏想，刚烈是好事，但过刚易折就不太好了，倘若换了程鲤素在此，能屈能伸，怕是进了万花阁，都能免去诸多皮肉之苦。

禾晏将她拉起来："走吧？"

"去哪儿？"

"当然是去我那儿了。这位姑娘，"禾晏道，"我刚刚劫走了你，想来再过不久，孙少爷就会全城搜寻你的踪迹了。大晚上的，你无处可去，到最后，还不是会被孙凌找到。他只会变本加厉地折磨你，我辛苦一夜，可不是为了这个结果。"

小姑娘被禾晏扶着上了马，语气犹豫："你若带我回家，会给你带来麻烦的。孙家在凉州只手遮天，你……"

小丫头心里倒是门儿清，禾晏驾马道："你放心，我家在大魏还只手遮天呢。"

实在不行，就将肖珏搬出来，肖都督，可不就是在大魏只手遮天嘛。

禾晏问："忘了问你，你叫什么名字？"

"我叫……陶陶。"她说。

陶陶？这名字听着有些耳熟啊，只是眼下情势急迫，还是等将陶陶送回客栈，今夜过了再细细盘问吧。

禾晏到底不是在凉州城里长大的，不熟悉凉州城的路。好在她惯来记路都不错，原路找到了来时的客栈。因怕人发现孙凌的马在此，不等到客栈就同陶陶下马，对着相反的方向一拍马屁股，看着这马跑进了夜色中。

此刻夜深，几乎没有人了。禾晏推开门，发现飞奴也不在，这才松了口气。

屋子里有备好的水，禾晏道："你先洗洗脸，我这里有些干净衣裳，你且换上。"她把程鲤素的一大摞衣服全都放到陶陶手上，"你自己挑喜欢的穿。"

陶陶看着他，脸一红："你出去。"

禾晏道："好好好，我出去，我在门口守着，你安心换。"

她关上门，想了想，又溜到肖珏屋子外面，将耳朵附在上头，想听听肖珏在不在。

屋子里的灯已经灭了，不知肖珏是不是睡了。禾晏轻声道："都督，都督？"

没有反应，她又伸手轻轻敲了敲门，仍旧无人回答。禾晏站直身子，犹豫了一下，推开门。

屋子里窗户没关，外头的风漏进来，就着月色看，床榻上整整齐齐，无人睡过的痕迹。肖珏早已不在，他放在桌上的饮秋剑也不在了。这人剑不离手，想来是出去了。

禾晏又注意到，旁边的小几上，还放着那把熟悉的晚香琴。禾晏撇了撇嘴，腹诽道，嘴上说是来修琴的，实则肯定是在凉州城做什么机密之事。飞奴也不在，这主仆二人定是出门办事去了。

她又退出了肖珏的房间，将门重新给掩上。

那一头，陶陶已经换好了衣裳，将门推开，看见禾晏，低头道："我换好了。"

禾晏将她推进去，"嘘"了一声："隔墙有耳，进来说吧。"

她将屋子里的灯点上，陶陶换了程鲤素的衣裳，显得清秀多了。程鲤素的衣裳多是明亮色泽，绯色长袍穿在小姑娘身上，把小姑娘衬得更加白皙可爱。她眼眶仍旧是红红的，头发披散在肩上，乖得像只小兔子。

"对不住，我本不该这么说，可你穿衣裳的品位，也实在太差了。"陶陶蹙眉，指着衣裳上的一尾鲤鱼，"实在艳俗不已。"

禾晏："……"

她轻咳一声："眼下情非得已，陶陶姑娘还是先将衣裳的事缓一缓。"说罢将程鲤素那一匣子发簪递过去，"先选一支你觉得不那么艳俗的，将头发束起，眼下你做女子打扮可不行。"

"为何？"陶陶不解。

"孙凌应当很快会派人找过来，搜捕全城同你长得相似的女子。"

陶陶闻言，紧张起来："那怎么办？"

"你别担心，我自会想办法将他们支走。这么晚了，你还没吃过东西吧？我这里有些路上的干粮，等明日早上，我再让客栈给你做点热的东西吃。这里还有茶水，冷是冷了点，你自便。"

陶陶摸了摸肚子，这才觉出饥饿，便自行去倒茶壶里的茶水，禾晏见状，心中叹了口气。这姑娘果真单纯，经过万花阁一事，还是如此容易轻信他人，若是换个有歹心的人，只要稍加哄骗，在茶水里下药，都不用折腾，就将这小姑娘拐走了。

当年自己虽也孤身一人离开禾家，可到底是跟着抚越军一道的，不至于这般危险。这世道对女子，总是艰难些。

此事禾晏本来想瞒着肖珏，但眼下肖珏和飞奴都不在，反而不好办了。原本她打算，如果孙凌的人找上门来，有肖珏在，不至于进屋查人，现在没了这尊大佛，搬出肖珏的名号，旁人大概以为她在说谎。

只能期望肖珏早些回来了。禾晏从没有一刻像现在这般期盼肖珏的归来。

陶陶随便吃了几口干饼，喝了一杯茶水，便道："不吃了。"

她坐到桌前，对着铜镜束发，梳了片刻，转过身道："好了！"

禾晏正拿着个杯子喝茶，一看差点没把茶水喷出来。这孩子头发扎得乱七八糟，活像刚刚逃难回来。她忍不住问："你这……是扎的头发？"

"人家从前在府里又没有自己梳过头，都是丫鬟给我梳的。"小姑娘恼羞成怒，将梳子一扔，"我不会！"

禾晏："……"

她无奈地走过去，好脾气地捡起梳子，道："不会就不会，发什么火，我来帮你。"

说罢，禾晏便真的将陶陶的长发握在手里，一下一下地给她梳头。

陶陶一愣，铜镜里映出的少年温柔又俊秀，她忍不住问："你连这个也会？"

"多试几次就会了。"禾晏笑着回答。

待束完发，禾晏又给她将脸涂黑了些，眉毛也画粗了些。她做这种女子乔装男子的事早已得心应手，妆罢，陶陶看着镜中的自己，愣愣地道："多、多谢你……你真是好手艺。"

禾晏拍了拍巴掌："熟能生巧而已。陶陶姑娘，你且背过身去，我也得换件衣裳。"

今夜的凉州城，实在是热闹非凡。

有人竟在离孙知县府上不远的地方，劫了孙少爷的马车。马车里的人是孙少爷新纳的小妾，一时间，凉州府衙鸡飞狗跳，发誓非要抓到贼人不可。

"少爷，少爷，那人分明就是她的情夫！"先前才挨过禾晏一拳的护卫正跪在地上喊冤，"他们是一伙的，就是故意将她劫走！"

"她根本就不是凉州人，哪里来的情夫？"孙凌一脚踢过去，"蠢货！"

孙凌如今三十而立，一事无成，指着自己的知县老爹过日子，在凉州城欺男霸女，无恶不作。他生得兔头獐脑，脸颊处有一块黑色的胎记，更显可怖。他府上小妾无数，还有无数被他欺辱丢弃的良家女子，凉州百姓敢怒不敢言，他父子在城里一手遮天。

今日却在回家路上被截了和，女人事小，丢脸事大，对孙凌来说，这是赤裸裸地不将他们孙家放在眼里！

"眼下城门已经封锁了。"另一个护卫道，"那女人受了伤，应当还在城里。挨家挨户地查，总能查到下落！"

"蠢货，"孙凌又骂了一句，"凉州城里的人，几时这样胆大，敢在太岁头上动土！你既然说对方知道是我的人还敢动手，自然是不知死活之辈。多半不是凉州人。"

"那女人也不是凉州人，他们指不定是一伙的！"先前的护卫又道。

"管他是不是一伙的，敢同我孙家作对，就要做好有命来没命去的准备！你再说一遍，那人究竟如何相貌？"

"他当时蒙着脸，看不到长什么样子。约莫七尺余，比我矮一头，身材瘦弱，不过穿得很富贵，他那件衣裳的料子，也不像是普通货。"护卫绞尽脑汁地回忆，"总之，应当不是穷人。"

孙凌思忖片刻，道："我知道了。"

两个护卫齐齐看着他。

"城里的人马继续堵城门，剩下的大头，跟我去查客栈！"

"客栈？少爷，这是为何？"

孙凌骂道："蠢货就是蠢货，也不想想，既然多半不是凉州人，当是住客栈了！你说这人穿着富贵，也不可能住粗陋客栈，你找那些好的、花银子多的客栈，不就是了吗？"

"原来如此，"两个护卫连忙称赞，"少爷英明，少爷英明！"

"哼，"孙凌一笑，脸颊上的胎记显得更可怖了，他阴恻恻道，"我倒要看看，到底是谁这么大胆子。还有那个贱人，实在不识抬举，三番两次如此，怕是不知道我的厉害。

"一个都不要放过！"

城里的夜，仿佛被火把映亮了。本该是安寝的时辰，家家户户被马蹄声吵醒，衙役和城守备军们冲进平民的宅院内，依次盘查。

按理说不应当如此，可孙家滥用职权已不是一日两日。听闻孙凌的小妾被掳走，不少人暗中斥骂。

"呸，胡说八道，哪里来的小妾，长成那副'尊容'，就算万贯家财别人都瞧不上，定又是去哪里掳的清白姑娘，这种行径和强盗有什么两样？强盗都要挑夜里动手，谁敢这么明抢？"

"可人不是被掳走了吗？这是哪位义士看不下去才出手的吧。"

"若真是义士，我就日日在菩萨面前祷告他平安康健，莫要被姓孙的抓到！"

"唉，世道变了。"

这些声音自然不敢明目张胆地出现在官兵面前，只等人走了之后小声说一说，极快地散入夜里，了无痕迹。

城里的客栈今夜也都遭了殃，掌柜的和伙计，连同楼上的客人都被一户户拉出来盘查。若是看起来家境富裕的，更是盘问得仔细，屋子里搜得连只苍蝇都不放过。

禾晏坐在床边，灯已经熄了，只有一点月光从窗外透进来。眼下已经夜深，肖珏和飞奴居然还没回来，她心想：这两人今夜该不会是不回来了吧？

正想着，同样坐在榻边的陶陶小声道："你不会逃跑吧？"

"啊？"禾晏诧异。

"他们说，孙凌在凉州很有势力，人人惧怕孙家权势。我之前同许多人求救过，那些人一听到是孙凌，没有一个人敢帮忙的。"

陶陶说到此处，神情愤愤。她当时流落万花阁，也并不是一开始就遭人算计的。路上挣扎不已，寻着机会就求救。她找了许多人，有看起来人高马大的壮士，也有满口礼义廉耻的书生；有年长能做她爹的富商，也有背着刀四处游历的侠客。她尽量找那些看起来有能力解救她出去的人，可他们听到是孙凌要的人时，便夹着尾巴灰溜溜地走开。纵然她许诺千金，抛出自己的身份，也没一个人敢搭理她。

到最后，陶陶自己也绝望了。那张字条丢出去的时候，她都没想过会有明日，只想着真见了孙凌，就与他同归于尽。谁知道最后一刻，有人冲了出来。

她侧头去看身侧的人，少年歪着头不知在想什么，很奇怪，这样看起来并不威武雄壮的少年，竟也会让人有种莫名的安全感。许是因为他面上一直柔和的笑意，或者是他清朗丝毫不见尘埃的眼睛，陶陶莫名地很相信这人，却又有些担忧。她道："强龙压不过地头蛇……"

"你还知道这个？"禾晏笑了，"其实，我也是地头蛇，我很厉害的。"

陶陶看着禾晏，忍不住问出了最后一个问题，她问："孙家人如此跋扈，你不是凉州人，亦不知救了我会招来什么样的麻烦，他们都不敢出手，为什么你会救我呢？"

这孩子，怎么这么多问题。禾晏侧头，见小姑娘双眼红红地看着她，忍不住伸手摸了摸她的脑袋。

因为你是女子啊，她在心里默默道，而我也是女子。

嘈杂声围堵了整个客栈。

夜被火光映得通红，客栈上上下下的人都被突如其来的官差给叫醒，一一站在门口接受盘问。

孙凌站在门口，目光落在楼上最后一间房，道："那间房呢？怎么不开门？"

掌柜的颤巍巍地去敲房门："小公子，小公子？"

半晌，有人拖拖沓沓地来开门，是个秀气的少年，穿着里衣，睡眼惺忪地道："这么晚了，什么事啊？"

话音未落，官兵们就进去搜查。屋里还有一个书童，正忙着给少年披衣服："少爷，别着了凉。"

官兵们进去搜寻一番，未果，很快出来，对孙凌摇了摇头。

孙凌看向面前的少年，这少年看起来养尊处优的，他的书童正忙着给他穿靴子。

"你们这是做什么？"禾晏蹙眉，"一声招呼都不打。"

"打招呼？"孙凌冷笑一声，"笑话，凉州城还没有需要我孙凌打招呼的地方。"他看着禾晏，记起之前护卫所说的，身高七尺左右，身材瘦削。这少年正是如此。

"你叫什么名字？"他问。

"程鲤素。"禾晏答道。

"啪"的一声，书童手中的靴子没拿稳，落到地上，众人顿时看去，孙凌神情一变，突然道："你，抬起头来。"

他指的是书童。

禾晏心想不好，问："干什么？光天化日、朗朗乾坤，你们还想抢我的人不成？"

"你的人？"孙凌盯着他，目光阴鸷，"话不要说得太早。地上那个，给本少爷抬起头来！"

地上的人没有动弹，低着头，仔细看，手还有些颤抖。

孙凌见状，神情越发狰狞，上前一步，就要去扯书童的头发。下一刻，禾晏挡在书童面前："这位公子，注意你的言行举止。"

"抢走本少爷小妾的刺客，就是你吧？"孙凌笑起来，胎记如妖鬼刺青，"你死定了！"他道："来人，把他们两个给我抓起来！"

"抓我？"禾晏笑了，"我劝你三思而后行。你可知道我舅舅是谁？"

孙凌问："你舅舅是谁？"

"我舅舅是当今陛下亲封的封云将军，如今右军都督，肖二少爷。孙少爷，你确定要来抓我？"禾晏挑眉。

孙凌一愣，片刻后大笑起来，他笑得眼泪都要出来了，指着禾晏问身边人："你们听见了没有，他说他舅舅是谁？"

周围的人俱是大笑起来。

"臭小子，"孙凌止住笑声，盯着禾晏恶狠狠地道，"既然你舅舅是肖珏，你就让他出来！肖珏又怎么了？我今日就当着你舅舅的面，叫你求生无门、求死不得！"

"是吗？"一个陌生的声音自他身后响起。

孙凌回头一看，皎然如月的年轻男子身后跟着侍卫缓步而来，嗓音低沉，带着冷淡的嘲意。

"你不妨试试看。"

楼口一时寂静无声。

半响，禾晏突然回过神来，高声道："舅舅！"

这就是这小子的舅舅？孙凌打量着面前的青年。见这年轻男人相貌俊美，举止优雅，不觉生出妒忌之心。他因面上带着大块胎记，知晓自己丑陋，便格外憎恶生得好看之人。他府中小妾无数，在外常常玷污良家女子，倒并非全然因为好色，抢到手中，也绝不会好好娇宠。那些美人在他手中，下场经常极其凄惨。孙凌自己没有的东西，瞧见别人拥有，就想要毁灭。

面前的男子生得实在太过出色，莫说是凉州，只怕在大魏，也称得上数一数二。

"舅舅！"禾晏跳起来，一溜烟跑到肖珏身后，只露出一个头，伸手瑟瑟地指向孙凌，"这个人，欺负我！"

她喊得一派天真，如稚儿在外受了欺负回家找长辈告状，一边的飞奴见状，不觉无言。

肖珏的身子也僵了僵，他忍着嫌弃，不去管身后扯着他衣服的人，只看向孙凌："就是你？"

孙凌心中一跳。

这青年人相貌生得实在太好，神情平淡却又带着一点几不可见的锋芒，纵然是平静的问话，听着也让人忍不住心中一寒，莫名生出些畏惧。

他定了定神，看向肖珏，冷冷道："是我。你又是谁？"

"肖珏。"

肖珏？孙凌狐疑。半年多前，听闻肖珏带新兵来驻守凉州卫，可他没怎么来过凉州城，更没来过孙家。孙凌当然也听过肖珏的名字，大魏有名的少年杀将，生得英姿丽色。眼下这人生得倒是好，但除此以外，如何能证明他是肖珏。况且……堂堂的右军都督，出门只带一个侍卫？他一个知县儿子出门都要前呼后拥。这个外甥又是怎么回事？无论如何，这几个人看起来都怪里怪气的。

孙凌低声问身边小厮："最近有听过封云将军到城里的事吗？"

小厮摇头："没有啊。"

孙凌闻言，心下更是狐疑，不过他素来狡猾，也不愿意轻易下结论，于是看向肖珏冷笑："你既然说你是肖珏，可有证明你身份的玉牌？"

肖珏："没有。"

连玉牌都没有？孙凌心下更定，眼前这几人，定是冒牌货。想到方才自己差点被冒牌货给吓倒，孙凌不觉气恼。他看着肖珏，喝道："我不管你们是什么人，你们竟敢私自掳走官眷，这是死罪。来人，把他们给我拿下！"

"什么官眷？"禾晏从肖珏身后探出个头，大声道，"那可是我的书童！你若要说是你的官眷，烦请拿出证据！他的身契呢？你连个身契都没有，胡乱抓人，还有没有王法了？！"

"王法？"孙凌笑得狰狞，"在凉州，我孙家就是王法！都给我动手！"

一群官兵气势汹汹地上前。

禾晏如今扮演的是手无缚鸡之力的程鲤素，当然不会动手。她"啊呀"一声，唯恐天下不乱地大叫起来："杀人了！官兵杀人了！"

这客栈的客人闻言顿时混乱起来，街里街外连狗都开始狂吠。

肖珏道："飞奴。"

黑衣侍卫顿时挡在肖珏身前，禾晏趁机看了个清楚。她不知道飞奴是不是九旗营的人，但观其身手，实在出色。倘若九旗营就是这个水准的话，以现在禾大小姐的身子，只怕还不够格。

她看得目不转睛，扯得肖珏的衣裳都有些变形，听得肖珏低声斥道："放手。"

"哦。"禾晏回过神，连忙放手，见他的袖子被自己抓得皱巴巴的，于是抚摸两下试图抚平，讨好道，"舅舅，飞奴大哥真是好身手。了不起！"

肖珏没理会他。

凉州府衙里的官兵，都和孙凌一个模子刻出来的，成日好酒好菜地伺候，早已养成了只吃饭不做事的习惯。捉拿手无缚鸡之力的老弱妇幼还行，真正遇到能打的，完全没有一战之力。

飞奴一个人便将他们全部打倒在地。

孙凌见状，后退一步，吩咐小厮："去……去把人给我全部叫来！"

小厮转身要跑，还没跑出一步，就被人用石子打中，双腿一软，跪下身去。

禾晏偷偷丢掉手里的石子，当然是万万不能让人去通风报信的。虽然也不是打不过，但打来打去的，多累，飞奴也需要休息的嘛。

陡然间，身边再无可用之人。孙凌心中半是愤怒半是恐惧，他指着肖珏道："你们……竟然敢殴打官兵，还有没有王法了？！"

"你不是说在凉州你就是王法？"禾晏觉得自己此刻的模样像足了狗仗人势，躲在肖珏身后同孙凌顶嘴，"这位大人，你这个王法也不怎么样嘛，还不如人家的侍卫能打。"

"你！"

孙凌抽出腰间鞭子，就要甩到禾晏脸上来，禾晏往肖珏身后一缩，下一刻，飞奴已经攥着对方的鞭子，一脚踢过去，孙凌被踢倒在地，飞奴顺势一脚踩在他的脑袋上，把他的脸踩到地里去了。

禾晏看得咂舌，这飞奴看着闷不作声的，也是个狠人。

"少爷，杀不杀？"飞奴问。

"你……你们敢杀我……我爹是凉州鸡县，"孙凌被踩得话都说不清楚了，心中又怒又惧，不过到此时，他还是不相信这人敢真的杀了他，还不忘放狠话，"我爹一定不会放过你们的！你们全都要死！"

"年纪轻轻的，不要诅咒别人。"见他已经被制住，禾晏便走上前去，蹲在孙凌身边，歪头看着他道，"况且谁不死呢？你是妖怪啊，一辈子不死？那我真的佩服你。"

孙凌被气得说不出话来。

禾晏有心还要再气孙凌几句，突然间，楼下传来异动，似有人带着人群上楼。她才刚站起身，就有人已经冲到楼道口，喝道："我儿！"

禾晏循着声音看去，但见一男子冲到孙凌面前，飞奴抬脚，他就抱着孙凌的头急道："我儿！你可有伤到哪里！"

这是个中年男子，生得和孙凌十分相似，且脸颊处亦有一块和孙凌相同的黑色胎记。但因为比孙凌年纪大，除了貌丑之外，还带了一种猥琐的粗鄙，加之穿着华丽，就更不伦不类了。

禾晏自觉并不是个以貌取人的肤浅之人，看见此人也忍不住移开目光，再看看肖珏的脸、肖珏的腰，顿觉从身到心都舒适了许多。

这才是人间佳色。

"爹，"孙凌见撑腰的人来了，指着禾晏和肖珏，仿佛回光返照般地喊，"这两个人冒充朝廷命官，掳走我的小妾，还打伤我的人。爹，你把他们抓起来，我要他们死无葬身之地！"

"你们好大的胆子！"这人闻言，顿时怒不可遏，指着禾晏几人道："来人，把他们拿下！"

"原来是孙鸡县来了。"禾晏笑眯眯道，"何必浪费时间，反正你们的人又打不过。都是一群酒囊饭袋而已。"

孙知县愣了一下，待回过神，更是大怒，只道："拿下他们，生死勿论！"

生死勿论？禾晏蹙眉，难怪说孙家父子在凉州城一手遮天，这可不是吗，京官都不见得有这个权力，他们却张口就来。

"孙祥福，"打断他的是肖珏，他看着对方，声音像含着刀子，凌厉得刺人，"你睁大眼睛好好看清楚，我是谁。"

接到消息赶来的时候，孙祥福还没来得及打听到底发生了何事，只知道是孙凌带人去拿人，不想反被人欺负了。等来到此地，看到孙凌被揍得这么惨，孙祥福又心疼不已，灯色昏暗，他也没有仔细去看肖珏的容貌，此刻乍然闻言，才认真地抬眼看去。

这一看，就呆住了。

片刻后，孙祥福突然一撩袍角，跪了下来，脑袋抵地，声音带着惶恐颤抖道："下官……下官不知都督已经到此，有失远迎，都督恕罪！"

都督？孙凌诧然看向自己的父亲。

见孙祥福回过味儿来，再看他这窝囊样子，想来也翻不起什么波浪，禾晏便笑道："孙知县这是要恕的哪门子罪？孙少爷刚刚要掳走我的书童，要我的命，要当着我舅舅的面让我生不如死，可是威风得很。眼下却要我们恕罪？我们哪里敢呢。"

"是不是，舅舅？"她看向肖珏，理直气壮地告状。

此次下帖子，除了肖珏以外，还有他的外甥，右司直郎府上的小少爷，此刻这少年叫肖珏舅舅，定然就是程鲤素了。没想到自己这个不孝子竟然冲撞了舅甥两人，孙祥福内心苦不堪言。

他一巴掌抽向孙凌的脸，孙凌被打得脑袋一偏，孙祥福一边磕头一边道："都是下官教子无方，犬子有眼无珠，没能认出来都督和小公子。冲撞了大人，万望都督海涵，下官回去，一定好好教导犬子。"

见肖珏还不吭声，孙祥福咬了咬牙，又是一巴掌抽过去。孙凌本就受了伤，反应不如从前，刚才一巴掌已经被抽得发呆，此刻冷不防又挨了一巴掌，当即惨叫一声。可孙祥福才不会罢手，既是有心做给肖珏看的，就决不能手软。他边抽边骂："你这个不孝子，为父平日里教你的礼义廉耻全都忘了！怎么能平白污蔑人！我知道你心中敬佩肖都督，以为有人冒充肖都督才会如此义愤……但，这可是真的肖都督，你可真是好心办了坏事！"

禾晏："……"她听得叹为观止，瞧瞧，这人多会说话。她以前纵然是做到三品武将，也没有这样一番好口舌。

孙祥福一连抽了几十下，孙凌被打得惨叫连连，后来索性不出声了。孙祥福瞧见，心痛不已。他虽妻妾众多，但只有这么一个儿子，眼下做给肖珏看，就是希望肖珏给个台阶下。

可这位冷漠无情的右军都督，只是冷眼旁观，并不开口，这样下去，不知道会不会把孙凌打死。

孙祥福没办法了，他松开手，跪着爬到肖珏身前，不住地给肖珏磕头："都督，再打他就死了。求您给犬子一条生路吧！都督，您要罚就罚我吧！"

一时间，孙祥福在地上不住磕头，孙凌躺在一边嘴角流血，看着还真有点可怜，要不是之前见识过孙凌究竟是个什么德行，禾晏都要忍不住为这一幕父子情深感动。

但肖珏果真没让禾晏失望，即便孙祥福脑袋都磕破了，肖珏脸上也没有半分动容。

等孙祥福觉得自己也快支撑不住的时候，肖珏开口了："子不教，父之过，孙祥福，"他低头，居高临下地盯着孙祥福，声音很平静，"你是不是忘了，赵诺是怎么死的。"

此话一出，孙祥福的抽泣声戛然而止，从头到脚生出一股凉意。

赵诺是怎么死的？赵诺是被眼前这人推到碑堂下斩首的。赵诺是谁？赵诺是当今户部尚书的嫡长子！

他怎么把这茬给忘了，当年赵诺出事时，因着赵大人的关系，多少达官贵人前来求情，十六岁的肖珏眼都不眨，说杀就杀了，陛下也无可奈何。

这个人，可是会动真格的。户部尚书的儿子他都敢杀，自己虽然在凉州称王称霸，可说到底，也不过是一个小小的知县而已。

孙祥福吓得眼泪都快掉下来了，颤抖着道："都督，求都督饶命！求都督恕罪！"

孙凌不知为何自己的父亲惧怕肖珏至此，但见父亲如此，也不由得生出惊慌。

楼上楼下的客人们全被这变故惊呆了，见素来在凉州作恶多端的知县父子今日如此狼狈，又十分快意。

也不知过了多久，肖珏才背过身道："你起来吧。"

孙祥福虚弱得都快昏过去了，看着肖珏的背影道："都督？"

"再有下次，要的就是他的命了。"

孙祥福喜不自胜，拖着孙凌对肖珏磕了个头，道："多谢都督大人有大量，不跟犬子计较。都督放心，再有下次，无须都督动手，下官亲自了结他的性命！"

肖珏转身往房间里走，道："带着你的人，即刻离开此地。"

"都督……不去府上住吗？"孙祥福小心翼翼地问。

"不必，我在凉州还有事。袁宝镇到了，我自会登门。"

孙祥福还想说什么，又按捺下来，今日事出突然，实在不是说话的好时机。还是先把孙凌带回去，找个大夫给他看看为好，便应了肖珏的话，吩咐手下动作。

孙祥福动作极快，不过一炷香的工夫，手下的人退得干干净净，还把刚刚摔坏的东西给清理了。客人们也纷纷散去，掌柜的没料到住进客栈的是这么一尊大佛，眼中还带着畏惧，禾晏拍了拍他的肩："没事，我们都很和气的，不用怕，你们的绿豆棋子面很好吃，明日我还想吃。"

掌柜这才放下心来，待掌柜的走后，禾晏松了口气，等转过身，看着肖珏的背影，心又提了起来。

该怎么给这位大人解释呢？

肖珏直接进了禾晏的房间，飞奴也跟了进去，禾晏走进去的时候，一眼就看见缩在墙角的陶陶。

她大概刚刚被吓着了，躲在墙角低着头。禾晏走过去宽慰道："他们走了，已经没事了。"

她这般温言软语，听得肖珏和飞奴都忍不住朝她看来。禾晏见状，道："舅舅——"

"你不会告诉我，"他盯着禾晏，冷嘲道，"你的未婚妻到凉州来寻你了？"

"哪里的话，舅舅。"禾晏正色道，"我是在凉州城里，看见那个孙凌强抢民女，逼良为娼，一时看不过去，便出手相助。谁知道这个孙凌在凉州如此无法无天，追到客栈里来了，我……"她讨好地笑了笑，"我也是弘扬了您为民除害的好名声啊！"

肖珏嗤笑一声："我用不着那种东西。"

这话禾晏没法接。

她想了想，决定换个说法："我刚刚真是吓死了，幸而舅舅你来得及时，若非如此，我不知道要被孙凌欺负成什么样子，说不准日后都没命见你了。"

"你是我外甥，"肖珏闻言，悠悠道，"谁敢欺负你？"

话是好话，怎么听着这么不对劲？禾晏心想，罢了，都叫他舅舅了，反正便宜都被占了，也就别在乎占多占少，又不会掉块肉。

"那这位姑娘，舅舅，我们还是把她送回家吧。留在凉州，定然会被孙凌那厮报复。"禾晏试探着问他的意见。

"你自己处理。"

果真无情，禾晏腹诽道。

正在这时，一直不说话的书童突然抬起头，看向肖珏，道："肖二少爷？"

她的声音虽然迟疑，却不小，在安静的夜里尤为清晰。肖珏朝她看去，但见这书童是个皮肤微黑的少年，眼眶红肿，偏偏声音透着女儿家的娇怯，不觉蹙眉。

见他蹙眉，书童更害怕了，脱口而出："我是宋陶陶！"

原来她不姓陶，姓宋，禾晏心想，怎么"宋陶陶"这三个字听起来，好似更熟悉了，再看宋陶陶主动叫肖珏，莫不是这二人认识？

心里这样想着，禾晏便问出口了："你……你认识他？"

宋陶陶看了一眼禾晏，眼神很复杂，她道："肖二少爷……就是要与我定亲之人……"

禾晏："什么！"

"的舅舅。"宋陶陶把话说完了。

禾晏松了口气，她就说，她从未听过肖珏定亲的消息，怎会突然冒出个定亲之人，原来是舅舅……原来是舅舅？！

她倏而回神，看向肖珏，问："那个，都督，您有几个外甥？"

肖珏看禾晏的眼神，仿佛在看一个傻子。

禾晏瞬间就明白过来。

这是程鲤素的未婚妻啊！程鲤素从朔京来到凉州，就是为了逃婚。好巧，他的未婚妻也这么想，谁知道逃婚途中被拐到凉州，又被自己救了下来。这是什么天赐的缘分！

难怪之前孙凌前来，禾晏自报家门说自己是程鲤素时，宋陶陶惊得靴子都掉了，原来是听到未婚夫的消息给吓的。

"肖二少爷，"宋陶陶神情很纠结，"我……我暂时不想回朔京，听闻您在凉州卫驻守，我能不能跟着去卫所？我……我保证不给你添麻烦！"

"你确定要去凉州卫？"肖珏神情冷淡，"你的未婚夫现在就在此地。"

宋陶陶的表情僵硬了，禾晏觉得她都快哭了。

"宋姑娘，你不喜欢程少爷吗？"禾晏小声道，"我觉得他挺好的啊。"程鲤素这个人吧，除了有点傻以外，还算不错。有时候是天真了些，可心眼挺好的。相貌嘛，也称得上俊朗可爱，家世更不用提，怎么着也不至于被人嫌弃成这样吧？

"他什么都不会，"小姑娘提起程鲤素，眼角眉梢满满都是嫌弃，"文不成武不就，还不上进！我才不喜欢他，他还不如你呢。"

禾晏有些受宠若惊，她和宋陶陶相处还不到半日，就得到这么高的评价，真是过奖。

肖珏瞥宋陶陶一眼，对她道："此事日后再说，今日你先休息，明日我叫大夫过来。"

宋陶陶点头。

禾晏打了个呵欠，也觉出些困倦来。因为宋陶陶是姑娘，掌柜的便重新给宋陶陶找了间房，就挨着禾晏他们。飞奴同禾晏住一起，自己去侧边的小榻上睡，将床让给了禾晏，禾晏非常感激，甚至有一点愧疚。

不过这愧疚很快就被其他的事情冲淡了。

今夜救了宋陶陶一事，实在是因缘巧合。她也没想到，随手救下的小姑娘竟是程鲤素的未婚妻。这两人还真是小孩子脾性，一言不合就逃婚。幸而今日被自己撞见，否则不敢想是什么后果。

宋陶陶这般，是不可能让她一个人在凉州的，谁知道孙家父子会不会伺机报复。最好的方法是将她送回朔京。可现在宋陶陶为了逃婚，都跑到凉州来了，未必会乖乖回朔京，况且，送她回朔京的人也不太好找。

那么为了保护宋陶陶的安全，便只能暂且将她留在凉州卫，不知道程鲤素见到了宋陶陶，会是什么样的表情。这二人不会打起来吧？要真打起来也没关系，反正有现成的演武场。

禾晏都不知道自己在胡思乱想些什么，那些念头聚在一起，成了一个问题，那就是：宋陶陶到底是谁？

为何这个名字如此熟悉，好几次都要呼之欲出，却又怎么都想不起来。

飞奴是练武之人，睡觉一点儿声音都不发出，安静得很，禾晏早已习惯了凉州卫大通铺的鼾声如雷，一时间竟睡不着，翻了个身，谁知道她投军竟然投到做人外甥来了，还真是不可思议。

投军……投军！

黑暗中，禾晏猛地坐起。

她想起来宋陶陶是谁了。

事实上，当年的禾晏第一次同禾元盛大吵一架，继而趁着夜色投了抚越军，就是因这位宋姑娘而起。

 第十二章 赴宴

禾晏十四岁进贤昌馆，十五岁投了抚越军，她投军时匆忙，无人知晓，贤昌馆里的师保都被吓了一跳。后来待她回京，已经得了功勋，得封御赐，因此为何要投军，禾家便没有追究。

现在想想，倘若她当时并未得到功勋，只是一个普通的小兵，过几年颠沛流离的生活再回禾家，未必就是现在这个结果。

禾晏还记得宋陶陶。

十五岁的禾晏，顶着禾如非的身份在贤昌馆里进学。她资质平庸，又是姑娘，天生不及男子力气大，实在不能和贤昌馆里的少年们相提并论。禾元盛渐渐也看了出来，却也没有责备她。禾晏便以为，能一直这样平静地生活下去。

直到那一日。

贤昌馆每月有两日时间学子们能回家。但因当时雨季来临，雨水将贤昌馆门口的牌匾给冲倒了，师保们便让学子们提前一日回家，待三日后再过来。

禾晏回去得匆忙，并没有人知道。她先是换了衣裳，然后再去找禾元盛，每月回到禾家，禾元盛都会问她在贤昌馆里过得怎么样。这种疏离的、近乎监视的问话并不能让禾晏觉得温暖，每一次同禾元盛说话的时候，她其实都有些紧张。

那一日，她去的时候，禾元盛还没有回来，门口连小厮都不在。她便先在禾元盛书房里坐着等，书房里有个屏风，禾晏觉得既没什么事做，不如在屏风后面的小几前坐下看会儿书。

她才坐了没一刻，有人进来了。

是禾元亮的声音，他道："禾晏的事，你考虑得如何？"

正要出去的禾晏闻言，想要绕过屏风的动作就是一顿。她没有出去，反而将身子往后面缩了缩。

禾元亮同禾元盛的脾气不同。禾元盛看着温和，实则严厉。而禾元亮——她的生父，是全然不同的性子，总是笑眯眯的，对待女儿，亦是娇宠有加，除了她。

禾晏对禾元亮的感情十分复杂。若说她对禾元盛，是对养父、大伯父这样长辈的敬畏，那么对禾元亮，便带了一丝不易察觉的依赖和期盼。她期盼禾元亮对她能像对妹妹般和气亲昵,但禾元亮并没有。每次看她的眼神,格外客气。

如此这般,失望的次数多了,禾晏便也不求了。

但今日,从生父嘴里听到自己的名字,禾晏都不知道自己为何要躲在这里不出去。

"她如今很好,在贤昌馆里进学,也无人发现。眼下她也十五了……至多十八岁,得将亲事定下来。"

缩在屏风后的禾晏,一时连呼吸都屏住了。

亲事?她现在顶着禾如非的身份,如何能定亲?一旦定了亲,禾如非又该怎么办?谁来做这个"禾如非"?

她想得理所当然,她是女子,自然是跟男子定亲,毕竟她又没有磨镜之好。然而接下来禾元亮的话却让她大吃一惊。

"大哥,你在京城中可有看到合适的姑娘?"

姑娘?

怎么能是姑娘呢?

禾晏抬起头,屏风外的两人都是背对着她,看不清楚他们的神情,只听语气,是一派泰然,丝毫不觉得自己说的话有多么惊世骇俗。

"内侍省副都司宋慈有两个女儿,大女儿已经出嫁,小女儿如今十一岁。"禾元盛道,"年纪小是小了点,可待禾晏十八岁的时候,也要及笄了。及笄后等个两年,便可成亲。"

"宋慈的女儿?"禾元亮迟疑,"那个叫宋陶陶的小姑娘?我记得宋慈前年为她女儿寻生辰礼,将来朔京的全部客商都找了一遍。"

"不错,"禾元盛抚须笑道,"宋慈府中尚无幼男,只有两个女儿。如今长女出嫁,便格外溺爱幼女。若能同宋家结亲,就是得了宋家的助力,何愁我们府上不蒸蒸日上?"

禾元亮闻言,也跟着笑:"大哥说得在理,不如过几日我做东,设宴招待宋慈来府上,也好说说孩子们的事。至少,得先让他知晓咱们有这个念头。"

他们二人说得其乐融融,言谈间仿佛这桩姻缘只是一场交易,这也便罢了。如今权贵府上,女子多为制衡联姻的砝码。可将她当作砝码也就罢了,怎生不顾及她的身份?

她可是女子!女子如何能娶女子,倘若真的结亲,岂不是还要害了人家姑娘一生?

禾晏心中这般想着,冷不防碰到了屏风,发出声响。禾元盛转头喝道:"谁?"

禾晏见既被发现,索性站了出来,道:"是我。"

"禾晏？"禾元盛松了口气，随即蹙眉，"你怎么在这里？今日不是该在贤昌馆吗？"

"师保让我们提前一日下学，我来此找父亲。"禾晏说到此处，顿了一下，偷偷看一眼禾元亮。禾元亮露出他惯来的笑容，神情并没有因为她叫禾元盛"父亲"而有半分变化。

不过是又多了一次失望而已，何以还会不死心。禾晏低下头，掩住眸中的失落。

"我同你二叔还有事相商，你晚些再来找我。"禾元盛道，"先去看看你母亲吧。"

禾晏没有动。

"禾晏？"禾元盛眉头再次皱起。

"父亲和二叔刚刚说的话，我已经听到了。"禾晏抬起头，声音平静，"父亲，我是女子，怎么能娶宋家的二小姐呢？"

没料到禾晏居然会这么说话，禾家两兄弟一时怔住。

"这些不是你该管的事，"半晌，禾元盛才回答，"我自会为你安排好一切。"

"我是不会娶宋家二小姐的。身为女子，牺牲我一个就已经够了，不必再将无关之人牵连进来。"禾晏道。

她如今已经十五岁，个子比之前长高了一点，又是做少年打扮，目光清明坦荡，站在此地，如杨树挺拔，倒像是个陌生人。

禾元盛怒道："你这话是什么意思？你可是对我们生出怨愤？是在责怪我们牺牲了你做女子的权利？"

禾元亮笑眯眯地看着她："禾晏，你怎么能这么和你爹说话？你爹都是为了你好。"

禾晏心想：真是为了她好吗？她在贤昌馆里进学，先生教她"恻隐之心，仁之端也；羞恶之心，义之端也；辞让之心，礼之端也；是非之心，智之端也"。可如今禾家要她做的事，是要她不仁不义不礼不智，何其荒唐？

禾晏毫无畏惧，高声回答："我绝不答应和宋家小姐定亲！不仅如此，我此生也不会娶任何女子，耽误旁人的一生！"

禾元盛与禾元亮都呆住了。

禾晏是个什么脾性，禾家人都知道。她温和好说话，甚至有些胆怯懦弱，在禾家，叫她做什么就做什么，也不会惹麻烦。若非当初阴错阳差地互换身份，她就和朔京所有平庸的官家小姐一样，寡言，乖巧，一辈子如木偶一般地度过。

可现在她是什么样子？

"禾晏，你敢这么对我说话？"禾元盛是真的发怒了，他生气的时候，五官看起来就很凶狠，禾家大房的几个孩子都很惧怕他。

禾晏看着他，不为所动："父亲将我送进贤昌馆念书，是为了明礼仪、知道德，而不是为了利益做个骗子。"

少年昂着头，骄傲，清朗，方洁，大约是她眼中的鄙夷刺痛了禾元盛，禾元盛恼羞成怒，一巴掌扇在了禾晏脸上。

那是禾晏第一次挨禾元盛的打。

而她的生父就在一边看着，没有说任何话，自始至终说的那一句，就是"你爹都是为了你好"。

禾元盛同禾晏的这次争吵，惊动了整个禾家。而禾元盛作为禾家最高掌权者，没有任何人会怀疑他的决定。禾晏被关在祠堂一天一夜，第二日晚上才放出来。

这一天一夜里，没有一个人来探望过她。无论是她的养父养母，还是她的生父生母。在这一天一夜里，禾晏看着祠堂上下大大小小的牌位，心里只想着一个问题。

禾家究竟是怎样一个家族呢？她真的要留在禾家吗？如果在这个家里，她存在的意义就是做一个替代品，来捆绑住并不属于他们的利益，没有一点真心的话，她在这里，实在没有任何可留恋的地方。

一个偶人，也想挣脱提着的线，主宰自己的人生。

第二天夜里，她回到自己的屋子，房间里冷冷清清。禾晏记得，这几日街上抚越军在征兵，她坐在榻上，心想，倘若有一个人今夜来看看她，问问她好不好，她就不走了。

但一直没有。

远处传来打更的声音，禾晏将包袱背在身上，趁着夜色偷偷溜出门。这么多年，从她自行练武开始，她便如此，早已轻车熟路。也正是因为禾家对她的不看重，连走的时候，也是如此轻松。

罢了，她想，虽然不能继续留在禾家，到底是拯救了朔京里的一个小姑娘。她不在，禾家如何定亲？那个叫宋陶陶的姑娘，日后及笄，许能和一个情投意合的少年郎厮守终身，而不是牵连到这一桩见不得人的谋划中，成为被牺牲的棋子。

夜色沉沉，看不到头，扮作少年的少女亦不知前路如何，她回头看了一眼禾家的大门，宅院藏在夜色中，同过去连成一片。她狠了狠心，转过身，就这么一直向前走去，再也没有回头。

往事铺陈于眼前，仿佛吹去蒙上的尘埃，渐渐清晰，如昨日才发生过，只有禾晏自己知道，那是再也回不去的从前了。

她那时年少气盛，恼怒于禾元盛兄弟二人这个决定的荒唐，竟没有认真地思考过，她为女子，倘若真的娶了宋二小姐，迟早这个秘密都会被揭穿，禾家怎么会容许这种事情发生。

除非，他们早就料定永远不会出现这种事。

禾晏盯着床帐上挂着的香囊。

禾元盛与禾元亮一早就知道，迟早有一日，禾如非是会归来的。禾晏无从得知禾如非的境况，但想来当时禾如非的身体已经渐渐好了起来，绝不像他们所说的奄奄一息。

正因为知道禾晏与禾如非迟早会各归原位，所以才会这般毫无顾忌地说起定亲之事。想来他们早就打定主意，在禾如非成亲之前，禾晏就会脱下男子的衣裳，重新做回那个禾家小姐。

当时的禾晏没有意识到这一点，她以为自己会长长久久地做禾如非，或许会因此牺牲一辈子，竟没有料到有一天还会做回自己。但这并非恩赐，做一个人的替身做久了，难免会忘记自己是谁。

况且当日她背着包袱离开禾家，投了抚越军，从那时起，就已经打乱了禾家的布局，棋局早已不受控制。

谁能想到呢？

谁能想到她再醒来，兜兜转转，居然在这里，遇到了差点和她"定亲"的姑娘。当年十一岁的小姑娘，已经长成了窈窕淑女；当年背着包袱离家的少年，已经尝尽人间百味。命运玄妙，若没有当年的宋陶陶，她不会离家，不会投军，也没有后来的飞鸿将军，今日的禾晏。

黑暗里，禾晏无声地笑了。

命运让她们在此相逢，也许正是为了向她说明一件事——她没有做错，她救了一个姑娘。

第二日早上，禾晏醒来的时候，飞奴已经不在房里了。

她昨夜想事情想得晚，睡得沉，连飞奴什么时候离开的都不知道。她梳洗一番后才出了门，想着去隔壁敲门看看肖珏在不在。

结果才一敲，旁边的房门打开了，宋陶陶的脑袋从门后露出来，她道："你要找肖二少爷吗？他们在楼下用饭。"

禾晏问："你吃过了吗？一起下去吃吧。"

宋陶陶点了点头。

小姑娘同她下楼，果然见肖珏和飞奴二人坐在楼下靠窗的位置，桌上摆了些小菜。不知是不是昨夜被肖珏身份惊住了，客栈老板这顿早饭做得格外用心，禾晏看了就想骂一声奢靡。

"舅舅，你用饭怎么也不叫我？"禾晏嘀咕了一句，"不叫我就算了，怎么也不叫宋姑娘？"

"是我想多睡一点，不关肖二少爷的事。"宋陶陶连忙开口，她似乎有点怕肖珏。

禾晏夹了一个单笼金乳酥塞进嘴里，乳酥又香又甜，热腾腾的，很开胃，她笑眯眯道："舅舅，今日我们做什么？"

肖珏似笑非笑地看着他："你想做什么？"

"我……"禾晏话还没说完，宋陶陶就开口了。

"程……程公子，"她已经知道禾晏不是程鲤素，但也看出来现在禾晏扮演的就是"程鲤素"，便没有揭穿，"你能不能陪我出去一趟？"

这话说完，桌上的其他三人都看着宋陶陶。

"我……我的衣服都没有了，这身男子衣裳，我实在穿不惯，我想出去买两件成衣换着穿，但我不太记得路。程公子，你能不能陪我？"她鼓起勇气一口气说完。

这桌上三个人，飞奴一晚上能一句话也不说，肖珏一看就不是个能陪着姑娘买东西的人，就只有禾晏又亲切又温柔。禾晏道："当然可以！只是……"她看向肖珏："舅舅，我们今日有什么事吗？"

"无事。"肖珏垂眸淡淡道，"你陪宋二小姐去吧。"

"谢谢肖二少爷！"宋陶陶喜出望外。

吃过饭，禾晏就同宋陶陶出去了。他们二人走后，飞奴道："少爷，属下现在就去跟着他们。"

"别太近。"肖珏吩咐，"他还带着宋陶陶。"

飞奴应下，正要走，忽然又想起什么，迟疑了一下，还是开口："少爷，孙凌的事，就这么算了？"

"谁说算了？"肖珏勾了勾唇，"再等等，现在还不是时候。"

禾晏跟着宋陶陶出了客栈。

一离开肖二少爷，宋陶陶就开朗了许多。她凑近禾晏，低声问："你为什么要假扮程鲤素啊？"她是见过程鲤素的，因此，在禾晏第一次自称程鲤素时，就知道禾晏是假的了。

"这个就说来话长了，程小公子有事，暂且来不了凉州，所以我替他来了，你可不要将此事告诉别人。"

宋陶陶道:"我当然不会告诉别人!那个废物公子,定是自己做不到,才让你来顶替的吧?这种人还想做我的夫君,他怎么不去做梦!"

宋二小姐对程鲤素的成见,果然很深。

"那你叫什么名字?"宋陶陶问。

"我现在可不能告诉你,省得说漏嘴。等城里的事办完了,我再告诉你吧。"禾晏笑道。

宋陶陶撇了撇嘴,不太高兴,禾晏指着一处成衣店:"你看,那里有衣裳,要不进去挑一挑?"

宋陶陶这才转了心思,禾晏松了口气。

凉州城不是朔京,没有那种一件衣裳数十数百两银子的裁缝铺,这里的成衣算是便宜了,禾晏不至于买不起。宋陶陶挑了一件,又顺手挑了一双鞋、一支发钗、一对耳环,禾晏也不能不去付银子,这一付,一锭银子就只剩一贯铜钱了。

宋陶陶挑好衣裳,顺势在里面换好了才出来。原先粉雕玉琢的小公子,霎时便成了娇滴滴的小姑娘。她挑了一件樱桃红色的留仙裙,长发被掌柜的扎了双平髻,发带也是樱桃红色的,明眸皓齿,俏丽可爱。

禾晏眼前一亮,刹那间,那点花掉银子的心疼,便在看到可爱的小姑娘时不翼而飞了。

"真好看。"她赞道。

宋陶陶脸一红,侧过头去,嘀咕道:"这里的衣裳也实在太寒酸了,没什么好衣裳。我宋府裁缝做的衣裳,比这好看得多!"

禾晏心想,这还叫寒酸?这已经花去她这半年来的积蓄了!

将原先的衣裳用包袱包好,宋陶陶走出成衣店:"我们再去别的地方逛逛吧。"

禾晏:"……好。"

小姑娘的美丽可爱,是要花银子的,尤其是这种富贵人家养出来的小姑娘,禾晏只盼着凉州不要再有什么吸引宋二小姐目光的东西了,她已经没钱了。

老天似乎听到了她的心声,这一路上,宋陶陶没再有想买的东西。但逛起凉州城来,还是兴致勃勃。禾晏一直尽心尽力地陪着她,未见半点厌烦,到最后,这个骄纵的小姑娘也有些不好意思了,问禾晏:"你陪我走了这么久,会不会有些无聊?"

"不会。"禾晏笑道,"我正好也想逛一逛。"

宋陶陶看了他半晌,道:"你真是个好人。"

禾晏有些诧异她这么说,小姑娘已经继续往前走了。她想了想,摇头笑了。

对宋陶陶，禾晏除了对小姑娘的照顾，还有一种近乎长辈般的宠溺。毕竟这姑娘差点就成了她的"未婚妻"，又是她当初不惜离家出走也要成全的人，从某种方面来说，也算改变了她的命运。在这之后的这些年，宋陶陶没有卷入那些莫名其妙的事，好好地长大了。

禾晏觉得很庆幸，如果当初她没有那么做，也许后来宋陶陶也不至于和女子成亲，但成亲之人，就变成禾如非了。嫁进禾家真的是一件好事吗？这个家族没有温情只有利益，实在不适合宋陶陶这样的小姑娘。

但是，禾晏看着小姑娘在前面蹦蹦跳跳的背影，有些无奈。当初她离家，也算是"逃婚"，眼下程鲤素也逃婚，宋陶陶还是逃婚，这是跟逃婚杠上了不成？

她得跟程鲤素好好谈谈才行。

凉州城的孙府，阖府上下一片惨淡。

孙凌昨夜被送回孙家，孙祥福连夜遍请名医来给孙凌治伤。虽都是些皮肉伤，却也着实不轻，得要好好将养几月。

孙少爷从小到大，何曾吃过这么大的亏。孙祥福也心情不好，今日一早，便寻着错处惩治了好几个下人。

府里静悄悄的，孙凌躺在床上，孙夫人坐在床边抹泪，恨恨骂道："你爹实在太过分了，不过是个武将而已，怎生将你打成这样？我儿受苦了，这伤不知道要养到何时……"

孙祥福刚进来就听到此话，怒道："妇人之见！什么叫'不过是个武将而已'？你可知他连户部尚书的嫡长子说杀就敢杀，户部尚书都捅到皇上跟前去了，最后怎么了？最后也只得自认倒霉！昨夜他要是杀了这个不孝子，你以为你能做什么？什么都不能做！"

孙夫人被骂得呆住了，半晌才慌里慌张地道："他、他真有如此厉害？那咱们现在怎么办？去跟他赔礼道歉？"

"你出去吧。"孙祥福心里烦闷，摆了摆手，"这些我自会安排。我过来，是问凌儿几件事。"

孙夫人泪眼婆娑地走了，孙祥福走到孙凌身边，看着孙凌苍白的脸，又是心疼又是生气，道："你说你招惹谁不好，偏偏招惹那个阎王。"

"我……可没有招惹他，是他那个外甥欺人太甚。"孙凌提到此事，便气不打一处来，将昨夜之事原原本本地道来，末了还道，"我怎么知道那个程鲤素会突然出手。"

037

"那个书童,到底是不是你看中的女子?"孙祥福问。

孙凌摇了摇头:"我也不知,还没看清脸,姓肖的就到了。"

"若只是误会一场还好,若真是此女,程鲤素既然保她,难免会对你有成见。"孙祥福叹道,"是我不好,没有将肖珏他们来城里之事提前告知与你,否则也不至于闹成如此局面。"

孙凌从来只知吃喝嫖赌,因此,孙祥福给肖珏下帖子一事,他并不知道。

"爹,我们已经得罪了他们,他们日后不会故意找我们麻烦吧?"孙凌有些惴惴不安。

他在凉州城里无法无天惯了,不过是仗着有一个知县老子。但昨夜孙祥福在肖珏面前涕泗横流的模样,让孙凌明白,肖珏并不是孙家能惹得起的人物。

"别怕,"孙祥福道,"再过几日,监察御史袁大人就要到了。袁大人是徐相的人,徐相和肖珏素来不和,或许,我们能在此做些文章。"

禾晏陪着宋陶陶一直逛到傍晚才往客栈走。

路上有个卖糖葫芦的,草人上面插着红彤彤的糖葫芦,看着就觉得甜。禾晏将最后几个铜板掏出来,同小贩买了几串,拿了一串最大的递给宋陶陶:"饿了吧?先吃点这个垫垫肚子,等回了客栈我们吃点好的。"

宋陶陶接过糖葫芦,看向禾晏:"今日辛苦你了,"顿了顿,她又道,"其实凉州城根本无甚好逛的,东西也都一般般,若不是为了躲肖二少爷,我也不会让你陪我到这么晚。"

"哈?"禾晏自己也拿了一串糖葫芦,咬了一个,山楂酸涩,蜜糖清甜,和在一起酸酸甜甜,令人口舌生津。她问:"怎么,你不喜欢肖都督吗?"

"也不是不喜欢,就是……有点怕。"小姑娘撇了撇嘴,"好像在他面前,人人都会变得很自卑。"

禾晏闻言乐了:"可他长得好,又厉害,小姑娘不都喜欢这样的吗?"

少年时,贤昌馆门口每日都有许多姑娘偷偷过来看肖珏,禾晏还没见过哪个姑娘不喜欢他的,宋陶陶如此,已经算是很特别了。

"我同她们不一样。"宋陶陶轻哼一声,"她们只知道看外表皮囊,可这般冷的人,又不会说甜言蜜语,过日子会很糟心的。我不喜欢这样的,我喜欢温柔的,"她说着老成地叹了口气,很遗憾地道,"肖大公子那样的就很好,可惜他已经娶妻了。"

禾晏一个山楂含在嘴里,差点呛住了。

什么?肖珏还想做外甥媳妇的舅舅,殊不知人家心里想的却是做他的大嫂!

禾晏道："其实肖都督有时候还是挺温柔的……不过如你这般不喜欢他的人也不多见。"她心中一动，有心想从宋陶陶嘴里套出点什么，就问，"你可知如今与他齐名的飞鸿将军，你可见过他？"

"飞鸿将军？"宋陶陶道，"你说的是禾家大公子吧？之前说脸上有伤无法见人，成日戴着个面具装模作样的那位？"

禾晏："……"

"也难得他十年如一日地戴面具，我逃婚之前见过他，那时候他已经摘了面具，看着长得也还行。你可知他为何戴面具？"宋陶陶问。

禾晏："为何？"

"自然是给自己寻个噱头了。你想，他早不摘面具晚不摘面具，偏偏在陛下赐封、面圣之前摘。说是得逢神医相助治好脸上的伤疤，可哪有神医治得连一点疤痕都看不出来的？这么多年，大家都知道禾大公子貌丑可怖，陡然间摘下面具，是个翩翩公子，这多离奇，于是原本五分的长相，就变成七分了。"

禾晏在心里忍不住给宋陶陶鼓掌，说得好有道理，要不是她自己就是那个戴面具的人，都快相信宋陶陶说的是真的了。

"那你觉得飞鸿将军和肖都督比起来，如何？"

宋陶陶想也不想地回答："那当然是肖都督了，禾家那位公子生得不如肖都督好看！"

行吧，这世道到底还是以貌取人的。

禾晏赧然开口："我没见过飞鸿将军，一直想亲眼看一看他，不知此生有没有机会？"

"那当然有机会了，不过那个禾大公子如今很得圣上看重，我离京之前，陛下就常常召他入宫。之前他堂妹过世，禾大公子几日没上朝，陛下还赐了不少东西。"

禾晏的笑容有些勉强："你说的，可是许大奶奶？"

"她是嫁给了姓许的人吗？我也不太清楚，她叫什么我也不知道，这位姐姐之前并不在朔京，京城里认识她的人很少，也没有相熟的姐妹。就知道是飞鸿将军的妹妹，才嫁人一年，就得了怪病瞎了，瞎了后自己在府里逛园子，下人没注意，跌进池塘里溺水了。"宋陶陶唏嘘道，"真是可怜。明明有飞鸿将军这个哥哥做靠山，怎么都不会过得差，只能说命苦。她叫什么来着，禾什么？唉，我真记不得了。"

禾晏心想，她叫禾晏，可惜的是，这个名字，注定要被湮没在飞鸿将军禾如非的名下，世人知道的，只是那个天生体弱，被送到庄子上长养的禾家小姐，飞鸿将军的妹妹。她的名字，没有人记得。

"那许大爷呢？"禾晏问，"许大奶奶死了后，他又如何？"

"我平日在府里，不爱听这些事情。隐约记得姐妹们提过，那个禾小姐的丈夫，很是消沉了一阵子，着实情深。不过这种事，谁知道呢，"宋陶陶在这种事上，倒是有种超乎年纪的通透，"男人的话，几时能当真？说不准今日还在缅怀，明日就迎新人入府了。"

禾晏苦笑："你说的，极有道理。"

"你怎么突然问我这些？我知道的确实不多，你若是真想知道，应当去问肖都督，他们同为武将，既是同僚，知道的应该比我多。"

禾晏心想，那还不是怕肖珏怀疑吗？眼下就已经不当她是自己人了，再打听禾家的事，肖珏怕是能将她的底都给翻出来。莫要自己还没查出来什么，先被揭穿女子的身份，连军营都没的待，那可就得不偿失了。

说话的工夫，已经到了客栈门口，禾晏与宋陶陶上楼，宋陶陶道："今日真是谢谢你了，我先进去休息片刻，等下你陪我一起去吃东西吧。"

禾晏笑道："好。"

这姑娘虽有大小姐的骄纵，却并不令人讨厌。禾晏待她走后，没有回房，而是敲了敲隔壁的房门。

今日很好，房里有人应答："进来。"

禾晏一进去，就看见坐在桌前的肖珏。他正拿白绢擦拭面前的古琴，禾晏定睛一看，正是被她压坏了的晚香琴。

"都督，这琴修好了？没事吧？"禾晏凑过去，低声问道。

肖珏懒道："何事？"一副不欲与禾晏多说的模样。

禾晏将背着的手从背后拿出来："看！我今日出门给你带了礼物！我虽然是陪宋姑娘买东西，可心里还是惦记着你，这糖葫芦送你！"

肖珏瞥了一眼他手中的糖葫芦："拿走。"

这么不近人情，禾晏道："别呀，我已经尝过，可甜了！"

"我不吃甜食。"他漠然道。

禾晏瞧着他，腹诽道，装什么装。当年在贤昌馆时，这人随身带着一个小香囊，当时与他交好的少年去抢，他护得紧。禾晏还以为是什么了不得的宝贝，结果后来才发现，就是一袋桂花糖。

他每月回家两天，再来贤昌馆时，香囊里又是鼓鼓的了。一个少年时便桂花糖不离身的人，现在跟她说不吃甜食，这人怕不是在嫌弃这是用两个铜板买的？

"你若不吃，就给飞奴大哥吃。"禾晏将糖葫芦往桌上的笔筒里一插，话锋一转，神情又软了下来，讨好地笑道，"都督，我还有件事想与你商量。"

肖珏看向他，目光无波无澜。

禾晏厚着脸皮继续说道："我今日陪宋姑娘出去，宋姑娘要买衣裳买首饰，之前争旗得的银子都花光了。我寻思着宋姑娘是你的外甥媳妇，就是你的亲戚，我给你亲戚买东西，这银子虽然不该我出，可我对都督一片赤诚，怎么能让都督破费？就是……我现在自己也没钱了，若是宋姑娘要再买个什么，您能不能赏点银子给我？我出去买东西没钱，丢了您的脸面也不好是不是？舅舅？舅舅？"

少年笑得格外谄媚，一双眼睛闪着慧黠的光，明明是会咬人的，可从人手里讨食吃的时候，便装得格外乖巧温顺。

肖珏冷眼看着他，不为所动。

禾晏问："行不行啊？"

这人回答得非常无情："不行。"

"……真不行？"她犹自不甘心。

"不行。"

禾晏直起身子，恨恨地盯着他。她曾听人说过，一个人真正成长的那一刻，是从借钱开始。禾晏如今深以为然，她都如此低三下四了，肖珏那么有钱，居然一点也不给，他这是故意针对自己的吧！

肖珏抬起头，神情平静，嘲道："我还记得我不是你舅舅，你是不是忘了，宋陶陶是程鲤素的未婚妻，不是你的？"

这话说得，禾晏想了半刻才想明白，她道："你不会以为我对宋姑娘……"

肖珏垂眸，继续擦拭琴身："希望你还记得自己是谁。"

禾晏差点在心中破口大骂了，瞧瞧这说的是人话吗？肖珏这是怕自己抢了程鲤素的未婚妻？笑话，当年若不是她主动离家，现在程鲤素哪儿来的这个未婚妻？还有，肖珏一心想做人家的舅舅，知道人家小姑娘却想做他的大嫂吗？人家志不在此，他懂什么？

禾晏皮笑肉不笑道："我当然记得我是谁，我是凉州卫争旗得了'第一'的禾晏嘛。"她把"第一"两个字咬得很重，又道，"都督不愿意给银子，就罢了。"她转身要走，突然想起了什么，蓦地转身，一把抓起桌上的糖葫芦，"反正都督也不爱吃甜食，这糖葫芦，我还是留给自己吃吧。"

她泄愤似的咬了一大口下来，一边嚼得嘎嘣嘎嘣响，一边往外走，嘴里还含糊道："什么右军都督，就是个一毛不拔的铁公鸡……"

肖珏："……"

外头的飞奴刚好进来就听到了这么一句，望着禾晏走远的背影，有些不解地回身将门掩上了。

肖珏抬头看向他。

"少爷，他……"

"无事，"肖珏打断他的话，"今日可有收获？"

飞奴摇了摇头："禾晏一直陪在宋二小姐身边，这一日也没做什么，就是在街边逛逛买东西喝茶，未曾与人见面。"

肖珏点头："我知道了。"

"会不会与他接应之人并不是凉州城里的人？"飞奴问，"我总觉得这个禾晏有点奇怪。"

"他在我身边，不至于出错。你告诉赤乌，让他来这里接人。"

"少爷可是想让赤乌陪在宋姑娘身边？"飞奴问。

肖珏点了点头："袁宝镇快到凉州了，宋陶陶不适合同行。会无好会，宴无好宴，"他淡淡道，"我们得做好万全准备。"

飞奴应下："属下明白。"

接下来的几日，就过得很是惬意了。

大约是第一日逛得太久，宋陶陶这几日都懒得出门。肖珏和飞奴白日里常常不在，就只有禾晏陪着。

小姑娘倒是好哄，与她随便说些从军时候遇到的奇人奇事，就听得认真得不得了。听累了随意在客栈楼下吃点东西，一日也就过去了。禾晏倒是很想跟着肖珏他们一起出门，顺便打听些消息，奈何人家根本不带她，几次下来，她也有自知之明，懒得往前凑了。

这趟来凉州，实在不怎么划算。唯一的盼头，也就是那位监察御史袁宝镇了，禾晏从来没有如此期盼一个人到来，好在三日后，那位袁大人终于到了凉州城。

这天上午，飞奴带了一个人过来。

这也是个侍卫打扮的年轻人，名叫赤乌，应当也是肖珏的心腹。他过来，是要带宋陶陶离开的。

"你暂时不能留在这里，赤乌会送你去安全的地方。凉州的事了了，我再来接你。"肖珏道。

宋陶陶看向禾晏："那……程公子不跟我一起吗？"

另几个人的目光顿时朝禾晏投来，尤其是肖珏，眸光冷得不得了。禾晏霎时就懂得了"你自己的麻烦自己处理"的含义。

她只好站出来，对宋陶陶笑道："我要同肖都督去做一件事，暂时不能陪你了。你放心，这位……赤乌大哥会保护好你的。"

"什么事？危险吗？"宋陶陶又问。

禾晏尴尬之余，又有些感动，这孩子没白疼，她笑道："有肖都督呢，不危险不危险，你放心吧。"

"那你千万小心。"宋陶陶叮嘱完，才一步三回头地走了。

禾晏回过头，对上的就是肖珏嘲讽的目光，她道："我真没做什么……"

肖珏转身就走，禾晏忙追上去："舅舅，你别恼，宋姑娘虽然只问了我安不安全，没有问你，绝不是因为觉得你性子太冷不好接近，而我亲切温柔讨人喜欢，你千万不要放在心上！"

"闭嘴。"肖珏停下脚步，审视的目光将他从头到脚打量一番，哂道，"你有心思废话，不如想想赴宴时怎么才能不穿帮。程鲤素再怎么说也是右司直郎府上的少爷，而你，"他意味深长地瞥他一眼，"装得像吗？"

撂下这句话，他便头也不回地走了。禾晏愣了片刻，才反应过来这人又嘲笑她了。她冲着肖珏的背影吼道："右司直郎怎么了！"

说到底，她也是禾家出来的，她装大户人家的少爷装了这么多年，什么装不了？今夜非要让肖珏刮目相看不可。

凉州城门，一辆马车在人群中格外显眼。

这马车装饰得十分华丽，单是外头，便用了上好的刺绣，绣着大幅山河图。草丛中还有一只白鹤，白鹤的眼睛是用黑晶做的，尤其精致有趣。

有人撩开马车的帘子往外看了一眼，不过片刻，就将车帘放了下来。

袁宝镇拿帕子掩鼻，道："这凉州城，风沙果真大，比起京城来差远了。"

他如今四十有余，同孙祥福年纪差不了多少，可比起孙祥福来，保养得年轻多了。衣衫整洁精致，面白无须，说话的时候含着三分笑意，很和气的模样。

"你说，肖珏来这种地方，不是自讨苦吃是什么？"他问身边人。

他身边坐着一名侍卫模样的人，模样生得平庸，身材亦是瘦弱，若不是掌心虎口处的厚厚茧子，旁人只会以为这是个普通小厮而已。

"不知道。"这侍卫答道。

"罢了，反正今日就要见到了，待见了面，我再亲自问问他。"袁宝镇笑道，"哎，前面是不是孙家的人来了？"

孙祥福亲自来接人了。

袁宝镇面上显露出一点满意的笑容来："不错，不错，这个孙知县，很懂礼。"

孙祥福看着停下来的马车，擦了擦汗。本来监察御史到凉州，他虽不能怠慢，却也不至于到城门口迎接。只是如今他已经得罪了肖珏，若是再将袁宝镇给得罪了，就一点活路也没有了。他还指望着袁宝镇给他撑腰，自然得拿出十二万分的心力来讨好眼前这人。

袁宝镇一下马车，孙祥福就迎了上去，拱手道："袁大人来此，下官有失远迎，怠慢之处，还请大人不要怪罪。"

"哪里的话，"袁宝镇笑得和气，"孙大人不必如此客气。"

两人说笑一阵，孙祥福就道："既然如此，就先请大人到府上歇下吧。"

袁宝镇来凉州，是要暂且住在孙府的。两人又一道上了孙祥福备好的马车，车上，袁宝镇就问："听闻右军都督已经到了凉州，不知现在可在府上？"

"肖都督暂且住在凉州城里的客栈，说是有要事在身，今夜才到府上。说起来，下官还有一事要请袁大人帮忙。"

袁宝镇目光一动，笑容一如方才，只问："孙知县是在为何事苦恼？"

"正是肖都督一事。我那不孝子，之前不小心冲撞了肖都督的外甥，我怕肖都督因此对我生出怨愤。今夜既设宴为袁大人接风，还望袁大人在其中说和，将此误会解开。"孙祥福一脸赧然。

他虽然没有明说究竟是何事，袁宝镇也能猜到几分。一个在凉州只手遮天的知县，能养出的儿子自然也不是什么良善之辈。那肖珏的外甥是右司直郎的小少爷，两人起冲突，只怕孙少爷注定吃亏。

他心里这样想着，嘴上却道："我看孙知县是将此事想得严重了。那肖都督又不是不讲理之人，既是不小心冲撞，说清楚就是了，怎会还记恨在心？"

"话是这么说，"孙祥福抹了把汗，赔笑道，"可肖都督……当年不也是这般处置了赵诺吗？"

此话一出，袁宝镇脸色就变了。

当年肖珏碑堂斩首户部尚书嫡长子赵诺一事，大魏人人皆知。如今被孙祥福一提起，袁宝镇就想起来，当初赵诺出事的时候，赵尚书第一个找到的人，其实是徐相。徐相递了帖子，赵尚书上金銮殿，对着陛下哭得一把鼻涕一把泪，陛下同情之至，却也没有处置肖珏。

"伐木不自其本，必复生；塞水不自其源，必复流；灭祸不自其基，必复乱。"①当时的徐相只说了这么一句话，"此子不除，日后必成我心腹大患。"

他们想的都是趁着肖珏年少还未长成的时候速速将他除去，可自他带着南府兵去了南蛮，就再也没给旁人这个机会。他成长的速度惊人，不过几年时间，当年那个斩杀赵诺，世人皆认为不可理喻之人，现在再去做这些事，旁人只觉得稀松平常。

他比肖仲武要厉害得多，也要年轻得多。

---

① 引自左丘明《国语·晋语》。

"大人，袁大人？"见袁宝镇神情有异，且沉默不语，孙祥福不明所以，惴惴不安地开口。

"无事，我只是想到了别的事而已。"袁宝镇笑道，"既然今夜肖都督来赴宴，我就替你跟他说一说，只是肖都督这人的脾性，我也摸不清楚，若是他不听我的，你可别记怪。"

"哪里哪里，"孙祥福感激涕零，"袁大人愿意开这个口，下官就已经很高兴了。"

袁宝镇笑着摇头，心思早已飞到了别的地方。

肖珏再厉害又怎样，他此次来凉州，就是为了替徐相除去这个心腹大患的。

但愿一切顺利。

傍晚，禾晏要同肖珏出门了。

因是要赴宴，禾晏便特意换了一件很"程鲤素"的衣裳，蜜合色的袍子，袍角依旧绣了一尾红鲤，程鲤素穿这衣裳穿得可爱天真，禾晏穿着又是不一样的感觉，瞧着明朗大气一点，但也是个清俊少年。她挑了一支同色的簪子插在脑袋上，还不忘拿上那把折扇，半开折扇横于胸前，再看铜镜里的人，自觉颇为满意。

待整理好之后，禾晏甫一出门，就看到了站在门口的肖珏。

他也换了身衣裳，是件深蓝暗纹的双鹤锦服，今日没有戴金冠，只插了一支紫檀木簪，瞧着是清简，细细看去，料子刺绣皆是上乘。他本就生得格外俊美，如此装束，便少了几分冷漠，多了一丝英秀，玉质金相，实在是个矜贵优雅的勋贵公子。

禾晏心里想，原先那个明丽的美少年，终是长成了这般秀逸的美男子，看起来像是没变，又好像和过去全然不同。

肖珏一侧身，对上的就是禾晏略有些发呆的目光，他勾了勾唇，道："把你的口水擦干净。"

禾晏下意识地擦了擦，随即回过神："哪有？"

"你看起来像个傻子。"他话里话外都是嫌弃，"还想瞒过袁宝镇？"

禾晏一听此话就不服气了，"唰"的一下展开折扇，十分风流，她走到肖珏身边，浅笑盈盈，低声道："我这个样子，若是在朔京，不敢提都督，至少也该与程公子相提并论。否则，宋姑娘临走时为何独独嘱咐我，而不是嘱咐你？"

少年眼角眉梢都是笑意，眼睛晶亮如星辰，却还带有止不住的傻气，肖珏嘲道："因为你蠢。"

"什么？"

"蠢人总是需要诸多提醒。"

禾晏蹙眉："舅舅，你是不是特别讨厌我？"这个人，一日不挤对她能死吗？

"你是我外甥，我怎么会讨厌你。"肖珏似笑非笑地瞥他一眼，吩咐飞奴："出发。"

孙府位于凉州城西的中央，距离坊市不远，又不会过分嘈杂。两人一道驭马前去。飞奴没有跟着，禾晏猜测，大概是帮肖珏办事去了。

大概三炷香的工夫，孙府到了。

门口的小厮应当是提前得了吩咐，见到他们二人，立刻热络地迎上前来："这位应是肖都督吧？这位是程公子？老爷已经在前堂等着了。"他牵过肖珏与禾晏的马，一边吩咐婢子："映月，带肖都督和程公子进去吧。"

那名叫映月的婢子生得十分貌美，本来已经九月，秋日的夜晚早生出凉意，她却只穿了薄薄的纱衣。若说没穿，还是多了一层；若说穿了，这能遮得住什么？禾晏差点控制不住自己给这姑娘披上一件外裳，他们兵营里的汉子就曾说过，年少时候常打赤膊，年老时候难免腿疼腰疼的。何必呢？

映月开口了，声音婉转若出谷黄莺："都督请随奴婢来。"一边说，一边含情脉脉地盯着肖珏。

禾晏纵然是个傻子，也明白这婢子是瞧上肖珏了。好吧，这世道如宋陶陶般的姑娘毕竟不多，世人皆俗人，肖珏那张脸长得还挺能唬人的。

不过任你落花有意，郎心似铁，肖珏看也不看这婢子一眼，反是侧头瞥了一眼禾晏，冷声道："发什么呆？"

"啊？"禾晏回过神，见他已经往前走去，连忙跟上，心想这人果真有病，放着如花似玉的姑娘不看，找她碴做什么？

两人随这婢子一同跨入孙府的大门。

孙府修缮得十分豪奢。

京官们的宅子，禾晏不是没有见过，也就那样。禾家虽然比不得肖家，但在朔京也叫得出名号，孙府竟能和禾家修缮得不相上下。可这不是朔京，而是凉州，孙祥福也不是京官，只是个知县。

"三年清知县，十万雪花银。"这话说得不假。禾晏看着那些山石盆景、琉璃玉瓦，不由得心中惊叹。一个知县的俸禄如何买得起这些，这孙祥福不知道搜刮了多少民脂民膏。她心里思忖着，殊不知自己的模样，亦被身边人看在眼里。

肖珏眸光微动。

少年人穿着程鲤素的衣裳，却不如程鲤素跳脱天真。虽说人靠衣裳马靠鞍，但一个底层的新兵，去装一个大户人家的少爷，无论如何都会露出马脚。禾晏的眼中有感慨、有沉思，唯独没有瑟缩和紧张。倘若第一次做这种事，来这种地方，这样的反应，未免说不过去。

这时，映月停下脚步，冲里头道："老爷，肖都督与程公子到了。"

顿时，里头响起孙祥福夸张的声音："肖都督来了！下官还怕都督与小公子不来了，来了就好，来了就好！"

禾晏抬眼望去，这人诚惶诚恐的模样，哪里还有前几日在客栈里初见时候的威风，做官做成这个样子，也不怕人笑话。

孙祥福不等肖珏说话，又侧身回头，露出身后的人，笑道："袁大人已经到了。"

只见一个面白无须的中年人正冲他们和气地笑，霎时就与禾晏记忆中的样子重叠起来。

她第一次见到袁宝镇，是在禾家的书房外，那时候禾如非已经去领了功勋，摘下面具，真正成为"飞鸿将军"。而她作为禾家二房的小姐，数着日子就要嫁入许家。她看见此人，还愣了一下，没料到禾如非这么快就在朝中交到了友人。

她后来问禾如非那人是谁，禾如非说是当今监察御史袁宝镇。

"你和他在一起，是要做什么事吗？"禾晏当时只是随口一问。

禾如非看向她，古怪地笑了一下，道："你现在要做的是绣好你的嫁衣，而不是管这些事。禾晏，"他凑近了一点，语气莫测，"你要记住，你现在是禾家二房的小姐，是女子了。"

禾晏不以为然，她又不会刺绣，嫁衣也不是她在绣。只是她也听懂了，禾如非在警告她，让她莫要再和飞鸿将军扯上联系。

是怕被人发现真相吗？禾晏心中冷笑，可笑她当时竟没发现禾如非话中的重重杀机。

如今乍然见到堂兄的这位友人，她应该如何才能得到自己想要的消息？

不等禾晏想清楚，袁宝镇已经上前，先是冲肖珏拱手行礼："都督。"随即又看向禾晏："这就是程公子了吧？"

禾晏盯着他，露出一个惊讶的笑容："袁大人。"

"早就听说小程公子少年英武，器宇不凡，如今一见，果不其然。"袁宝镇笑眯眯道，"果然英雄出少年！"

禾晏："……"

程鲤素不是京城有名的"废物公子"吗？亏得这人说得下去，明白了，要在大魏做官，大抵第一件事就是要学会这"见人说人话，见鬼说鬼话"的能力。

禾晏只好道："过奖，过奖。小子惭愧。"

他二人在这里客套地谈话，孙祥福搓了搓手，局促地开口："都督，下官有个不情之请。"

肖珏："何事？"

"犬子前些时候不是冲撞了都督和小公子吗？"孙祥福显得十分不安，"虽然下官教训了他，但这孩子心里仍是十分愧疚，想亲自来跟都督和小公子道歉。他既然知道错了，下官就觍着这张老脸来求都督，好让这不孝子有个道歉的机会。"

"人非圣贤，孰能无过，"袁宝镇在一边帮腔，笑眯眯道，"况且此事只是一个误会，将误会解开就是了，都督不会计较的。你快叫孙少爷过来，与肖都督澄清就好。"

"果真？"孙祥福激动地对小厮吩咐："快去叫少爷过来！"

禾晏见他们二人一唱一和，根本没过问肖珏就把戏唱完了，就知道这两人定然事前已经商量好了。这袁宝镇看来和孙祥福是一路货色，也是，和禾如非走得近的人，能是什么良善之辈。

那孙凌就跟等在堂厅外面似的，这话说完不久，就随着婢子进来。一进来就"扑通"一声给肖珏跪下。

孙凌先前还耀武扬威，不可一世，如今不过几日，看着就憔悴了一大圈，像是大病了一场，穿着朴素，对着肖珏行了个大礼，虚弱地开口道："之前是我不懂事，与程公子起了争执，如今我已知错，还望都督和程公子能原谅我年少轻狂，我定从头改过，永不再犯。"

年少轻狂是这么用的吗？看他的样子也不年少了啊。禾晏才不信这人几日时间就真能做到永不再犯，她看向肖珏，肖珏神情漠然，既没有说好，也没说不好，气氛一时僵住了。

这个圆场，禾晏还是要打的。反正都是唱戏，戏不唱下去，宴席上岂不尴尬？她笑眯眯地盯着孙凌的发顶，道："这是说的哪里话，当日只不过是一场误会，孙少爷不必放在心上。就是日后可不能再认错人了。"

他一说话，孙祥福便松了口气，赶紧骂孙凌："还不快谢谢程公子。人程公子比你还年少，但比你有出息多了！"他大概也是没可夸的了，干巴巴地抛下一句，"日后多跟程公子学学！"

孙凌又赶紧对禾晏说了一堆好话，听得禾晏隔夜饭都要吐出来了。

将这一出"知县少爷负荆请罪"的戏码唱完，孙凌就回屋去了。据他爹说，上次孙凌回家后还受了一顿家法，重病一场，下不得床，今日是撑着身子过来给肖珏请罪的。如今罪请完了，还得回床上躺着。

禾晏笑道："那孙少爷快去休息，莫要伤到了身子。"

孙凌走后，孙祥福便道："肖都督请坐，程公子也请坐，等天色再晚一点，府中设有歌舞，到时候再一同入宴赏舞。"

禾晏挨着肖珏坐下来，接下来，便都是孙祥福说话。倒也没什么特别的，无非就是问禾晏与肖珏在凉州城里住得习不习惯，凉州城最近天气……总归都是些没什么意义的寒暄。

禾晏的心思，却在袁宝镇身上。

袁宝镇与禾如非，应当算得上是友人。至少她见袁宝镇出入禾家可不止一次，且与禾元盛父子的态度，也不像是点头之交。那么此次袁宝镇到凉州来，禾如非可知道？定然是知道的，或许临走之前还会践行。那禾家近前是个什么情况，禾如非接下来一段日子的打算，袁宝镇应当也清楚。

但袁宝镇如何能与她这个"程鲤素"说这么多？

禾晏想得出神，袁宝镇只笑眯眯地侧耳听着孙祥福说话，偶尔搭上两句，看起来很是寻常。

又过了一阵子，天色完全黑了下来，孙祥福站起身，笑道："我瞧着时间差不多了，咱们到堂厅入宴吧。"

这自然没有异议，孙祥福走在最前面带路，禾晏与肖珏在后，袁宝镇在她的右边。禾晏想着禾如非的事，目光忍不住落在袁宝镇身上。

忽然间，袁宝镇侧过头来。他是官场中人，多有城府，此刻不笑了，一双眼睛闪烁着慑人的精光，着实吓人，竟将禾晏逮了个正着。

禾晏还没来得及说话，便觉得自己手臂被人轻轻一扯，下一刻，一个人挡在她身前。

肖珏冷淡的嗓音落进她耳中："好好看路。"

她讶然望去，肖珏比她高，这样一来，袁宝镇骇人的目光便全被他挡住，一点也看不见了。肖珏亦是看向袁宝镇，弯了弯唇角："袁大人一直盯着我外甥看做什么？"

袁宝镇愣了一下，随即笑起来，道："没有，都督大概是看岔了。"他转过身，不再去看禾晏，仿佛刚刚发生的事，只是一个无足轻重的玩笑。

肖珏继续往前走了，禾晏怔了片刻，跟了上去，心中却有些异样，那一句"我外甥"，虽然指的是程鲤素，但护的是她，这种上头有人护着的感觉，实在新鲜。

到了堂厅，宴席已经设好，四处分设矮长席，禾晏挨着肖珏坐了下来。堂厅中间空着的地方，大约是为了接下来的歌舞。禾晏其实不大明白，何以这样的宴会，都要请貌美女子来歌舞助兴？须知真正的大家，才不屑于此道。

但孙祥福毕竟不是真正的大家。

再一看桌上的菜肴，禾晏不禁咋舌，什么祥龙双飞、佛手金卷、凤尾鱼翅、千连福海参。京城中的三品官眷府中做宴，也就是这个样子了。看来孙家的日子，过得十分滋润。

她又侧头去看肖珏。不得不说，肖珏平日里冷着一张脸，这也不行，那也不行，一到宴席上，倦懒地坐着，便少了几分淡漠，骨子里的几分闲散，全被勾勒出来。禾晏倏而想起，这人本就是京城中真正的少爷，少时也曾如此，今日赴酒会，明日宴良夜，公子做派十足。如今，宴席中的他，顿时就有了少时肖家二少爷的影子。

"你看我做什么？"肖少爷嘴角勾着，声音低沉，落到禾晏耳中，"小心露馅。"

禾晏轻咳一声："我被舅舅的风姿惊艳，一时走神而已。"

他惯来会拍马屁，奉承的话张口就来，肖珏也懒得理会。正在这时，袁宝镇开口了，他道："肖都督与程公子的感情，倒是极好。"

"自己人，当然好。"肖珏不咸不淡地回答。

袁宝镇本就是为了寻个话头，当然也不会在意肖珏的态度。他拿起桌上的酒盏，笑道："我一直不明白，凉州苦寒之地，肖都督在朔京好过此处多矣，何以会来凉州驻守？"

禾晏闻言，心中一动，她也好奇这个问题。肖珏如今是右军都督，整个南府兵都在他手中，完全不必带新兵来此。当初禾晏还以为他是被贬职了，可看他在孙祥福面前的嚣张模样，倒也不像是被贬职。

肖珏看了一眼袁宝镇，没有回答他的问题，反而笑了，反问道："袁御史以为，我是为何？"

这人又把球给踢了回去。

袁宝镇也是个厉害人，面上笑容丝毫不变："我想都督定是担心新兵难带，换了旁的将领未必能带好，都督向来不惧艰苦，才主动请缨来凉州驻守。"

半响，肖珏才道："是吗？"他漫不经心地问，"御史大人的意思是，本帅到凉州是好事了？"

"当然。"

肖珏瞥他一眼，漠然笑道："我以为袁御史要说的不是这个。"

"哦？"袁宝镇笑问，"肖都督这是何意？"

"末大必折，尾大不掉。"他意味深长地开口，"袁大人难道不是因为这个，才亲自跑一趟凉州的？"

气氛登时凝固了，孙祥福一句话都不敢说，夹着尾巴做人。袁宝镇的笑容也险些维持不下去，禾晏侧头看着肖珏，心里忍不住叫了一声好。

你恭维我，我恭维你，实在没什么意思，都是假话，一场宴会到结束，也得不出什么有用的消息。看人家肖二少爷多厉害啊，一句话堵得别人哑口无言。

这宴上暗藏的玄机，早就该如此坦荡荡地摆到台面上！

袁宝镇顿了片刻，才笑道："肖都督真会说笑，我来凉州，不过是奉命巡视而已。"

肖珏不置可否。

"不知都督卫所新兵操练得如何？"袁宝镇又问，"是否已有良兵强阵？"

肖珏似笑非笑地看着他："这也是袁御史巡视的内容之一？"

袁宝镇虽听过肖珏的名声，与他打过照面，但这般真正坐下来交谈还是第一次。因此，也才头一回领教了这位少年杀将的桀骜不驯。难怪当年杀赵诺，谁说都不顶用，光是和这位少爷坐下来说话，便已经身心俱疲。

他惯来保持的笑容，第一次有些维持不下去，只道："我也是关心关心。"

"袁御史关心的，恐怕不只凉州新兵，"肖珏慢悠悠道，"南府兵、九旗营，不如也一道关心关心？"

这话袁宝镇没法接。

孙祥福左看看，右看看，两位都是他惹不起的人物，便忐忑着出来打了个圆场："我说，两位大人都已经说累了吧，不如先停下来，欣赏欣赏歌舞？吃点东西，这酒是葡萄春，新酿的，诸位尝一尝。"他又吩咐身边的婢子："快叫映月过来。"

不多时，便有几位貌美少女踏入堂厅，为首的正是方才引禾晏他们入场的婢子映月。她这时又换了身衣裳，红裙上绣着丛丛梅花，水袖长长，重新妆成，方才只是娇滴滴的美人，此时却有了艳光四射的绝丽之相，只是同样的，依旧深情款款地看着肖珏。

这姑娘目标也太明确了吧？禾晏心里想着，去看肖珏，就见这人目光冷得如冰，一点都不为所动。

禾晏觉得，他看飞奴的眼神都比看这姑娘的柔和，肖珏莫不是有什么问题，比方讨厌女人之类的？

她这般想着，映月已经带着其余几个侍女盈盈行礼，道："奴婢们献丑了。"

弹筝的姑娘，弹的是《长相思》。缠缠绵绵的曲子，配着绝色少女，当是一幅绝美画面。这里头，禾晏是个姑娘，肖珏压根儿对歌舞不感兴趣，袁宝镇方才被肖珏那么一通说，心思早已飞到了别处，最为满意的，大概只有孙祥福本人。

孙祥福对这位舞姬爱怜有加，可这位映月姑娘，却是个以貌取人的。那长长的水袖甩的，皆是朝着肖珏的方向，媚眼抛得能酥到人的骨头里去。

禾晏百无聊赖之下，还数了数，映月统共对孙祥福抛了五个媚眼，对袁宝镇抛了三个，对肖珏抛了十七个，对自己一个都没抛。

她居然是垫底的，凭什么瞧不起人？

禾晏移开目光，伸筷子夹了一块点心。这是孙祥福的家宴，孙祥福还没胆子在这里面下毒，禾晏尝了尝，味道还不错。

一曲罢了，映月的额上沁出亮晶晶的汗水，美人香汗，更加楚楚动人，她脸蛋红扑扑的，对着众人行礼。

"好、好、好！"只有孙祥福一人在认真看舞，他抚掌道，"妙哉妙哉！诸位觉得如何？"

肖珏自然不会回答他，袁宝镇也只是笑了一下，禾晏便道："果真群芳难逐，天香国艳！"

"小公子也觉得好？"孙祥福仿佛觅得知己，激动道，"那将映月送给程公子如何？"

这也能行？禾晏身子一僵，摆手道："不行不行，我已有未婚妻，只怕不妥。"

"啊。"孙祥福很遗憾，"那真是可惜了。"

现在官员们赴宴，还时兴给对方塞美人的？禾晏正感到匪夷所思，就听见孙祥福又笑道："映月，那你去伺候肖都督吧。"

禾晏："……"

她怀疑万花阁怕不是这位孙知县开的，否则这说话的语气神态，为何如此肖似老鸨。纵然是老鸨，也该是有眼色的，难道看不出来，肖珏全身上下每一寸地方都写着拒绝？

有人眼睛瞎了，其实心里明镜儿似的。有的人还看得见，其实他已经瞎了。

好在这位映月姑娘，没有做出什么有失分寸的傻事，只是站在肖珏身边，为他布菜。

禾晏的身边也有个婢子，正为她布菜，她抬起头，袁宝镇坐在她的侧对面，身后布菜的却不是婢子，而是个侍卫模样的人。

奇了，难道袁宝镇才是那个讨厌女人的人？

禾晏朝他身后的侍卫看去，本是百无聊赖一看，乍看之下，便觉得血液几乎要冻住，整个人僵在原地。

那侍卫生得并不如何高大，甚至算得上瘦弱矮小了，五官亦是平庸，藏在袁宝镇身后，几乎要陷入暗色中，教人很难察觉有这么个人。他一直不吭声，禾晏也就没有注意到他，此刻一看，登时如遭雷击。

一瞬间，桌上的酒宴菜肴全都不见，景色如走马观花，飞快倒退到那一日。她坐在许家府中，贴身丫鬟送上一碗汤药，说是厨房特意熬煮，用来补身子，只盼她早日怀上麟儿，为许家添丁。

景致正好，阳光明媚，她坐在桌前，看着窗外，就看见一小厮模样的人经过，丫鬟笑着解释，今日熬汤的药材，就是这小厮送来的。

这是禾如非的小厮，是禾家的人。

禾晏当时新婚宴尔，虽因许之恒偶有失落，但到底没有放在心上，对禾家，尚且还存着一丝温情。万万没想到，这送来补身子的药材，要的是她的眼睛。

那是她最后一次看见阳光。第二日，她就高热不退，再然后，就瞎了一双眼睛。

只是极短的一瞥，可她已经将此人的面目记在心里反复回忆，如今纵然他换了侍卫打扮，跟在袁宝镇身边，她也能一眼看出来。

"我们同饮一杯吧。"孙祥福举杯笑道。

晶莹的酒浆倒入白玉盏，她见身侧的男子举盏凑于唇边，一瞬间，过去种种尽数浮现眼前，禾晏骇然至极，只觉得从前一幕即将重演，惊怒交加之下，一掌便劈飞肖珏手中的酒盏。

"别喝！"

第十三章 刺杀

少年的声音如一柄利剑，含着似血的凄厉，将宴席上的其乐融融蓦然打断。

变故就是在这时候发生的。

站在肖珏身边的映月，手里正捧着酒壶，她方才倒过酒，还没来得及收回。禾晏话音刚落，仿佛得了什么信号，那酒壶下端眨眼间显出一把匕首，毫不犹豫，直刺向肖珏。

年轻男子神情淡定，未见半分惊慌，手中玉盏直飞而去，在空中与匕首相撞，撞了个粉碎，也撞停了冲向自己的刀尖。

霎时，四面风声顿起。刚刚歌舞过的美貌女子并未全部退下，分立左右，随即皆朝肖珏迎面扑来，这竟是一场精心策划的谋杀。

"舅舅！"禾晏唤道，但见那青年一拍桌子，长剑落入手中，被十来人围在中间，只冷声吩咐她："躲远点！"

孙祥福似是被这突如其来的变故惊呆了，吓得抱头躲在长几之下，还不忘喊道："来人啊，快来人——"

禾晏却是一心注意着袁宝镇身后的侍卫，她原以为，此人既是禾如非的人，跟在袁宝镇身后只怕另有来意，但当时惊怒之下，只顾着桌上的酒，不曾想过周围的女子竟是刺客。袁宝镇被身后的护卫护着往后退了几步，神情慌张。

那侍卫竟没出手。

莫非今日的刺客是个巧合？禾晏心中这般想，再看被围在中间的肖珏，差点被气炸。

刺客皆是女子，方才上场跳舞的女子也好，弹筝的女子也罢，个个身体轻盈，瞧着温温柔柔，下手却招招毒辣。袖里藏着袖箭，水袖拂扬间，那些暗器便朝肖珏飞去。

偌大夜宴，只有肖珏以一当十。禾晏一时间义愤填膺，见到桌上用来切割烤鹿肉的匕首，便一把抓起，冲进人群之中。

"舅舅，我来帮你！"

禾晏话说到一半，忽然想起自己如今是"程鲤素"，朔京里的废物公子怎能会武？只怕不能光明正大地亮出武艺，她心念转动间，便嚷道："这些人的袖子怎么这样长？我都看不到你了！"说话间，便扯住一个女子的袖子，匕首一划，水袖应声而断。

水袖霎时变成短袖，再动暗器，动作就明显了。禾晏就这样一边嚷着一边在人群里打转，她身姿轻盈，如泥鳅般滑不溜秋，人人想来捉她，偏又捉不到。但见这少年一边尖叫一边大骂，竟将场面弄得有些滑稽。

肖珏一剑挥开面前女子的刀，转头瞥了禾晏一眼。

禾晏还在嚷："救命啊，杀人啦！"一掌挡开冲至眼前的飞镖，顺便踹了一脚旁边女子的脸。

肖珏嘴角抽了抽。

那些歌女的目标本是肖珏，所有的毒辣手段暗器皆是冲着肖珏而去，陡然间闯进这么一个少年，全都被打乱了。映月脸色铁青，五指合拢，恨声道："可恶！"直劈向禾晏的天灵盖。

禾晏"啊呀"一声叫道，躲到肖珏身后，一边叫着"舅舅救我"，一边心中惊讶。

这十来个女子，个个身手不凡，绝不是一朝一夕能练成的。这等手法，像是专门为了杀人而训练的死士。

肖珏究竟得罪了什么人？

这群女子中，尤以映月最厉害，倒也不是最厉害，实在是她手中暗器层出不穷，枣核箭、梅花针、峨眉刺、铁莲花……禾晏都不知她那袖中究竟如何放得下这么多暗器。然而肖珏似乎并不想要此人性命，剑尖避开了要害。

禾晏知他年少时便剑法超群，身手极其出众，如今久别重逢，第一次见他出手，竟是如此场面。刺客无可近身，皆伤于饮秋剑，倒地不起，而他一扯映月袖子，手臂转动，映月被扯得上前，下一刻，他的剑尖直指映月喉间。

青年嗓音含着无可掩饰的杀意，凌厉逼人。

"谁派你来的？"

禾晏忍不住去看袁宝镇的侍卫。

那侍卫护在袁宝镇身前，于是方才藏在暗处的脸，此刻便显现出来。他的神情亦是十分慌乱，仿佛也没料到会发生这种情况，瞧不出一点端倪，然而，禾晏看到，他的食指缓慢地弯了弯，弯成一个半圆。

没有人会在这种时候注意一个护卫，那手指的动作，极其细微，若非禾晏一直关注着他，定然是要被忽略的。

多年养成的直觉令她下意识回头看去，但见门口一直抱头藏在几下的守门小厮，朝肖珏扑去。

"小心！"

肖珏正指着映月，禾晏一掌将肖珏推开，那人扑到身前，被肖珏一剑刺破喉咙。

一直行刺的都是女子，何人会留意到这个小厮？况且从变故发生的第一时间起，这人就如所有手无缚鸡之力的下人一样，躲在矮几下。谁能料到他才是最后一颗棋子。

"可有事？"肖珏拧眉问禾晏。

禾晏摇了摇头。

映月却突然笑起来。

满场死寂中，她的笑声格外刺耳。禾晏转头看去，美人唇边带血，神情狠戾。

禾晏上前一步，问："你们是谁？为何要害我舅舅？"

映月看向禾晏，神情凶狠："若不是你出来搅局，今日何至于此！你永远也不会知道，我的主子是谁……"

她唇边的血越来越多，颜色是不正常的黑色，再看周围女子，皆是如此。禾晏便明了，果真是死士，一旦刺杀失败，便自绝身亡。

"是吗？"肖珏看着映月，忽然勾唇笑了，眸光嘲讽，"天下间想杀我的人，数不胜数。但如此心急的，也只有一个。

"你主子送的这份大礼，我收下了。希望我的还礼，你家主子能受得起。"

映月脸色巨变。可她已经服下毒药，不过片刻，脸色灰败，同其余十来个女子一样，香消玉殒，再也没了气息。

肖珏抬脚跨过她的尸体，到厅中站定，看向藏在矮几下吓得发抖的孙祥福，斥道："孙知县，你不妨解释一下，为何你设宴，府中婢女会向我行刺。你这是蓄意谋害本帅吗？"

孙祥福早已吓得脑子一片糨糊，闻言眼泪差点掉下来，他见刺客都死了，才敢从矮几下站起身，忙不迭地解释："都督，我真的不知道，我真的不知道啊！借我十个胆子，我都不敢谋害您！这些歌女是我半月前才接到府中的，我……我不知道是刺客啊！袁大人，袁大人您快帮我解释一下，我、我这真不知道是怎么回事！"

一直没吭声的袁宝镇也回过神，心有余悸道："孙知县，这不是你知不知道的问题。这些歌女都是你府上的人，今日若是肖都督真的有个三长两短，你怎么也脱不了干系。我看此事不简单，还是先将这里收拾一下，请件作来看看，这些人到底是从何而来，什么身份。"

他又看向肖珏："肖都督也受惊了，不如先清理一下，换个地方，听孙知县说说这到底是怎么回事。我想这些歌女，只怕是有备而来。"

肖珏似笑非笑地看着他："好啊。"

这一场夜宴，到中途便戛然而止，但此刻众人都没了继续的心情。堂厅里一片狼藉，仵作和衙役们很快过来，将歌女的尸体抬走，袁宝镇问："要不要搜搜她们身上可有什么信物？"

"既到孙府半月，信物早已藏好，怎么会留在身上等人来搜。真的有，恐怕也是嫁祸他人，"肖珏盯着袁宝镇，淡淡道，"袁大人可不要中计了。"

袁宝镇头皮一紧。

肖珏没再理会他，侧头，就看见禾晏呆呆地站在原处，忽然记起，好像从方才起，禾晏就没怎么说话了。

是被吓坏了？

"愣着干吗？走吧。"他对禾晏道，刚说完，便感到自己袖子被人扯住。

"舅舅，"那少年仰着头，向来笑嘻嘻的脸上，没了笑容，罕见地带了一丝紧张，目光亦是茫然地落在他脸上，好像又没有看他，"刚刚那个小厮冲过来的时候，我将你推开了，他撒了一把东西在我脸上，我眼睛有点疼，"他的声音小小的，没了从前的飞扬，有些慌张，"我好像看不见了。"

......

大夫一个接一个地进去，又很快出来，神情惶恐，每个人都摇头不语，唉声叹气。

肖珏的脸色越来越沉。

孙祥福在一边看得心惊胆战，谁能想到，肖珏的外甥——程鲤素会被刺客伤了眼睛呢？这少年只说看不见，凉州城里又没有什么神医，能找到的大夫都找来了，皆是没有办法。

地上那些药粉早已被风吹走，一点痕迹都没留下，连毒都不知道是什么毒，如何能解？所幸的是这少年只有眼睛受伤，其余地方还好，否则若是伤及性命，不知都督要如何大发雷霆。

"都督，"孙祥福诺诺地道，"下官再去请名医来，小公子吉人自有天相，定然会没事的。"

肖珏："滚开。"

话里的怒意，谁都能听得出来，孙祥福不敢在这个关头触怒肖珏，匆匆说了几句，赶紧逃命似的退下了。

肖珏站在屋外，顿了片刻，才往里走去，恰好与最后一个大夫擦身而过。他见那少年坐在榻上，不知在想什么，片刻后，又用手在自己面前比画比画，仿佛不肯相信自己看不见似的。

因他叫疼，大夫也不敢用什么药，只找了些舒缓清凉的药草敷在干净的布条上，拿布条绑了眼睛。

禾晏向来都是眉开眼笑的，有时候聪明，有时候蠢，至于这蠢是真蠢还是装蠢，如今是无人知晓的。他那双眼睛生得很巧，清澈灵动，瞪着的时候有点傻，弯起来的时候，就盈满了朝气和狡黠。如今布条遮住了他的眼睛，一瞬间，少年的脸就变得陌生起来，连带着他从前的那些生动表情都像是模糊了。

肖珏忽然又想起刚才在宴席上，映月一行人行刺之时，禾晏冲过来的模样。映月倒的酒，就算禾晏不提，他也并不会喝，但那个时候少年的叫声中，恐惧和愤怒不像是假的。

他往里走，走到了禾晏的榻前。

禾晏似有所觉，侧头看来，不确定地询问："是有人来了吗？"

肖珏没有说话。

"没有人吗？"他又嘀咕了一句，就侧过头去安静下来。

一个时常叽叽喳喳的人，突然安静起来，是会让人不习惯的。这少年如今也才十六岁，得知自己眼睛看不见了，有些慌张，但竟没有号啕，也没有落泪，好像很快就接受了这个事实。只不过，他安静坐着的时候，会让人觉得有一丝不忍。

肖珏开口问："你感觉怎么样？"

"都……舅舅？"禾晏惊讶了一下，才道，"我就是有些不习惯。"她伸手似乎想要摸自己的眼睛，触到的却是布条，于是又缩回手来，道，"我的眼睛，真的看不见了吗？"

肖珏本该说"是"的，但这一刻，他居然有些说不出口。

"舅舅，你不会是在为我难过吧？"禾晏突然道。虽然眼睛蒙着布条，但他说这话的语气，让人想象得出来，若是寻常，此刻这人应当瞪大眼睛，目光里尽是促狭和调侃。

"还是你在自责？"禾晏笑道，"其实你不必为我自责，你应该夸我，也许你夸夸我，我就会认为，我做这一切都是值得的。"

"夸你什么？"肖珏漠然道。

"当然是夸我厉害了。"少年的声音带着惊讶，又带着一点得意，"刚才若不是我提醒你别喝酒，也不会引出这一场刺杀。我是你的救命恩人，难道不厉害吗？"

都什么时候了，他居然还有心思想这些？肖珏无言，不知道该说这少年是心大，还是真的不在乎。

"你好像并不难过。"肖珏道，"你的眼睛看不见了，也许永远都看不见。"

此话一出，少年的手指蜷缩一下，虽然极细微，还是被肖珏捕捉到了。

他在害怕，并不如表面上说的那般轻描淡写。

"老天爷不会对我这么坏吧？"禾晏道，"我平生没做过一件坏事，何以这样对我？如果……如果真的要这样对我，那我也没办法，瞎子也分很多种，我这么厉害，就做瞎子里最厉害的那一个吧。"

肖珏微微一怔，这句话听着莫名耳熟，似乎许久之前曾在哪里听过。

"不过，舅舅，你这么早就要放弃了吗？我觉得你还是再给我找几个大夫来看看吧，也许我还能治好，你干吗说得就像没的治似的？"禾晏问。

肖珏看了他一眼，少年虽然竭力表现得和平时一样，到底有些恹恹的，提不起精神。他道："好好休息。"转身走了。

肖珏离开了，屋子里恢复了平静。因着府里可能有刺客内应，屋子里所有的下人都被撤走了，只在院子外留有肖珏重新召来的自己人——飞奴。

禾晏伸出手，似乎想要去解脑后的结，片刻后还是放下手，没有继续动作。

她低头，喃喃道："丁一。"

袁宝镇那个护卫，禾如非曾经的小厮，曾亲自送她一碗毒药的人，她听见了袁宝镇叫他的名字，他叫丁一。

书房里，孙祥福脸皱成一团，都快哭了。

他面前坐着的就是袁宝镇，袁宝镇道："孙知县，这事我帮不了你。"

"袁大人，您可不能见死不救啊！如今能帮我的就只有你了。"孙祥福哭丧着脸道，"今日那些刺客到底是怎么回事，我是真的不知道。现在都督生气了，程公子眼睛也看不见了，肖都督定然要将火发在下官身上，我只是一个知县，哪里承得起封云将军的怒火？！"

肖珏和程鲤素这对舅甥关系有多好，孙祥福是亲自见过的。程鲤素和孙凌起了争执，那肖珏赶过来护短的样子，可真叫人胆寒。当时不过口舌上争执了几句便是如此，如今程鲤素真的瞎了，肖珏岂不是要以命抵命？孙祥福想到这一点，便瑟瑟发抖起来。

"我看肖都督不是这样蛮横无理的人。"袁宝镇劝慰着。

二人正说话的工夫，肖珏到了。

孙祥福也顾不得求袁宝镇了，袍子一撩，直接给肖珏跪下了。

"何意？"肖珏冷眼瞧着他。

"都督，下官真的不知道刺客是怎么回事。下官也是被她们骗了！就算给我一百个胆子，下官也不敢谋害您啊！"孙祥福开始喊冤。

"起来吧，"肖珏瞥他一眼，似乎瞧不上他这般做派，走进里头，在最上头的椅子上坐下,看着他开口,"说说你是怎么遇到她们的,"顿了顿,又补充道,"那些刺客。"

这是……相信他不是幕后主使了?孙祥福顿时喜出望外。倒是一边的袁宝镇,目光闪了闪,没有出声。

孙祥福连忙站起身,退到一张略矮的椅子上坐下,这下,他和袁宝镇坐着的位置,就很像以肖珏为尊了。孙祥福擦了擦额上的汗,道:"其实她们进府也就半月,最初,是城里新来了一台戏班子……"

这戏班子的班主是一名老妪,带了一帮如花似玉的姑娘来到城里,说是她们居住的地方大旱,实在没活路,才搬到凉州城里的。她们在城东搭起戏台,每日唱三场。

一开始只是平民们来看,这一班姑娘不仅貌美,唱得也好听,十分招眼,渐渐地有了名气,引得许多贵人也知道了,一来二去,就传进了孙凌的耳朵。

凉州城里美貌出众的女子,哪有孙凌没有碰过的。孙凌看了戏的当天夜里,就叫人买下那班女子,入府唱戏。班主老妪不肯,被孙凌的下人打伤,就要被打死的时候,映月站了出来,说愿意说服姐妹,自愿入府,只希望孙凌放了她们的班主。

孙凌大度照做,映月果真也说服了一班姐妹,进了府后,温柔小意。孙凌发现,这帮姑娘不仅会唱戏,琴棋书画也算精通,其中又以映月尤为出众。

孙祥福也知道了映月。

孙祥福同孙凌不同,孙凌每日只知吃喝玩乐,孙祥福却有一点野心,当凉州知县固然好,但倘若能再进一步呢?就算不再进一步,平日里上下也都要打点,熟悉的、陌生的都要搞好关系,譬如新来的这位凉州卫的指挥使,他就不是很熟。

孙祥福把映月要来了,让映月在府里设宴那一日,为客人助兴。反正客人有两位,监察御史袁宝镇与右军都督肖珏,只要讨好了一人,他就可安枕无忧。

孙凌虽然有些不满,但也无可奈何。这之后的日子,映月果真带着她的姐妹们练舞唱歌,每次孙祥福过去看的时候,都很满意。这婢子很聪明,之前为班主入府时,尚且有些不愿意,待领教了孙府的豪奢之后,有时孙祥福与她说话,还能感受得到这女子对权势的渴望。

也是,人往高处走,水往低处流,世人皆是如此,男女都一样。

一直到今夜宴席发生变故前,孙祥福都是这样认为的。

他说起这些事的时候,大概因为窘迫,还稍加润色了一些,不过剔去那些无关紧要的修饰,也就无非是一件事——孙凌见色起意,谁知捡回家的竟是一条毒蛇。

"我真的没想到，她们竟是刺客。女子……女子怎么能做刺客呢？"孙祥福道，这话不知是说给肖珏，还是说给他自己听的。盖因女子对孙家父子来说，一直以来都是玩物，或是被送去笼络他人的物品，如今被女子摆了一道，很难说清他此刻的心情。

"这些刺客是半月前入府的？"肖珏问。

孙祥福点了点头："没错，此事也都怪下官，下官没有认真核对她们的身份，以为她们是女子，在城里举目无亲柔弱可怜，才……"

他在这儿竭力想将自己说成怜惜别人柔弱才将对方接入府中的，奈何肖珏根本没理会他，只是把玩着手中茶盏，淡淡道："半月前，孙知县还没有给我下帖子，邀请我来府上赴宴。"

孙祥福一愣。

"不过半月前，袁大人应该已经知道自己抵达凉州的日子了。"他侧头，似笑非笑地看向袁宝镇。

袁宝镇闻言，笑着回答："都督此话是何意？不会是怀疑我吧？都督也不想想，真要是我安排的这些女子，我如何笃定她们会被孙知县给接回府中？我又不能料事如神。"

"你当然不能料事如神，"肖珏不慌不忙地道，"你只要给孙知县写封信就行了。"

这是在说袁宝镇和孙祥福一起做局了。

孙祥福以为自己好不容易才洗脱了嫌疑，肖珏这么一句，立刻又让他汗如雨下，当即慌忙摆手道："没有，没有！都督，我真的没有，我不知道这是怎么回事。我也没有收到过袁大人的信！"

袁宝镇也不笑了，看着肖珏，肃然道："都督一句话，就定了我和孙知县的罪，可连证据都没有，实在叫人心寒。我与都督又无深仇大恨，还是第一次与都督同席，何以会害都督呢？"

他本就生得面善，此言此语，十分诚恳，还有两分被误解的伤心。

肖珏盯着他看了一会儿，片刻后，笑了，漠然道："开个玩笑罢了，袁大人不必认真。"

他收了笑容，重新变得冷淡，如一柄即将出鞘的刀，藏着山雨欲来的悍厉。

"不过，此事诸多疑点，没弄清楚之前，恐怕要在此叨扰几日了。"他道。

"都督……是要住在这里？"

才发生过行刺，寻常人只会觉得此地不安全，会尽快离开，省得再次被算计，他怎么还留在这里？

"是啊，"年轻的都督放下茶盏，站起身来，长身玉立，眼神微凉，"住在这里，捉贼。"

夜里，孙府大门口站着一排官兵。用官兵来守自家大门，本不合情理。只是如今孙祥福如惊弓之鸟，草木皆兵下，也顾不得那么多。府里所有的下人都被一一盘查，暂时没有发现疑点。

右军都督肖珏和监察御史袁宝镇都住在府上，这两位平静之下的暗流也被孙祥福察觉到了。他坐在屋里，唉声叹气，孙凌已经从下人口中得知了整件事情的来龙去脉，道："爹，你怎么还在为此事烦恼？"

孙祥福气不打一处来："如果不是你多事，将那些女人接回府里，怎么会有这些事情！"

"爹，我是将她们接回府里自己用，没让你拿去招待客人。"孙凌翻了个白眼，"现在出了麻烦，怎么能怪我？那些女人也真是没用，既要行刺，就一次成功，就这么白白送死，也不知便宜了谁。"

话音未落，孙凌就被扑过来的孙祥福捂住了嘴，孙祥福四下看了看，骂道："你不要命了，说这种话！"

"我又没说错，"孙凌凑近他，低声开口，"爹，你是不是也不怎么喜欢那个肖珏？"

孙祥福没说话，这是他喜不喜欢的问题吗？比起他喜不喜欢肖珏，似乎更应该担心肖珏喜不喜欢他。

"我听着那位肖都督和袁大人之间似乎有龃龉，他们二人斗法，你只消坐山观虎斗就行。那个袁大人还行，和和气气的，你不妨暗中相助，敌人的敌人就是朋友嘛。"孙凌道，"若最后真出了什么问题，你既除掉了肖珏，又同袁大人攀上了交情，岂不是一举两得？"

他自认说得很有道理，冷不防被孙祥福一巴掌拍在脑袋上，孙祥福骂道："哪有你说的这样简单！今日你是没有瞧见，肖珏这个人……"他想到了什么，眸中惧意一闪而过，"不好对付。"

屋内，灯火幽微，袁宝镇坐在桌前，神情阴晴不定。容貌平庸的侍卫就站在他身后，亦是眼神闪烁。

"肖珏对我起了疑心。"片刻后，袁宝镇才道，"今日事不成，只怕没有机会了。"

"他怎会怀疑到你？"侍卫，那个叫丁一的男人道。

"我不知道。"想到方才在孙祥福书房里发生的事，袁宝镇便气不打一处来,"不过,程鲤素怎么会瞎?"袁宝镇皱眉,"这也是提前安排的?"

丁一摇头:"未曾听过。"

怀疑也没有用了,如今刺客皆死,一个活口都没有,纵然满腹疑问,也无人可答。

"那个程鲤素有点奇怪。"丁一开口道,"今日若不是他出声阻止,也许肖珏已经喝下毒酒。"

他这么一提醒,袁宝镇又想起来,今日夜宴上,肖珏举杯的时候,程鲤素那一声"别喝"来得突兀又响亮,使得刺客们提前动手。若不是他出声阻止……也不至于闹到眼下进退两难的局面。

"他如何知道酒里有毒……"袁宝镇喃喃道,片刻后,他摩挲着桌前油灯的灯座,道,"既然如今肖珏他们就在府上,也正是我们的机会。我明日去试一试程鲤素,倘若这少年真的瞎了,或许能利用他牵绊肖珏。"

禾晏并不知道在这些看不见的地方涌动着的暗流。此刻,她正坐在屋子里,同飞奴据理力争。

她眼睛出了问题后,肖珏就将飞奴唤来,守在禾晏的房前。毕竟孙府之前已经有过刺客,谁知道丫鬟小厮里会不会再藏几个人。

"飞奴大哥,你出去吧,我自己真的可以。"禾晏头疼。

"你眼睛看不见,"飞奴回答得非常刻板,"少爷让我守着你。"

"那你守着门就是了,你要当我的贴身丫鬟,我真的非常不适。"禾晏认真道,"你能不能出去?"

"恕难从命。"

"你怎么跟你主子一样,通情达理一点可以吗?"

肖珏刚到门口,听到的就是这么一句话,他脚步一顿,站在门口道:"发生了何事?"

飞奴道:"少爷……"

不等飞奴说完,禾晏已经看向门口的方向,她的眼睛仍然蒙着布条,手里攥着衣服:"是舅舅来了吗?飞奴大哥疯了,要帮我洗澡!"

飞奴嘴唇动了动,解释道:"他看不见,我怕……"

"舅舅!你又不是不知道我有未婚妻,我的身体怎么能被其他人看到!"那少年声音明快,之前的落寞和慌张已经一扫而光,又是惯来的不讲道理的模样,"我要是因为你婚事散了,飞奴大哥,你赔得起我一个未婚妻吗?"他又嘀咕了一句,"你自己都没有。"

飞奴:"……"

肖珏看他一眼，讽道："你确定不会淹死？"

沐浴桶就摆在屋内中间的屏风后，水并不深，不知道是不是孙府里的日子都这般奢靡，上头还撒了一圈花瓣。禾晏做女子的时候都没享受过这等精致的花浴，做男子的时候反倒享受上了。

"舅舅，你是不是忘了在凉州，我蒙眼都能射中天上的麻雀，怎么会淹死？"禾晏道，"你们放心吧，再说，倘若我真的成了瞎子，总不能一辈子都让人帮我做事。"

飞奴无言，他在九旗营里见过不少兄弟，偶尔有缺胳膊少腿的，人家虽然也能笑着度日，但好歹也要消沉一段时间。禾晏是他见过最快从这种情绪中走出来的人。

肖珏见他神气十足，也懒得理会，只对飞奴道："出来吧。"

飞奴跟着肖珏出去，门被掩上了，禾晏这才松了口气。

她没有解开布条，脱下衣服，进入浴桶，将整个身子都浸泡在水中。倘若此刻有人在此，定然讶异，她做这些和寻常人一般无二，动作没有半分踟蹰，简直像能看见似的。

水温恰好到处，一直以来都在卫所旁边的河里洗澡，河水冰凉，不及眼下舒适。不过纵然舒适，却也不敢贪恋。水雾蒸腾，模糊了她的影子，禾晏脸上的笑容也淡了下来。

本以为仅在此赴宴，没料到竟然要在这里多住几日。加之眼睛看不见，这样一来，周围伺候的人一多，就更要提防女子的身份被揭穿。

她还记得今日丁一在宴席上最后那个动作，那个隐晦的弯起手指的动作，若不是她一直盯着丁一，就会被忽略了。正因为她认出了丁一，才知道那个最后向着肖珏冲出来的小厮是丁一所安排，那么这件事就变得很奇怪了。

丁一曾是禾如非的小厮，袁宝镇也是禾如非的友人，丁一与宴上的刺客勾结，刺杀肖珏，从某种方面来说，也许是禾如非的意思。但禾如非为何要杀肖珏？

她做"禾如非"时，与肖珏井水不犯河水，甚至在贤昌馆为同窗，也算得上有些交情。如今禾如非做回原来的自己，同肖珏未有仇怨，为何竟用这等毒辣手段，也要肖珏的命？

或许，她应该去找袁宝镇说说话。

夜里，禾晏同肖珏、飞奴睡在一间房。

因怕孙府里还有别的刺客，几人没有分开。不过孙府院子多，这间房分里间和外间。里间自然是肖二少爷住，外间则是飞奴与禾晏，他们各自睡了一侧外榻。禾晏觉得这样的睡法仿佛在给肖珏护法。

这一觉睡得竟也安稳，第二日一早，禾晏是被飞奴叫醒的。

她坐起身，下意识地问："几时了？"

"辰时。"飞奴答道。

"哦。"禾晏又去摸自己眼睛上蒙着的布条，这回她直接解开了。

从黑暗到光明，倘若看得见的人，必然要眯眼睛适应一下，禾晏却只是睁着一双眼睛，未见半分不适。飞奴心下一沉，问："可看得见？"

禾晏茫然地摇了摇头。

一阵沉默。

"也许……再过几日就好了。"飞奴笨拙地安慰。这少年虽然身份可疑，但到目前为止，也没害肖珏。

"舅舅不在吗？"禾晏问。

"少爷出去了。"

禾晏点了点头，想了想，又将布条覆上眼睛。

飞奴诧异："你怎么又戴上了？"草药已经用过一日，不顶用了，戴上反而不适。

"还是戴上吧，提醒旁人我现在看不见。"禾晏笑了笑，"对一个瞎子，人们总要宽容些。我避不开旁人，旁人可以避开我，不是吗？"

蒙着布条与不蒙布条，显然前者更像个瞎子。飞奴心中一震，似乎有什么从脑中闪过，快得抓不住，片刻后，他没说什么，只道："先去用饭吧。"

禾晏点了点头。

肖珏不在，飞奴与禾晏梳洗后，就坐在屋里吃东西。东西是飞奴提前买好的，禾晏不要飞奴帮忙，吃得很慢，但动作还算稳，没有将汤羹洒在外面。孙祥福叫来的婢子全都撤下去了——有了肖珏的前车之鉴，这里的婢子禾晏一个也不敢相信。

吃完饭，飞奴叫人将桌上的残羹剩菜收走，禾晏正一个人坐着，有脚步声响了起来。脚步声很轻，若不是她耳力过人，也难以听见，来者并非一个人，而是两个人。

肖珏自不必如此，飞奴刚刚离开，禾晏心中已经有数，猜到是谁，面上却不显，仍然安静坐着，像是在发呆。

那脚步声落到跟前，像是有人在细细看她，禾晏眼睛蒙着布条，动也不动。

又过了一会儿，来人没找到什么破绽，突然开口："程小公子。"

"啊呀！"禾晏吓了一跳，差点从椅子上摔下去，她慌乱地站起来，脚磕到桌子腿，痛得叫了一声，有人来扶她，道："没事吧？"

禾晏张开手乱抓一气，道："是谁？"

她抓到一个人的衣角，那人好声好气地安慰她："我是袁宝镇，不是歹人，小公子放心吧。"

禾晏这才安静下来，松了口气，心有余悸地开口："原来是袁御史，我还以为是那些刺客又来了，吓死我了！您进来怎么也不出声？"

"对不住对不住，没想到将小公子吓着了。"袁宝镇笑道，"我听闻小公子眼睛瞧不见，特意来看看你。"

他说这话的时候，语气虽然关切又心疼，脸上却无丝毫笑意，死死盯着禾晏的表情，似要看清楚禾晏究竟是真瞎还是假瞎。然而禾晏眼睛上覆着布条，什么都瞧不见。

瞧不见一个人的眼神，就很难从他的表情中看出漏洞来。

他这头靠得极近，寻常人或许不能意识到这一点，禾晏却能清楚地感觉到。她抓着的人是丁一，袁宝镇贪生怕死，怕出意外，不会直接上前。但他的目光却如附骨之疽，让人难以忽略。

纵然如此，禾晏也丝毫不显，她像是有些苦恼，又有些少年特有的满不在乎，道："是啊，现在看不见了，不过舅舅说会找到神医给我治好的，所以应当也只是暂时看不见。"

不说还好，一说此话，便几乎让人相信了他确实看不见。因为"神医"之说，本就带着一种宽慰敷衍之意，是用来哄骗小孩子的。

袁宝镇在旁边的椅子上坐下来，摇头叹息道："没想到这一趟，竟让小公子受了伤。所幸没伤及性命，肖都督也无事。"说着，他像是想起了什么，看向禾晏，不解地问，"只是小公子，昨夜夜宴之时，你怎么知道有刺客，不让都督喝那杯酒的呢？"

谁都不知道那杯酒有没有毒，因此，袁宝镇问得很巧，丝毫不提酒的问题，只说行刺。禾晏心中冷笑，这是试探她来了。她仰着头，像是不知道袁宝镇在哪个方向，犹豫了一下，才道："我不知道当时有刺客啊，我只是看见了有飞虫飞进舅舅的酒盏了。"

这个回答令丁一和袁宝镇都没想到，袁宝镇问："飞虫？"

"不错，你们不知道，我舅舅这个人爱洁，"禾晏叹了口气，"衣裳上沾了灰尘，立刻就要换新的，鞋子上沾了污泥，绝不会再穿二次，酒盏里有飞虫，他要是喝了，不知道会发多大的火，我当时只是想提醒他别喝，换个杯子，谁知道竟然有刺客，我也吓了一跳，这谁能想得到？"

竟是这个原因？袁宝镇有些将信将疑，当时程鲤素喊得凄厉焦急，听得人心里发紧，原来是这样？可若不是这个原因，他一个什么都不懂的少爷，如何能未卜先知，知道酒里有问题？

或许真是误打误撞碰上了？袁宝镇心里说不出是什么感受，谁能知道一盘好棋，竟然会毁在这里？他心里半是恼怒半是怀疑，再看程鲤素，只觉得这少年令人讨厌。

但"程鲤素"显然不知道自己的讨厌，反而像是因为袁宝镇来这里看他显得格外亲近，笑道："我听舅舅说，袁御史是从朔京来的？"

"不错。"

"那袁御史可认识飞鸿将军禾如非？"禾晏问。

此话一出，屋中寂静一刻。离禾晏极近的丁一按住腰间长刀，一瞬间，杀气扑面而来。

少年浑然未觉，面上挂着笑意，等着袁宝镇的回答。

片刻后，袁宝镇才盯着禾晏的脸，问："小公子怎么会突然问起飞鸿将军？"

"世人都说飞鸿将军与我舅舅是死对头，身手又不相上下，我没见过飞鸿将军，既不知道他身手如何，也不知他长得是何模样。袁御史既是从朔京来的，又是同朝为官，没准儿见过。我听说他从前戴面具，现在摘了面具，怎么样，他长得好看吗？"

面前的"程鲤素"声音轻快，袁宝镇松了口气。有一瞬间，他还以为这少年发现了什么，几乎想要灭口了。

"我见过他，他生得……很英俊，不过，应当比不上肖都督。"袁宝镇笑着回答。

"不如我舅舅？"禾晏顿时失望，又很快道，"那，袁御史与飞鸿将军走得近吗？若是走得近，日后等我回朔京，能不能为我引荐飞鸿将军？我也听过他许多事迹，想亲自瞧瞧是个怎样的人。"她小声道，"只是此事千万别被我舅舅知道了，我怕他罚我抄书。"

"小公子恐怕要失望了，"袁宝镇摇头道，"我与飞鸿将军只是认识而已，并不相熟。若说引荐，不如让肖都督为小公子引荐更好。"

禾晏嘀咕道："我哪里敢让他为我引荐。"

他这般说着，袁宝镇看着他，突然道："今日过来，原本是怕小公子因眼睛一事难过，不过眼下见到，倒是我多虑了，小公子看起来并没有很伤心。"

禾晏奇道："袁御史何以这样说？我昨夜里可是哭了整整两个时辰，若不是舅舅骂我再不住嘴就将我扔出去，你现在都看不到我了。况且我也想明白了，我是谁啊，我可是右司直郎府上的少爷，虽然我什么都不会，但我舅舅是右军都督，我舅舅说神医能治，就一定会有神医将我眼睛治好！"

他这话里满满都是对肖珏的崇拜和信任，倒教袁宝镇一时无言，不知道该说什么。禾晏的话滴水不漏，暂且没找到什么破绽，只是……袁宝镇心里还是有些不放心。

"小公子说得对，肖都督无所不能，一定能找到办法，看来是我狭隘了。"他笑着站起身，"如此，我也该走了。小公子如今身子不适，还是先去榻上躺着吧。"他四下里看了看，"这屋里怎么连个下人都没有？"

"是我要他们都走的，"禾晏笑道，"昨夜发生了那种事，这府里的下人我是不敢用了。难道袁御史你敢用？你胆子可真大。"

"可你如今瞧不见，总要人伺候。"

"飞奴会伺候我，况且我能自己摸着过去。袁御史放心吧，我自己能行。"

袁宝镇笑道："小公子机灵，那我先离开了。"说罢，他就转身离开，但走到门外，又转回头，站在门口没有动了。

屋子里，丁一一步也没有挪动。

他们二人进来时，说话的一直是袁宝镇，丁一没有出声，禾晏很容易会以为屋子里只有一个人。

袁宝镇站在门口，对丁一使了个眼色。

禾晏站起身来，颤巍巍地往屋里走。丁一就在她的面前，她能感觉得到。她的袖子里藏着一把峨眉刺，是昨夜从映月手里收走的，她已经想好，若是丁一动手，她当如何避开，又要如何将这把峨眉刺刺进他的心口。

少年眼睛蒙着布条，扶着旁边的墙，慢慢地往屋子里走。大概屋里的人也怕禾晏行动不便，会被东西绊脚，便将椅子什么的都收到一边，从桌前到榻上，一路什么都没有，只要扶着墙摸过去就行。

禾晏亦是如此。

她走到快要接近床的地方，丁一弯下腰，往她面前放了个板凳。

少年毫无所觉，一脚迈过去，"哐当"一声，脚步一绊，登时往前栽去。可栽得实在不巧，磕到了床沿，整个人惊叫一声，额头处立刻肿了一个包，半个身子扑在地上，手也擦破了皮，半晌没爬起来。

丁一对袁宝镇摇了摇头。

袁宝镇见状，转身往外走，丁一也轻手轻脚地跟了出去。

屋子里只剩下禾晏一个人。

禾晏没有立刻坐起来，只是抱着头呻吟，心中却想着其他事。

袁宝镇果真是来试探她的，这人心思缜密，竟还让丁一来放个板凳，特意看她的反应。倘若自己应对的有半分不对，只怕这对主仆便要生出别的想法。

她耳力超群，早早地听出丁一的动作，也知道袁宝镇没有立刻离开，才特意配合他们演戏。袁宝镇在试探她，她又何尝不是在试探袁宝镇？

明明关系匪浅，却偏偏要说只是认识。如果只是认识，禾如非的小厮丁一绝不会在此跟着他。那杯酒也果真有问题，可最让禾晏不解的还是，禾如非在这件事中，究竟扮演了怎样的角色。

接下来，她还得跟踪丁一，搞清楚这两人究竟要做什么才行。

外头没了动静，禾晏"哎哟哎哟"的声音更大了些，飞奴赶了进来，他问："你怎么了？"

"刚才磕破了头。"禾晏茫然地伸手来抓他，"飞奴大哥，你快来扶我一把，我脚崴了。"

飞奴应声上前，将他扶到榻上。布条蒙住禾晏的眼睛，因此，飞奴也并不能从他眼中看出他的情绪，自然也不知道禾晏此刻心里在想什么。

其实方才的做戏，不只是做给袁宝镇看的，也是做给飞奴看的。

袁宝镇和丁一一心想要试探禾晏，竟没发现，飞奴一直藏在窗外，听着里头的动静。

一场戏骗两个人。禾晏道："飞奴大哥，你刚刚去哪里了？那个袁御史过来坐了一刻你都没见着。"

飞奴避开了他的问话，只问："你头上怎么样？"

禾晏摸了摸脑袋，道："肿了老大一个包，不知道什么时候才消。"她叹了口气，"这还真是鸿门宴，我那位小弟倒是挺聪明的，没来很对。"

这要是换了程鲤素在此，都不知道眼下是个什么情形。

"你先坐下休息一会儿。"飞奴的声音听不出什么情绪，"我就在门口，有什么事叫我。"

他又离开了。

肖珏回来的时候，已经是深夜了。

这一日，禾晏与飞奴待在孙府里，什么都没做。孙祥福送过来的酒菜，都要用银针一一试毒。因禾晏看不见，索性在屋里睡了一天，飞奴也就在门口守了一天。

肖珏一回来，睡在榻上的飞奴立刻醒了，起身走到肖珏身边，道："少爷。"

肖珏示意他跟着进里屋，飞奴看了一眼榻上的禾晏，幽暗的灯火下，他睡得正香。

飞奴与肖珏进里屋去了，并未看到躺在榻上熟睡的少年双手轻轻地有一下没一下地敲着身下的褥子。禾晏当然没有睡着，白日里睡了一天，夜里如何还能继续睡，她又不是村里养的猪。肖珏显然是和心腹有话要说，估摸着飞奴也会将白日发生的一切告诉这位都督。

主仆俩说悄悄话，禾晏是没胆子去听的。不过想也想得到飞奴能跟他说什么，禾晏自觉今日做戏，还是骗得过飞奴的。

至于能不能骗过肖珏，那她就不知道了。

里屋，灯盏被点上了。

肖珏将佩剑放到桌上，在桌前的椅子上坐了下来。

"少爷，今日袁宝镇来过了。"飞奴道。

肖珏抬眼道："何事？"

"属下看，是特意来找禾晏的。袁宝镇同禾晏说了几句话。"他将袁宝镇与禾晏的对话原原本本地说给肖珏听，末了才道，"袁宝镇好似在试探禾晏。"

肖珏沉吟片刻，道："你怎么看？"

"从禾晏的回答看，似乎不认识袁宝镇，我也没看出什么破绽，不过，也有可能是他们二人一起做戏。但总的说来，禾晏身上的疑点，暂时可以洗清了。"

"洗清？"肖珏勾唇笑了，"飞奴，我们屋里的骗子连你都骗过去了。"

飞奴一怔，不明所以。

"你别忘了，禾晏当初和王霸比弓弩时，曾蒙眼射中天上飞鸟。你以为如此耳力之人，听不出袁宝镇的侍卫在他身前放凳子？"

"少爷的意思是……"

"他完全可以避开凳子，却要摔倒，骗了袁宝镇是其一，骗你是其二。"肖珏漫不经心地开口，"这个人，很会骗人。"

瞎子是什么样的，跌跌撞撞，慌里慌张，身旁没人的时候，就什么都不能做，十分可怜。袁宝镇和飞奴都是寻常人，自然也会如此认为，看见禾晏跌倒无助，正符合一个瞎子的模样。可禾晏却不是寻常瞎子，他就算蒙上布条，都可以比别人的弓弩练得更好。

袁宝镇没见过禾晏蒙眼射箭，飞奴却是见过的，纵然如此，连他也忽略了这一点。

"骗你是其次，他最想敷衍的，还是袁宝镇，否则也不会说出酒里有飞虫这种无稽之谈了。"

"少爷，那他究竟是不是袁宝镇的人？"飞奴也有些不明白了。若是袁宝镇的人，又何必如此试探怀疑。

"看着不像，不过也不能说不是。"桌上有笔墨纸砚，当是孙祥福特意安排的。他自己不爱这些，却偏爱附庸风雅。

肖珏提笔写了几个字。他的字迹秀雅遒劲，十分漂亮，落在纸上，如人一般亮眼。

"我要你带封信给林双鹤。"

"林公子？"飞奴平静的脸上，终于露出惊讶的表情，"少爷，你不是不让林公子来凉州吗？"他忽然想起了什么，不可置信道，"难道是……禾晏？"

字迹见风迅速晾干，他将信纸装进信封里，垂眸道："为了他，但也不全是为了他。"

飞奴没有再继续询问了，将信装好，蹑手蹑脚地就要出去。肖珏见状，"咻"的一声笑了。

"你这么小心做什么，外面人早就醒了。"他道。

"少爷？"飞奴愣住。

"罢了，论骗人，你也不是他的对手。"肖珏摇了摇头，懒道，"反正，他也没胆子进来。"

飞奴站在原地想了一会儿，才离开屋子。待他走后，肖珏将灯芯拨动了一下，亮光里，他的瞳仁明亮得迫人。

"徐敬甫……"

夜色吞噬了他的低语。

禾晏醒来的时候，肖珏又已经不在了。

他这两日好似很忙，禾晏醒来的时候他已经离开，回来的时候禾晏又已经睡下，竟连照面也没打上。她没法跟着一道去，只能在这里坐着干等。

快傍晚的时候，飞奴也有事出去了。临走前千叮咛万嘱咐，让他待在屋里别出去，省得遇到麻烦。

禾晏点头称是。

其实在禾晏看来，孙府上并没有飞奴说的那般杀机重重。从当日夜宴之事就能看出，那些刺客的目标只是肖珏一人而已。肖珏都不在，府里就安全了七成。剩下的三成，也不一定打得过她。

今日一早，禾晏就拆了眼睛上的布条，虽然拆了布条，但经过两日，府里上上下下都已经认定了禾晏是个瞎子。

乍然取掉布条，便觉天光太亮，还是有些不舒服。昨日早上在飞奴面前解开布条维持不变的神情，天知道当时她多想流眼泪——实在是刺眼。

事实上，禾晏一直都没有"看不见"过。

那天在夜宴上，最后收到丁一指令扑过来的小厮，的确是扔了一把药粉样的东西。她挡掉了，当时也确实觉得眼睛有些疼。

她毕竟瞎过一次，在眼睛上超乎寻常人的紧张和敏感，下意识地就觉得面前模糊，怀疑自己要瞎了。但冷静下来又觉得，她其实是躲开了的，到了夜里，无人的时候，禾晏偷偷解开过布条，她能看得见外面的灯笼光。

不过是因为太过紧张而闹出个乌龙，她本想第二日解释一下，等真的到了第二日，却改变了主意。

一个瞎子，大抵没什么威胁。做一个没有威胁的人，去靠近袁宝镇，比做一个"机灵得能发现酒里有毒"的程公子，要容易得多。

所以当着飞奴的面拆开布条，禾晏没有表现出半分异样。她做瞎子做的时间不短，一个瞎子该有的反应，她统统都能模仿得教人找不出半点不对。

没想到袁宝镇如此谨慎，还特意来确认一番她是不是真的看不见，如此一来，禾晏骑虎难下。但也更加笃定，禾如非、丁一、袁宝镇之间，绝对有问题。

禾晏将头发束起来，悄悄出了门。

旁人都知道如今的程公子眼睛看不见，除了如厕，日日都待在房里。况且这几日府里人人自危，孙祥福忙着自清，禾晏这头，实在是没有人管。亏得她记忆力不错，第一天来孙府的时候，便将孙府的路摸得七七八八。

不过禾晏并不知道袁宝镇住在哪里，正在犯难时，却见前面有一人穿过花园快步走过，不是旁人，正是丁一。

来得好！禾晏赶紧跟了过去。她动作极快，又惯会找地方隐蔽，孙府处处都是假山盆景，倒是给了她许多藏身之所，一路过去无人发现，最后丁一在一处屋子前停下脚步，推门进去了。

袁宝镇住的这间屋子，离堂厅那头很远，几乎算得上偏僻，没什么人。秋日，凉州的傍晚，天已经黑了，禾晏估摸了一下，掠上了房顶。

她身材瘦小，这屋顶翘角飞檐，到处雕花砌石，禾晏趴在房顶上，找了许久，总算是找到一处空隙，许是下雨或者下冰雹，脆弱的晶瓦碎了一小块，刚好漏出一线缝隙，禾晏将脸贴过去，听着里头的动静。

"怎么样？"袁宝镇问。

丁一摇了摇头："跟丢了。"

"你没有被他发现吧？"

"这倒是没有。"丁一犹豫了一下，"我不敢靠得太近，省得被他发现。他今日出门早，往城东去，我后来在附近找了找，没找到他。"

袁宝镇神情不定："这个肖珏，究竟想做什么！明明在孙府出的事，却要住在府里，每日外出，也不知道干什么。我总觉得有些不对。"

禾晏听到此处，心中生疑，袁宝镇是让丁一跟踪肖珏？

"衙门那头的事，可处理好了？"袁宝镇问。

"映月一行人都死了，没有证据，府里的内应也死了，既提前与孙祥福打过招呼，应该不会出问题。"丁一说到此处，"我还是不明白，程鲤素是怎么知道当时内应的行动，那杯酒也是他发现的。"

"你觉得他有问题？但昨日你也看到了，他眼睛看不见，也就是个普通的少年而已。"

"虽是如此……我总觉得有什么地方不对。"丁一也说不上来，那少年应当是瞎了，否则也不会装得如此之像。府里的下人也说过，他成日都待在屋中，肖珏的侍卫守着他，看起来，的确就是个手无缚鸡之力的富家公子而已。但丁一还记得当时在宴席上，那位程鲤素向他投来的目光。

那目光转瞬即逝，但有一刻，丁一似乎感觉到了那少年眼神里的惊怒，他再看过去，那少年已经看向别处，似乎方才只是他的幻觉。

但那真的是幻觉吗？

他们这头说得热闹，听在禾晏心中亦是一阵震惊。"映月死了""没有证据""与孙祥福打过招呼"，也就是说，肖珏遇刺一事，的确是袁宝镇所为，或许孙祥福还在其中帮了忙。

那如今肖珏还住在这里，岂不是引着旁人来继续加害？

她正想着，又听到袁宝镇问："禾兄最近可有给你的信？"

这个"禾兄"，禾晏想，十有八九说的就是禾如非了。

"没有，主子临走时吩咐过我，此次一定要成功。"丁一道，"若失败，无法对徐相交代。"

徐相？

禾晏心中一动，此话的意思，禾如非之所以让丁一跟着刺杀肖珏，是要对"徐相"有个交代。换句话说，禾如非是在为徐相做事？徐相是谁，当今朝中丞相徐敬甫？

"我们已经失败了，"袁宝镇半是恼怒半是丧气，"没想到肖珏竟然这样难缠，而且他如今已经怀疑上我……不知日后还有没有这个机会。"

"肖珏的确难缠，但他还有个瞎子外甥。"丁一道，"此人既然已瞎，又什么都不会，跟个傻子一般，我认为可以一用。"

"你想如何？"袁宝镇问。

"别忘了，我从前是做什么的。我自有办法……"

他话没说完，突然听得头上"嘎吱"一声，一小片翠色落下来，丁一神色一变："谁？"飞身跃了出去。

月色下，有人的身影极快掠过，轻盈如燕，眨眼间消失在夜色里。

禾晏心里叫苦不迭，孙祥福附庸风雅，连屋顶的瓦片都要用翠晶瓦，好看是好看，但实在很脆弱。连她这样瘦弱的人趴上去，都会不小心压塌。

远处丁一还在穷追不舍，许是心中有鬼，竟也没出声招呼孙府的下人来捉刺客。禾晏左躲右藏，心中还想着方才偷听到的对话。

袁宝镇来凉州，丁一来凉州，禾如非在朔京，都是为了一个目的，刺杀肖珏，而他们三人，都要给"徐相"交代。眼下肖珏活得好好的，死士全军覆没，袁宝镇心有不甘，还要再来，并且丁一还盯上了她这个"废物瞎子"，要利用她来谋杀肖珏。

想来想去，一个人利用另一个人，无非就是策反、人质和无知无觉地当杀人凶器。肖珏与程鲤素是舅甥，袁宝镇应该不会想到去策反。那么只有剩下两种，拉禾晏做人质，不过禾晏不认为丁一打得过自己，而且，她并非真的程鲤素，肖珏也做不出什么"为了外甥束手就擒"的傻事。

至于第三种，无知无觉地当杀人凶器……他们忘记了最重要的一点，就是禾晏非但不瞎，甚至一早就开始提防丁一。

思忖这些的时候，禾晏已经看到了她住的屋子。屋子里亮着灯，大概飞奴已经回来了。禾晏摸了摸身上，布条被她放在屋里了，想到等下还得做戏给飞奴看，不觉头疼。

她怕被丁一追上，往前一跃，以迅雷不及掩耳之势闪身进了屋，刚回头，差点被自己的唾液呛死。

屋子里放着沐浴的木桶，里头白雾蒸腾，肖珏就坐在其中，美人入浴，冰肌玉骨，月光顺着窗户的缝隙溜进来，将他的青丝镀上一层冷清色泽，显得格外诱人。他肩胛骨生得极好看，有那么一瞬间，禾晏心思飘到别处去了。她想着，当初在贤昌馆，未曾见过此人脱掉外裳，军中大汉又多彪悍粗犷，许之恒大概算斯文的了，但肖珏和他们都不同，既英俊又蕴含力量，那把劲腰尤其诱人，想来不论男人女人，见了都要赞叹。

原来这人不只脸长得好看，连身子都与寻常人不同，难怪叫他"玉面都督"，倒也名副其实。

雾气缭绕让人难以看清他的表情，想来不会太开心。肖珏也没想到这时候会有人突然闯进来，登时坐直身子，"哗啦"一声，水声清脆。

禾晏："……"

这下完了，该看到的不该看到的，禾晏全都看到了，这一刻，她在心里将自己骂了个狗血淋头，为何整日出门都戴着布条，偏偏今日就没戴呢？亦或者她要是真的看不见，多好。

肖二少爷迅速拿起一边架上的衣裳披上，冷眼瞧着他。

屋子里似乎冷了好几分。

他正要说话,就见面前的少年张开手,胡乱将门掩上,一双眼睛无波无澜,似乎瞪得更大了,但什么都映不出来,张口道:"谁……是谁?"

"呵。"肖二少爷被这拙劣的演技气笑了。

"舅舅?是舅舅吗?"禾晏露出一个诧异的神情,如瞎子摸象,张开手乱抓一气,"你在哪儿?"

肖珏冷眼看着他做戏,讽刺道:"你不是会蒙眼射箭,听音辨形?怎么,听不出我在哪儿?"

禾晏的动作戛然而止,片刻后,讪讪地笑了:"我这是怕你觉得尴尬。舅舅,你是在沐浴吗?"

少年睁着眼睛,一眨不眨地看着前方,纵然此刻已经披上衣服,肖珏也觉得浑身不自在。

"你刚才去哪儿了?"他问。

"茅厕啊,飞奴大哥出去了,我又不敢相信这里的下人,自己摸着出去放松了一下。舅舅,你今日回来得怎么这般早?飞奴大哥还没回来吗?"

肖珏侧身,又将外裳给披上了,道:"在这里不要乱跑。"

禾晏想到方才听到的秘密,就道:"舅舅,这几日你是不是去查夜宴上刺客的事了?有没有发现?"

肖珏瞥他一眼,问:"你想说什么?"

"你说……有没有可能就是这府上的人害的你?你看吧,孙知县虽然说自己不知情,可事情是出在他府上的,他怎么能一无所知,这说不过去吧?还有袁御史,"禾晏绞尽脑汁地暗示,"我觉得他也很奇怪……"

"哦,奇怪在哪儿?"肖珏问。

这话禾晏不知如何回答,总不能说,我上他俩房顶揭瓦,偷听到他们讲话了,她只好道:"之前袁御史来找过我一次,问了一些怪里怪气的问题,你若让我说,我只好说直觉有点不对。舅舅,你应当多提防他们。"

少年语气格外认真,听得肖珏眸中闪过一丝意外之色。他缓缓反问:"你让我提防袁宝镇?"

"是啊,你想,倘若真的是他们害的你,一次不成定然还会有下次。舅舅你平日里不在府里,倒是不必担心……可是不对啊,你平日里都不在府里,你干吗还住这儿?"禾晏猛地想起了什么。

他既要住在孙府,又每日都要外出,这不是自相矛盾吗?

"你该多花心思在你的眼睛上,而不是这些事。"肖珏淡淡道,"你眼睛果真看不见了?"

禾晏心中一跳，装傻道："那是自然！装瞎对我有什么好处？"

他说得掷地有声，肖珏再看他，倒也觉得他所作所为无一不像个真正的瞎子，若真是装的，也实在太厉害了些。但这人惯会骗人，否则不会连飞奴也骗过去了。

禾晏见肖珏不说话，生怕他还要继续这个话头，便笑道："舅舅，你方才不是在沐浴嘛，我进来打扰到你了吧？是不是还要继续？你继续吧，我在门外守着，保管不进来，也保管别的人进不来。"说罢，便摸索着推开门，自己出去在门外的台阶上坐下，守着这大门，活像个门神。

肖珏："……"

屋子里的动静，禾晏没有去听了，不知道肖二少爷还有没有心思继续沐浴，反正禾晏的心思是有些乱。今日发生的事实在是太多了，竟不知先想哪件事才好。禾如非与徐相，袁宝镇同丁一的阴谋，乱七八糟的事情混在一起，最后竟成了肖珏沐浴的模样。

"呸呸呸——"禾晏骂了一声，心想这不瞎的人，经过这么一遭，怕也要瞎了。虽然她是女子，仔细一想，倒也不知究竟是谁占了谁便宜。

半斤八两吧！

第二日一早，肖珏又不见了，飞奴来给她送过一次饭之后，也消失了。这主仆二人每日也不知道究竟在做什么。禾晏坐在榻上，正想着今日要不要偷溜出去跟踪袁宝镇和丁一，还没想出个结果，丁一自己上门来了。他站在门口，声音恭敬道："程公子？"

禾晏抬头，丁一的声音恭谨又客气："袁大人请您过去用茶。"

"什么茶？"禾晏随口问，"我喝茶挺挑的。"

"什么茶都有，"丁一笑道，"程公子若是不愿……"

"愿意愿意，"禾晏扶着床头站起身来，"我一人在这里，实在很无聊，难得袁大人记得我，陪我解闷，你带路吧。"她眼睛上还缠着布条，"劳烦将我的竹棍拿来。"

昨夜飞奴回来的时候，还给禾晏带回来一根竹棍，不长不短，恰好能让禾晏拄着走路。

丁一道："好。"他走过去将桌前的竹棍拿在手中，一边往禾晏身前走，一边递过去道："程公子请接好。"

禾晏颤巍巍地伸手去接，就在快要摸到竹棍之时，丁一突然将手一撒，禾晏身子扑了个空，差点跌倒，幸而被丁一扶了一把，丁一道："程公子没事吧？"

"没事。"禾晏心有余悸地道,"差点摔倒。"随即又语气黯然道,"如今连东西都不会拿了。"

"都是属下不好,"丁一愧疚地开口,"方才应该直接送到程公子手中,害程公子受惊。"

他话虽如此,目光却死死盯着禾晏,试图从禾晏的脸上找出一点破绽来。可惜的是,一旦双眼被布条蒙住,就实在难以揣测禾晏的神情变化。他亦不知道,禾晏瞧着眼前的人,心中无声冷笑。

这黑色的布条,昨夜被她在眼睛处用针极细微地给磨出一丝缝隙,不多,只要一丝就好。透过这一点缝隙,能看到外面人的动作。

禾晏拄着竹棍道:"不关你的事,我们出发吧。"

"属下还是扶着您吧。"丁一开口。

"不必,"禾晏道,"若我真的再也看不见,迟早也得适应这种日子,老是要别人帮忙算什么事?况且我有竹棍,只是走得慢些而已,你在前面告诉我怎么走就是了。"

少年声音倔强,听起来就像是纵然瞎了也要争强好胜一般,丁一便道:"那请程公子随我来。"

他往前走,边走边告诉禾晏路上哪里有台阶,哪里该向左向右。禾晏走得很慢,竹棍点在地面上,发出"笃笃笃"的声音。她走得认真,丁一也很有耐心,一直在指导她,但禾晏的余光能看见,这人目光一直盯着她每一个微小的动作,仍在努力捕捉她可能出现的漏洞。

倘若是装瞎,人在走一截路的时候,多少会出现一些破绽。不过禾晏不必装,只要按照过去的模样做出来就是了。

他们二人,一人装瞎,一人观察,彼此都在提防对方,到底是装瞎的人技高一筹,走走停停间,半分破绽不露,已经到了袁宝镇门前。

丁一道:"程公子小心脚下台阶,咱们到了。"

禾晏点着竹棍,颤巍巍地抬脚上了台阶,随着丁一走了进去。

袁宝镇住的这间房,靠着阴面,寻常日子似乎很难晒到日光,一进去便觉得昏暗,白日里甚至还点了一盏灯。小几上摆着一个茶壶、几个茶盅、一盘点心,丁一将她引着在小几前坐下。

袁宝镇抬起头来,冲着禾晏和气地笑:"程公子这几日,可还好?"

"还好还好。"禾晏指了指自己的眼睛,"除了这里不好。"

"这几日还是没有好转吗?"

"没有。"禾晏叹气,"不知舅舅寻的神医什么时候才能到凉州。"

这是骗小孩子的话,袁宝镇没有放在心上,只是看向丁一,丁一对他摇了摇头，意思是这一路以来，没有发现破绽。

那就是真的瞎了。

他看禾晏的时候，禾晏也在看他。透过黑布的缝隙，看得模模糊糊，不甚真切，禾晏却觉得，这人和几日前看到的，又有不同。他的声音还是很和气，然而神情中透着几分焦躁，似乎有什么事情不顺利。

袁宝镇将面前的茶盅推到禾晏手里，又将那盘盛着点心的碟子送到禾晏面前，笑道："吃点点心。"

禾晏清楚地看到，那点心上头，撒着一些花生碎。

禾晏还记得临走之时程鲤素对自己的嘱咐，只要吃花生便会浑身起疹子。这就有趣了，袁宝镇究竟知不知道程鲤素不能吃花生？禾晏觉得，十有八九是知道的。那么这盘点心的目的就很明确了，还是在试探她。

吃了这盘点心，没起疹子，有问题。不吃这盘点心，也有问题。

自己何德何能，要袁宝镇这么一而再，再而三地试探。

她并没有去接那杯茶，也没有去拿点心，而是笑了，以一种奇怪的语气道："袁大人，我不能吃。"

袁宝镇目光一动："为什么？"

"你知道夜宴一事后，我舅舅就不让我在府里吃喝东西了。我每日的东西都是飞奴送来的，袁大人，我可不是信不过你，实在是因为我舅舅这个人很严苛，若是我背着他吃了东西，回头发火，我承担不起后果。"少年语气严肃，"我劝袁大人也不要吃府上的东西了，忍一忍口腹之欲，莫要因此搭上性命。"

这少年回答得滴水不漏，袁宝镇笑了笑："我这里的茶点，也是令侍从在外面买来的。"

"外面的吃食就更危险了。"禾晏语重心长道，"实在不行，袁大人你等等，等我舅舅回府，你同我舅舅说说，得了我舅舅的首肯，我再吃这些东西可好？"

这话袁宝镇没法接，他请肖珏过来吃茶？岂不是自己暴露自己。

禾晏自觉这一番话说得天衣无缝，程鲤素本来就是个怕舅舅怕得要命的小屁包嘛！

袁宝镇收回手，摇头笑了："程公子不愿意吃便不吃吧。"语气很是失落。

"无事，我来和袁大人坐坐，也挺好。"

"那么，有件事我很好奇，"袁宝镇看着眼前的少年，话锋一转，"肖都督如此关爱你，为何这几日都将你一人留在府中，只有那个侍卫跟在身边。这府里要是真有什么问题，肖都督就不担心程公子会有危险？"

此话一出，禾晏福至心灵，突然明白了为何袁宝镇主仆要揪着他不放了。

因为肖珏将自己的外甥独自放在孙府，本就是一件不合理的事啊！肖珏会这么做，是因为禾晏会武，而且也不是真的程鲤素，冷漠的肖二少爷当然不会对她另眼相待。但事实上若换了真正的程鲤素在此，肖珏一定会想方设法保证他的安全，而不是像现在这样，将禾晏一个人留在孙府，仿佛被打入冷宫的失宠弃妃。

禾晏从来很端正自己的位置，因此丝毫不觉得有什么，看在旁人眼中，却是不对的。

但肖珏如此聪明的人，怎么会想不到这一点。这人做事谨慎，禾晏不信他会忽略如此，那么只有一种可能了，肖珏是故意的。肖珏故意让她露出破绽，让袁宝镇主仆对她充满疑惑，一而再，再而三地试探自己。

可是为什么啊？纵然肖珏对她有所怀疑，但至少眼下，他们应当是一伙儿的才对。莫非……这混账是用她来当挡箭牌，她这头吸引了袁宝镇主仆的注意，肖珏那边就得空去做他自己的事？

禾晏越想越觉得有这个可能，心里恨不得将肖珏手撕八块，面上却不显，只一派天真道："能有什么危险，我舅舅早就说了，真正的危险不在这府上，我留在府里很安全。袁大人，我告诉你，"她小声地道，"真正的危险在府外呢。"

"府外？"袁宝镇和丁一对视一眼，问禾晏，"程公子此话怎讲？"

"这我就不知道了，"禾晏两手一摊，"反正我偷听到我舅舅是这么说的。您要是想知道，直接去问我舅舅吧。"她又补上一句，"我看他这几日都在府外，说不准就是去解决那个'危险'了。"

行啊，肖珏既然用她来当挡箭牌，她就将球给踢回去。

"程公子真会说笑，"袁宝镇笑道，"既是肖都督的私事，我也就不打听了。"他说起了别的闲事。

禾晏却是浑身一凛。

她看到丁一走了过来，挨着她极近，弯下腰去将她腰间的一个香球解开了。

程鲤素是个非常讲究的少爷，香囊玉佩数不胜数，禾晏觉得那些东西太贵重，怕掉了，翻了老半天才找到了一个看起来比较简朴的香球。香球只有两个指头大，是用紫藤编织，中间空心，填满了香料药草，佩戴在腰间，行动间隐有清香，又可爱又风雅。

丁一将那个香球托在手中，他动作很轻，几乎让人感觉不到，而看不到的禾晏，此刻只能假装毫无所觉。

眼前的人轻轻打开香球，将里头的药材给掏了出来，将别的什么东西给填了进去。

必然不会是什么好东西。

做完这一切，他轻手轻脚地，将香球重新给禾晏系在了腰间。

自始至终，禾晏没有半分察觉。袁宝镇面上露出满意之色，丁一重新站回袁宝镇身边，仿佛刚刚没有任何事情发生过。

禾晏嘴上和袁宝镇闲唠，只觉得腰间那个香球隐隐发烫。她已经吃过用毒的亏，禾晏怀疑或许丁一就擅长用毒。她还记得昨夜探听到的那些话，这两人打算利用自己来给肖珏下绊子，这大概就是他们想出的办法了。

这玩意儿大概有毒吧，毒性还不小，佩戴在自己身上，自己会死，和自己亲近的肖珏闻到也会死，连飞奴都跑不掉，如此一来，一家三口，不，主仆三人就真的一命呜呼，还能全都怪责在刺客身上。

禾晏打了个冷战，决不能让这件事发生。

她道："袁大人，我有点内急，想先去如厕。"

孙府屋子，肖珏走了进来。

飞奴紧跟着他的脚步，似乎已经等了他许久。

"少爷，袁宝镇将禾晏请走了。"他道。

肖珏将剑放在桌上，转过身，漫不经心道："大概还在试探。"

"找不到少爷，他们也只能从禾晏身上下手。"

肖珏不置可否地一笑。禾晏本就是他放出去的烟幕弹，用来声东击西，旁人都以为他是出府去了，事实上，他真正出府的日子，只有今日。

他一直在孙府里，藏在暗处，只是没人发现罢了。

"少爷这么做，不会被禾晏发现吧？"

"他应该已经发现了，不过，他也只能说谎。"肖珏道，"这个人在第一次面对袁宝镇的时候就在说谎，虽然不知道为什么。"

禾晏应付得很好。他应付得越好，越是找不到一点破绽，袁宝镇就越会起疑。因为肖珏将外甥留在孙府，本就是一件破绽百出的事。

"少爷用袁宝镇去试探禾晏，用禾晏去试探袁宝镇，可万一他们本就是一伙的怎么办？"

"如果是一起的，就一网打尽好了。"肖珏淡淡道，"本来这件事，也快到此为止了。"

飞奴沉默，片刻后，他像是想起了什么，才道："今日禾晏去了袁宝镇房间，袁宝镇身边的侍卫将禾晏身上佩戴的香球给掉换了。"

肖珏挑眉："他没发现？"

"没有。"

"做戏而已。"

"那香球里恐怕有毒，都督，今日您离他远些。"

肖珏看了一眼窗外，突然道："这个时间，禾晏应当回来了，还在外面做什么？"

话音刚落，就听见外头有个孙府的丫鬟气喘吁吁地跑来，边跑边道："不好啦，不好啦！"

飞奴将门打开："什么不好了？"

丫鬟嗫嚅道："程公子……程公子在茅房里摔倒了！"

厕屋外围了一圈丫鬟。为首的丫鬟忧心忡忡道："程公子，程公子你没事吧？让奴婢们进来可好？"

回答她的是少年气急败坏的声音："不！不许进！都给我站在外面。"

禾晏站在厕房里，无声地叹了口气。

老实说，孙家修饰得华丽讲究，其实厕房已经很干净了。她做如此动作，也不过是为了解决丁一给她腰间换上的那颗香球。跌进厕坑的程公子，定然要将全身上下都换洗个干干净净，包括那颗香球。袁宝镇主仆问起来，合情合理。

只是……禾晏透过布条看着自己身上的污迹，她这做出的牺牲，也实在忒大了。程鲤素这孩子看着脑子不大好用，未承想才是个真正聪明的。这些脏活累活，如今全然由禾晏代劳了。

这叫什么事。

她心里想着，冷不防听到外头有人喊："程公子，您出来吧，肖都督来了！"

肖珏来了？禾晏本想着飞奴过来接应她，怎的来的是肖珏，他今日回来得这般早？她还没想清楚，就听到外头肖珏的声音响起："程鲤素，出来。"

禾晏："……"

为何每日遇到肖珏的时候，她都是这般狼狈？禾晏深吸一口气，拄着竹棍颤颤巍巍地走了出去。

外头的人都屏住呼吸。

少年身上穿着的衣服都溅上了污迹，头发凌乱，黑布蒙着眼睛，嘴巴瘪着。一出来，便有些胡乱地冲着一个方向委屈地告状："舅舅，您可来了！要不是我命大，您就要有一个摔死在厕房的外甥了！"

肖珏："……"

禾晏往前一步，肖珏侧身避开。

"飞奴，把他给我接回去，洗干净。"似是难以忍受禾晏身上的异味，肖珏转身就走。

禾晏心里骂道：瞧瞧，这是人做出的事吗？她掉进厕房也不知道是为了谁?

飞奴过来搀扶禾晏,这人平日里寸步不离地跟着禾晏,这会儿连搀扶都隔着距离,还用了一块帕子,禾晏无言以对。

等到了他们住的屋外,这一回,都不用禾晏提醒,飞奴令人送来热水和沐浴的木桶,木着一张脸对禾晏道:"你快进去洗干净吧。"

"你不伺候我洗澡了?"她试探地问。

"你有未婚妻,不方便。"

啧啧啧,这可真是直白。禾晏便颤巍巍地将门关上,跳进了沐浴桶里。

想来袁宝镇也没想到,那个香球,还没见到肖珏就已经废了。毕竟天要下雨人要摔跤,谁也管不着。

屋外,飞奴蹲下身,拿树枝拨弄了一下禾晏丢在地上的那摊脏衣服,从衣服里滴溜溜滚出一个圆圆的香球,飞奴拿树枝抵着香球,道:"应当就是这个。"

肖珏没有说话。

"少爷,他这是故意的还是无意的?"飞奴有些迷惑。

"故意的。不过,"肖珏勾唇笑了一下,目光里不知道是嫌弃还是意外,十分复杂,"这种办法都想得到,还真是不拘小节。"

这倒也是,试问谁能想得到禾晏会摔进厕坑呢?但凡是个体面人,都不会想到这种办法。

"如果他是故意的,"飞奴看向肖珏,讶然道,"少爷是说,禾晏眼睛看得见?"

肖珏挑眉:"十有八九。"

"那他一直装作看不见是什么意思?"飞奴有些不解,"是为了骗我们,还是为了骗袁宝镇?"

"都有。"肖珏慢悠悠地道,"他可能和任何人都不是一边的。"

至于禾晏的目的是什么,现在还看不出来。

"少爷,禾晏会不会妨碍我们办事?"

"不会。"肖珏道,"就快结束了。"

飞奴沉默片刻,道:"朔京的回信,大概今夜就到了。"

过了今夜,就知道这位禾晏,究竟是什么来头,所求为何。至于袁宝镇,他的好日子,也就快要到头了。

屋子里,袁宝镇险些不敢相信自己的耳朵,他问来禀告的下人:"你说什么?"

孙府的下人被他的脸色吓了一跳,诺诺道:"刚刚,程公子掉进厕房了,肖都督将他接走了。"

丁一神情巨变，袁宝镇扶额，挥了挥手："你下去吧。"

下人离开了。

袁宝镇一掌拍向桌面："混账！"

都不必细究，就知道今日给禾晏那个香球，是做了无用功了。

"不好。"袁宝镇站起身，有些不安，"那个香球不会被肖珏发现吧？"

"肖珏爱洁，应当不会刻意去动。只是，"丁一神情莫测，"程鲤素就不一定了。"

"你说他是故意的？"

"你不觉得太巧了吗？刚刚换了他的香球，他就掉进厕坑。之前也是，夜宴中所谓飞虫入盏，也只是他的一面之词。更重要的是，肖珏为何会将自己的外甥一人留在孙府？这个人很不对劲，我总觉得，程鲤素不是表面上看到的那般简单。"

"如果他有问题，岂不是你我一开始的打算都被他知道了？这会不会是肖珏设下的陷阱？"袁宝镇问。

他对肖珏有种发自骨子里的畏惧，大概是因为知道这位右军都督是真的会不看身份杀人的主。

"我看，今夜就动手吧。"不知过了多久，丁一才开口道。

"什么？"袁宝镇急道，"清醒的肖珏，你打不过。"

正因如此，他们才不敢直接与肖珏交手，可惜的是夜宴一击不成，再想找到机会就难了。

袁宝镇的话似乎惹恼了丁一，他阴声道："我本就不打算从他入手，他那个古怪的外甥才是我的目标。"

禾晏将自己洗了个干净，末了为了驱散味道，还拿了程鲤素的香膏给自己浑身上下抹了一遍，换了干净的衣裳，才敢去见肖珏。

肖珏坐在桌前，制止了他继续向前："离我一丈远。"

禾晏心中大大地翻了个白眼，面上却笑道："舅舅，我洗干净了。不信你闻闻——"

她试图凑上前去，一柄剑鞘悬在她面前，碰到了她的鼻子，挡住了她的路。

禾晏摊手："好好好，我不上前就是了。"

她扶着竹棍摸到一把椅子坐下，想了想，还是问道："舅舅，咱们在这府里，究竟还要住多久啊？"

"怎么？"肖珏道，"想回去？"

"倒也不是，就是觉得住得怪怪的。"禾晏回答。肖珏的种种行径，已经让袁宝镇注意到了禾晏,来找禾晏的碴。这样下去,禾如非的秘密没挖出来几个,莫要被袁宝镇发现了自己的计划。

"怎么个怪法?"肖珏似是没将他的话放在心上。

"袁御史隔三岔五地找我说话,"禾晏索性开门见山,"我觉得他好像在套话,舅舅,你就不怕将我一人留在这里,泄露了什么秘密给他?"

肖珏似笑非笑地看了他一眼:"你有什么秘密可泄露?"

禾晏:"……"

肖珏和飞奴摆明了不拿她当自己人,她就是个边缘人物,袁宝镇就算想要打听消息,禾晏还真没什么秘密可泄露给人家。

她道:"那这样也不对吧!哪有亲舅舅将外甥一人留在虎穴狼巢的,这不是看着就让人起疑吗?"

"起疑?"肖珏垂下眼睛,慢悠悠地道,"我看这几日,他并未起疑。"

禾晏在心里呐喊,那是因为她一直在帮着圆谎啊!这种拙劣的谎言,是个人都会起疑。不过禾晏也看出来了,肖珏根本就是故意声东击西,祸水东引,这人心肠也太黑了,做这种事都毫无愧色。

她道:"那舅舅你成日在外东跑西跑,究竟将凶手找到了没有?"

禾晏说这话的时候,语气里含着淡淡的嘲讽,虽然眼睛蒙着布条看不到,却也能猜到这少年翻白眼的模样,肖珏平静回答:"找到了。"

"找到了……找到了?"禾晏愣了一下,"谁啊?"

"你很快就知道了。"

什么叫很快就知道了,她明明早已知道了啊,凶手就是袁宝镇主仆,但她眼下也只能装傻,问:"舅舅现在不抓他吗?"

"还不到时候。"肖珏勾了勾唇。

"那要等到什么时候?"

"露出破绽的时候。"

禾晏:"啥?"

她没听懂肖珏的意思,还不等她继续发问,飞奴已经走过来,将她拉起来换了个方向推出门,边推边道:"太晚了,你先休息吧。"

"哐当"一声,又把门给关上了,委实无情无义。

禾晏瞪着身后那扇门,心头有个小人儿正在叉腰狂骂。他们好歹也一起应付过刺客,算得上半个生死之交吧,肖珏这什么态度?就这态度,大魏还有那么多姑娘仰慕他,怕不是都被南疆巫族下了蛊,令人费解!

她爬上榻躺平,将被子往上一拉,整个脑袋钻进去。

罢了,休息就休息,反正袁宝镇想杀的也不是自己,爱谁谁。

第十四章

乘风

秋分过后，夜更冷了。

禾晏是被冷醒的。

黑布条就在旁边，睡觉前她将布条解下了，此刻慢吞吞地坐起来，一扭头，就瞧见旁边的窗户被打开了，风呼呼地往里灌。

难怪这么冷，她想要起身去将窗户关上，猛地想起了什么，侧过头去，果真，就着窗外微弱的灯笼光，发现另一侧飞奴的榻上空空如也，这人竟然不在。

飞奴不在，想来肖珏也不在，这主仆俩大概又是背着她去干什么见不得人的勾当了。禾晏见怪不怪，便下榻穿鞋，打算关上窗继续睡。

风极凉，吹得窗边的树枝摇曳，落下一片露珠，禾晏伸手正要关窗，忽然间，见一黑影从不远处掠过。

这大晚上的，连狗都睡下了，怎么还会有人到处闲逛？禾晏心念闪动间，抓起一边的衣裳跟了出去。

那人的身手不错，奈何跟着的是禾晏。禾晏跟得很小心，这个黑衣人并非肖珏和飞奴，肖珏和飞奴个子很高，这人却不高。浑身上下都拢在夜行衣里，看不出是谁。他似乎对孙家的院子很熟悉，避开了可能有护卫的地方，一直到了孙府废弃的一处庭院。

这处院子离正堂很远，禾晏眼睛刚"瞎"的那几日，听外头的丫鬟闲谈，知道这院子里曾经住着孙凌掳来的一位爱妾。这位爱妾本是凉州一家米店掌柜的小女儿，生得貌美可爱，不幸被孙凌看中，抢回家中。

米店姑娘原已有一门亲事，未婚夫是城外一个秀才，与寡母相依为命，秀才不忿夺妻之辱，想要往上状告，奈何官官相护，凉州城已是孙家父子一手遮天，最终秀才与寡母都被打入牢中，不久病逝。

米店姑娘闻此噩耗，日日悲泣，孙凌本就喜新厌旧，不久就厌弃了这姑娘，觉得触了他的霉头，抬手将姑娘赏给手下。

好好的一个姑娘，就这样硬生生被折磨死了。

大约是她死得太过凄惨，不久后院子里就传来风言风语，说有人在夜里听到这姑娘的哭声。孙凌觉得晦气，便将这院子封了，因有那些鬼魅传言在，平日里更无人敢进，这处院子也就成了荒院。

这地方杂草生了许多，树木有的因无人浇水已经枯死，有的还活着，却无人修剪，枝枝杈杈生得奇形怪状，投在地上的影子亦是鬼气森森。除了风号，就是死一般的寂静，一点活气都没有，仿佛坟地。

黑衣人到了那位姑娘居住过的屋子前，闪身进去。

禾晏犹豫了一下，没有从门口进，而是从窗户跳进去。

不知道是不是孙凌心中有鬼，这屋子的门窗上，都贴了不少道士用的符印。禾晏顺着窗户溜进去，奇怪的是，这无人的屋子，却点着灯，就着灯火，待看清楚面前究竟是何场景，禾晏也忍不住讶然。

这屋子里，桌上地下，竟密密麻麻摆着许多佛像。那灯就是佛龛上点着的油灯，应当是时常有人来加，佛香袅袅，可非但不会让人感到平静，反而令人遍体生寒。

屋外贴的是道士符印，屋里摆着的是佛像，孙家父子居然慌不择路，佛道一体，倒也不如表面上看的那般泰然。

枕在血腥上安睡，只怕日日都会做噩梦。禾晏心中嘲讽，既然这般怕，又何必作恶多端。

就在这时，斜刺里飞出一枚梅花镖，来得又快又急，禾晏侧身避开，以袖中匕首挡开，"铛"的一声，梅花镖落地，撞翻了一尊怒目金刚。

"你果然未瞎。"有人从佛龛后走了出来。

被追了这么久，这人终于露出正脸，仍是那张平庸到没什么特点的脸，表情却变化了，不再是板板正正毫无波澜，一双眼里闪着兴奋的光，仿佛抓住了有趣的猎物。

"这么久才发现，你才瞎。"禾晏道。

丁一笑了，他笑起来也有些古怪："你胆子真的很大，孤身一人，也敢跟我一路。"

"你故意打开窗，故意在窗外一闪而过，故意走得慢吞吞好让我追上，不就是为了让我跟来？我这个人一向很懂事，"禾晏也笑，"最不喜欢让人的苦心白费。"

一开始她就发现了，只是别人既然已经设下陷阱，说明她的伪装已经暴露，再装傻下去也没有必要。

只有实力不够的人才会犹犹豫豫。

丁一被戳破，神情微变，片刻后他笑道："你的嘴硬是跟肖珏学的吗？"

"天生而已。"

"你不是程鲤素。"丁一盯着禾晏的眼睛，"你是谁？"

他怀疑禾晏比袁宝镇还要更早。只因为那一日夜宴上，肖珏还未曾饮酒时那少年偶然瞥过来的一眼。

那目光里混杂了惊讶、愤怒、仇恨、不甘和疑惑，百味杂陈，朝他逼来，虽然禾晏极快移开目光，但那一刻的目光，还是让丁一注意到了。他不曾见过这少年，但很清楚，这少年曾见过他。

"你是谁？"他再次问。

禾晏笑了。

满地神佛无声注视，屋外符咒清心驱魔，似有遥远梵音袅袅，少年慢慢抬头，神情似曾相识，目光如光如电，刺得人心头一缩。

"我是被你杀死的鬼，"她轻声道，"从阴曹地府里爬出来，向你索命来了。"

这是一张丁一没有见过的陌生脸庞，也没有易容的痕迹。

来孙府之前，袁宝镇曾说过，跟肖珏一道来的，是他的外甥——右司直郎府上的小少爷，朔京城有名的"废物公子"。只是随口一提，并未细言，毕竟那时他们谁也没有料到，就是这么个废物公子，会将整盘棋打乱。

他不是真正的程鲤素，朔京城里养出来的金尊玉贵的小少爷，断不会有这般凌厉的眼神。

他是谁？肖珏的手下？但肖珏的手下，为何要用这样的眼神看他？仿佛他们有宿仇。

看着眼前的少年，丁一道："你在这里装神弄鬼？"

禾晏轻笑："你怕了？"

丁一的笑容微收："你嘴硬得让人讨厌。"说罢，袖中匕首陡然增长几寸，朝禾晏急刺而来。

禾晏旋身飞起。

两道身影扭打在一起，映在窗户上的剪影格外诡异，倘若此刻孙府的下人经过，大约便坐实了闹鬼的传言。

禾晏心中稍稍惊讶。

她那时中了禾如非的计，就是眼前这个人送来的汤药使得她瞎掉。她一直以为丁一只是替禾如非做事的小厮，后来见到袁宝镇，晓得这人身手不错，但只有亲自打一架，才知道丁一比她想的还要厉害。

他的身手，远在那一日的映月之上，而且格外谨慎保守。纵然是夜宴行刺，他应也是作为最后一颗棋子，不到万不得已绝不出手。那香球亦是一样，一定要等肖珏中毒，十分虚弱的时候才可动作，确保一击毙命。

今日丁一设下陷阱等禾晏入坑，不过是掂量禾晏纵然再如何出色，一个十六岁的少年郎，不会真正厉害到哪里去。

这个人，既自负又小心，自负是自负于自己的身手与能力，小心是小心在做事求一个万无一失。不可小觑。

丁一亦是心头震惊。

他未曾见过这样的对手。

听闻右军都督肖珏文武双绝，罕有敌手。他十分想与之一战，奈何禾如非千叮咛万嘱咐，不可与肖珏正面相争，只得暗中出手，伺机而动。他这样的人，永远无法光明正大地与人较量，如一只藏在沟渠中的老鼠，只能躲在暗处。空有一身武艺无处施展，犹如锦衣夜行。丁一内心不是不遗憾失落的。

这少年来头神秘，令他跃跃欲试。他要光明正大地打败他，然后利用他来算计肖珏，如此一来，方能显他能力。可不过这么一交手，便知方才是自己托大了。这少年身手竟然不弱。

匕首擦着禾晏的头顶掠过，丁一一掌拍来，拍在禾晏的左肩上，将她拍得往后退了几步，碰倒了桌上的佛像。

"你这是对佛像不敬。"禾晏道，"不怕夜里菩萨佛像来找你？"

丁一不高兴地看着禾晏，见这少年挨了他一掌，竟还能好端端地说话。他冷笑道："你可知这里一尊佛代表着一个死人？你很快就会加入他们。"

禾晏伸手摸了摸肩头，露出一个惊恐的神情："好端端的，不要在夜里讲鬼故事！"嘴上这般说，手里的匕首毫不犹豫地朝丁一刺来。

丁一躲开了，匕首将他的帽子挑开，落在地上。

禾晏心头唏嘘，她来凉州城什么兵器都没有，这把匕首，还是第一日到孙府夜宴上，用来割鹿肉的匕首。当时肖珏被刺，她情急之下抢了就冲进去帮忙。此刻看来，这匕首就过分华丽而不实用了。

她正想着，丁一又上前来，禾晏避开他的刀尖，被他一掌拍在背上，顿觉喉头一甜。

丁一虽然用的是匕首，却更爱赤手空拳对阵。此人对自己的身手十分自信，才会如此。

"挨了我两掌，竟然还能站着，"丁一目光微动，"你是第一个。"

禾晏将喉头的血咽下，露出一个笑容："能打我两掌还活着，你也是第一个。"

"伶牙俐齿。"丁一说着，再次奔来。

禾晏转身往窗户逃去。

禾大小姐的身体，到底还是太孱弱了，不及丁一内力深厚。

"你这就想逃了？"丁一哈哈大笑，伸手抓住禾晏的衣襟往后一扯，禾晏被他扯得身子往后一仰，摔进佛龛中。

香灰洒了半空。

"这里夜里都不会有人来。"丁一笑道,"没人敢来,你就只能在这里等死。"

禾晏站起身,一脚踢开面前的一尊佛像,笑道:"我本就是个死人。"

她这动作随意,却叫丁一看得分外熟悉,竟然愣了一下。

丁一是禾如非的手下,跟了禾如非多年。他们一直生活在别院,离朔京很远。那些年,禾如非培养丁一,如死士。丁一身手绝佳,会制毒,会伪装,心思缜密。

一身本领,自然要有用武之地,然而等他们回到朔京,丁一领到的第一个任务却是,炮制一碗使人眼盲的毒药给许大奶奶,也就是禾如非的堂妹送去。

他当时对这个任务很不满,女子间的争斗,是后宅间的事,又有什么可用得上他的?简直大材小用,丁一自觉受到侮辱。禾如非却告诉他:"你莫要小瞧她,行事须小心,别被发现端倪。"

丁一很奇怪,一个女子,能厉害到哪里去,何以还要叫他小心?

半是好奇半是不屑,丁一进了许家,在许家待了三日。

就是这三日,令他发现,许大奶奶果真不是简单女子。她格外敏感,有时候丁一藏在暗处想要观察她,她立刻就能发现不对。好几次,丁一都差点暴露踪迹。

到最后,他无可奈何,只好用禾如非小厮的身份藏在许家。许大奶奶虽然谨慎敏感,但对禾家人倒是十分信任,因此给了他可乘之机。他还记得当时许大奶奶听说是禾家送来的补药,想也没想就仰头喝了个干净。这样的女子,如此身手与能力,倘若光明正大地打,必然要下好一番功夫才能取她性命。但只要是身边人动手,就这么一碗药,甚至不必费神,就能得偿所愿。难怪旁人总说,能真正被欺骗伤害的,只有身边人。

丁一在那三日里,也留意到许大奶奶的一些小习惯。譬如说有时候眼前有什么东西,像是落下来的树枝一类,她总爱一脚踢开。她踢开的动作看似随意,却非常用力,这在大户人家的女子中,其实是非常失礼的。许大奶奶也知道这一点,因此她每次无意识地踢走东西后,反应过来,若是四下无人,便若无其事地离开;若是有人,便歉意地吐吐舌头表示抱歉。

她在做这件事的时候,那张总是平淡的脸上便会显出生动的神气,仿佛这样才是真正的她。因此时隔久远,丁一都快记不清楚许大奶奶的模样了,却仍记得她一脚踢开眼前树枝的动作。

而刚才,面前的少年一脚踢开脚边的佛像,那动作和神气,突然就与丁一记忆里的许大奶奶重合了。

但他怎么可能是许大奶奶呢？

那碗药喝下去，许大奶奶就看不见了。丁一以为事情就到此为止，直到今年春日，他在禾家的时候，听闻许大奶奶失足跌进池塘里溺水了。

丁一不认为她是真正失足溺水，盖因禾家人在听到这件事时，除了二房的夫人，俱无半分惊讶。想来是早就知道的。

是什么原因，会使得整个禾家对一个出嫁的女儿如此赶尽杀绝，非要她的命不可？他在事后回忆起来，渐渐理出了一点头绪。

禾如非在别院里生活多年，回到朔京，摇身一变成了飞鸿将军。丁一以为是禾家找了个替身代替禾如非，既然禾如非回来了，替身就该去死。但，倘若那替身是个女子呢？

这听起来不可思议，但并不是绝无可能。尤其是丁一想到许大奶奶的机警和身手，绝不是一个普通妇人。

他当初弄瞎的许大奶奶，也许是大名鼎鼎的飞鸿将军，每每想到此事，丁一自豪又遗憾。自豪的是平定了西羌之乱，多少人望而却步的飞鸿将军却败在他这么个小人物手中。遗憾的是他虽算计了许大奶奶，但到底不是光明正大，只是一碗药而已。

灯火影影绰绰，映出的少年模样都变得模糊了。禾晏眼角一弯："打架的时候出神，可不是好习惯。"伴随着她声音的是她的动作，如鬼魅般轻快，眨眼间她已经到了丁一跟前。

"扑哧"一声，匕首从丁一的袖子上划过，留下一道血痕，禾晏刺伤了他的胳膊。

"你就这点能耐了吗？"丁一眼中掠过一丝兴奋，还有一点不屑。这少年断然不是飞鸿将军，飞鸿将军……不止这点本事。

他不以为然地将那截断开的袖子撕掉，看着禾晏笑起来："不管你是人是鬼，今日就死到临头！"

他朝禾晏疾掠而来。

屋子本来格外宽敞，但因为摆满了佛像，便显得狭窄逼仄。丁一自小习武，内力深厚，且手段诡谲凶险，若非如此，也做不得禾如非的心腹。禾晏与他交手四五招，被拍中的地方伤痕累累，受伤最重的当是背后，被丁一的刀尖划破。

窗户就在眼前，却难以逃开，少年被抓住一把丢到地上，丁一抓着他的脑袋，疑惑地看着他："你到底是谁？"

"你觉得我是谁？"少年的唇边溢出血迹，神情却满不在乎，仿佛不知道痛似的，连笑容都不曾变过。

恍惚间,丁一又想到许大奶奶了。这点联想令他不快,钳着禾晏脖子的手越发收紧,他道:"你不告诉我你是谁,我就将你杀了,埋在这里,你将永世不得超生。所以,"他轻轻地,诱哄般地道,"你到底是谁?"

这少年的身手已然很优秀了,给他的感觉又似曾相识,丁一不愿意与真相擦肩而过。

可是禾晏闻言,却笑起来,她边笑边道:"你这人,我不是早已告诉过你,我既是从地府里爬出来的恶鬼,便早已不屑超生。况且,连我都能来去自由,这里的一切不过泥塑纸张,当不得真。你如此好骗,你家主子禾如非知道吗?"

他竟然知道禾如非,丁一一愣,神情陡然一变:"你还知道什么?"他下意识地去摸身后,却摸了个空。

那少年的脸还在跟前,漾着盈盈笑意,丁一察觉不对,手中匕首直刺过去,少年却轻轻一撤,已经脱离了他的制裁。

她手里拿着一枚细小的梅花镖,靠着佛龛把玩,道:"这就是你的撒手锏了?还藏在怀中,要不是挨了这么多顿打,还真找不到哪。"

丁一的脸色霎时沉下来:"你耍我?"

"不敢不敢,"少年笑眯眯的,"只是我总不能在同一人身上栽两次吧,有备而来而已。这不是你的错,你藏得已经极好。"

这人送了一碗药过来,禾晏就瞎了。再见到他时,夜宴上那杯酒似有蹊跷。在袁宝镇屋里,丁一甚至给她换了一个香球。若非时常用毒的人,哪里会随身携带这些毒死人的东西。

她格外留意这人,丁一的手指指尖发黑,像是常年在药水中浸泡,皮肤皲裂。这是一双用毒人的手,想来这人走的是阴诡下作路子,身上藏了淬了毒的暗器。匕首只是一个障眼法,真正的杀招,就是这枚淬了毒的梅花镖。

与他近身打斗,其实并不难,难在倘若将这人逼急了,使出撒手锏,轻则重伤,重则没命,禾晏可不敢拿命去赌。

她观察丁一此人,十分自负。虽有匕首在身,却习惯赤手空拳与她交手,是自信身手不弱于她。因此禾晏故意露出破绽,假装体力不支,只是一个略有身手,但稍逊一筹的普通少年,果然,不过须臾,丁一就开始轻敌。

而她趁乱摸走丁一的"杀招"。

丁一狠道:"我必须杀了你。"

"你以为你还有这个机会吗?"禾晏打了个响指,"现在换你挨打了。"

两道身影扑在一起,那看起来内力稍弱的少年,之前的确全是伪装,此时动作更快更猛,不过须臾,就将丁一手中匕首踢飞,矮身避过他的大掌,头也不回,反手前刺,匕首刺中了丁一的腰。

"你……"丁一不可置信地瞪大眼睛。

禾晏回头，一脚踢向他的膝盖，丁一被踢得跪倒在前，禾晏揪起他的头发，道："现在该我问话了。

"禾如非为何要杀肖珏？你们是在为徐相做事？徐相许了你们什么好处？禾如非究竟要做什么？"

禾晏说得又快又急，丁一愣了一下，慢慢地笑了。"我不会说。"他道，"说了，你会立刻杀了我。你不如试试有什么办法能让我开口。"

他的笑容甚至有几分无赖。

这张脸上的神情，禾晏并不陌生。当初她在抚越军里时，一些敌军俘虏会迅速投降叛变，另一些则是死士，宁死也不肯开口。无论怎么严刑逼供，都不会说。到最后，反而会让审犯人的兵士充满挫败感。

丁一并未将话说绝，看似留了一条生路，其实是在耍弄禾晏。若是寻常人，也就被蒙混过去，许会留他一条生路，日后待丁一的同党得了机会，还会将他救走。

可禾晏不是寻常人，亦不会上这种当。

她看着丁一，突然道："方才一直问我是谁，你是想起了谁？"

丁一脸色一变，盯着他的脸没有说话。

"你难道就不觉得奇怪吗？你与我见面不过几次，我何以知道你身上藏了带毒暗器，提前准备提防。夜宴上那酒也是我出声提醒，我怎么会知道？"

丁一冷笑："少装神弄鬼。有本事就杀了我。"

"倘若与你无仇，我定不会杀你，可我留着你有什么用，我活着，本就是为了复仇。"

"诸天神佛做证，我可没有说谎。"禾晏低笑，仿佛是为了迎合这诡异的气氛，秋夜里，突然响起一声惊雷，闪电照亮了屋子，慈眉善目的佛像们注视着他们，像在圆一场多年前的因果。

"你曾喂了一碗药给一个女人，那个女人瞎掉了。"禾晏轻声开口。

"你猜我是不是那个女人。"她笑起来。

丁一挣扎道："你是……"

话到一半，眼睛蓦地瞪大，唇边溢出一丝鲜血，眼中神采迅速消散。

梅花镖刺进了他的喉咙，刺得极深，不过片刻，一命呜呼。

禾晏站起身来，看着脚边的人。丁一的尸体躺在这里，仿佛讽刺。她低声道："换你自己死在这里，看看能不能超生。"

她转身走了出去。

丁一既是死士，断不肯吐露秘密，留着性命也无意义。况且，此人作恶多端，死不足惜。

死在这里，是他最好的结局，要知道这院子闹鬼，想来被人发现他的尸体，也要好几日了。

外面惊雷阵阵，下起秋雨，禾晏跌跌撞撞地往屋子的方向去。

她以身作饵，诱导丁一放松警惕，确实受了不少伤。如今身体不比从前，丁一也并非等闲之辈，她或许低估了禾如非的力量。背上的伤被雨一淋，血迹顺着雨水流到院子里，被飞快冲走。禾晏觉得力气在消失。

好在她出门的时候，肖珏和飞奴不在，就这么一小会儿工夫，他们应该也还未回来。她得迅速赶回去换好衣裳，装作什么都没发生过。

屋子近在眼前，禾晏从窗户跳进去，见屋里黑漆漆的没人，这才松了口气。她嘀咕了一声："还好没被发现。"

话音刚落，有人的声音传来："你未免高兴得太早。"

"哧"的一声，屋子里顿时亮起来，禾晏整个人都僵住了。

中间小几前坐着一人，正把玩手中的火折子，桌上灯火摇曳，那人秀眉俊目，衣衫整洁，侧头淡淡地看了她一眼："回来了？"

竟是肖珏。

禾晏心头哆嗦了一下，迅速回神，飞快开口："舅舅！这是个误会，我也是刚刚才发现自己看得见的，我在外头遇到了刺客……"

她话没说完，就见坐在小几前的年轻男人已至眼前，拔剑朝她胸前刺来，禾晏慌忙伸手去挡，那剑尖却并非想要她性命，径自挑开她的衣襟。

"刺啦——"染血的衣裳尽数化为碎片，少女的身子莹白羸弱，胸前一道白布层层包裹，仿佛含苞待放的花骨朵儿。

禾晏的脸顿时涨得通红。

肖珏自她背后环着，剑鞘抵着禾晏的脖子，呼吸相闻间，剑拔弩张。

"现行了。"

他勾了勾唇角，仿佛当年枇杷树下懒倦风流的白袍少年郎，声音含着淡淡嘲讽，漠然笑道："我该叫你禾晏，还是禾大小姐？"

屋子里的气氛，刹那间凝固成冰。

本该是令人脸红心跳的画面，却再无一丝暧昧，只有被看穿的窘迫和危险。

禾晏迅速令自己回神，看着他，属于程鲤素的"惶恐紧张"悉数褪去，露出如常笑意，道："怎么叫都行，都督高兴就好。"

"城门校尉禾绥的女儿，竟会来投军。"他似笑非笑地盯着禾晏的眼睛，"禾大小姐胆子很大。"

这人……禾晏心思一动，连禾绥的名字都知道了，显然是在暗中调查自己。从朔京到这里纵然快马加鞭飞鸽传书也要一月余，肖珏老早就开始怀疑她？

少年笑道："没想到都督这么关注我，实在惭愧。"

禾晏的脸上没有半分惊慌，纵是意外，也只是一闪而过。被人将衣裳挑开，揭穿身份，换了寻常女子，大抵要羞愤难当。这人倒好，一副满不在乎的模样，比男子都心大，或许正是如此，从京城到凉州，又在凉州卫待了这么久，无一人发现她的女儿身。

肖珏拿到朔京传来的密信时，简直难以置信。城门校尉的确有一个叫禾晏的孩子，不过是女儿，不是儿子。他还有个小儿子叫禾云生。半年前叫禾晏的女儿在春来江上的一艘船舫中被贼人所害，沉入江中，至今死不见尸。按时间来算，正是禾晏投军的日子。

但一个女子来投军，一日两日不被人发现容易，半年以上都安然无恙，要么就是周围的人都是瞎子，要么就是这人伪装得太好。肖珏仔细想想与禾晏相处的瞬间，便觉这人实在掩饰得极好。

生得清秀羸弱，身材瘦小，但人们却不会将她与女子联系在一起。盖因寻常女子哪有这般不拘小节的，更何况她的身手在凉州卫里数一数二。

"来凉州卫是做什么？"

禾晏脑子飞快转动，答道："在朔京犯事了，被人抓住就死路一条，走投无路才来投军。"

"何事？"

禾晏叹息："有个大户人家的公子觊觎我的美貌，将我掳到船上想要霸占为妻，不巧这时候有刺客来了，取了他性命。我有嘴说不清，怕旁人以为我和刺客是一伙的。无奈之下，只能投军。"

这话半真半假，禾晏说得诚恳。肖珏玩味地看着她："觊觎你的美貌？"

禾晏："……"

"毕竟不是人人都如都督眼光一般高的。"她皮笑肉不笑道。

肖珏点头："原来如此。"

禾晏知道肖珏难糊弄，没想过他会这样轻易相信，竟没有再继续这个话头了。

"你深夜出行，是为何事？"他目光在禾晏身上扫过，血腥气难以掩饰。

这个人原来还知道自己受伤了，纵然如此，他也没有任何怜惜，该质问质问，在肖珏的眼中，男人女人大概没有任何分别。

"我把袁宝镇的侍卫杀了。"她道。

半晌,肖珏扬眉:"为何?"

"都督不在府里的这几日,袁宝镇老是来见我,我总觉得他怀疑上了我。后来我偷听到了他们谈话,"顿了顿,禾晏才继续道,"他们好像听命于一个叫徐相的人,来取你性命。夜宴一事亦是他们准备的。"

"你说徐相?"肖珏抬眸看着她,秋水一般的眸子浮现起异样情绪。

禾晏耸了耸肩:"是啊,我今夜被冷醒了,醒来后你们都不在,窗户开着,我关窗的时候发现有人掠过,那人故意将我引到孙府废弃的偏院,就是袁宝镇的侍卫。"

"他想利用我来牵绊你,大抵做人质吧。"禾晏摇头,"但我又不是真的程鲤素,想来都督也不会为了我束手就擒,我与他好一番苦战,终于将他杀掉了。"禾晏示意他看自己,"就成了现在这副模样。"

她虽说得轻松,到底是受了伤,脸色已经不太好看。

"能将袁宝镇的侍卫杀了还活着,你很有本事。"

"我也这么认为,"禾晏勉强笑道,"那么都督,我现在有资格进九旗营了吧?"

她真是毫不掩饰想进九旗营的渴望。

"你认为自己能进九旗营?"肖珏反问。

"当然,而且我替你除去心腹大患,都督,你总该奖励奖励我。"

肖珏不怒反笑,松开钳制禾晏的手,垂眸看她,嘲道:"明日送你回朔京,就是我对你的奖励。"

"不行!"禾晏坐直了身子,这么一动,便牵扯到了伤口,登时疼得"咝"了一声。她道:"我不能回朔京!我回到朔京,范家人不会放过我的,都督,你忍心让一个好人蒙冤入狱吗?"

"忍心。"

禾晏:"……你不能这么做!"

"你没有资格与我讲条件。"

禾晏说了这么多话,已经头晕眼花,只怕自己再说下去就撑不住了,身上伤口都没有处理,她道:"你会后悔的。"

"我为何后悔?"

"我既然都要被你送回朔京,便也不必掩饰身份。旁人都会知道凉州卫里来了一个女子,都会猜测到底是怎么回事。"禾晏微微一笑,"我只能告诉他们,我与都督你的关系不一般。"

肖珏闻言,漫不经心道:"怎么不一般?"

"不一般就不一般在……我知道都督腰上一寸,有颗红痣。"

此话一出，屋子里顿时寂静下来，只有窗外惊雷和绵绵秋雨滴打在石地上的细碎声音。

肖珏缓缓转头看她，眼里愠色渐浓。

少年却一副无赖模样，嘴角噙着笑容，苍白着一张脸道："之前你洗澡的时候……我呀，眼力还不错，一眼就看到了。要怪就怪我们都督实在风姿迷人，连腰上那颗红痣都长得恰到好处，教人难以忘怀。"

普天之下竟还有这样的女子？肖珏觉得不可思议，但见禾晏说完这句话，似是实在支撑不住，脑袋一歪，晕了过去。

肖珏："……"

门外响起飞奴的声音："少爷。"

肖珏道："进来。"随手扯过榻上的褥子扔到禾晏身上，将她盖住。

飞奴进来，并未看向禾晏，只道："在孙府偏院找到了袁宝镇身边侍卫的尸体，死于他自己的梅花镖。"

肖珏道："知道了。"在这件事上，禾晏没有说谎。

屋子里的血腥气大到无法忽略，飞奴犹豫了一下，才问："少爷，禾晏受伤了？"

得知禾晏是个女子时，飞奴亦很惊讶。然而就是这么个女子，杀掉了袁宝镇的贴身侍卫，那个侍卫身手极佳，最厉害的是善于用毒。

"伤得不轻。"

"少爷现在打算如何处理她？"飞奴问。

肖珏顿了一下，道："你现在出门找个医女过来。"

飞奴微微诧异，肖珏这话的意思，是要救禾晏了。

"少爷已经确定了她不是徐相的人？"

"看起来不像。徐敬甫轻视女人，但凡重要之事，定不会让女子参加。朔京送来的密信里，禾家与徐敬甫并无往来。不过，"他沉思一下，"还是小心为上。"

飞奴点头："属下这就去寻医女。"

飞奴离开后，肖珏侧身，看向床上的禾晏。

不太像是徐敬甫的人，不代表这个人就毫无疑点。一个十六岁的姑娘，生在城门校尉家，纵然自小习武，也不至于如此卓绝。混在军营里，要知道男儿家尚且有吃不了苦的，她却未见抱怨。若只因范成一事来投军，未免有些牵强。

何况她还心心念念想进九旗营。

雨水绵密下个不停，少女脸色惨白，伤痕累累，尤其是背部的刀伤，极深极长，她却自始至终都没喊疼，就连眼下体力不支晕过去了，唇角也是翘着的。

世上竟然还有这样的女子。

肖珏将窗户关上，转身离开了。

禾晏醒来的时候，天已经亮了。

她睡在榻上，衣裳重新被换过。禾晏坐起身，下意识撩开里衣，但见腰间缠着白布条，昨夜与丁一交手的伤，已经被包扎好了。

她记得昨夜自己与肖珏针锋相对，以肖珏腰上红痣来要挟对方，肖珏很生气，然后她就晕倒了。不过眼下……她摸了摸脑袋，发髻还在，衣裳也是男子的衣裳，她是女子这件事，还没被其他人知道。

肖珏这是暂时为她保密了？

禾晏心里松了口气，看向身旁，并未有飞奴和肖珏的影子。

这两人该不会是将她丢在孙府不管了吧？

禾晏想要下床，一动，从怀中咕噜噜地滚出一个长颈小瓶，打开瓶塞，里头是一些黑色的药丸。床边还有张字条，上头写着：醒来吃药。

字迹锋利又遒劲，十分漂亮，禾晏一眼就认出这是肖珏的字迹。既是留下字条要她吃药，应当还算比较平和，暂时不会有事发生了。

她便下床穿上鞋子，打开门想出去瞧一瞧。

一出门，禾晏便觉得有些不对劲。

因为夜宴上刺客一事，孙府的下人们平日里不能接近禾晏他们住的屋子，但远远地还是有扫洒的丫鬟，然而今日竟然一个也没有。远远看过去，像是整座孙府空了似的。

难道是发生什么事了？禾晏一头雾水，想了想，往外走。待她拐过花园，来到正院，便见许多穿着红甲的兵士围在正堂，丫鬟小厮们瑟瑟蹲成几排，孙祥福父子被围在中间，袁宝镇站在一侧，正在与肖珏对峙。

她不过是睡了一觉起来，怎么就打上了？禾晏沉思着，对上肖珏看过来的目光。他眼神凉凉，莫名让禾晏想起昨夜之事，一时尴尬，想了想，便硬着头皮，用独属于程鲤素的快乐语气叫了一声："舅舅！"

剑拔弩张的气氛顿时被禾晏这声"舅舅"打破了。所有人都朝他看来。

袁宝镇目光闪了闪："程公子，你看得见了？"

禾晏这才记起自己没绑布条，不过如今也不重要了，丁一已死，她又被肖珏揭穿女子的身份。看样子肖珏也找到了行刺他之人，此刻正是算总账的时候，她一个小人物是眼盲还是普通人，已经撼动不了大局。

禾晏挠了挠头，憷然回答："是吗？好像是，我确实能看得见了，我果真是上天庇佑的福德之人。"

这个谎说得，未免也太过敷衍，不过眼下也没人敢来质问。

袁宝镇隐隐意识到了什么，问道："程公子可有见过我的侍卫？"

"不曾。"禾晏道，"难道袁御史的侍卫不见了？"

少年笑眯眯的，让人难以探寻心思，袁宝镇心里很不安。丁一昨夜出去后，一直到今日早晨也没回来，一定是出事了。之前他与丁一有过争执，丁一想要劫持程鲤素用来要挟肖珏，袁宝镇却觉得现在不是好时机。他们不欢而散，但丁一毕竟真正听命之人是禾如非，他奈何不得。若是昨夜偷偷出去，定是为了程鲤素。

现在程鲤素好端端地站在这里，丁一却消失不见了，袁宝镇心头一沉，觉得只怕是不好了。而肖珏一大早令人将孙府团团围住，更让人不安。这人做事，实在非常理可以推测。

没有听到袁宝镇的回答，禾晏也不急，挪到肖珏身边站好，低声问身边的飞奴："飞奴大哥，这又是唱的哪一出啊？"

飞奴瞧着禾晏如常的笑脸，对禾晏的沉着冷静又高看了一等。昨夜身份都已经被揭穿了，她竟然还能继续若无其事地将戏唱下去，令人佩服。

飞奴还没回答，那头的孙祥福开口了，他脸色难看得要命："都督，您此举是何意？可是我们孙府有什么地方做得不周到，惹恼了都督？"

孙凌站在孙祥福身侧，盯着肖珏的目光难掩恨意。

"不错，"袁宝镇抚须沉吟道，"都督，您这是打哪里来的兵？陛下如今严禁私屯兵马，您若真对孙知县有不满，也不能用此方式泄愤。"

禾晏扬眉，这话诛心，一口气给肖珏安了两个罪名：一个私屯兵马，一个公报私仇。好厉害的一张嘴。

肖珏闻言，弯了弯唇，道："袁御史多虑了，这是我从夏陵郡借来的兵。私屯兵马一罪，本帅担当不起。污蔑朝廷命官之罪，不知袁御史能否担下？"

夏陵郡的兵？袁宝镇身子一僵，这怎么可能？那为首的红衣兵士抱拳道："某奉夏陵郡石郡守之命，特来协助都督、御史查办凉州知县谋害官眷一案。"

谋害官眷？孙祥福一听，下意识地喊冤，呼号道："都督冤枉！那府中的刺客真与我无关！我不知是怎么回事，您，您可不能胡乱冤枉人！而且小公子眼睛现在也看得见了，您可不能因为生气，就胡乱抓好人！下官冤枉，下官冤枉啊！"

他叫得惨烈，撕心裂肺，肖珏闻言却只是一哂："谁说官眷指的是程鲤素？"

不是程鲤素吗？所有人，包括禾晏都愣了一下。

就在这时，自院外传来一个女子清脆的声音："我才是那个被谋害的人！"

但见院子外又来两人，一人正是肖珏的侍卫赤乌，另一人是个穿暖色襦裙的小姑娘，扎了一对双髻，明眸皓齿，袅袅可爱，不是宋陶陶又是谁。

宋陶陶在赤乌的保护下走到肖珏这头，对着孙祥福与孙凌骂道："我乃内侍省副都司府上嫡女，你们竟然敢当街掳人，若非路上遇到肖二少爷与程少爷相救，还不知会落到什么下场。万花阁的人都已经被肖二少爷的人给拿下，人证物证俱在，我看你们这回如何抵赖。等我回到朔京，就将此事告诉我爹爹，你们全都等着掉脑袋吧！"

孙祥福父子面如土色。

谋害官眷一事，若说的是肖珏与程鲤素，他们还能挣扎一下，毕竟刺客全都死了，没有任何证据可以证明与他们有关。可谁知道肖珏剑走偏锋，竟然找来这么个小姑娘。谁又能想到，孙凌掳来的这个姑娘，竟是京官的女儿。

这些年，孙凌做下的恶事又岂止这么一件？那些被掳到孙府的姑娘，来自天南海北，亦有大户人家或是官家金枝玉叶的女儿。只是一到凉州，就如针入大海，再也没了出路。这里被孙祥福父子一手遮天了这么多年，早已沉沉不见天日。无论是贫苦人家的女儿还是锦衣玉食的千金，一旦到了这里，没有任何的区别。

禾晏盯着肖珏的背影，忍不住在心里为他鼓掌。肖二少爷这几日神龙见首不见尾，原来是捣鼓这件事去了。

"这……这都是一场误会，都督，您听我解释……"孙祥福一脚踢向孙凌，孙凌被他踢得给跪下，孙祥福骂道："不孝子，你捅出这么大的娄子，现在怎么办？自己跟都督请罪！"

"孙知县跪错人了，"肖珏漫不经心道，"我并非监察御史。"他看向袁宝镇，慢悠悠道："袁御史来到凉州多日，连这里头的官司都不清楚，被人知道，参你一个渎职之罪，到时候，恐怕你的老师都救不了你。"

袁宝镇气得几欲吐血，看向肖珏，年轻的都督唇角含笑，目光悠然，其中包含的恶意铺天盖地。

他竟不是冲着自己来的，而是冲着孙祥福来的。但这实则更恶劣，因为他的老师徐敬甫，要的绝不是眼下这个局面。

丁一失踪了，他一个人，如何应付咄咄逼人的肖珏？

宋陶陶气势汹汹地看着孙家人。禾晏若有所思，只是一个宋陶陶的话，或许能治孙凌的罪，但孙祥福未必，若有人保的话，孙祥福也并非全无生路。

肖珏出手，会给人留一线余地吗？禾晏并不这么认为。

"都督，您也听听我们解释吧，下官真的冤枉啊！"孙祥福说道，与孙凌二人哭天喊地的。

事关自己，袁宝镇艰难开口："都督，许是其中真有什么误会。"

肖珏似笑非笑地盯着他，半晌，点头道："去偏院。"

去偏院？去偏院干什么？

孙祥福父子俩闻言，登时脸色大变，几欲晕倒。

红甲士兵押着孙祥福父子，同其余人一道去了偏院。昨夜下了一场雨，院子地上的尘土被雨水冲刷得干干净净，本是静谧清幽的画面，却生生溢出荒凉的凄惨。

禾晏侧头看了一下旁边的屋子，屋门紧闭，想到昨夜屋里桌上桌下满满的佛像，不觉恶寒。

可是，肖珏带他们来这里作何？

袁宝镇也不解："都督是想……"

"掘地三尺，给我们袁大御史看看，地下有什么。"他虽在笑，神情却漠然，吩咐兵士，"挖。"

兵士们得令，四处从孙府里搜寻出锄头镰刀，开始掘地。

孙祥福父子见此情景，似乎再也坚持不住，二人双腿一软，瘫软在地，面如死灰。

宋陶陶小声问禾晏："这地下有什么啊？"

满屋的佛像，门口贴着的符咒，荒院里成长得过分繁茂的杂木野草，禾晏神色严肃起来，大概猜到了。她没有说话，实在不知如何说起。

须臾，有人道："都督，这里有发现！"

是一具被凉席裹着的女尸，身量极小，看起来甚至不及宋陶陶大，穿着的衣裳已经腐烂了，露出白森森的骨头，亦不知当初是如何粉雕玉琢，可亲可爱。

"继续。"肖珏道。

不多时，又有人道："这里有一具尸体！"

亦是一具女尸，头发长长，当是刚死不久，依稀可见眉目风情，生前动人风姿。

第三具、第四具、第五具……

到后来，无人说话了，只有默默掘土的声音。空气里是死一般的寂静。难以想象这偏院的地下，竟然容纳得下这么多具尸体。满院子摆的都是白布盖着的死人，甚至无处可放，只得摞在一起。

荒凉的偏院地下，埋葬了无数红颜枯骨，也许有温柔腼腆的卖花女，亦有风情万种的他人妇，在这里，无论贫富、高低贵贱，统统化为泥泞，摞成了这样一座面目全非的尸山。

这些都是被孙凌掳来霸占，继而欺凌杀害的姑娘。她们生前遭逢大祸，死

103

后亦不得安宁，恶人心虚之下，堆放无数泥塑纸张，镇压她们，诅咒她们。

长明灯永远摇曳，这些姑娘的一生，却如永夜，再无光明。

禾晏深吸一口气。

孙祥福父子作下的孽，天不盖，地不载。神怒人弃，死有余诛。

宋陶陶不敢再看，别过脸去，惊怒莫名。

最后一具尸体搬出，整个院子再无可以落脚的地方。饶是夏陵郡的红甲士兵见过无数凄惨场面，见此情景，也忍不住心头发寒。

"这……这……"袁宝镇也说不出话来。

"袁御史想说什么，"肖珏缓缓开口，"还是说在御史心中，这仍然是个误会？"

"这要怎么误会？"不等袁宝镇开口，禾晏抢先一步道，"这可是孙知县自己的宅子，若说是有人瞒着孙知县在此地埋葬女尸，一具两具还好说，数十具乃至上百具都如此，也就不奇怪为何会有刺客混入其中，孙家的大门大概是纸糊的，孙知县养的这些家丁护卫，都是聋子瞎子不成？"

孙祥福汗如雨下，他不知肖珏是如何得知这地下官司的，咬牙片刻，争辩道："这些不过是下官府上犯了事的家丁，被打死之后埋入此地，这……大户人家常有此事。"

禾晏冷笑："我亦来自大户人家，大户人家可没有你这种残暴行径。若说是犯了事的家丁，烦请孙知县拿出他们的身契，想来也记载到底是因何事而被责亡。另外这地上的尸体竟全是女子……孙知县，这全都是你府中婢子？你一个七品知县，府中上百名婢子，说打死就打死，你可真是比陛下还要威风！"话到末尾，语调转厉，令人难以招架。

此话一出，孙祥福连忙跪倒磕头，大声哭喊："没有！没有！下官冤枉！下官冤枉！"他来来回回就是这么几句话，却又说不出到底是为何冤枉。大势已去。

禾晏心中余怒未消，昨夜她与丁一交手时，丁一曾说，那屋子里的每一尊佛像都是一个死人，她当时只当是丁一吓唬她的玩笑，如今看来，竟是真的。何其荒谬！

孙凌父子在凉州作恶多端，携来无数女子，但凡稍有不顺心，便夺取她们的生命。能埋在孙家后院的，已经算好的了，至少还有全尸。谁知道会不会有更可怜的，死之后被扔到乱葬岗上，连尸体都被狼兽分吃干净，一丝痕迹也无。

这是何等的嚣张，毫无人性！

宋陶陶心头涌起阵阵凉意，如果不是那天夜里遇到了禾晏，是不是她也就同这些女子一般，藏在这暗无天日的地下腐烂，永远没有人发现？

她的眼眶红了，恨声道："太可恶了，我们一定要为这些姑娘报仇！"刚说完，便感到自己胳膊被人捅了一下，侧头去看，禾晏对她使了个眼色，示意她看袁宝镇。

刹那间，宋陶陶明白了她的意思，转而向袁宝镇喊道："袁伯伯，我此番受了这么大罪，在这里信任的人唯有您了，您可要为我做主啊！"

宋陶陶的父亲曾是袁宝镇上司，袁宝镇自诩与宋家关系亲近，自然不可能无视宋陶陶的话，便擦汗笑道："那是自然。"

"都督，这具尸体有些不同。"一名红甲士兵道。

他半蹲下身，捡了块帕子将地上之人的脸擦拭干净，露出面容来。满院子的女尸中，这人是唯一的男子。当是刚死不久，神情惊恐。

"看来，"肖珏慢悠悠道，"袁御史的侍卫找到了。"

被挖出来的这具男尸，正是一大早就遍寻不见的丁一。

禾晏："……"

她昨夜杀了丁一后，实在没心思给丁一收尸，拔腿就走了。这当是肖珏让人干的，把丁一拖出来给埋了，眼下当着袁宝镇的面挖出来，这一刻，禾晏都有一丝丝同情袁宝镇了。

袁宝镇嘴唇哆嗦，半晌说不出话来。

"御史侍卫忠肝义胆，发现孙家后院藏了不少女尸，被孙知县灭口埋入地底。"肖珏似笑非笑地看着他，"袁御史，不为自己枉死的侍卫感到可惜吗？"

"你胡说！"孙凌咆哮着站起，被身边的甲士按倒，他仍不死心地挣扎，大声叫道，"我没有杀他！这是污蔑！我不知道他为何在这里，我没有杀他——"

他喊得嗓子都哑了，肖珏蹙眉："堵住他的嘴。"

兵士们拿破布塞进孙凌和孙祥福嘴里，院子里安静下来。

"袁御史，"肖珏看着袁宝镇，淡淡笑道，"打算如何？"

袁宝镇心中恨极，丁一绝不可能是孙祥福的人所杀，眼前这人已经知道了一切，可他无力反驳，只得从牙缝中挤出几个字："请都督指教。"

"孙祥福父子专横权势，贪赃抢掠，搜刮民脂，鱼肉乡民，掳来良家女，以泽量尸。如此穷凶极恶之徒，袁御史身为御史，肩负查纠百官之职，定不会姑息。此事我已告知夏陵郡郡守，会同袁御史一起将此事奏禀皇上。至于袁御史，"他视线凝着袁宝镇，含着淡淡嘲意，"是明章面奏，还是密奏弹劾，本帅就不便插手了。"

袁宝镇差点一口气没喘过来。

明明说着"不便插手",此事却是肖珏从头到尾主导的。纵然袁宝镇还想做什么,可夏陵郡那头已经奏禀,他避无可避。孙祥福当初的举荐人,正是徐相的门生。凉州知县一案,面上无光的是徐相,并且,为了避嫌,新任知县绝不会是徐相的人。

徐相就彻底失去了对凉州的控制,这要怎么给肖珏找麻烦?!

他此番回朔京,徐相定不会轻饶他。袁宝镇只觉绝望。

肖珏转而看向缩在一边发抖的家丁婢子,淡淡道:"把你们知道的说出来,可免重罪。"

这便是要孙府的下人们揭发孙祥福父子之罪过了。

家丁们尚且有些犹豫,婢子们却喜出望外,纷纷上前应答。作为女子,在孙家并无半分出路。最好的不过是作为礼物被送给上司,或许还能多活几年。更多的则是被孙凌父子玩腻了之后杀掉,成为一捧花泥。

女子在这里活着犹如坐牢,如今陡然得了一线生机,纷纷恨不得孙祥福父子再无翻身余地。因此人人都争着言举孙家父子之罪,听来令人不寒而栗。

飞奴与夏陵郡的兵士头子一同记载,孙祥福父子被押着跪倒在地,肖珏转身往外走。

袁宝镇还呆立在原地,突逢巨变,他身边又无可用之人,一时思绪纷乱,正不知所措之时,就见令他咬牙切齿之人气定神闲地走过来,神情平静。

与他擦肩而过的瞬间,肖珏突然停下脚步,弯了弯唇,用只能两人听到的声音道:"袁御史想要我的命,我却希望你活着。你活着,比你死了更让徐敬甫难受。"

他笑容带着嘲意,平静开口:"等回到朔京,替我向徐相问安。袁御史,一路顺风。"说完转身离开了。

身后,有人惊呼道:"袁御史!袁御史怎么了?袁御史?"

袁宝镇晕倒了,禾晏回头去看,肖珏的身影消失在花墙外,再也看不到踪迹。

此事……至此尘埃落定。

知县府被夏陵郡的兵士查封了,原先气派的宅子,如今门口贴满封条,灯笼被扯得乱七八糟。宋陶陶在院子里瞧见许多女尸,十分不适,禾晏安慰她许久,总算是让她平静了下来。等宋陶陶觉出些困意,伏在桌上小憩之时,禾晏与赤乌打了声招呼,去找肖珏。

她还有些疑惑没有解开。

肖珏正与飞奴说话。

孙祥福父子作恶无数,婢子们纷纷揭发,光是眼下的这些,谁也保不住他们，他们犯下的罪孽，死十次有余。

残暴之人拥有了权力，对普通百姓来说，无异于灭顶之灾。豺狼虎豹固然可怕，又哪里及得上人心恶毒？

"舅舅！"禾晏站在门口喊道。

肖珏与飞奴的谈话戛然而止，禾晏走进去，肖珏扬眉："还叫我舅舅？"

禾晏："……都督。"

"你不去陪着宋二小姐，找我做什么？"他问。

这人说话夹枪带棒的，禾晏犹豫了一下，问："你今日处置了孙家父子，为何留下袁宝镇？你明明知道，袁宝镇才是想杀你之人。"

孙家父子固然可恶，死不足惜，但终究宴上刺杀肖珏之人，是袁宝镇主使的。丁一已经死了，袁宝镇却还能活着回到朔京，肖珏会这么好心？

"我不在这里杀他，是因为他回到朔京也会死。"肖珏看向窗外，"早晚而已。"

"其他人呢？"禾晏问，"凉州城里孙家父子能一手遮天，定还有同党。"

肖珏道："水至清则无鱼，禾大小姐，你太过天真了。"

飞奴沉默地立在一边，仿佛没有听到他二人的对话。窗外的树长得郁郁葱葱，这般华美的宅院，谁知道会埋葬这么多的罪恶。

事实上，肖珏的目的，从来都不是袁宝镇。

孙府的夜宴是鸿门宴，他早就知道了。袁宝镇的出现，必有杀机，他也早就知道了。他此番来凉州城里，根本就不是为了参与一场猫抓老鼠的游戏，而是为了将这凉州城，握在掌心。

带领新兵来驻守凉州，就是为了暂避锋芒，避开徐敬甫的耳目。可徐老狗的门生满大魏都是，举国上下卖官鬻爵之风盛行，凉州卫的孙祥福，只是其中一员。袁宝镇奉徐敬甫之命前来，若是能杀掉肖珏为上；杀不掉肖珏，就与孙祥福暗通往来，孙祥福直接听命朔京，要给凉州卫使绊子，轻而易举。

苍蝇就算杀不死巨象，一直在耳边吵吵，也会令人心生厌恶。

夜宴风波之后的几日肖珏人不见，旁人都以为他出府去了，丁一跟踪他亦是，其实丁一跟踪的是乔装后的飞奴，真正的肖珏，一直都在孙府。

孙祥福作恶多端，与凉州许多大户多有往来，大户向孙祥福"上供"金银，孙祥福保他们在凉州城"平顺"。他也有打点上司下属，面面俱到，做过的事送出的礼，都有账册——记载。肖珏找到了账册，偷梁换柱。在这里，他还有别的发现。

孙凌这些年来害死过的姑娘数不胜数，原先的都丢到了乱葬岗。近两年不知是不是做过的恶事太多，心中有鬼，频繁做噩梦，孙家请了高人来看，说要

107

将死在孙凌手中的女人埋在西北方,用佛像符咒镇压方可。于是就有了后院里的尸山与佛像。

肖珏本打算用宋陶陶治孙家父子的罪,有了这个发现,就算徐敬甫亲自来保人,都保不住。

他前几日是在确认地下之人,搜寻账本,最后一日才是真正出府,出府也没干别的,账册上的人他挑了几个,一一将册子上相关记载誊抄一遍,送入各家府中。

如今凉州城的商户巨绅,把柄都捏在他手中。日后新的凉州知县上任,不管是不是徐敬甫的人,都将拿他无可奈何。

凉州城从今日起,就是他的了。

袁宝镇做得最错的一件事,就是算错了他的方向。夜宴上的刺杀一直没被肖珏放在心上,他想要的,从来都只是凉州城。

只是阴错阳差,禾晏的出现与古怪,吸引了袁宝镇的全部注意力。从某种方面来说,禾晏成了诱饵,只是这诱饵上带着钩子,将循着味道赶来的猎物豁了嘴,事情才会如此顺利。

他沉默的时候,禾晏亦是在思索。今日之事,肖珏应当早已料到了。

她问:"你之所以放过袁宝镇,是不是因为,袁宝镇办砸了差事,会被主人背弃责罚,那个主人就是徐相?"她顿了顿,又问,"徐相,是否就是当今丞相徐敬甫?"

此话一出,飞奴忍不住看了一眼禾晏。她居然就这么直接说出来了,这话里的意思是她不认识徐敬甫,可谁知是不是在说谎。

"禾大小姐如此心系朝廷,令尊可知道?"肖珏淡淡道。

他这么回答,禾晏就知道,袁宝镇嘴里的徐相,果真就是徐敬甫。

"我爹虽然如今只是城门校尉,徐相是当今丞相,看似云泥之别,可都督也知莫欺少年穷。我今年十六,打遍凉州卫尚无敌手,"她大言不惭,"日后说不准建功立业,做的官比都督都大,一个徐相又如何?我还有个弟弟,说句大逆不道的,我们如初升朝阳,徐相已是风烛残年,等我与弟弟长到都督那么大的年纪时,焉知世上还有没有徐相这个人?"

飞奴被呛得咳起来。

就凭禾晏这番话,十有八九不是徐敬甫的人了。徐敬甫能容忍这么个大逆不道的玩意儿在手下?禾晏能活到现在,只怕全凭运气。

肖珏闻言,哂笑一声:"你这样不知死活,说不准活的不及徐敬甫长。"

禾晏心想,那肖珏可就猜错了,她都已经比徐敬甫多活了一条命了,谁还管长不长。

"都督不必如此防备我，"禾晏看着他，"我与你有共同的敌人。"

"我不知，"肖珏不咸不淡地开口，"徐敬甫还会费神与一个城门校尉有纠葛。"

"城门校尉自然攀不上徐相了，不过狗咬了人，主子也该一同问责。"禾晏叹道，"我的仇人是徐相的手下，其实也就相当于徐相了。"她笑，"我与都督同仇敌忾，应该是朋友，都督三番五次地怀疑我，让人很伤心。"

"那你要失望了，我不交朋友，更不与不知底细的人交朋友。"

禾晏："……"这人怎么刀枪不入、油盐不进的？

"那都督，"禾晏忍着气，问，"孙府院子里的那些尸首怎么办？"

那些尸首，有时间久远，已经辨不清面目只剩白骨的，有的尚且还能看出一二，全都堆在孙府也不是个办法。

肖珏看着窗外的树，树影微微晃动，片刻后，他对飞奴道："通知城里百姓，过来认尸吧。"

凉州城百姓得知右军都督带人封了孙府大门，将孙家父子押下，人人拍手称快。胆子大些的，跑到孙家门口吐口唾沫，破口大骂；胆子小些的，站在不远处，待兵士经过，便扯着一人小心翼翼地问："这位军爷，孙知县真的……真的被抓了啊？"

孙家父子认罪，总归是一件好事。那些家里丢了姑娘，或是知晓女儿被掳走却无能为力的，闻此消息，纷纷登门来认尸，知县府上哭声震天。

女子的尸体摆满了前后三个院子。虽是秋日，但也发出阵阵异味。禾晏随着飞奴一道过去，看见有被媳妇搀着的婆婆在尸体堆中找寻失踪三年的女儿，亦有书生打扮的青年抱着新婚之夜便被掳走的妻子号啕大哭。

禾晏看到一个穿白布褂子的黝黑男人，正抱着一具女尸抽泣："阿妹，阿妹！阿兄来了，阿兄带你回家……"声音戚戚，令闻者落泪。

他怀里的小姑娘身量瘦小，至多不过十二三岁，还是个孩子。若是顽皮些的，这个年纪，还喜欢捉蟋蟀斗蛐蛐。如今小小的身体蜷缩成一团，一朵花还未开放，就凋谢了。

满院子的哭声，满院子的死别，禾晏抬头看向天空，只觉得哭声几乎要冲破天空。世上最悲惨之事，莫过于此。

飞奴有些诧异地看了她一眼。

女儿家心软，见不得如此场面。就如宋陶陶，早已躲进了屋里，不忍再看。禾晏却站在此地，她眸中也有伤感，却到底没有落泪。

生离死别，禾晏见得实在太多了。战场上多少男儿，出去的时候是家中长子、妻子的丈夫，回来的时候便成了一抔黄土，人活在世上，少不了悲欢离合。

这些姑娘，活着的时候被欺凌，死了被禁锢，到了如今，总算自由了，重新回到家人的怀抱。家人们永远记得她们，也会为她们的遭遇而痛惜流泪。

那么她呢？

禾晏怔怔地想，有没有那么一个人，是会为她的死亡而流泪的？会在无人的时候缅怀她，痛她所痛。她被家人亲手送上黄泉，死了也要被利用，可曾有过一刻，得到家人真心？

"少爷。"飞奴的声音打断了禾晏的思绪，她侧头一看，不知何时，肖珏出来了。

他问："所有尸首可都找到了家人？"

飞奴摇头："还有二十三具无人认领。"

被掳到孙家的姑娘们，不乏如宋陶陶这般并非凉州人氏的，天南海北，与家人一旦分离，就是永别。

"葬了吧。"

禾晏一怔，抬眼看向肖珏。他长身玉立，站在满院凄凉里，如他腰间悬着的饮秋剑，锋利，冷静，令人安心。

"少爷，葬在何处？"飞奴问。

"凉州城外，有一处峰台，名曰乘风。"肖珏看着远处，似乎透过院里的树枝看到了别的什么。他神情平静，语气淡漠，却在淡漠之中含了一丝不易察觉的悲悯。他道："这些女子生前身不由己，笼鸟池鱼，葬在此处，愿她们来生自由乘风，啸傲湖山吧。"

那二十三具无人认领的女尸，最终如肖珏所说的，葬在了凉州城外的乘风台。站在乘风台往下看，山谷云雾缭绕，仿佛仙境。

棺木都是上好的棺木，用的是孙府库房里的银子。孙家这些年敛财无数，竟在府中专门修缮了一座用来存放金银珍宝的库房。

因着这二十三人不知姓名来历，就连最后立的碑上都无字可刻。二十三块无字碑，二十三位年轻的姑娘长眠于此。若她们死后有知，坐在此地可看云卷云舒；若她们往生，就如肖珏所说，自由乘风，啸傲湖山。

禾晏与宋陶陶站在不远处，赤乌立在一边，望着正蹲在地上烧纸钱的人们。下葬的时候，肖珏没有过来。这些烧纸钱的百姓，许多都是过来找寻失踪的女眷，最终却没能找到亲人。毕竟孙凌害死的姑娘中，还有许多连全尸都不曾留下，在乱葬岗被狼犬分食了。

一位白发苍苍的老妇人正在往铁盆里扔纸钱，她已经老得都快走不动了，这山路，还是她孙子背着她走上来的。她的小孙女四年前被孙凌掳走，再也没有出现过，如今在孙凌院中的尸体中，亦没有发现她小孙女的踪迹。

老妇人颤巍巍道："我给这些姑娘烧纸钱，以后有好心人看见大妞儿，就会给大妞儿烧纸钱……姑娘，你走好哇……"

宋陶陶拿帕子拭去眼角泪水，道："做女子太苦了，若有来生，我才不要做女子。"

"这和做不做女子无关，"禾晏瞧着漫天翻飞的纸钱，"身为女子，本就不是为了受苦，男子也是一样，若是不满命运，大可走一条不同的路。只是……"她看着这些无字碑，"对于她们来说，根本没的选择，这太残酷了。"

宋陶陶看着他："你与寻常男子很不一样。"

"什么？"

"若是寻常男子，大抵会说，你们女子有什么不好的，只需穿得华美坐在屋中，冷了有人添衣，出入有人伺候，不必在外拼杀，怎生身在福中不知福？"她学着男子粗声粗气的声音，罢了不屑道，"做一只宠物，难道就很好吗？把鸟关在笼子里，还要鸟夸笼子好看，我看他们才是脑子有问题。"

禾晏失笑："你与寻常女子也很不一样。"

"我本就不一样，对了，"宋陶陶看向他，"我到现在还不知道你名字呢，你并非程鲤素，你是肖二少爷的手下吧？"

"我叫禾晏，"禾晏道，"'禾苗'的'禾'，'河清海晏'的'晏'。"

"原来是禾大哥。"宋陶陶道，"你可以叫我陶陶。"

"这……"

"就这么说定了。我已经与肖二少爷说好，暂时跟你们一起去凉州卫，等肖二少爷的人到了，就派人送我回朔京。所以接下来的日子，我可能要与你一直待在一起。"宋陶陶笑得眉眼弯弯，"我还没去过卫所呢。"

"宋姑娘，"赤乌看了看远处，"天色不早，属下先送您下山。"

"走吧。"禾晏也道。

几人往山下走去，背对着他们，乘风台台阶旁，草丛里生长着丛丛白菊，微风吹来，吹得菊花微微点头。

不多时，再也看不见了。

第十五章　温泉

下了山，回到他们居住的客栈，宋陶陶沐浴去了。

禾晏取了一块帕子，直接进了自己的屋。

屋子里飞奴正在收拾东西，见了她吓了一跳，禾晏问："飞奴大哥，你这是作何？"

飞奴木着一张脸道："我与赤乌住一起。"

之前在孙府时，他们三人住一起，肖珏在里屋，飞奴与禾晏在外屋，也没觉得有什么不妥。禾晏随口道："搬来搬去多麻烦。"

飞奴站定，不可思议地看着她："你是女子，怎能与我同处一室？"

禾晏："……你也不必摆出一副不堪受辱的表情。"

飞奴没说话，极快地收拾好包袱，仿佛她是什么洪水猛兽，避之不及，立刻就走了。

屋子里只剩下禾晏一个人。

她怔了片刻，摇头笑了。待走到榻前，发现桌上放着清水与干净的白布条，屋子里还有沐浴的热水，当是飞奴放的。这人和他主子一样，有时候觉得不近人情，有时候倒也挺体贴。

她解开衣裳，粗粗沐浴一番，昨日的伤痕没来得及细看，将陈旧的布条换下，才发现伤口不浅。

自然是很疼的，但也能忍。禾晏侧过身看着镜中的姑娘，原本白皙的肌肤上有了刀伤，定然不好看。

禾大小姐爱惜美貌，恨不得用琼浆花露来娇养，如今她弄得面目全非，倘若真正的禾大小姐归来，看到如此画面，一定会气到昏厥。

她已经很小心地保护自己了，但一旦决定了靠自己往外走，失去家族的庇护，就必然要受伤，人本就是在一次又一次的受伤中成长起来的，伤疤也终有一日会变成铠甲。

哪个女孩子不爱美，纵然禾晏做男子做了多年，但换回女儿装，看着自己身上的刀疤，面对许之恒时，也会感到羞惭。她从不穿薄薄的纱衣，有一次许之恒送了她一件水芙色的石榴纱裙，肩颈处绣着石榴花，薄如蝉翼，她很喜欢，但一次也没有穿，只因她当年在战场上被敌军的箭矢刺进肩头，拔箭而出时，留下永远祛除不了的疤痕。

她也记得新婚之夜时,许之恒抱着她,衣衫从肩头褪落,红烛摇曳,他的动作在看到她的伤疤时戛然而止。

女将的身体,永远不会如寻常女子那般柔美无瑕。遍布的疤痕落在看惯了娇媚身体的男子眼中,就只剩恐怖了。

禾晏怔怔地看着铜镜,伤疤这东西,为何在男子身上便是勋章,在女子身上就成了耻辱?这是何等不公平,不过是世人天经地义地以为,女子都以色侍人,就要时时刻刻保持颜色。

一派胡言。

禾晏低下头,将药膏细细地抹在伤口处,再用布条缠好,她做这些事得心应手,很快就好了。做完了这一切,她在屋子里歇了片刻,才起身推门出去,到了肖珏房前。

屋子里亮着灯,肖珏应当在里面。禾晏敲了敲门:"都督?"

"进来。"

推门进去,肖珏正将桌上的晚香琴收起来。

"都督,"禾晏硬着头皮开口,"您吃过饭了吗?"

肖珏停下手中的动作:"有话直说。"

"我们是不是明日就要回卫所了?"禾晏问,"您打算如何处置我?"

如今肖珏已经知道她是女儿身了,万一真将她送回朔京该怎么办?

"你希望我怎么处置你?"肖珏在桌前坐下来,好整以暇地看着她。

禾晏也赶紧搬了个凳子坐在他身边,认真地与他分析:"您如今也瞧见了我的能力,这次带我来凉州,有刺客是我提醒的,帮您分散袁宝镇注意力的也是我,最后杀了丁一,细细算来,我为您出力,比飞奴大哥有过之而无不及。"

隔壁的飞奴打了个喷嚏。

"我这样的人,做手下,数一数二,做心腹,善解人意。"禾晏毫无负担地自夸,"凉州卫有了我,如虎添翼。都督,我以为,你可以将我放进九旗营,保证不会后悔。"

肖珏笑了,缓缓反问:"九旗营?"

"我知道都督是个爽快人,定然怀疑我非要进九旗营的目的。我也就直说了,因为寻常建功立业实在太慢,我听闻九旗营的兄弟,纵然日后身有残缺,也可以当官。我们禾家就指着我光宗耀祖,我以为九旗营是个好去处。"

肖珏捧起桌上的茶抿了一口,不疾不徐道:"不必日后,我看你现在就身有残缺。"

禾晏:"……什么?"难道肖珏看出来她是许大奶奶,曾是个瞎子了?

她正紧张着，就见这人指了指自己的脑子。

禾晏："……"他自己才脑子有毛病呢！好端端的骂什么人。

只是人在屋檐下，不得不低头，禾晏堆起一个笑："都督难道不这么认为吗？"

肖珏盯着她，嗤道："我们九旗营不收无能之辈。"

"无能之辈？"肖珏可以质疑她的人品，但不能质疑她的能力，禾晏拍桌，"你说谁？"

"丁一那种货色，你与他交手竟然受伤，"肖珏扯了扯嘴角，"不是无能之辈是什么？"

"那是……那是……"那是因为禾大小姐身子孱弱，况且有了惨痛的教训，她当然要谨慎行事了！

"要是换了飞奴大哥在这里，他也会受伤！"

"你可以把你行骗的心思用在练功上，许会进步很多。"他又开始嘲讽。

这人如今与她相处得越熟，便越发露出少年时期恶劣的一面来。禾晏深吸一口气，突然笑了："行，都督非要这么说我无所谓，对我有成见也无所谓，只是我突然间，怀念起都督腰上的那颗红痣来。"

肖珏平静的神色陡然龟裂。

"这流言呢，传着传着就成了真的。我本是城门校尉的女儿，家族不盛，自己亦没有什么名气。能够与都督的名字传在一处，是我的福气。"禾晏站起身来，慢吞吞地道，"日后旁人说起我来，我也曾辉煌过，是都督深爱的女人，想想就觉得不亏。只是难为都督要与我这样的人绑在一起，不过都督本就不在意旁人怎么说，应当也是无所谓的吧？"

肖珏盯着她，目光如刀子，沉声道："什么深爱的女人？"

禾晏笑眯眯地回答："我如此优秀，凉州卫的人都认识我，陡然间发现我是女子，定然惊讶。可女子为何进军营，当然是因为都督深爱我，舍不得与我分离，才将我藏在军营中，连来凉州驻守都带着。白日里训练，夜里就缠绵，果真眠思梦想，情深似海哪。"

肖珏闻言，不怒反笑："胡说八道！"

禾晏手撑着桌子，飞快道："我也不是不讲道理之人，只是希望都督给我一个机会证明自己罢了。我们一同回卫所，就当此事没有发生过，也请都督抛下对我的成见，当我是个寻常小兵。对了，"她似乎想起了什么，"我如今有伤在身，夜里需要换药，再与男子们住在一起多有不便，得麻烦都督为我单独寻一间屋子，能在屋中沐浴的那种。"

肖珏冷冷开口："你休想。"

"那我就只好做都督深爱的女人了。"禾晏满不在乎地转过身去,"就算您将我塞进马车送回朔京,我也能立刻传得尽人皆知。嗯,我看这客栈就很不错,只要我尖叫一声……"

肖珏扶额:"禾晏!"

禾晏笑里藏刀:"谁叫我是个骗子呢。"

肖珏:"我答应你。"

禾晏的脸变得比掌柜三岁的小儿还快,抚着心口遗憾地开口:"做不成都督深爱的女人,有些失落。"

肖珏脸色铁青:"滚出去!"

禾晏快乐地吹着口哨出去了。

第二日一早,飞奴与赤乌出门的时候,发现禾晏竟比他们二人还要早。

大约是要回凉州卫,她还特意收拾了一番,挑了件程鲤素不常穿的衣裳,神清气爽。她本就生得眉清目秀,若非飞奴知道她是女子,也要忍不住在心中赞一声好个翩翩少年郎。

赤乌并不知禾晏的身份,抱胸远远看着,低声问飞奴:"你说此人在凉州卫无人可敌?瞧这身板,不像啊。"

飞奴叹息,心想不像的又岂止这个。

正说着,宋陶陶从楼下上来,手里握着一把红枣,看见禾晏,便自然地伸出手,笑道:"禾大哥,这是掌柜的送来的枣,很甜,你要不要尝尝?"

凉州盛产红枣,个个又大又甜,禾晏接过来,道:"多谢。"

他们一对少年少女,站在此地赏心悦目。赤乌便捅了捅飞奴的胳膊,道:"我瞧着怎么有些不对劲儿,宋二小姐莫不是看中了禾晏?那程小公子怎么办?"

飞奴一言难尽地看着他:"……你瞎操的什么心!"

"这怎么能叫瞎操心,程小公子是少爷的外甥,咱们当然要帮着程小公子了。要不我私下里教训教训那小子,让他离宋二小姐远点?你看你看,他对宋二小姐笑的那个样,我都看不下去了。"

"你少说两句吧,少爷最讨厌搬弄是非之人,"飞奴道,"你我做好分内之事即可。"

赤乌还想说什么,那边的屋门开了,肖珏从里走了出来。

"都督。"禾晏热络地与他打招呼。

肖珏仿佛没看到她似的,从她身边经过,一个眼神都吝啬给予,对飞奴道:"马车备好了?"

"都在楼下等着。"飞奴回答。

"出发吧。"他下楼去了。

赤乌与飞奴对视一眼,赤乌小声询问:"姓禾的是不是惹我们少爷生气了?"

"做事吧。"飞奴没有回答,跟着下楼了。

"肖都督待人还是一如既往地冷酷。"宋陶陶同情地对禾晏道,"你在他手下做事,一定很难过。待我回到朔京,跟父亲说说,看能不能在京城替你谋个一官半职。你如此身手品行,当是不难。"

"哈啊?"禾晏没料到宋陶陶还有这个打算,摆手道,"这就不必了,多谢宋姑娘好意,只是我在凉州卫挺好的,肖都督也并非不近人情之人,跟着他做事是我的荣幸。"

宋陶陶只当他在替肖珏说话,不以为然:"他哪里值得你跟随了?朔京的人都说他冷酷无情……"

虽然肖珏这个人脾气不怎么样,禾晏却也不好昧着良心骂他,只笑道:"他不好,可他不是想办法让欺负你的孙家父子遇到麻烦吗?他若真不好,又何必管孙祥福府上那些无人认领的女尸,将她们安葬,请来僧人替她们超度。"

"可……"宋陶陶还要争辩。

少年笑着摸了摸她的头,温声道:"宋姑娘,你现在年纪还小,并不知许多事不能看表面,许多人也要与之相处才知道品行。待你亲切体贴的并不一定就是好人;你觉得冷酷无情的恶人,或许也有不为人知的一面。"

宋陶陶愣住,没等她想明白,禾晏已经往楼下走去。头上似乎还带着少年掌心的余温,她脸一红,连忙快步追上,嘴里小声嘟囔:"什么年纪小,你也没比我大多少嘛。"

到底没有再继续争执了。

禾晏下了楼,看见肖珏正站在马车前,便走过去,问:"都督,你与我共乘吗?"

肖珏侧头看她。

禾晏解释:"我总不能与宋姑娘坐一辆马车,我们孤男寡女,被旁人看见了,宋姑娘的名声还要不要了?"

肖珏:"所以?"

"所以我应当与都督一辆马车呗。"禾晏笑嘻嘻地说完,就要往马车里钻,被肖珏拎着衣裳后领给拽下来。

"你是不把你自己当女子,还是不把我当男子?"他扬眉,"恐怕你入戏太深,所以我提醒一句,任务结束了,你不必将自己当作程鲤素。"说罢,嫌弃地挣了挣被禾晏刚刚抓住的袖子。

赤乌从旁经过，恰好听到了肖珏最后一句，立马过来揪禾晏的衣服，将他往旁边扯："就是就是！还当自己是程小公子？怎么这么没眼力见儿，你过来，和我们一起骑马！"

禾晏本就是玩笑话，也没真的想要和肖珏共乘，便爽快地翻身上马。

飞奴吩咐车夫道："车上有姑娘，脚程莫要太快。"

禾晏一怔，不觉失笑。倒不是她自作多情，只是她因与丁一交手受伤，骑马也不能太过剧烈。

焉知这又是不是故意的呢？她本也是个姑娘。

赤乌道："还等什么，出发！"

马车走得慢，比来的时候要多费些时间，等到了凉州卫，已经是傍晚。

沈瀚一行人早已在卫所外的马道上等着，等马车停下，沈瀚见肖珏下车，方才松了口气。

此去凉州城，肖珏在那头做什么，他们也没收到信件，几日下来，心也是悬着的，生怕情况有变。眼下看来当是顺利解决了，沈瀚正要说话，就听得一边的梁平道："这……这儿怎么还有个姑娘？"

姑娘？但见前面那辆马车上，跳下来一个十五六岁的粉裙小姑娘，玲珑可爱，花容月貌。再看一边的禾晏，神情恹恹地打了个呵欠，不太精神的样子。沈瀚心中大惊，都督此去凉州，带回来个姑娘，这是决定要与禾晏划清干系了？当着禾晏的面这样做，未免太过无情。

他正想着，又听见身后传来少年快乐的声音："舅舅、大哥，你们总算回来了！"

跟兔子一样蹦过来的，正是程鲤素，他身边跟着的是一身白衣、清丽绝俗的医女沈暮雪。程鲤素过来，先是对沈瀚不满地开口："沈教头，舅舅回来了，你怎么也不与我说一声，要不是我自己听到，岂不是不能为舅舅接风洗尘？"

"大哥，我看你安全回来，此行应当十分顺利，袁宝镇那家伙是走了吧？我就知道你能行……啊？"他本来愉悦的表情在看到宋陶陶的时候破裂，语调刹那间变得刺耳，跳起来指着宋陶陶质问，"宋二小姐，她怎么在这里？"

"你那是什么表情？"宋陶陶皱眉。

"我们在凉州城里遇到了宋姑娘，"禾晏笑道，"也是巧合，宋姑娘会暂且在卫所住上一段日子。"她没有细说究竟是怎么回事，替宋陶陶遮掩过去了。

"大哥，"程鲤素不可置信地看着禾晏，"我让你帮我躲袁宝镇，省得被他抓回去成亲，你却直接将她带到我面前？你这是要害苦我也！"

"程鲤素，"宋陶陶听不下去，站出来一叉腰，冲他气势汹汹地吼回去，

"你当我很想看到你？实话说吧，我就是因为逃婚才到凉州城的，若不是遇到肖都督，我才不会过来。你不想与我成亲，我还看不上你呢！一个废物公子，妄想与我相配，我看你是做梦娶西施——想得美！"

论伶牙俐齿，程鲤素实在不是宋陶陶的对手，此刻格外懊悔平日没有多看些书，竟连骂人都没有什么好句子。

"……你这个泼妇！"他只能很没气势地道。

"那也总好过你这个废物。"宋陶陶回他一个白眼。

这俩冤家活宝就在此地吵了起来，梁平只能站出来做和事佬："程公子，都督他们赶了大半日路，此刻定然乏累，先让他们回去休息片刻，用过饭食再说可好？"

有人来递台阶，程鲤素当然要下，就道："我不与你计较，我心疼我舅舅和大哥！"

总算暂且将眼前的局面给缓和下来。

一直没出声的沈暮雪走到肖珏面前，道："都督，之前送回来的密信里，说有人受伤了，是……"

这几人看起来都是如常。

肖珏瞥一眼禾晏，禾晏便道："是我！"

沈暮雪："……你可有什么不适？"

"都是些皮外伤罢了，"禾晏笑道，"劳烦沈姑娘替我寻些治外伤的膏药，上次那种的就很好。"

宋陶陶闻言，诧异地看向他："禾公子，你受伤了？"

程鲤素将禾晏拉走，防贼似的盯着宋陶陶："泼妇，你离我大哥远点！"

两人又吵起来。

禾晏："……"

少年人的精力，真是令人羡慕。

回到卫所里头，各自先歇息了一阵，用过了饭，天色已然全黑了下来。

沈瀚对肖珏道："都督的房间，我日日打扫，今日换了干净的被褥，都督只管住就好。"

肖珏点头，就要走进去，禾晏一把扯住他的袖子："且慢！"

这是要说悄悄话了？沈瀚心里沉思着，此等情景，实在不宜他这个外人参与，便道："都督，要没什么事的话属下先走了。"也不等肖珏回答，就匆匆离开。

禾晏推着肖珏进了屋子。

肖珏冷冷道："何事？"

"都督之前答应我的事忘记了？你可是封云将军，说话要算话。"

"我说过什么？"肖珏平静地看着她。

这人想赖账不成，禾晏急了："回来之前你我不是说好了，要重新为我安排屋子，我不住通铺，否则沐浴、换药都不方便。"

肖珏还未回答，又一个声音响起："不就是换屋子吗？哪里用得上他，我也可以帮你！"

二人回头一看，却是程鲤素跑过来。程鲤素与肖珏的屋子本就挨着，中间还有一道中门，将大宅子隔成两间。平日里程鲤素被迫抄书，肖珏看书的时候顺带看着他，那道中门也就没有关。此刻程鲤素就是从他的屋里跳过来的。

"大哥，我这屋子你瞧着如何？"

禾晏："嗯？"

"你若觉得还不错，我就与你换个房间。"程小公子迫不及待地道，"今夜就搬，我现在去收拾行李！大哥你觉得怎么样？"

禾晏有点发蒙，肖珏拧眉，问程鲤素："你搞什么鬼？"

"舅舅，"程鲤素哭丧着脸道，"谁叫你们把那个泼妇也带回来了。我刚问了梁教头，那宋陶陶暂且与沈医女住一起，就离咱们这儿十几步，我若是住在这里，岂不是日日里都要看到她？我如今一看到她就头疼，还是别了。既然大哥也想换个屋子，我与大哥换一换就行了。宋陶陶什么时候走，我们就什么时候再换回来。"

禾晏："好啊！"

肖珏："不行。"

程鲤素对宋陶陶的不喜超过了对舅舅的敬畏，只当没听见肖珏的话，欢欢喜喜地就回头去收拾东西，肖珏怒道："你给我回来！"伸手欲将他拎回，被禾晏挡住。

程鲤素趁机跑远了，"哐当"一声，还把中门给关上了。

肖珏："程鲤素！"

"别这么凶嘛，"禾晏笑盈盈地看着他，"都督，程小公子都答应了，你情我愿的事，你在这儿横插一杠，像什么话？"

这话说的，像肖珏是个棒打鸳鸯的无理取闹之人。

肖珏冷笑："你凭什么？"

"就凭我……与做都督深爱的女人只有一颗红痣的距离。"禾晏笑容满面地看着他。

屋子里顿时寂静几分。

肖珏嫌弃地移开目光："禾大小姐，你不会真的想留在凉州卫？"

"关于这件事，我从未说谎。"禾晏收了几分笑，郑重其事地开口，"不仅如此，我也是真的想进九旗营。"

"你休要得寸进尺。"

"我从来见好就收。"禾晏道，"都督，我只需要一个证明自己的机会，证明我并非奸人，也证明我值得你收为心腹。"

肖珏哂笑："大言不惭。"

"你连机会都不给我，岂不武断？"

"你？"肖珏上下打量她一眼，淡淡开口，"在凉州卫撑得了几时？"

"比你想象的更久。"

"你是女子。"

"我不会被人发现。"

"我不会替你遮掩。"

禾晏闻言，笑了："你想说的，就是这句话吧。"

肖二少爷高贵冷艳，不近人情，要替她鞍前马后地遮掩真相，想想也不可能。但禾晏的身手又确实超群，真要放弃，大抵肖珏也有些犹豫。毕竟在肖珏看来，是男子是女子，其实没那么重要，重要的是有没有能力、够不够出色、值不值得留下来。

"做不到就离开。"他的回答一如既往地无情。

"一言为定，"禾晏道，"我凭借自己的本事留在这里，进九旗营也好，立功也好，保管不让都督操一点心。"

肖珏定定看着她，半晌，他挑眉问："你真想进九旗营？"

"当然！"

"可以，"肖二少爷勾唇道，"给你一月养伤时间，一月后，你的日常武训，与九旗营武训同量。"似是怕禾晏不清楚，又补充一句，"九旗营武训训量，是你如今的三倍。"

禾晏："……"

肖珏，好狠心的男人。

"受得住，就留下；受不住，就滚出凉州卫。"他似笑非笑地盯着禾晏，清眸深深浅浅，带着淡淡嘲意，"禾大小姐，你坚持得住多久？"

禾晏回他一个咬牙切齿的笑容："……都督，来日方长，您等着瞧。"

总算将屋子安顿好了，禾晏也得回之前的通铺房里收拾东西，顺便见见兄弟们。到了通铺房外，还没走进去，靠着门口的小麦就发现她了，喊道："阿禾哥，你回来了！"

这一嗓子直把里头的人都喊了出来。一群人挤到禾晏身边，问："禾兄，你跟肖都督一起回来的？怎么样，这次去可有收获？凉州城里好玩儿吗？你们都干吗去了？"

"去去去，别挤在这儿。"洪山将他们赶走，让禾晏进屋来："你回来得正好，人都在。阿禾，我瞧着你这趟去瘦了点儿，没吃亏吧？"

"没。"禾晏说着，一脚踏进屋子，发现屋里还挺热闹，王霸、江蛟、黄雄他们都在。江蛟道："我们听说肖都督回来了，估计你快到了，就先在这里等你。"

禾晏在榻上坐下来，感叹道："还是回来好啊。"

孙家的床倒是又软又绵，但一想到那地方埋葬了那么多女孩子，便觉得格外阴森恐怖。这地方虽然床板又硬，被子又薄，可人心敞亮，睡着踏实。

"你这番去，和肖都督关系可有改善？"黄雄问。

之前因为前锋营点了雷候一事，禾晏对肖珏怨气冲天，此次与肖珏同行去凉州城，洪山他们都怕禾晏途中与肖珏打起来。

"还行吧。"禾晏含糊道。

王霸幸灾乐祸地开口："看他样子就不怎么样，真要不错，怎么就空手回来了，也不赏点东西？"

正说着，外头拖着三大包行李的程鲤素已经到了，站在门口问禾晏："阿禾哥，我可以进来了吗？"

"进来吧。"

程鲤素一进来，就被屋子里满满当当的人吓了一跳，道："这么热闹？夜里睡觉不会吵吧？"

小麦瞪大眼睛："这是何意？"

禾晏笑了："此去凉州，我立下大功，都督甚是欣赏，决定让我与程公子调换房间，程公子住这里，我与都督比邻而居，以示嘉奖。"

众人呆住。

"这小子说的是真的？"王霸问程鲤素。

"真的。"程鲤素一拱手，"日后就请诸位大哥多多关照了。"

屋子里如煮沸了的水，登时热闹起来，大家都七嘴八舌地追问禾晏。

"你立什么功了？你们出去干啥大事了？"

"就给换个房间没给别的赏金吗？也没让你进前锋营？"

"禾兄是不是要升官了？升官了能不能带带兄弟们？"

禾晏这头被簇拥着仿佛打了胜仗的将军，那头，沈瀚刚刚得知了肖珏此去凉州城的全部经过。

"孙祥福在凉州上任多年，民不聊生，"沈瀚叹息道，"种什么因得什么果，

123

如此下场，是他自己活该。"

　　他在凉州几年，对孙祥福父子的斑斑劣迹也有所耳闻，可他不是监察御史，亦没有肖珏神通广大，只能忍气吞声。如今肖珏将孙祥福父子连根拔起，又让袁宝镇栽了个跟头，有苦说不出，实在大快人心。

　　"都督此去凉州，是否已经将禾晏的底细打听清楚？"沈瀚犹豫片刻，还是问了出来。他有些看不明白如今禾晏与肖珏是个什么关系，若说是好，肖珏分明还是防着禾晏；若说是不好，刚刚得了程鲤素的吩咐，说禾晏日后就住程鲤素的屋子。

　　那不就是挨着肖珏住吗？若非关系亲近者，如何能走到这地步？

　　"算是吧。"肖珏道。

　　"他……算自己人吗？"沈瀚小心翼翼地问。

　　"暂且当作自己人也无妨，"肖珏垂眸，"不过，也无须事事告知。"

　　沈瀚心里大概有数了，就道："属下明白。"

　　"我有件事要你去做。"

　　禾晏好不容易回答了兄弟们的问题，再回屋的时候，已是夜里。

　　乍然从十几人挤一间的通铺房变成属于自己的屋子，还有点不习惯。程鲤素向来讲究，临走时还不忘帮她将房间里的熏香点上。淡香萦绕在鼻尖，令人很是放松，禾晏在床上躺下来试了试，如躺在一团棉花上，她想，睡在这种床榻上，每日睡到日上三竿不足为奇。

　　她又瞥见那道中门。

　　中门以珠帘掩住，掀开珠帘就是门，门后就是肖珏的屋子。眼下这门是关着的。禾晏尝试着轻轻推了推，没推开，不死心地重重一推，仍旧岿然不动。

　　肖珏居然将这门从那头锁上了。

　　禾晏心想，这严防死守的，不知道的还以为肖珏才是女子，而她是个会夜里探人香闺的采花大盗，有这种必要吗？

　　屋子的正中摆着一个大木桶，木桶里是热水，禾晏走过去，将手指放进去试了试，水温正好。大概是沈瀚准备的，他们今日赶了一天路，是该好好洗洗身上尘土。禾晏正要脱衣服，忽然想到了什么，看向那道中门。

　　中门的两边都有锁，无论哪边锁上，另外一头都无法打开。肖珏是将他那边锁上了，禾晏也得将自己这边锁上，否则万一洗到中途肖珏突然过来，岂不是会将她看得一干二净？

　　虽然这可能性几乎没有。

　　禾晏将中门锁好，才沐浴换衣裳，待换好衣裳，她又将木桶里的水拖出去倒掉。最后回到屋子，坐到榻上。

沈暮雪已经将备好的伤药都送来，放在床边的小几上，禾晏对着镜子，将布条拆开，里头的药换掉，正准备换上新的布条时，看见旁边还有一个玉色圆盒。

这圆盒很小，不及人的掌心大，禾晏拿起来一看，上头写着"祛疤生肌"，先是一怔，随即摇头笑了。

还是姑娘家心细，只是这也太过周到了，沈暮雪还真是良善，对一个小兵都如此体贴。不过寻常男子，受了伤便受了伤，哪里在意伤疤。

禾晏本该也如此想的。

但就在她要将盒子放回去的时候，突然间，眼前又浮现起那个夜里，红烛落泪，芙蓉帐暖，那只温暖的手在摩挲到她肩头的伤疤时陡然僵硬，她尚且还在惴惴，眼前的男人却若无其事地吹灭蜡烛，避开了那个话头。他依旧温柔，她却陡然间无地自容。这比任何话语与眼光还要来得伤人。

冰凉的药膏擦拭在伤口处，有点疼，也有点痒。她在心里问自己，你真的不在意吗？

不是的。

她在意得要命，纵然重来一次，仍难以释怀。

禾晏将布条重新缠好，将那个玉色的盒子放在枕头下，灭了灯，在榻上躺下来。

这屋子里安静而温暖，没有通铺兄弟们嘈杂如雷的鼾声，也没有半夜伸过来横在她身上的腿，本该倒头就睡，一觉天明的，不知为何，她却有些心乱如麻，难以入睡。

或许，她本不该想到从前。

第二日一早，禾晏照常卯时起，领了馒头往演武场去的时候，遇到了沈瀚与梁平一众教头。

禾晏与他们打招呼。

梁平瞧着他意气风发的模样，心里酸溜溜的，他做教头的，还没一个小兵升得快，看看，这才多久，就能挨着都督住了。不过是出去了一趟，何以就得了都督另眼相看。孙祥福父子的事沈瀚都与他们说了，但禾晏在其中究竟出了什么力，立了什么功，却是不清楚。

梁平心里仰天长叹，他也好想立功，好想得都督另眼相看，好想挨着都督住啊！

"禾晏，你来得正好，我有话跟你说。"沈瀚对他招了招手。

125

禾晏跑过去,沈瀚打量了他一下:"都督昨日同我说过,你受了伤,一些激烈的训练暂时不便参加。如马术弓弩一类的,你可以暂停,这几日我们练的时候,你可找些适合你的训练。"顿了顿,他又道,"不过不可偷懒,日日都要来演武场,早上的行跑也不可落下!"

"明白!"禾晏心想,肖珏倒还挺细心的,她这伤虽然是皮外伤,但若一直如从前那般训练,反反复复,很难好。

她从前就是如此,旧伤未愈,便要带兵东奔西走,伤口迟迟不好,落下顽固旧疾,一到雨季,或是寒冷冬季,伤口就会隐隐泛疼,难以舒缓。

不是不能忍耐,但如果能够不这么勉强,当然最好。

她谢过沈瀚,再往演武场那头走去。今日练的是刀术,禾晏正瞧着,突然间,有个脆生生的声音唤她:"禾大哥!"

转头一看,竟是宋陶陶。

凉州卫里,也就只有沈暮雪一个年轻姑娘,如今又来了一个,年纪瞧着还比沈暮雪小一点,虽不及沈暮雪清丽脱俗,却胜在娇憨可爱,如春日绽开的小花,枝蔓都带着细碎的芬芳。

她扎着双髻,提着裙摆跑到禾晏身边,无视周围小兵们火热的目光,只看着禾晏问:"我昨日听沈医女说,你伤得不轻,可好些了?"

禾晏笑道:"多谢宋姑娘挂怀,只是一点小伤。"

"这怎么能算小伤?"宋陶陶扯着禾晏的袖子,"我再让沈医女给你瞧瞧。"

不必说,禾晏也能感觉到周围人看自己的促狭神情,一边的梁平脸都要青了。公然拉拉扯扯像什么样子!腻腻歪歪做给谁看?只是宋二小姐他惹不起,只好怒视着禾晏,示意禾晏赶紧把宋陶陶给支开。

禾晏正要开口,又听到一声怒喝:"宋二小姐,你跑到这里干什么!"

禾晏一听这个声音就头疼,程鲤素见宋陶陶抓着禾晏的袖子,气得立刻将他们二人分开,怒道:"你别接近我禾大哥!我禾大哥已经有未婚妻了!"

宋陶陶先是惊讶地看着禾晏,再看到一旁冲她得意扬扬的程鲤素,沉思片刻后,冷笑一声:"未婚妻又如何?定了亲也能退,我还是你未婚妻呢,有什么意义吗?"

程鲤素如遭雷击,后退几步。

周围的人亦是瞠目结舌。

禾晏与程鲤素是结拜兄弟,宋陶陶是程鲤素的未婚妻,禾晏亦有婚约在身,宋陶陶却独独对禾晏另眼相待,这是多么扣人心弦、一波三折、跌宕起伏、惊世骇俗的故事!

如果此刻有个洞,禾晏应当就顺着洞钻进去了。

她无力地申辩道："我不是……我没有……"

好好的演武场，因为宋陶陶和程鲤素的出现乱成一团。禾晏一个脑袋两个大，在梁平的目光下，好说歹说，才将宋陶陶二人劝走。人虽走了，却留下她一个人面对众人各异的目光。

洪山拿手碰碰禾晏的胳膊，低声问："那个是，程小公子的未婚妻？"

禾晏点头。

洪山就用复杂又佩服的目光看他，道："阿禾，是我小看你了。"

禾晏："……你莫要多想。"

但显然不止洪山一人这般多想，等操练结束，众小兵立刻围上前来，七嘴八舌地问他究竟与宋陶陶是什么关系，还有人酸气熏天地道："那就提前贺喜禾公子了，看来过不了多久，咱们凉州卫就能出位宋大人的乘龙快婿。请问禾公子准备何时请我们吃喜糖？"

禾晏："莫要乱讲！姑娘家的清誉岂是你们一张嘴能诋毁的？"

"那有什么？"那人浑不在意地开口，"我看宋二小姐满意你得很。"

江蛟从另一头经过，看了禾晏一眼，目光如刀，哼了一声拂袖而去。禾晏愣了一下，问："江兄这又是怎么了？我没招惹他吧？"

王霸鄙夷道："你给你兄弟戴绿帽，折辱谁呢？小江能给你好脸色？长点心吧！"

禾晏："……"

说的也是，江蛟自己的未婚妻与人私奔殉情，生平最恨此事，大抵看着程鲤素就想到自己，禾晏就是那夺人妻室的混账。

"我给谁戴绿帽了？"禾晏陡然反应过来，"我根本没有……"

她话还没说完，另一边有人叫她的名字："禾晏！小禾！"

"教头叫我，"禾晏道，"我先走一步。"

叫禾晏的，是之前与禾晏比试骑射的三个教头之一，叫马大梅的老头。这老头和蔼地冲禾晏招了招手："小禾，听说你此次跟都督去凉州城，受伤了？"

"只是小伤而已。"禾晏笑道。

"可不能勉强，你如今年纪还小，落下病根就不好了。"马大梅很热心地道，"你先去用饭，饭后到这里来找我。"

禾晏问："教头可是有什么事？"

"当然是好事，"马大梅很神秘，"到时候你就知道了。"

想也想不出什么眉目，禾晏便先去用饭了，待吃完饭，便按马大梅说的，到了演武场练兵的地方。

到了深秋，天色早早地暗下来。等到了演武场，禾晏看见已经有十几人站在此处，皆是凉州卫的教头。马大梅朝禾晏招手："哎……小禾，这里！"

禾晏走上前去，杜茂与梁平也在，梁平看到他，诧异道："你怎么把他叫上了？"

"我听总教头说，小禾受伤了，带他一起去也好，梁平你也别这么小气。"马大梅凑近梁平，低声道，"我看总教头关照这小子得很，没准升得比你我都快，卖个好，日后总没有坏处。"

梁平看着这老头一脸精明的贼笑，愤然道："你把我当成什么人了？我可不会讨好他！"

"你不会我会。"马大梅越过梁平，过来揽禾晏的肩，笑眯眯道："少年郎，走吧。"

"走？"禾晏奇道，"去哪儿？"

"别问，"马大梅又是那副神秘的笑脸，"到了就知道了。"

禾晏一头雾水，却也不好拒绝对方一片好意，估摸着不是博戏就是喝酒，便也没有拒绝，同这些教头交好，指不定日后肖珏考量她能否进九旗营时，还能多点筹码。

"好啊。"她当即也笑着应了。

这一行人没有骑马，往白月山上走去，这条路是一条小道，诸位教头兴致勃勃，一路谈论近来操练新兵，哪个新兵最出色，再过些日子冬日到了，凉州下雪，今年的柴火够不够足。

禾晏正默默走着，听得有人道："杜教头，你那位亲戚雷候，近来在前锋营可很是威风啊！"

一听到这个名字，禾晏耳朵立马竖了起来。

当日争旗之后，肖珏点了雷候进前锋营，还有白月山其余表现优异的新兵，加之凉州卫之前的人马，一共千人。禾晏纵然不满，但很快又跟着肖珏去了凉州城，回来得知前锋营的训练已经开始一阵子了。

不过，令她奇怪的是，前锋营新兵们的训练，如她过去所知的一样，依旧是突袭冲锋，并非肖珏所说的"三倍训练量"。禾晏心中生出一个猜想，或许肖珏挑选进九旗营的新兵，和挑选进前锋营的新兵，本就是两件事。

但这事她也不能直接去问肖珏，因此此刻也只能继续关注着那头的动静。

"不敢当不敢当，"杜茂听闻夸赞自家亲戚，有些得意，"我当年见他的时候，这小子才刚会走路，抱着我的刀不撒手，如今也这般大了，很有些我当年的风采，哈哈！"

"你要脸不要了？"梁平侧目，"当大伙儿没见过你当年是什么模样似的。"

"哎，此言差矣，"另一名教头道，"如今这雷候进了前锋营，又如此出色，前途无量，我看日后挣个功勋不在话下！咱们老杜虽然不行，可他侄子行，也不差嘛！"

"去你娘的！"杜茂笑骂。

大概是禾晏望向那头的目光太过明显，马大梅还以为他在不忿自己没进前锋营一事，就道："少年郎，以后的路还长。你虽然不曾进前锋营，日后未必就比雷候差。眼光放长远些，莫要拘泥于眼前。"

禾晏转头，正要说什么，老头一拍她肩膀，道："你看，到了！"

这里离山腰还有一段距离，白沙翠竹，月光如雪，丛林掩映间，有袅袅热气腾起，暖而轻，仿佛水墨留白，如置身画中。

"怎么样？"马大梅呵呵一笑，"我没有骗你吧？"

"这里竟有温泉？"禾晏喃喃道。

梁平看他一眼，哼道："要不是你受了伤，才不带你来。"

"等等，"禾晏一脸警惕，"你们带我来这里，不会是要我泡温泉吧？"

"当然！"旁边一位长相略斯文的教头闻言，文绉绉地吟了一首诗，"一了相思愿，钱唤水多情；腾腾临浴日，蒸蒸热浪生。浑身爽如酥，怯病妙如神；不慕天池鸟，甘做温泉人。①温汤疗病，这可是好东西！"

"不错，"马大梅道，"你既受了伤，下去泡一泡，对你有好处。"

禾晏尴尬地往后退了一步："不……我没带干净衣服，还是算了吧。"

"没事啊，我带多了一件，可以给你穿。"杜茂道，"洗过的，不脏。"

"我怕水。"禾晏继续后退。

"这水池站起来才到胸前，我们看着，有甚好怕？"梁平不耐烦。

"我……我……"禾晏绞尽脑汁想要编个合理的理由，冷不防后脑勺撞到一个人，回身一看，竟是肖珏。

青年一身墨绿云绣锦袍，月色下发丝如墨，以玉簪束起，清姿明秀，俊美无俦，挑眉看向她。

他本就生得出色，站在幽景中，襟韵洒落如晴雪，秋月尘埃不可犯。

禾晏："都督？"

"都督！"这是杜茂他们叫的。

"都督也来一起泡温泉？"禾晏震惊，肖珏竟然和这些教头一起泡温泉？画面实在难以想象。

肖珏将她往旁边一带，伸手掸了掸方才被她碰到的地方，十分嫌弃的样子。禾晏只听马大梅解释道："这里有两处温泉，挨得不远，一处小一些的，平日里都督用。这处大的，就我们来泡。"

---

① 引自徐霞客《温泉》。

129

"都督这是已经泡完了？"杜茂问。

肖珏点头："不错。"

"那我去那边泡！"禾晏急忙开口，话音刚落，就见周围的教头不约而同地向她望来。

"我……我的意思是，反正都督已经泡过了，那一处温泉小些，我自己泡就行了……反正闲着也是浪费不是……"

"梁平。"肖珏平静开口。

"在在在！"梁平骂道："禾晏，都督的温泉，那是你能碰的吗？还不快过来！你这下怎么不怕水了？就不怕一人在里头淹死没人发现！"

这便又回到最初的话头了，禾晏背对着诸位教头，转向肖珏，低声急道："你倒是说说啊！"

肖珏好整以暇地看着焦灼的她，悠悠道："我说过，不会帮你掩饰。"

"那我也不知道他们会带我来温泉啊！"禾晏气死了，"再这么下去，我就只有与他们打一架才能脱身了。"

"哦，"肖珏饶有兴致地点头，"那你就好好打吧。"

他转身要走，禾晏咬牙道："你就不怕我把你腰间的红痣说出去？"

这人只笑了一声："随便你。"

"肖珏！"

年轻男子眉眼俊俏英气，眸若秋水盛开涟漪，说出的话却没有一丝一毫的温柔，带着戏谑的冷漠。

"禾大小姐，"他道，"你快被发现了，怎么办？"

说完这话，他便不再理会禾晏，径自转身离开了。

"肖……"禾晏话还没说完，就被人攥住胳膊，是实在看不下去的梁平，他气恼道："你磨磨蹭蹭干吗呢？我说你这小子别得寸进尺啊，带你来泡温泉就不错了，卫所里几万新兵就带了你，你还想去都督那边泡，你胆子也忒大了！"

禾晏挣脱开他，笑道："我其实根本就不想泡……"

又一只手来抓他的肩膀，对其他人道："这家伙看着也是眉清目秀，怎的这般邋遢，见点水跟要命似的。"

"我……"

马大梅笑呵呵地看着他："少年郎，你这是没泡过温泉吧，不必害怕，泡一泡，就知道其中的好处了。"

禾晏心想，这样下去可不行，她正要跑路，冷不防有人蹿到她背后，一脚踢来。

这一脚其实并不怎么重，但因禾晏正被梁平和杜茂拉着，身子不稳，如此一来，便被这一脚踹进泉水里了。

"扑通"一声，岸上的、水里的人，登时大笑起来。

"哎！"那踹他一脚的罪魁祸首站在水边，笑得很开心，"小兄弟，助你一臂之力，不必感谢我了！"

禾晏从水里冒出个头，甩了甩一脑门的水珠，心里破口大骂，谁要感谢他！

剩下的几个人看见禾晏进了水，纷纷脱掉衣裳跳进水中，也是真的坦坦荡荡，禾晏惊得立刻掉头，只觉得满眼都是白花花的肉。

山中泉水，温暖轻盈，裹在身上，舒服熨帖极了，只是此刻的禾晏实在无心享受。一来她如今惧水，纵然泉水不深，也心中慌乱。二来进来容易，出去就难了。虽然泉水中雾气蒸腾，她身子没入水中，暂时不会被发现女子身份，可一旦出水，衣裳贴着身体，只要眼睛不瞎，都能看得出来。

何况这群汉子戏水戏得开心，谁知道等下会不会又"大发好心"，让局面更加难以收拾。

实在是越怕什么越来什么，她离人群远些，一人孤零零地泡着，一眼就被众人注意到了。那个将她踢下来的教头道："喂，你怎么也不脱衣服？既然下来了，穿着衣服泡你不难受吗？"

"不必，"禾晏勉强笑道，"我喜欢穿着衣裳泡。"

这爱好有些异于常人，其余教头面面相觑，有人盯着他嘿嘿笑道："这家伙不是害臊了吧？"

一语激起千层浪，这下，其余教头就说开了。

"不能吧？我瞧着他素日里也不像是会害臊的性子啊！"

"我看有可能，这小子生得跟姑娘似的清秀，指不定私下里也是如此。"

"那可不行，凉州卫的儿郎怎能如此扭扭捏捏，不如今日就叫我们来好好调教一番，尽到教头应尽的职责。"

说罢，几人就朝禾晏游来。

禾晏惊道："……你们想做什么？"

"当然是训练新兵了！"杜茂笑道，"日后打起仗来若要走水路，你如此不合群，岂不坏我们大事？"

走水路是需要这样的吗？禾晏转身就游。

她不游还好，一游，似是觉得有趣，其余教头纷纷过来，一瞬间，禾晏觉得自己仿佛成了蹴鞠的那个球，大家争先恐后，四面八方来堵她。温泉里霎时热闹起来。

禾晏一边躲避这些人的动作，一边腹诽，这都是什么人！凉州卫的教头莫不是有毛病！

如今，要想彻底避开，唯有将他们全部打晕，若是岸上还好，水下实在困难。而且人多势众，她都无处可避。

她这厢奋力游着，竟不知这群教头中，有一个自小在水边长大，熟悉水性，早已潜入水底，悄悄游到了她的身前，禾晏只顾着身后，哪里看得见身前，陡然间被水中的一只手攥住胳膊，躲避不及。

那教头仿佛蹴鞠时抢到球似的，居然还呼朋引伴地喊叫："我抓到了！你们快来！"

快来？快来干吗！禾晏震惊，可在水下力气本就使不出来，一时无法挣脱，眼见着杜茂一行人越游越近，大有要一起扒了她衣服的势头，不觉一身冷汗。

她可不愿意在这里被人发现身份！

千钧一发的时候，突然间，攥着她胳膊的手一松，那教头"哎哟"一声大叫起来。有个石子儿擦着水面飞过，迅速沉了下去。与此同时，禾晏被人抓着自水中飞起，落于岸边，一件披风将她自脖颈以下包裹得严严实实。

这一切发生得太快，众人都来不及反应，待站定后禾晏侧头一看，惊道："都督？"

居然是肖珏去而复返。

他抓着禾晏出水，又将禾晏裹成个蚕茧，除了禾晏，没人知道这是为什么。教头们一脸蒙地看着他，面面相觑。

"你们在做什么？"这时候，又有人的声音响起，沈瀚自密林深处走出，他手里提着衣裳，当是过来泡温泉，没料到遇到这一幕。看着站在肖珏身边的禾晏头发湿淋淋的，其余教头躲在水中呆若木鸡，心中掠过一丝不好的预感。

梁平道："我们……在泡温泉。"

沈瀚心中悚然："禾晏……你也……"

禾晏："……对。"

沈瀚顿时大骇，虽然男子与男子，不同于男子与女子，可沈瀚也知人的占有欲这回事，他自己得把好刀都不稀得给人看，怕人惦记，这禾晏……肖珏心里岂会高兴？

出大事了！

教头们围成一团，知晓肖珏这人性冷爱洁，也不敢光着身子站起来，纷纷只露出一个头排在水面上，齐刷刷地盯着禾晏二人，想问什么又不敢问，一脸困惑。

就像一群等着投喂的鸭子。禾晏想到这里，不觉笑出声来。

肖珏瞥她一眼，扬眉道："你居然还笑得出来。"

禾晏立马噤声。

诸位教头不敢说话，场面十分尴尬，沈瀚迟疑了许久，才问道："都督，您这是要带禾晏回去了？"

"问她。"

"啊，"禾晏忙道，"我刚泡得挺好，已经够了，我想回去了。就和都督一起吧。"

"哦，那好，那好。"沈瀚也不知道该说什么，一眼看到禾晏身上的披风居然是肖珏的，慌得目光更不知道往哪儿放，就低头看着自己的鞋，胡乱道，"那都督就和禾晏早点回去歇息吧……山上夜里风凉。"

虽然不明白沈瀚何以突然变得如此惶恐，禾晏还是很感激他此刻给的台阶，就笑道："如此，那我们就不久留了。"

说罢，她便转身想走，走了两步，见肖珏未动，愣了愣，还没来得及开口，就听见肖珏说话了。他道："日后泡温泉，别带她。"

沈瀚心里"咯噔"一下，满脑子都是"完了完了完了"。

这时候，居然还有个不识相的，那位水性颇好的教头顶着个湿漉漉的脑袋，壮着胆子问："为、为什么啊？他受了伤，泡泡温泉不是更好吗？"

禾晏心想，兄弟，我真是谢谢你了啊。

"你们不知道，"肖珏对着众人，长身玉立，优雅地弯了弯唇，眸光嘲讽，"这位新兵，入营前择阅时就已查出，"他薄唇吐出四个字，每个字都砸得禾晏头晕眼花，"身有隐疾。"

身、身有隐疾？

那位提问的仁兄一个不察，呛了一口水，剧烈咳嗽起来。

气氛比之前更僵了，更让人难以忍受的是那些教头看禾晏的目光，同情、惊讶、遗憾交杂在一起，有人甚至还往禾晏的身下看去。

禾晏："……"

"其实我也没有那么严重……"她无力地为自己辩解。

"没关系，"梁平本来对禾晏还有些酸气，此番真是一点都无了，他甚至还热心地道，"也不是什么大毛病，可以慢慢调养，我就认识一位大夫，专治这个的……日后说不准还能挽救挽救……"

禾晏无话可说了，丢下一句"多谢教头，回见吧"，落荒而逃。

肖珏道："你们继续。"不紧不慢地跟着走了。

沈瀚站在温泉边上发呆，等再也看不到肖珏二人的影子，众人才大着胆子议论起来。杜茂游到了沈瀚身边，仰着头问："总教头，你是不是早就知道了？"

我就说你怎么对这小子特别好，原来事出有因。啧啧，年纪轻轻的怎么得了这种病？还能治吗？"

"治个屁，"沈瀚气不打一处来，一脚将他踹回水底，"我看你们是嫌命长了，先治治自己的脑子吧！"

温泉被抛在身后，密林里，禾晏跟在肖珏身边，往卫所的方向走去。

身边人的脚步不紧不慢，恰好能让她跟上，禾晏憋出两个字："多谢。"

"你看起来很不情愿的样子。"他嘴角微勾，"不服气的话，可以原路折返。"

拿人手短，她身上这件披风还是肖珏的，况且刚刚若不是肖珏出手，还不知会发生什么事。禾晏道："哪里的话，我是真心实意地谢谢都督。"

肖珏哼道："谄媚。"

这人真是，坏话听不得，好话也听不得，禾晏脚步微顿，对着他的背影扬了扬拳头。

他无言片刻："你不知道月亮下有影子的吗？"

禾晏低头看去，就见月光下，她张牙舞爪的影子落在肖珏的影子后，像出滑稽的皮影戏。

"我刚看见有蚊子，替你驱走了。"她面不改色地说谎，"不必感谢我。"

肖珏闻言，笑了一声，继续往前走去。

夜长无赖，他背影风流慵懒，如浮生春梦。

禾晏见他心情还不错，就道："我只是不明白，你既然已经决定要帮我，何以到最后才出手？"

若是一开始，肖珏就替她解围，他既不必折返浪费这件披风，她也不必落入水中被浇成落汤鸡。

"给你个教训。"

"什么？"

肖珏脚步微顿："马大梅叫你同去你就同去，也不问去干什么。将自己送到如此境地，禾大小姐，你是愚蠢，还是自负？"

这话教训的是，只是禾晏还是不理解："那我看到温泉的时候就已经知道了，也不必让我落下去遭罪吧？"

"只有被逼到绝望关头，才会真正知道什么是教训。"他淡淡道，"旁人不可尽信，真到绝境，能依靠的只有你自己。所以，尽量不要让自己陷入险境。"

禾晏："……"

话虽然这么说没错，但禾晏觉得，这教训来得未免也太激进了一些，她小声嘟囔了一句"哪有人这样教人的"，不知有没有被肖珏听见。

但听见了也无事，他没有回头，继续往前走了。

因全身被浇了个湿透，回去后，禾晏重新打水在屋里洗了一次澡。肖珏的披风被她弄湿了，禾晏洗干净了晾在门外的树枝上，打算干了给他送还回去。

折腾是折腾了一点，不过凉州卫的这群教头，好心也并不是全然白费。第二日醒来，禾晏只觉得通身舒畅，心里暖洋洋的。

温泉可疗病，倒也并非胡言乱语。

她迅速爬起来梳洗，赶上行跑，用饭的时候，就见到前锋营的人在演武场训练步围。

雷候站在最前面，前锋营里的兵与普通新兵们，在穿着上就已经区分开。普通新兵只有两件劲装，一红一黑，春夏是单衣，秋冬则在夹层里缝了薄棉花。劲装除了腰带更无其他装饰，裁剪也并不合身，大的便挽一挽袖子，如洪山这样体形胖些的，便将衣裳给绷得紧紧的，好似下一刻就要裂开。

前锋营里的人，则是穿深青色骑服，布料比他们的细腻多了，瞧上去也合身。这群人都是选出的出类拔萃之人，个个器宇轩昂，站在此地，格外精神。

雷候本就生得高大，骑服穿在他身上，好似为他量身定做的一般，站在行伍的前面，威风凛凛，引人注目。

禾晏看得出神，洪山走到他身后，拍了拍他的肩："怎么，心里不舒服？"

"不是，只是觉得前锋营的衣裳，果真是比我们的衣裳好看多了。"

"岂止衣裳？"小麦闻言，插嘴道，"听闻他们吃的也比我们好，每日能多领两个馒头，还有肉粥。"

"行了，你少说两句，"洪山打断小麦，"没见你阿禾哥正烦着吗？"

禾晏："我并非在妒忌他。"

"就是，"小麦怕禾晏伤心，附和着开口，"他是阿禾哥的手下败将，有什么了不起？"

禾晏笑了笑，正要说话，雷候似是注意到他们的目光，转头看来，看见禾晏怔了一下，不过很快就移开目光，专心训练了。

"这小子还挺狂？"洪山感叹，"不得了。"

禾晏没作声，继续站在原地，看着雷候训练了一会儿，直到梁平这头催促他们赶紧过去，禾晏才离开。

果如那些教头所说，雷候的步围也极不错，矫捷灵活，的确当得起前锋营中的一员。只是禾晏还记得多日前在白月山上争旗时，她曾同雷候交过手，那时候情势急迫，她感到有一丝不自然，今日看到雷候，又勾起了当日交手时的回忆。

究竟是哪里不自然？

梁平催得凶，禾晏起身去兵器架拿枪，心想罢了，反正都在凉州卫，实在不行，过些日子寻个机会，再找雷候交一次手便是。

只是还没等禾晏与雷候交上手，就先等到了肖珏要离开的消息。

凉州卫收到急报，千里外的漳台城外百姓近来频频被乌托人骚扰，乌托人一至，便抢钱抢粮，欺男霸女。漳台县丞苦不堪言，只得求助肖珏，请求肖珏带兵驱逐这些乌托人。

乌托国早在先帝在位之时，就对大魏俯首称臣，年年进贡。只是自从当今陛下即位，乌托人便蠢蠢欲动。南蛮和西羌之乱相继平定后，乌托人也消停了一段日子。不知为何近来又变本加厉，敢直接来骚扰边关百姓了。

陛下性情宽仁，对乌托人的行径也是睁一只眼闭一只眼，加之朝中有徐相一派主和，旁的将领并不敢接这个烫手山芋。大抵因此，漳台县丞才求助于肖珏。

"都督，什么时候启程？"教头们都站在肖珏的房中，禾晏坐在程鲤素平日里写字的桌前，中门没关，他们也没避开禾晏讲这件事。

"明日。"

"这么早？"梁平惊讶，"可前锋营……"

"不必，"肖珏道，"我不打算带上他们。"

诸位教头面面相觑，禾晏听着却不意外，凉州卫的新兵们，纵然已经训练了半年有余，但到底从未上过战场，舟车劳顿赶去漳台，再在漳台与乌托人交战，并非上策。况且乌托人狡猾凶暴，新兵们未必是对手。想来想去，还是肖珏的南府兵最合适。

肖珏带着新兵来凉州，南府兵应是驻在别处。兵权在他手中，刚好可以名正言顺地带兵前去，若是得了捷报，陛下一个高兴，赏他点什么，她也能跟着得道成仙。思及此，禾晏便觉得肖珏这个决定，做得实在是很好。

又交代了众教头接下来需要注意的事，到了深夜，人才全部走掉。肖珏从桌前站起身，走到中门前，伸手欲将门锁住，冷不防被人一挡，禾晏的脑袋从门后伸了出来。

"你干什么？"他问。

禾晏不让他关上门，歪着头看他："都督，你明日就要走了啊？"

肖珏没理会她，打算关门，禾晏半个身子卡在门里，他也关不上，便索性一甩手不管了，往屋里走去。禾晏轻而易举地越过门，进了他的房，跟在他身后殷勤开口："都督，此去漳台，有没有想过带上我？"

"你？"肖珏嗤笑，"带你干什么，嫌拖后腿的人不够多？"

"这话未免也太低估我了，我能帮你对付乌托人。"

"罢了，"他上下打量她一眼，扬眉道，"一个侍卫就能让你受伤，还说什么打乌托人，禾大小姐，做梦呢。"

"上次那是特殊情况，而且丁一也不是普通人。"禾晏辩解了两句，却心知肖珏说得也有道理。她身上伤还未好全，倘若跟着去漳台，上了战场未必不会添麻烦。而她擅长的排兵布阵又不能发挥出来——一支队伍里，有一名主将就够了。

"好吧。"禾晏遗憾地道，忽而又想起什么，看向肖珏，"都督，从此地到漳台，来回也要一月，加之与乌托人交手，只怕你回来的时候，已是深冬。那这些日子，我还做什么？纵然是三倍日训，你不在，我做了，你该不会抵赖吧？"

"又或者？"她怀疑地盯着肖珏，"你其实是想借漳台之战行金蝉脱壳之事？难道你不打算回凉州卫了？将我一个人扔在这里不管？"

肖珏停下收拾桌上书卷的动作，转过身来，眸光落在禾晏脸上，低头道："其一，我没有你这样无聊。其二，你并非我未婚妻，不必说什么将你一人扔在这里不管。其三，我不在，岂不正好称了你的心意？"

"什么叫称我的心意？"禾晏道，"你可别冤枉我。"

他似笑非笑盯着禾晏，漆黑的眸子一片深邃，只问："哦？那你为何诸多打听？我什么时候回来，会不会回来，很重要？"

"当然重要了！"禾晏脱口而出，"我会想你啊！"

能不想吗？她只有在肖珏面前表现得越是拔萃，得了肖珏的青睐和信任，才能更快地、更光明正大地以一个略微平等的身份接近禾如非。这么个活菩萨，金宝贝，她能不想吗？

似是被她的话惊到，意外了一瞬，肖珏撇过头去，哂道："你还真是什么话都说得出口。"

"除了身份之事，我可从没骗过都督，方才的话也是真心的，难道我们暂时分别，都督不会想念我吗？"

肖珏："并不会。"

禾晏："……好歹也一起出生入死过，你也不必如此绝情。"

肖珏问："说完了吗？说完了回自己屋去，我要锁门了。"他扣着禾晏的肩，将禾晏往中门处推。

"都督，我有时候觉得咱俩身份是否颠倒，你这样防备我，好似你才是女子，我会玷污你清白似的。"

"你废话太多。"

禾晏被他塞得腿都进了自己房间，知晓这人是真的不想让她继续留在屋里，便趁着上半身还能动的时候，手疾眼快地从怀中摸出一把零碎之物塞进肖珏手中。

"砰"的一声，门被关上了。

禾晏隔着门对那头道："虽然都督你如此无情，但我还是重义之人，此去漳台没什么可为你践行的，送你这些，路上慢慢吃吧。我就在卫所恭候你的好消息啦。"说罢，也不等那头的回答，自己上了榻，将灯吹灭，就寝了。

门的另一头，肖珏低头看向自己掌心。

那是一把柿霜软糖，外头只包裹了一层薄薄的糕纸，光是看着，就觉得香甜。

宋陶陶与程鲤素一般，自打来到凉州卫，隔三岔五地送些小礼物来。她自己爱吃甜食，便托赤乌去城里买了许多，也分给了禾晏不少。

禾晏是想，肖珏少年时将那个装着桂花糖的香囊随身携带，爱吃甜食这事不假，上回给他买的糖葫芦不肯要，大概是因为肖二少爷不肯吃这种路边点心。但这把柿霜软糖，可是宋陶陶央赤乌去正经酒楼让厨子做的，这下应该能入肖珏的眼了。

但愿他能知投"糖"报李这个道理吧！

禾晏第二日照常去演武场日训，吃午饭时，程鲤素跑来了。

搬到通铺屋没多久，这孩子瞧着脸蛋便瘦了一圈，发带也忘了与衣裳搭配成同色了。

他气喘吁吁地跑到禾晏面前，禾晏正喝着野菜汤，差点被程鲤素撞倒，禾晏问："什么事跑得这么急？"

"我舅舅，"程鲤素道，"大哥，我舅舅走了！"

"我知道啊。"

"你知道？"程鲤素愣住，随即愤然开口，"那为什么不告诉我？若非今日沈教头跟我说，我都没发现他现在已经离开了！"

"已经走了吗？"禾晏也稍感意外。还以为肖珏会晚些出发，没料到走得这般早。大概是不想惊动旁人。

"他走了怎么也不带走宋陶陶？"程鲤素开始抱怨，"留在凉州卫是要给谁添堵？"

禾晏无言以对。按理说，宋陶陶这么一个娇俏可爱的小姑娘，少年郎们讨她欢心还来不及，程鲤素居然避之如蛇蝎，这孩子究竟是什么眼光？

她问："宋陶陶怎么你了？我瞧着她懂事乖巧。"

"大哥，你可饶了我吧。"程鲤素苦着脸道，"当初知道这门亲事时，我本想去偷偷瞧一眼，谁知正撞上她。也不知她是如何猜出我的身份的，将我在门口好一通数落。"

"数落你什么？"

"还能是什么，文不成武不就，废物公子无前程呗。这便罢了，朔京无人不知我本就无能，单是这样，我倒也不会如此生气。可她后来却说，与我成亲也可以，可我必须在府中悬梁苦读，科举中第，日后进入仕途，力争上游。若是实在求学艰难，也可走武举路子，总归就是，要做个勤勉努力的人。"

"世上怎会有这般狠毒的女子？"程鲤素说起此事，怨气冲天，"我心爱的姑娘，定然也要如我一般不争闲事，潇洒出尘，有酒同享，有乐同作，方才志趣相投。真同她在一起，下半辈子与坐牢又有何区别？所以，大哥你就别再说她的好话了，我实在畏惧得很，也并不想过那样的日子！"

这下禾晏纵然是想劝也不知道该劝什么了。两人相处，一见钟情是一回事，久处不厌又是一回事。你希望他志坚行苦，他却向往闲云野鹤。本就不是一类人，偏要凑在一起，纵然当时难以察觉，之后时间也会给出答案。

她用了一辈子也没明白的道理，不如两个孩子看得通透。

"你若真不喜欢，想办法解了这桩婚约就是了，也不必对个姑娘横挑鼻子竖挑眼的，做朋友总成。"禾晏想了想才开口。

"算了，"程鲤素摆了摆手，一副不欲多谈的模样，"我与她实在做不成朋友，观点不合。"

禾晏便岔开这个话头，问程鲤素既然肖珏走了，要不要搬回肖珏的屋子。程鲤素居然也拒绝了，只说希望离宋陶陶越远越好。活像躲瘟神。

等这一日日训结束，禾晏回到屋子，梳洗过后，看着被锁上的中门发起了呆。

虽然平日里肖珏也跟她说不上几句话，但总归知道他就在一门之隔的旁边。人这一走，便真觉冷清得很。

太过安静反而睡不着，睡不着就容易胡思乱想，禾晏自榻上坐起身来，想了想，起身穿鞋走到了中门前，从袖中掏出一根银丝来。

这银丝是程鲤素发簪上的，发簪做成了一尾黄鲤，这银丝就是鲤鱼的胡须，翘得格外可爱。禾晏第一次见的时候摸的力气大了些，直接将胡须给捋了下来。程鲤素只道没关系，让她丢了就是，禾晏却有些心疼，觉得指不定还能卖掉换杯茶喝，就给一起收起来了。

这会儿，她将卷翘的银丝拿出来，扳得直直的，从门缝里伸进去，耳朵贴在中门上，认真听着动静。

这一手，还是当年她在军营时，一位匠人教给她的绝活。那位匠人是个锁匠，在家乡挺有名，后来城里抓壮丁充兵，锁匠将儿孙藏起来，自己来了。

禾晏还记得那锁匠年纪有些大，笑起来缺了一颗门牙，有些滑稽。因禾晏与他孙子年纪相仿，便与禾晏投缘，教过禾晏一两招开锁的功夫。

锁匠早已在漠县一战时战死了，开锁的功夫禾晏却还记得。那锁匠会开达官贵人用的"士"字形锁、婚礼庆典用的"吉"字形锁，却只教了禾晏庶民用的"一"字形锁。大抵是存着心思，有朝一日若能归乡干回老本行，还能凭手艺吃饭，不可教会徒弟饿死师父，谁知这心思，到最后也没成。

禾晏抱着侥幸的心思去开锁，好在肖珏与程鲤素房间之间的中门，恰恰是"一"字形锁。

不过须臾，"咔嗒"一声，禾晏轻轻一推，门开了。

月光落在窗前的书桌上，窗户没关，外头的树影微微晃动，落在地上似池中水草。禾晏蹑手蹑脚地进去，又站定，竟不知自己何以鬼使神差地干这种事，有片刻懊恼。

只是既然来都来了，现在退出去，也有些遗憾。

环顾四周，墙上没有了肖珏平日里挂着的饮秋剑，桌上倒还散着两三本书，禾晏凑过去一看，都是些兵书。他的琴也没拿，藏在一边，在月色下泛出莹润的光泽，仿佛异宝。

肖珏的屋子其实并不如何华丽，甚至比起程鲤素的房间来，显得有些过分清简。但禾晏记得，肖二少爷在贤昌馆时可是分外讲究。他独自住的那间屋，比师保的屋子还要华贵，地上铺的毯子，冬日里踩上去一点都不冷。

他好似畏寒，是以一到冬日，便总是锦衣狐裘，而如今这屋子，处处都透着寒意，不如往昔温暖。

这些年，他到底经历了些什么，才成为如今的右军都督？

禾晏想着想着，手指碰到什么东西，她低头，见笔筒旁边散落着一把五颜六色的东西，捡起来对着月光一看，竟是她昨日塞到肖珏手里的柿霜软糖。

软糖在外头放了许久，不如之前柔软，香甜的气息似也浅淡了不少。禾晏数了数，一颗没少，他居然没动，就放在这里。既没有尝上一两颗，也没有带上去漳台。

这是为何？

仿佛能见到那人随手将糖丢到桌上，连目光都吝啬给予的淡薄。

是怕她在里面下毒，还是肖珏这些年连口味都变了？

这个问题没有答案，禾晏沉思着，突然间，觉得有什么扫在自己脸上，带着微微的凉意与湿润，她抬眼看去，见外头有盐粒似的东西纷纷扬扬地落下来，顺着风飞到了案前。

夜深知雪重，时闻折竹声。

她往前走了两步，透过窗，可见远处的白月山巍巍而立，月光凉而远，落在旷野中，和着雪一同舞在了她眼前。

下雪了，她心中默默道。

原来凉州卫的冬雪，来得这样早。

第十六章

奸细

入了冬,天气冷得很。白日里还好,训练时还能暖暖身子,到了夜里,便觉寒气逼人。

去五鹿河洗澡的兵士少了许多,都自个儿老老实实地去烧热水来洗。禾晏也是一样。

一转眼,肖珏走了半月有余。这一日,禾晏同新兵们在演武场训练步围,快到傍晚时,集训散去,禾晏与洪山几人说着话。

洪山搓了搓手,朝手心哈气:"阿禾,你有没有觉得这几日实在是太冷了?"

"还好吧。"禾晏道。她在抚越军中时,曾于冬日驻营在江边,夜里江风凛冽,并无柴火可烧,士兵们都睡在一起驱寒,那才叫真正的天寒地冻。

"还是你们年轻人耐寒。"洪山感慨了几句,望向白月山的方向,"凉州怎么日日下雪,一下就是一宿。"

禾晏顺着他的目光看去,冬日的白月山没有夏日的苍翠茂密了,一眼望过去,白雪皑皑,大雪封山。他们新兵每隔几日上山砍柴,都不能再往山腰以上走,越往上,积雪越厚,实在不太安全。

"其实这个天气打猎最好了,"小麦凑过来道,"我和大哥从前这个时候,白日里就拿食物泡酒,扔在洞穴旁边,冬日里没什么吃的,兔子、狐狸见了就吃,到夜里出去捡,一地都是猎物,又不费力气。白月山这么大,兔子、狐狸应该很多。"他舔了舔嘴唇。

"打住,"禾晏叮嘱,"我看你还是歇了这个念头,山上地势复杂,又积雪深厚,别兔子还没打到,你先成了兔子。"

"阿禾哥也太看不起人了。"小麦嘟囔。

正说着,就见演武场通向马道的尽头,走下来一行新兵,走在最中间的,是医女沈暮雪。

她穿着月白袄裙,披着杏色绣梅长披风,发带亦是白素,从一片雪色里缓缓而来时,越发神清骨秀,仙姿玉色。

洪山看得眼睛发直,只道:"世上竟有这样的女子,生得极美,心还极善,这么冷的天,一个弱女子上山采药,唯有仙子才有如此慈悲心肠。"末了,还问禾晏："你说是不是？"

禾晏："不错。"

新兵们每隔几日轮流上山砍柴，沈暮雪也会跟着一道，山上有些药草，冬日里也能寻到一些。卫所里药材短缺，尤其是到了冬日，一些兵士得了风寒，一时半会儿难以痊愈。沈暮雪就令人煮些驱寒的药汁，用木桶装了，每人一碗，喝完之后热腾腾的发一身汗，对身子极好。

她瞧着柔柔弱弱，却能在这样冷的天随新兵一道上山，实在难能可贵。

"她背后那个新兵背的是谁？"石头蹙眉问道。

众人一看，跟在沈暮雪身后的新兵，背上还趴着个人。这人没有穿统一的劲装，一看就不是凉州卫的新兵。他们这头还没说话，早已有好奇的新兵先拥过去，打听究竟是什么情况。

不多时，打听消息的新兵回来，与同伴说究竟是什么事，禾晏侧耳一听，就听得人说："那人是山那头过来的猎户，家里穷得揭不开锅了，冒险上山来打猎，结果被大雪困住。沈医女他们路上遇到这人时，这人半个身子都埋在雪里，还是大伙儿将他从雪里刨出来，捡了半条命回来。"

"那他也是福大命大，白月山冷得出奇，怕是再多待几刻，神仙也难救。"

"可不是嘛。"

小麦嘀咕："这个天气上山，真是不要命了。"

"那没办法，穷人的命不算命，家里都没钱吃饭了，哪顾得上别的。"洪山唏嘘开口。

又看了会儿，众人才散去。

但这事竟没完，到了晚上，程鲤素回来了，说要住在肖珏屋里。禾晏奇道："你不是不肯搬回来住？"

程鲤素愁眉苦脸道："今日沈医女救回来的那个人住在我们屋子，我就被撵回来了，总不能让他住舅舅的房间。算了，我先勉为其难住几日，等过几日他走了，我再搬回去。禾大哥，明日你能不能陪我回去取箱子，我一人搬不动。"

"当然可以，只是你住在这里的时间恐怕不是几日，而是很长一段日子了。"禾晏摇头。

"为何？"

禾晏笑了笑，没有回答。

到了第二日，日训过后，禾晏陪着程鲤素回去取放在通铺屋里的几口箱子，正好遇上沈暮雪去给昨日救回来的猎户上药。

禾晏瞧了瞧她手中，除了补气的汤药、冻伤需要擦的药膏之外，还有一些

145

外伤药。禾晏就问:"沈姑娘,那人受了伤?"

"林中有野兽出没,他遇上熊了,被熊袭击,躲避的时候摔下山崖,才会被雪埋住。是有些外伤。"

程鲤素问:"那他伤得很重了?是不是还要在凉州卫待好长一段日子?我还得过许久才能搬回来?"

"程小公子,"沈暮雪无奈道,"纵然他伤好了,暂且也不能离开凉州卫,他是从山那头过来的。如今大雪封山,得等积雪融化,或是连日晴好才能往上走,现在让他回去,他只会再次冻死在山上的。"

程鲤素闻言,险些没跳起来:"那岂不是要等一个冬日!"

"等二公子回来,许会有别的办法吧。"沈暮雪宽慰道。

禾晏注意到,沈暮雪称呼肖珏,叫的并非"都督"而是"二公子",并非主仆之意,倒像是很熟悉似的。思忖间,几人已经到了屋前。

屋子里并无他人,训练过后,大家都先去吃饭了,从前禾晏的铺面上,此刻躺着一人。他穿着薄薄的单衣,将被子裹得很紧,似是很冷。沈暮雪将药盘放在桌上,转身来唤他:"胡元中?"

躺在床上的人闻言,被褥微微一动,片刻,他双手撑着床榻,慢慢坐起身来。

这是个三十左右的汉子,皮肤黝黑,嘴唇干裂到有些起皮,瞧着有些瘦弱,他掀开被褥,面对沈暮雪有些急促地道:"沈、沈医女。"

"你该换药了。"沈暮雪道,"坐到床边,将裤脚挽上来吧。"

叫胡元中的汉子看上去更紧张了,搓了搓手,嗫嚅道:"哪能麻烦医女,我还是自己来吧。"他弯下腰去,刚一动作,就疼得"嗞"了一声。

沈暮雪见状,在胡元中面前蹲下身,替他将裤腿挽起,果真,那腿上深深浅浅全是伤疤,大概是被山上的坚石和树枝所划伤。

"还未好,"沈暮雪道,"今日我多上一些药。"

胡元中愣愣点了点头。

"我来吧。"正在这时,禾晏的声音插了进来,不等沈暮雪反应,她便伸手夺过沈暮雪手里的药,蹲下身来,"沈姑娘先起来。"

"这……"胡元中有些意外,"这位小兄弟……"

"我叫禾晏,你现在睡的这张榻原是我的,沈姑娘到底是个姑娘,不方便,我来给胡大哥擦药,应当没差是不是?"禾晏笑着看向胡元中。

胡元中松了口气:"当、当然,我也不想劳烦沈医女。"

"禾晏,别胡闹了,"沈暮雪微微皱眉,"医者面前无男女,你不知如何擦药。"

"伤药我还是会擦的,沈医女不必紧张,你还是先给程鲤素看看吧,今早我瞧他有些咳嗽,可别受了风寒。"

程鲤素就道:"是啊,沈医女,我觉得嗓子有些发干。"

沈暮雪一怔:"果真?"随即站起身来,对程鲤素道,"你随我到外头来,我先瞧瞧。"

他们二人离开了,屋里只有胡元中与禾晏两人。

禾晏先替他清理腿上渗出的血迹,边上药,边问:"胡大哥,你这伤有些重,是不是很疼?"

"还好,"胡元中道,"只是些外伤罢了。"话虽如此,瞧着却十分严重。

禾晏手上动作一顿,下手稍重,胡元中痛得叫起来:"啊——"

"对不住啊胡大哥,"禾晏赧然,"是我不小心。"

"没事,没事。"

"还是沈医女细心周到,我个大男人笨手笨脚的,弄疼了胡大哥,胡大哥可不要介意。"

胡元中勉强笑道:"哪里的话。"

禾晏笑着低头继续上药,心中兀自思量。

方才她看得清楚,姓胡的虽然嘴上推拒说要自己上药,可刚一动作就叫疼,沈暮雪蹲下身来时,这人眼里就掠过一丝窃喜。沈暮雪救了胡元中的命,胡元中对着救命恩人都能起歪心思,这是什么人哪?

等撩开他的裤管,禾晏看清楚这些所谓"重伤",瞧着伤痕累累倒是挺严重,实则都是皮外伤。

沈暮雪良善单纯,又是医者看伤患,瞧不出这些弯弯绕绕,禾晏作为旁观者却看得一清二楚,只觉得心里不舒服。

"胡大哥伤好后有什么打算?"禾晏问。

胡元中挠了挠头:"我……我也没想好。"

"要不在凉州卫留下来吧,当兵有饱饭吃,饿不着。"禾晏打趣。

"……也好。"胡元中憨憨地笑道。

居然说也好?这下禾晏心中更惊讶了,她随口打趣,胡元中居然就同意了,也没推拒,可见一来,他并不觉得感激;二来,他从未想过之后的打算。

一个不知道前路如何的人,应当时时刻刻都忧愁未来如何打算,怎能这般草率?他该不会是想赖上凉州卫,好时时刻刻占沈暮雪便宜吧?

思及此,禾晏便三两下替他上好药,将一边的药碗端给他,道:"胡大哥,先喝药吧。"

胡元中伸手接过:"多谢。"

他喝药倒是挺爽快，一梗脖子，咕嘟咕嘟地喝完，将药碗递还给禾晏，禾晏伸手去接，见他伸出的一只手，虎口至手腕内侧都起满了红红的疹子。禾晏动作一顿。

胡元中注意到了禾晏的动作，问："禾兄弟怎么了？"

"胡大哥，你这手上的疹子要不要也请医女来看看？也是在山上弄的吗？"

胡元中一愣，摩挲了两下手腕，笑道："不必了，应当过几日就消退了，不是什么大病。别劳烦医女。"

"如此，"禾晏点头，笑道，"那就没什么了。"

她盯着胡元中，一时没有说话，盯得胡元中也怪不自在，摸了摸自己的脸，道："禾兄弟，可是在下脸上有东西？"

"没。"禾晏笑着摇头，"我先把空碗端出去，虽说沈姑娘是医者，但终归也是个姑娘。我这几日无事，就替沈姑娘跑跑腿，胡大哥的伤药都由我来送吧。"罢了，假装没瞧见胡元中眼里的失落，转身出了门。

沈暮雪正叫程鲤素伸出舌头来看，见禾晏出来了，狐疑道："这么快？"

"本就没多少伤口。"禾晏问，"程鲤素如何？"

"这几日吃得太辛辣了些，嗓子冒烟了。"程鲤素不好意思地检讨，"没什么大事。"

"那就没事了，回去吧。"禾晏将药盘还给沈暮雪，又对沈暮雪道："我与胡大哥说好了，这几日伤药都由我来送，沈姑娘不必再跑一趟。"

沈暮雪还有些犹豫："这……"

"这么说定了，就当是感谢沈姑娘送我那盒祛疤生肌膏。"禾晏揽着程鲤素的肩，"那我们先行一步。"

她与程鲤素走远了。

路上，程鲤素问他："禾大哥，你怎么了？"

"什么？"禾晏回神。

"你从那个胡元中屋子里出来后，就不说话了，刚刚屋里发生了什么？你们吵架了？"

"没有。"禾晏走了两步，想了想，停下来对程鲤素道，"你先回去吧，我找洪山他们有点事。"

"可你还没吃东西呢。"

"我去要两个馒头就行。"禾晏挥了挥手，"你先回去等我。回见。"

洪山与小麦他们正在喝粥，见禾晏来了，给他腾了个地儿，道："今日怎么来得这样晚，我还以为你不来了。"

"路上有些事。"禾晏接过馒头，只咬了一口就停下来，沉思许久才道，"山哥、石头，我有件事想要你们帮忙。"

"怎么这般严肃？"洪山放下手中的碗，"什么事还能用得上我们？"

"昨日沈医女从山上救回来的那个猎户胡元中，如今在你们屋里是吧？"禾晏道，"这几日，白日里要训练就罢了，夜里能不能帮我盯着他？"

洪山和石头面面相觑，罢了，洪山问："你这话我怎么听不懂，胡元中怎么了？为什么要盯他？"

"……我觉得他不对劲。"

这下，连小麦都顾不上吃饭了，气氛肃然了一刻，石头低声问："哪里不对劲？"

"也许是我多想，现在还不太确定。只是我觉得，也许他在山上被沈医女救回来，并不是个巧合。"

闻言，洪山瞪大眼睛："奸细？"

"你小点声，"禾晏道，"我也只是怀疑，所以才要你们帮忙盯着他，看他有没有什么异常的举动。"

"不是，"洪山仍觉得匪夷所思，"你得先告诉我们他到底是哪里不对，让你怀疑他有问题。"

禾晏深吸了口气，只道："等过些日子再告诉你们吧，现在只有请你们帮忙盯着。"

"但愿是我多想。"她轻声道。

夜里，同洪山他们分别后，禾晏回到自己屋子，满腹心事难以入睡。

今日见到胡元中，本是个意外，谁知道到最后，竟会惹得她有些不安。

同洪山他们说的话，并非禾晏瞎编，她的确怀疑胡元中是奸细，混入凉州卫别有用心。只因今日她将汤药递给胡元中，胡元中递还回来时，教她瞧见了对方虎口至手腕内侧密密麻麻的一片红疹。

令她想到了羌人。

羌人所处之地，密林遍布，常年气候潮湿，羌族兵士们平日里握刀，虎口处至手腕，便很容易长这样的红色疹子。禾晏做飞鸿将军时，特意寻军医一起钻研过，这些羌人纵然后来进入中原，红疹也并非一时半会儿可以消退。

是以，当她看到胡元中虎口处的红疹时，立刻就想到了那些羌族兵士。只是也不能确定，因世上的红疹，长得都一个样，许是因为气候潮湿所生，也可能是因为触碰到一些致敏之物而长。实在没必要因为一片疹子就怀疑对方。

但仔细一想，也不乏别的疑点。譬如山上雪这样大，白月山另一头背阴，积雪只会更深。他们新兵连这边都难以翻越，胡元中独自一人，又是如何从那一头翻越过来的？他既然说是自己家中穷得揭不开锅，走投无路才上山打猎，为何不寻些温和些的方式？譬如去码头帮人搬货，给人做点苦力活，至少能暂时抵御饥寒，要知道上白月山打猎，最好的情况是猎到野兽，缓解燃眉之急，但更多的可能，则是死在山上，人财两空。

放着更容易的路不走，去走一条看起来匪夷所思的路，这不是迎难而上，这是愚蠢。可观他假装喊疼骗取沈暮雪亲自照料的行径来看，却又不像是个蠢人。

禾晏越想越觉得可疑，可惜如今肖珏不在，她无法提醒肖珏。但纵然是肖珏在，她也不能直接说出最重要的疑点。羌族与朔京相隔千里，凉州卫的新兵们不可能见过羌族兵士，就连肖珏可能也从未与羌族交手过，禾晏一个生在京城的人，如何能得知羌族的隐秘习惯，只怕一说出口，先被怀疑的不是胡元中，而是她自己。

当年她带领士兵将西羌之乱平定，羌族统领日达木基战死沙场，其余羌人尽数投降。这之后几年也相安无事，羌族那头不曾听过动乱。但……并不代表可以真正放下心来。

倘若这人果真来自羌族，是个手无寸铁的平民，怎会在这样的大雪天，好巧不巧上了白月山，还被沈暮雪捡到，进了凉州卫？

太多的巧合，就不是巧合了，必然有人刻意为之。

如今肖珏不在，一旦真有什么阴谋，如何应付得来。

肖珏不在……肖珏不在？

一瞬间，禾晏坐起身来，心中掠过一个可怕的念头。

为何单单肖珏不在时，来了这么一个人，莫非……漳台那头的求救，也都是假的？"声言击东，其实击西"[①]，兵书里日日要背的这一条，她竟忘了。

不知什么时候，雪停了。

禾晏抬眼看向窗外，外头风声静谧，积雪覆盖大地，安静得连一根针落在地上都清晰可闻。

但这平静之下，或许正藏着惊天暗流，只待时机一到，洪水滔天。

禾晏心里藏着许多事，夜里也睡不安稳，第二日，天不亮就醒了。早晨的训练结束后，她便去找洪山说话。

洪山道："昨日我和石头轮流守了半宿，没发现有什么不对。"

禾晏看向石头，石头对她点了点头。

"一夜都没动静？"

---

① 引自杜佑《通典》。

"没，睡得比我们都死。"洪山怀疑地看向禾晏，"你是想太多了吧，胡元中这个人，就是个普通猎户，我瞧着说话也没什么问题。"

"阿禾哥，他到底有什么不对，你会这样怀疑他！"小麦奇道。

她沉思片刻，道："也许是我弄错了，容我再看看。"

洪山耸了耸肩，不再追问了。

到了傍晚时分，所有的日训都已结束，禾晏先去沈暮雪的屋子拿了药，再去找胡元中。胡元中一个人待在屋里，正低头看着一张纸。

禾晏推门进去的时候，他便立刻将手里的纸藏入怀中。

"胡大哥，一个人在屋里干吗呢？"禾晏只当没看见他的动作，笑着问道。

"没做什么，"胡元中叹了口气，"我腿还未好，不能下床，只能待在屋里，给你们添麻烦了。"

"不麻烦不麻烦，"禾晏笑眯眯道，"你伤得这样重，当然该好好调养。"

她替胡元中挽起裤腿，蹲下身来上药，昨日她不曾细看，今日既是带着怀疑来的，看得自然就分外仔细。这猎户两条腿上，全是伤疤，最严重的一道大概是被石头划的，深可见骨。

"我听沈姑娘说，胡大哥上山的时候遇到了熊，"禾晏随口问道，"这个时节还有熊吗？"

白月山的熊，只怕白日里都在冬眠，胡元中能撞上一头，委实不容易。

"是啊，"胡元中挠了挠头，"是我运气不好，没着着狐狸先遇上了熊。"

"怎么能说运气不好？"禾晏摇头，"遇到了熊都能全身而退，可不是人人都能做到的。我听闻熊的眼睛不好使，对气味却极敏锐，胡大哥当时受了伤，满身血迹，这熊都没追上来，胡大哥已经很厉害了。"

"而且，"并不看胡元中是什么表情，禾晏手上动作未停，继续道，"胡大哥被埋在雪里，被沈姑娘救出也巧得很。我们凉州卫的新兵，隔三五日才上山一趟，若是胡大哥晚上山一日，或是摔倒的地方不对，只怕现在也不会在凉州卫了。"

胡元中愣了愣，点头道："确实，这都多亏沈姑娘。"

禾晏微微一笑，上完药，替他将裤腿拉下，将药碗递过去，胡元中接过药碗的时候，禾晏的目光又落在他的手腕处，他将衣裳的袖子拉得长了些，但虎口处仍能隐约看见一片红色。

"胡大哥做猎户多少年了？"

胡元中边喝药边道："七八年了。"

"一直都在白月山上打猎吗？"

她问得很快，胡元中迟疑一下才道："对。"

"那过去几年这样的下雪天可有上过白月山？"

"不、不曾。"

"今年为何又要上山了？"

"实在是因为食不果腹。"胡元中喝完最后一口汤药，奇怪地看向禾晏，"禾兄弟，你问这些做什么？"

禾晏低头笑笑："只是有些好奇而已。"

她伸手去接胡元中手中的空碗。

胡元中伸出手。

禾晏的手在伸向胡元中的时候，陡然变了个方向，直劈胡元中面门，胡元中闪避不及，只慌张侧身而退，禾晏的手劈中了他的胸口，后者惨叫一声，吐出一口鲜血——

少年动作未有半分停顿，直探入胡元中衣襟处，掏出一张纸来。

"还给我——"胡元中喊道，但因方才禾晏那一掌，如泄气皮球，声音嘶哑难听，半个身子斜躺在榻上，徒劳地朝禾晏伸出手。

这动静太大，惊动了旁人，周围新兵听闻声响，纷纷跑进来，一进来便见胡元中捂着胸口吐血，禾晏站在榻边，手里拿着一张纸。

"怎么回事？发生什么事了！"

胡元中艰难道："他抢我东西……"

"你抢他什么了？"新兵问道。

禾晏低头看向手中的黄纸。

黄纸上写着一句诗，"忆君心似西江水，日夜东流无歇时"[①]。字迹娟秀，一看便是女子所写。

"这是什么？"禾晏蹙眉问他。

胡元中盯着他，怒不可遏，没有说话。

"怎么了？"沈暮雪的声音从身后响起，她正巧在附近，听闻动静跟了过来，瞧见的就是这么一幅剑拔弩张的场景。

"禾晏？"她狐疑地看了看禾晏，又看看捂着胸口的胡元中，走到胡元中身边，讶然问道："怎么伤得更重了？"随即看见胡元中唇边的血迹，"谁干的？"

胡元中瞪着禾晏。

沈暮雪皱眉："禾晏，你做了什么？"

"我就轻轻拍了他一掌。"禾晏笑道，"大约没掌握好力度。"

"胡闹！他现在还有伤在身，如何能承得住你一掌？"

---

① 引自鱼玄机《江陵愁望寄子安》。

胡元中挣扎着爬起来，朝禾晏伸出一只手，语气犹带怒意："还给我！"

禾晏将写着情诗的纸还给了他。

"这是什么？"有新兵问，"你抢了他什么？"

沈暮雪也瞧过去，胡元中黯然道："这是我过世妻子所写……"

竟是他亡妻遗物。

"禾晏，你拿别人遗物做什么？"有新兵看不过去，"难怪人家这样生气。"

"我不知道那是遗物，同胡大哥闹着玩而已，"禾晏惭愧道，"胡大哥不会生我气了吧？"

胡元中看着禾晏，似是有气难发，最后不得不忍耐下来，道："无事，日后别做这种事了。"说罢，又剧烈咳嗽起来，虚弱极了。

沈暮雪见此情景，神情亦不好看，只对禾晏道："罢了，禾晏，这里没你的事，你先出去吧，之后胡元中的伤药还是由我来负责。你日后也不必来此。"

活像禾晏是惹麻烦的瘟神。

"好。"禾晏并不生气，笑眯眯地回答，看了一眼胡元中，转身出了门。

甫一跨出屋门，她脸上的笑容就散去了。

方才她的确是故意的，人在危急关头，会本能地做出反应。就如在凉州城里，丁一试探她究竟是否真的眼盲时一般。倘若胡元中并不像他表面上伤得这样重，自然会出手反击。

但他偏偏没有，硬生生受了禾晏一掌。如果仅是这样便也罢了，然而禾晏在发动那一掌时，也特意留了个心眼。

她送给胡元中的那一掌，表面上看起来气势汹汹，其实并没有用多少力气，胡元中顶多被打得肉疼一下，决计不会出血。毕竟禾晏也不想伤人性命。可这样毫无杀伤力的一掌，竟然叫胡元中吐血了？

他在说谎。

至于他怀中那张写着情诗的纸就更奇怪了，一个将亡妻遗物随身携带的人，一个深情之人，面对长相美丽的医女，不应该生出别的心思。

禾晏走着走着，不多时，小麦他们循着过来，见了他先是松了口气，小声道："阿禾哥，他们说你将胡元中打了，可是真的？"

这才过了一炷香的时间，全凉州卫竟然都知道了。

"真的。"

"你还在怀疑他？"洪山皱眉道，"你若是怀疑他有问题，有我们帮你盯着，何必打人，你知不知道，现在凉州卫里的人都说你……说你……"他欲言又止。

禾晏问："说我什么？"

153

"说阿禾哥你恃强凌弱,嚣张跋扈呢。"小麦道。

禾晏沉默,事情变得更加奇怪了。

"阿禾哥,现在怎么办?"小麦忧心忡忡地看着他,"要不要同旁人解释一下?"

"不必了。"禾晏敛眸。既然这人将流言散播得这样快,就是冲着她而来的。解释也是徒劳,比起解释这些无谓传言,她更怀疑胡元中的目的,以及如何才能让此人露出马脚。

"你们夜里继续盯着他吧。"禾晏道,"我且再看看。"

小麦和洪山面面相觑,不再说话了。

一连过了几日,都风平浪静。

小麦那头日日都帮着禾晏盯着胡元中,也没发现任何破绽,倒是因夜里没睡好,第二日训练时顶着眼底的青黑心不在焉,被梁平训了好几回。

至于禾晏,每日都很想亲自去瞧瞧胡元中是个什么情况,能否多弄出些消息。奈何沈暮雪防她跟防贼似的,严令禁止禾晏靠近胡元中,几日下来,禾晏连胡元中的边都没摸到,更别提抓他的破绽了。

这天夜里,禾晏独自走到演武场。因受了伤,如今的夜训,禾晏改成了三日一次。

肖珏这一去大半月,连个响动也没有。禾晏偷偷问过程鲤素,漳台那头有无消息传来,程鲤素也不知道。原先肖珏在的时候,还没觉得什么,他这一走,才感到凉州卫没他不行。否则将此事透露一二给肖珏,以这人的心思,指定能窥出苗头。

她走到弓弩旁边,正想要练练弓弩,听得马道那头似有响动,抬头一看,就见一黑影骑马往白月山头疾驰而去。

眼下深更半夜,怎会有人上山?不过这几日接连晴好,山上积雪消融一些,倒比过去几日好走。禾晏有心想要叫人,可演武场离新兵们住的通铺房太远,若是叫人,就赶不上这人了。

眼见着那人越跑越远,即将消失在山林的黑暗中,禾晏顾不得其他,从马厩里拉出一匹马来,翻身跃上,追了上去。

冬日的白月山,泥土泛着刺骨的寒冷,尤其是积雪消融,马匹踏在上头,极易打滑。前面那人没打火折子,只就着林间的星光前行。禾晏也看不清楚,跟随而去,一时间竟无法超越。

他亦很懂白月山的地形,专找小路走,几次三番想将禾晏带进沟里。奈何禾晏之前争旗走过一次,后来砍柴走过两次,危险的地方早已熟记于心,并不上当,几次三番下来,那人发现禾晏没有上钩,便掉转马头,换了个方向而去。

禾晏追得很紧。

她怀疑此人就是胡元中,但胡元中深夜上山所为何事?总不能是趁着夜深人静之时翻山越岭回家吧。

一件事,能看到的太少,难以推出全景。既推不出全景,也不必浪费时间,直接将源头拽出来,问个清楚就是。

她今日非捉到此人不可。

不走小路,路就宽敞了许多,禾晏驭马追上,距离越拉越近,待还有几丈时,直接飞身掠起,半个身子腾向对方的马,那人躲避不及,被禾晏逼得勒马停下,想要逃走,禾晏扑上去,与他交上了手。

她来时匆忙,兵器架上只剩了一把铁头棍,禾晏随手拿下,权当好过赤手空拳。此刻夜色下,那人翻身跃起,禾晏这才看清楚,这人蒙着面,全身上下包裹得严严实实,只露出一双眼睛,身材倒是和胡元中相仿,只是光线昏暗,难以凭借一双眼睛辨清身份。他站定,手里提着一把大刀,刀锋如弯月,在夜里闪着凛冽的光。

"弯刀?"禾晏心中狂跳。

羌族兵士爱用弯刀,因弯刀割肉方便。不仅能杀人,也能割肉。这弯刀的厉害,禾晏曾领教过,她见过被这弯刀挥中的战友,血还没流出,头颅先落了地。西羌入侵中原的那些年,统领日达木基最爱做的,就是用弯刀割下俘虏的头颅,串成一串,绑在他的爱马尾巴上,所到之处,令人胆寒。

此刻见到这弯刀,禾晏便知,这是羌族的手法。

她皱眉:"你是羌人?"

那人闻言,怪笑起来,声音嘶哑混沌:"你怎么知道?"

"废话少说,"禾晏将铁头棍立在地面,盯着他冷冷道,"告诉我,混进凉州卫到底有何目的?"

"嘘——"那人伸出食指竖在唇边,道,"小声点,免得被人发现了。"他见禾晏不言,似是有趣,又道,"你打败了我,我便告诉你。"

"张狂!"禾晏斥道,话音落地,身子便直扑那人而去。

铁头棍虽不及弯刀锋利,却胜在坚硬,挥动间让人难以近身。禾晏先前受了伤,如今伤口并未全好,行动间多有束缚,即便如此,与此人交手,也是不分上下。

蒙面人弯刀用得极好,熟练到令人惊叹,下手也是十分狠辣,招招对着禾晏的心口。禾晏被逼得节节后退,恍然间,脚步一停,因停得急促,脚边带起积雪,她回头一看,身后已是深渊。

"被发现了？"那人笑了一声，道，"怎么不上当？"

"因为你的手法实在太蹩脚了。"禾晏冷冷道，说罢，铁头棍往地上一戳，身子借着棍子往前一跃，落到了蒙面人身后。她手上动作亦不停，狠狠朝对方脑袋横劈而下——

但这一棍落空了，那人侧身避开，铁头棍劈在了对方肩上。纵是如此，也足够了，禾晏成日练石锁，力气渐长，换了黄雄那样的蛮汉亦要吃苦头，更别说此人。

蒙面人被禾晏这一击，痛得低喝一声，手中的弯刀差点握不稳，且他的右手失去力气，暂且不能再挥舞他那把弯刀了。

"如何？"禾晏冷笑。

对方不言，转身往前跑，就是要逃，禾晏眉头一皱，紧随而去，她耐力惊人，体力惊人，又跑得够快，一时间，蒙面人也无法摆脱。

只要追上此人，扒掉他的面巾，就能知道他的身份了。人证物证俱在，大半夜穿成如此模样上山，若真的是胡元中，沈瀚拷打一番，应当能问出他们到底在筹谋些什么。

正想着，忽然见前面的人停下来，他朝禾晏吼道："送你个礼物！"那把弯刀便朝禾晏心口扔来，禾晏下意识接住，握住刀柄，但见丛林里，"咕噜噜"地滚出一个人。

夜色下，滚出的这个人，竟还穿着凉州卫新兵红色的劲装。

山路是斜着的长坡，这新兵一路向下滚去，再往下，可就是万丈深渊了。禾晏看着蒙面人嘿嘿一笑，逃往丛林深处，一咬牙，转身去追往下滚落的新兵了。

穿劲装的新兵越滚越快，连一丝呻吟声都未发出，禾晏心中一沉，飞身掠起，横于那长坡中央，将新兵抱了个满怀，二人一同往旁侧滚去，须臾，总算是在一棵树前停了下来。

怀中的身体尚有余温，却一声不吭，禾晏低头看去，借着星光，一张年轻的脸露了出来。

她怔然一刻。

凉州卫数万新兵，她记不得每一个人的名字。然而这人的脸她记得，之前白月山上争旗，下山路上遇到的胆小鬼王小晗。

几日前还会红着脸与她道谢的少年，如今脸上再无一丝血色，他眼睛瞪得很大，似乎死前充满了惊怖，衣裳是红色的，看不出什么，却湿淋淋地贴在身前，禾晏低头看向自己的手，满手都是血迹。她颤抖着解开少年的衣衫，胸口处，有一个巨大的血窟窿，被钩走了一些皮肉，显得有些空洞。

他死在弯刀下。

禾晏闭了闭眼，心中油然而生一股愤怒："畜生！"

他还这样年轻，甚至还未真正上过战场，就死在白月山荒凉的夜色里。如果不是今夜禾晏追随蒙面人而上，他连死都会悄无声息，只会在第二日的时候，被卫所的兄弟发现少了这么一个人。

少了……这么一个人？

不对，不对！

禾晏抱着少年的手一紧，中计了！

她刚想到此处，便听得前方窸窸窣窣传来人的声音，有人在喊："有没有看到人？到底在哪儿？"

猛然间，面前的灌木丛被人拂开，一张新兵的脸露了出来，手里还举着火把，正巧与禾晏对视。

不必想，也知道此刻的画面多狰狞。

她手里握着一把弯刀，弯刀尚带血迹，双手亦是血腥，在她怀里，一名凉州新兵仰面躺着，死不瞑目，胸前一个血肉模糊的窟窿，触目惊心。

"找、找到了！"那新兵惶然大叫，连滚带爬地往后退，"杀人了！禾晏杀人了！"

其他人紧随赶到，禾晏抬起头，就见数十人，包括沈瀚、梁平一众教头都在眼前。他们盯着禾晏，目光惊疑不定，杜茂喝道："禾晏，你竟然杀人？"

凶器在她手上，尸体在她怀里，深夜上山，形迹可疑，怎么看，她都像一个居心叵测、杀人灭口的奸细。

这，才是蒙面人送她的真正礼物。

"人不是我杀的。"禾晏站起身，面对着他们道。

那个最先发现禾晏的新兵恐惧地指着他喊道："不是你是谁？"

"我夜里去演武场练弓弩，无意中见有人骑马往白月山上来，当时情况危急，我便跟了上去，与他交手一番，他逃跑了，逃跑之前将这位兄弟给扔下来，我救到人的时候，他已经死了。"

"你这把弯刀，又从何而来？"沈瀚沉声问道。

"是对方所有，他将刀也一并扔过来。"

"他疯了吗？把自己的武器拱手相让，你说谎前能不能过过脑子？"杜茂并不相信。

"不，我认为他很聪明，"禾晏平静地开口，"现在，有了这把刀，我就成了被怀疑的人。"

沈瀚盯着禾晏："你上山时，可曾带了兵器？"

"带了一个铁头棍。"禾晏道,"刚才滚下来时,丢在路上了。总教头令人去找一找,许能找到。"

沈瀚吩咐梁平:"你带人去找找,小心点,有事发信号。"

梁平点头称是。

禾晏觉得有些累,在石头上坐下来。她伤未好全,今日一番折腾,腰间的旧伤又开始泛疼。

过了一会儿,梁平带着新兵回来了,对沈瀚道:"总教头,没有找到铁头棍。"

"我看他在说谎。"杜茂蹙眉。

禾晏心中暗暗叹息,对方既然是冲着她而来,自然不会落下把柄。想必方才趁她去救新兵时,就已经将铁头棍捡走。

不过,她也算留了一手。

"我怀疑此人是胡元中,"禾晏道,"我与他交手时,铁头棍曾劈中他的右肩,只要回到卫所,查查他是否夜里外出,看他右肩是否有伤口即可。"

"你莫不是在狡辩?"有个新兵怀疑地看着他。

禾晏摇头:"眼下我手无寸铁,你们这么多人,还怕我一人不成?冤枉我一人事小,引狼入室事大,让真正的凶手混迹在凉州卫中,指不定下一个被暗杀的人,就是这位兄弟你了。"

说话的新兵吓了一跳,不敢再继续说了。

马大梅看向沈瀚:"总教头,这……"平心而论,他还是挺喜欢禾晏的,只是事关人命,草率不得。

"先带回去,看他说的是不是真的。"沈瀚转身道:"听我命令,即刻下山。"

禾晏暗暗松了口气,好在沈瀚还是个讲道理的,没有将她一棍子打死。

下山的时候,可能是因为死了一个伙伴,气氛有些沉闷。禾晏问马大梅:"马教头,你们怎么会上山?"

马大梅待她一向和气,纵然到了这个时候,仍耐心回答了禾晏的问题。

"一个新兵半夜起来如厕,看见有人骑马往白月山上去,告诉了总教头,总教头交代我们上山来查查。来之前,我们也不知道这人是你。"

这不就是她追蒙面人的过程吗?禾晏心中隐隐觉察出几分不对,没有说话。

"你既然说你与对方交过手,"马大梅问,"对方身手如何?"

"很不错,如果不是我身上带伤,再拖延一刻,就能抓住他。但此人狡猾残暴,以同袍尸体引我离开,自己逃走了。"禾晏说起此事,便生怒意,"今日一场,全是他安排的。"

马大梅笑了笑,语气不明地问:"少年郎,虽然我一向很欣赏你,可也不得不问你一句,你有什么特别的,何以让对方兜这么一个大圈子,来污蔑算计?"

有什么特别的?

禾晏仔细回忆,她同凉州卫的新兵们并无任何冲突,无非就是前几日与胡元中"打闹"。胡元中应该是凉州卫里唯一对她有敌意的人。

思索着,终是下了山回到了凉州卫。

大半夜的,凉州卫热闹起来。

禾晏前后左右都有教头看着,先去了胡元中的屋子。屋里人都在睡觉,教头让起床时,人人皆是摸不着头脑。小麦迷迷糊糊地叫了一句:"今日怎么这样早?还不到时辰吧。"待看清楚来人时,惊得差点鞋子都穿反了。

禾晏没有犹豫,朝靠墙的那一头看去,只一看,心中就是一沉。

榻上蜷着一个人,正睡得香甜,被吵醒后,便慢吞吞地坐起身,睡眼惺忪的模样,正是胡元中。

他竟然在屋里。

沈瀚问屋中人:"你们有没有人看到,今夜胡元中出门?"

"没、没有啊。"

"胡老弟腿伤了,每日睡得比我们早。不曾见他出门。"

禾晏看向洪山,洪山对她轻轻摇了摇头。

果真没出门?

沈瀚上前一步,看不出什么表情:"把你的衣服解开。"

胡元中一头雾水,但见沈瀚沉着脸,便只好犹犹豫豫地去解自己的衣裳,脱下的外裳到手臂,只见右肩上除了之前被灌木划伤的几道小口,没有任何问题。

那样一棒铁头棍敲下去,至少得青黑一大块。但他右肩什么都没有。

不是他!

禾晏心下更沉,这就是一出局,既然胡元中没问题,只能说明一件事,他不仅仅是一个人。

凉州卫有内奸,里应外合,才能将这出戏安排得完美无缺!

"沈教头,"她冷冷道,"那个人恐怕现在就在凉州卫里,赶紧带人去查探一番!"

"我看最让人怀疑的就是你了。"一名教头盯着他道,"你先前口口声声说人是胡元中杀的,叫我们回来看胡元中伤势,眼下胡元中洗去嫌疑,你就又要换一个人，你这样拖延时间，究竟是何目的？"

"我没有说谎，"禾晏皱眉，"只要去查探整个凉州卫就能知道我所言不假。"

"住口。"沈瀚喝道。

争执声停住，禾晏看向沈瀚："沈教头，你不相信我说的？"

"我只相信自己的眼睛。"沈瀚道："来人，把他押进地牢！"

"你可以将我关起来，但也要查清事实！否则凉州卫恐有大难。"

"都这样了还诅咒人，"一教头怒道，"太嚣张了！"

禾晏被人按着押走了，屋子里其余人想问又不敢问，小麦几人神情冷峻，胡元中疑惑地问："沈教头，发生什么事了？是……有人死了吗？"

沈瀚没说话，转身出了屋，跟着出来的几个教头面色凝重，梁平犹豫了一下，问沈瀚道："总教头，您打算如何处置禾晏？"

毕竟是自己手下的兵，梁平也不愿意相信禾晏竟是居心叵测之徒，只是人证物证俱在，即便想为他开脱，都找不到理由。

"此事事关重大，禾晏身份也不一般，"沈瀚沉声道，"先关着，等都督回来再定夺。"

"是。"

凉州卫的地牢并不大，十分阴暗潮湿，因着是冬日，人一进去，便觉寒冷刺骨。没有床，只能睡在稻草铺成的地上，被子也是薄薄的一层布，破了好几个洞，不知是老鼠咬的还是怎的。

禾晏坐在地上，打量着周围。

这地牢里，除了她，没有别的人了。地牢的锁是特制的，不再是如她与肖珏房间之间的中门那样简单的"一"字形锁，只一看，禾晏就知道自己打不开。

她现在可以确定，凉州卫里早就出了内奸，那个内奸恐怕也早就盯上了她，才会知道她这些日子每隔三日夜里要去演武场训练的事。也正是如此，才安排了人在马道上候着，将她引上白月山。

夜里上山也好，杀掉新兵也罢，就是为了给她安上一个"图谋不轨"的罪名。至于马大梅说的为什么要如此大费周章来污蔑算计自己，也是因为禾晏发现了对方羌族的身份。

如今禾晏身陷囹圄，凉州卫里还混迹着羌人，这就令人毛骨悚然了。肖珏不在凉州卫，数万新兵从未真正上过战场，如果这时候遇着羌人，只怕会全军覆没。倘若漳台那头乌托人骚扰百姓是假消息，为的是将肖珏引开，那么此刻的凉州卫，就如案板上的鱼肉，只有任人宰割的份了。

肖珏此去已经二十天了，按照他到了漳台后发现情报有假，连夜往回赶来算，到凉州卫，也还要十日才成。那么对方选择动手的时间，必在十日以内，留给他们的时间不多了。

沈瀚令人将她押往地牢时，禾晏不是没有想过直接与他们交手，摆脱控制。可这样一来，不是她杀的人，也就真的成是她杀的了。背负着杀人罪名活下去，实非她所愿。况且凉州卫的新兵们都是她的伙伴，日日待在一处，她并不愿意自己独活，看他们白白送死。

这棋，不知何时，竟成死局。

只是，西羌之乱已经被她平定，羌族兵士也在那一战中元气大伤，没个十年无法卷土重来，如何又敢走这么一步险棋？

正在这时，忽然听得外头传来吵吵嚷嚷的声音："你们放我进去，我就是进去说一句话！我爹是内侍省副都司宋大人，出了什么事有我担着！"

禾晏一怔，这是宋陶陶的声音。

外头守门的小兵又说了什么，禾晏听得宋陶陶蛮不讲理地道："你再拦我试试？你再拦我，等肖二少爷回来，我就告诉他你非礼我！"

有什么东西"哐当"一声落到地上，下一刻，禾晏就看见一道粉色身影飞了进来。

宋陶陶道："禾大哥！"

"宋姑娘。"禾晏笑了笑。

宋陶陶扑到跟前，隔着栅栏，匆匆往禾晏手里塞了两个馒头："太晚了，我拿了沈医女晚上吃剩的给你，我以前听我爹说下了狱的人每日没饭吃，我怕我不能日日来，先给你拿两个。"

眼下凉州卫里人人都拿她当杀人恶魔，这小姑娘却丝毫不怕她，还生怕她饿着。禾晏温声道："宋姑娘，你不该来的。"

"我为何不来？我听他们说你杀人了！"

"人并非我所杀。"

宋陶陶点头："我猜也是，你心肠这样好，怎么会杀人？肯定是被人算计了。你放心，我一定救你出来。"

禾晏哭笑不得："宋姑娘，你还是别掺和这件事了。"

这姑娘却十分固执："你是我的救命恩人，我爹说过，滴水之恩当涌泉相报。如今凉州卫那些教头古板固执，听不进我的话。等肖都督回来，我再与他说说，看能不能帮上忙。"

禾晏心想，恐怕等肖珏回来时，已经晚了。

她抬眼看向宋陶陶，小姑娘一脸郑重，神情严肃得很，禾晏有些想笑，随即想到眼下境况,又笑不出来。如果羌族真的前来,宋陶陶落在他们手上,又会怎么样? 禾晏不寒而栗。

"宋姑娘,"片刻后,她道,"你既然想要帮我,那我现在就拜托你一件事吧。"

"何事?"宋陶陶看向他。

禾晏轻声叹息:"也只有死马当作活马医了。"

沈瀚屋里,程鲤素正与沈瀚对峙。

"程小公子,您回去吧,没有都督的命令,在下是不敢将禾晏放出来的。"沈瀚无奈道。

程鲤素坐在他门口,堵着门不让他出去,只道:"沈教头,你相信我,禾大哥不可能是凶手。"

杜茂站在一边,忍不住开口:"小公子,大家都知道你与禾晏交情不浅,只是眼下人证物证俱在,如何抵赖?纵然是都督在此,也要按规矩办事。再说现在我们也没有立刻定禾晏的罪,一切如何,要等都督回来再做决定。"

"可现在舅舅根本不在凉州卫啊!"程鲤素嚷道,"你们说得轻松,可知那地牢里有多冷,有多黑,禾大哥孤零零一个人在里头,有多害怕吗?!"

杜茂:"……"

见沈瀚态度坚决,程鲤素也没辙,只能自己退让一步,道:"你们不放他出来也行,那我有一个条件。"

沈瀚问:"小公子有何吩咐?"

"地牢里吃的用的太寒酸了,我大哥受不了这样的苦,这样吧,平日里我大哥吃的什么,在牢里也要照常供应。还有凉州冬日太冷了,给他多加两床被子,热水也要日日有……"

"程小公子,"沈瀚打断他的话,"这不合规矩。"

"这也不行那也不行,你们到底要怎样?"说到此处,程鲤素也怒了,站起身来,大声道,"你们不行我就自己去,我跟你们说,你们这样对我大哥,会后悔的!"说罢,转身跑远了。

门被"哐当"一声甩上,沈瀚忍不住头疼,这个年纪的孩子,尤其是被家里宠坏了的小公子,还真是令人吃不消。

屋子里剩下几个教头都看向沈瀚。

梁平问:"总教头,现在该怎么办?"

军营里死了一个人,虽然现在是将禾晏关起来了,可禾晏的话,到底不是没有在众人心中掀起波澜。倘若凉州卫真有内奸,到现在,那人仍隐藏在新兵中，且神不知鬼不觉地杀了一名同伴，必然不是为了好玩。

"找人盯着那个胡元中，"沈瀚沉吟道，"如果禾晏说的是真的，这个人就必有动作。"

马大梅问："都督这几日可有来信？"

沈瀚摇头，目光也笼上一层忧色。

漳台那头到现在都没传来消息，这在过去……是很少见的啊。

但愿没什么不好的事发生吧。

程鲤素跑出去，迎面撞上一个人，那人捂着额头，"哎哟"了一声，斥道："你走路不长眼睛的吗？"

程鲤素定睛一看，却是宋陶陶。

他刚在沈瀚那边憋了一肚子气，此刻看见宋陶陶，气不打一处来："谁让你自己撞上来的？"

宋陶陶白他一眼："懒得理你。"径直往前走。

"站住！"

宋陶陶转过头，问："干什么？"

"你这是去找老沈？"程鲤素指着沈瀚屋子的方向。

宋陶陶没好气道："怎么，不行啊？"

这下程鲤素可来劲儿了，他上前几步，道："你可是为了我大哥求情？"

宋陶陶看了他一眼，虽然她极不喜欢程鲤素不求上进的模样，但不得不承认这小子对禾晏还挺上心的，隔三岔五给禾晏送吃的，禾晏与他关系也不错，便道："是又如何？"

"别提了，"程鲤素摆了摆手，一副沮丧的样子，"我刚刚才从老沈屋里出来，这人固执得不得了，我好说歹说，他们都不相信我禾大哥没杀人，也不肯让人送吃的和被子给禾大哥。"

"你傻啊，"宋陶陶点着他的脑袋，"他们不答应，你不会自己去吗？"又看了一眼程鲤素垂头丧气的样子，道，"我刚才已经去过了，给禾大哥送过馒头，你不用担心！"

"真的？"程鲤素眼睛一亮，看向宋陶陶，"没想到你还挺讲义气的。"

宋陶陶冷笑一声："承蒙程公子看得起。"

她说罢，抬脚继续往前走去。

"哎哎哎，"程鲤素拦住她，"你怎么还要去找老沈？都说了这人靠不住，还不如靠咱俩呢。"

因为禾晏，这两人现在居然也称得上"咱俩"了，倘若禾晏在此，必然会不相信自己的耳朵。

"我也这么认为，谁让禾大哥相信他呢。"宋陶陶无奈，"我受人之托忠人之事，是禾大哥让我去找沈教头的。"

"大哥让你去的？"程鲤素愣住。

"对。"宋陶陶绕过他，"所以别打扰我办正事，我先去找人了。"说罢便不再管程鲤素，径直往前走去。

走了两步又回过头，走回发呆的程鲤素身边，宋陶陶压低声音，在他耳边低声道："禾大哥还说了，这几日你在凉州卫，切勿到处走动，如果有新兵找你，不要去，最好时时刻刻跟在沈教头身边。"

"老沈？"程鲤素皱眉，"我干吗要跟着他？我烦他还来不及！"

"这是禾大哥的交代！"宋陶陶沉下脸，"你最好听话。"

她想起那少年站在黑暗的地牢中，将手中的东西塞给自己，忧心忡忡道："凉州卫恐有奸人混迹其中，我不在，跟着沈瀚，让他保护你们。

"务必千万小心。"

第十七章 羌族

禾晏在地牢里待了两日了。

两日里，沈瀚来过一次，但并没有对她提起过外面的情况，想来暂时是无事发生。宋陶陶和程鲤素大概是被管制起来，这两日并不见他二人踪影。

住在地牢，对禾晏来说，并没有很难以忍受，看不见的危机逐渐逼近才是最可怕的。

只可惜现在还没有人察觉。

半夜里开始下雪。

雪花大如鹅毛，片片飞舞，落在人的身上，棉衣也抵挡不住刺骨的冷。两名哨兵站在台楼上，冷得忍不住搓了搓手，朝手心哈气，顿时，一团白雾落在眼前，很快又消散了。

凉州卫笼在一片寂静中，冬日的卫所不如夏日热闹，夜里没有去五鹿河冲凉的新兵，也没有知了聒噪的叫声，有的只有雪融化在地的冷。

"我去趟茅厕。"一名哨兵跺了跺脚，"憋不住了。"

同伴催促："快去快回。"

这人就放下敲鼓的鼓槌，提了把刀转身下去上茅房了。雪下得大，不过须臾就积了厚厚一层，踩下去将鞋面没过，寒气顺着脚爬到了头上。哨兵打了个冷战，匆忙跑到后面的茅厕。

茅厕外有点着的火把，前些日子有个新兵半夜起来小解，没看清路，被结了冰的地面滑了一跤，摔伤了腿，之后沈瀚便让人在这里放置了火把，能照得清路。

哨兵进去的时候，里头有一个人，他就着昏暗的灯光，看了那人一眼，笑道："哟，你也起来？"

对方笑答："刚来。"

"太冷了，要不是憋不住，我都不跑这一趟。"哨兵抱怨道。

他放完水，提上裤子，就要往外走，那人也完事儿了，随他出门，两人一前一后。

门口的火把在雪地上映出人的影子，摇摇晃晃，哨兵随意一瞥，见身后的黑影不知何时已经张开双手，心中一惊，正要喊——

一只手捂住他的口鼻，身后的人顺手抽出他腰间的刀，顺着哨兵的脖子狠狠一抹。

血迸溅了一地，年轻的身体悄无声息地倒了下去，不再有气息了。

黑影没有任何犹豫，弯腰将哨兵的尸体拖走，雪越下越大，不过片刻，就将刚刚的血迹掩盖住。一炷香的时间后，"哨兵"重新走了出来。

他抓了一把雪，将刀上的血迹擦拭干净，重新别在腰间，再整理了一下头上的毡帽，往台楼走去。

台楼上，同伴正等得不耐烦，听得动静，见刚去上茅厕的哨兵回来，松了口气，骂道："怎么去了这么久？是不是去偷懒了？"

哨兵摇摇头，低头往手上哈气，仿佛被冷得开不了口，同伴见状，也忍不住跟着搓了搓手："娘的，这也太冷了。"

哨兵将毡帽压得很低，同伴见状，骂道："你以为把帽子拉下来就不冷了吗？拉上去，看都看不见，你这样还守个什么夜！"他伸手要过来掀哨兵的帽子，就在凑近的一刹那，突然怔住。

哨兵的衣裳同新兵们的纯粹赤色、黑色不同，在衣领处错开了一层白边，如今对方的衣领白边处，映着两点红色。

颜色鲜亮，还在缓慢地氤氲扩大，而一刻前对方上茅厕的时候，这里都没有。

同伴望向从回来后就一直一言不发的哨兵，就要拔刀，可他的动作还是慢了一步。

对方竟有两把刀。

一把刀，是原先死去的哨兵的，插进了他的胸膛。另一把刀，刀尖弯弯，划开了他的喉咙。

他无法喊叫出声，踉跄着倒在地上，凶手已经转身往台楼下走，哨兵吃力地在地上爬行，想要捡起落在地上的鼓槌。

只要敲响鼓，整个凉州卫就能醒来。

这是他能做的最后一件事了。

身下的血被拖了一路，触目惊心，他用尽全身力气爬到了鼓槌旁边，握住了鼓槌，想要抬起身去敲鼓面。

半个身子才抬起，陡然间，一阵剧痛传来，血溅在鼓面上，那只握着鼓槌的手也落到了地上。

他被砍掉了右手。

凶手去而复返，站在他面前，低声道："差点忘了。"

不远处，这边的动静似惊到另一头巡逻的兵士，有人喊道："喂？你们那没事吧?"

这人压了压毡帽,照远处挥手:"没事!摔了一跤。"

地上,血流得到处都是,方才奄奄一息的哨兵睁大眼睛,彻底死去了。

如深渊一般的夜,逼近了整个凉州卫。

第二日一早,天刚亮,洪山和小麦几人坐在一起吃饭,不多时,王霸、黄雄和江蛟也来了。黄雄问:"禾晏还没被放出来?"

洪山摇了摇头。

"这样下去可不行,"江蛟道,"这几日冷得出奇,我听程小公子说,地牢里什么都没有,就算不冻死,也会冻出病来。"

"你们说,等都督回卫所后,禾晏能不能被放出来?"王霸问。

"难说。"石头答道。

"为何?"王霸奇了。

"如今全凉州卫都知道禾晏杀人了,可要说他没杀人,证据谁也找不出来。"洪山叹息。

"这还要什么证据?他又不是个傻子,管杀不管埋,还特意留下尸体给人捉赃用?这就是证据!"

小麦小声道:"这也太牵强了。"

王霸眼一瞪:"哪里牵强?你说说哪里牵强?"

正说着,外头突然传来一阵哄闹声,其中夹杂着惊呼:"死人了!死人了!快去找教头来!"

"什么什么?"众人出去看,但见一名个子矮小、神情机敏的新兵急道:"演武场,演武场放哨的兄弟们都死了!"

都死了!

众人神情一变,纷纷起身往演武场赶去。

演武场内,血流成河。

雪不知是什么时候停的,一些血迹被雪掩埋了,一些结成了冰,蔓延在演武场上,依稀可见昨夜残暴的行径。

几十个哨兵,台楼站岗的、演武场周围放哨的,无一活口。尸体摆在演武场中心,横七竖八地摞在一起,全都是一刀毙命,极其凄惨。其中摞在最上头的,右手自小肘处被齐齐砍断,这人穿着哨兵的衣裳,应当是想敲鼓的时候被人砍断了右手。

都是平日里朝夕相处的同伴,就在一墙之隔的地方被人取了性命,一时间,演武场众人都红了眼眶。有人恨声道:"谁干的?若是被我发现,我必……

我必……"

有人的声音传来，带着一股沉闷的嚣张："你必如何？"

不知何时，自演武场的后面，白月山相连的马道中，呼啦啦来了一片骑兵，大概有几百人，至多千人。为首的是个长发男子，骑在马上，他穿着暗色铠甲，手持一把半人高的弯刀，身形极其魁梧健硕，肩背很宽，鼻子很高，眼睛竟是湖水般的暗蓝色。相貌与中原人生得不同，他一笑，如饮血磨牙的秃鹫，带着阴森血气，令人心悸。

"你们是谁？"新兵们道。

为首的长发男子却没理会他们，只是逼近方才说话的那名新兵："若是被你发现，你必怎么样？"

他的笑容带着一股残酷的暴虐，新兵面对着此人，忍不住瑟瑟发抖，他鼓起勇气道："我、我必要为死去的战友讨回公道！"

"是吗？"长发男子笑起来，"你要如何讨回公道？"不等新兵回答，他就扬起手中的弯刀砍下！

"咚"的一声，一道身影掠过，挡下了他的弯刀，然而却被这一击击得倒退几步，待站定，才看向长发男子："阁下胆子好大，在我凉州卫杀人！"

是沈瀚。

"沈教头，是沈总教头来了！"诸位新兵激动叫道，顿时有了主心骨。

"总教头？"长发男子看向沈瀚，"你就是凉州卫的总教头？"

"阁下何人？"沈瀚面沉如水。

"本人名叫日达木子，听闻大魏将门有将，封云将军肖怀瑾安行疾斗，百战无前，特来领教，怎么，肖怀瑾不敢迎战？"

"你胡说八道什么！"一名新兵忍不住反驳，"你明明知道都督不在才敢……"

"住嘴！"杜茂喝止他的话，可是已经晚了。

"不在？"日达木子眼眸一眯，"那可真是不巧了。"

教头们彼此对视，一颗心渐渐下沉。所谓的要找肖珏领教，无非是借口，只怕这人早就知道肖珏不在凉州卫，才带人前来挑衅。只是……至多一千的人马，面对凉州数万儿郎，纵然是没上过战场的新兵，是否也太过狂妄了些？还是……另有阴谋？

哨兵们一夜之间被人杀光，若是敌人，不可能做到如此，除非真是出了内奸，死于自己人手中。

马大梅低声道："禾晏说的是真的。"

禾晏说的是真的，他们这些日子盯着胡元中，但胡元中安分守己，并未有任何异动。倘若他还有同伙藏在新兵中，一切就都说得通了。

"列阵。"沈瀚吩咐道。

身后数万精兵，齐齐亮出武器。

既然对方来者不善，大魏的儿郎们，也断没有后退的道理。

日达木子见状，放声大笑起来，他道："哎，总教头，我来此地，可不是为了与你们打仗。"

"阁下似乎是羌人。"沈瀚冷笑，"许多年前，飞鸿将军与羌族交战，我以为，羌族已经没有异心了。如今来我凉州卫，杀我数十人，不是为了交战，总不会是求和？"

提到飞鸿将军，日达木子脸色微微一变，片刻后，他视线黏着沈瀚，森然笑道："总教头莫要污蔑我，我本意只是与肖怀瑾切磋而已，谁知昨夜路过此地，这里的哨兵未免也太不友好，与我兄弟起了争执，不得已，才将他们全杀了。"他说得轻描淡写，"我原以为肖怀瑾带出来的兵，多少也有点本事，没想到实在不堪一击，他们死的时候，连叫都没叫一声——"

"你！"新兵们听得义愤填膺。

"总教头不要生气，我来，真的只是为了切磋。"他饶有兴致地看向沈瀚身后的新兵，"如果肖怀瑾不上，就让他的兵上，实在不行，你们这些教头上也行。"

梁平上前一步："阁下未免太高看自己，何以笃定我们就要迎战？"

"不愿意？"日达木子不慌不忙地拍了拍手，由远及近走来几人，有人挣扎道："放开我——"

沈瀚蓦然变色。

几个异族士兵手里提着的，一人是程鲤素，一人是宋陶陶，他们二人双手双脚被反绑，形容狼狈不已。

"沈教头！"程鲤素看见沈瀚，仿佛见到了救兵，叫道，"他们是什么人，为什么要绑我们啊？"

沈瀚嘴里发苦，他已经派了许多人守在程鲤素和宋陶陶门口，暗中保护，可他们还是被抓了。

"现在，"日达木子满意地看着沈瀚的脸色，"教头，愿意与我们切磋吗？"

宋陶陶喊道："怎么可能切磋？他们怎么会这般好心，定然有诈！"

沈瀚道："好。"

"爽快！"日达木子坐直身子，"天气太冷，我也懒得比试太多，就三场。你们挑三个人吧。"他朝身后的人道："兄弟们，有谁愿意上的，去吧！"

他身后，一人道："统领，瓦剌愿意出战！"

这是一个很健硕的男人，羌族人向来体格强壮，中原人与之站在一处，便显得格外瘦弱了。他年纪不大，也就二十出头，却身高九尺，犹如远古巨人。亦是一脸凶相，眼睛微凸如牛，手持一把弯刀，一看就不好惹。

"好！"日达木子喝道，"瓦剌这般骁勇，不愧是我羌族儿郎！"他又看向沈瀚："你们呢？"

瓦剌生得如此怪异巨大，瞧着就令人心生退缩之意，况且演武场的尸体明明白白昭示着这些羌人有多凶残，凉州卫里一时无人应声。

"实在没有人迎战，就你们教头上嘛。"日达木子笑道，"这样的战场，正是给新兵们上课的好时候。"

一边的梁平咬牙，正要出声迎战，一个声音响了起来："我来吧。"

这是个前锋营的少年新兵，叫卫桓，沈瀚还记得此人，因他刀术出色，在前锋营中数一数二，不过性格却很温柔腼腆，因此虽然他与雷候都是佼佼者，却远远比不上雷候惹人注目。

对了，说到雷候，沈瀚一怔，雷候呢？

"你吗？"日达木子看了一眼卫桓，皮笑肉不笑道，"勇气可嘉。"

卫桓慢慢上前，走到了瓦剌跟前："我愿意与你切磋。"

瓦剌笑起来，只看了看周围，看见演武场的高台，道："就那儿吧，高度很好，如果我在上面砍掉你的脖子，底下的人也能看得一清二楚。"

卫桓神情不变，瓦剌哈哈大笑，一跃飞上演武场高台，道："来战！"

演武场的高台，这些日子，曾有无数人上去过，可都是凉州卫的新兵们彼此切磋，台下看戏的新兵亦是心情轻松，边看边指出其中的纰漏与精彩，每一场都有所收获。

因他们也知道，这样的切磋还有很多。

没有一场如今日这般沉闷，尤其是日达木子突然想起了什么，看向沈瀚，用周围人都能听到的声音道："总教头，忘了跟你们说，我们羌族的规矩，上了生死台，生死不论，直到一方死亡才能分出胜负。"

"什么？！"梁平怒道。

"战士，就要有随时战死的觉悟，这是至高无上的荣耀。"日达木子冷冷开口，"没有例外。"

台上，卫桓慢慢抽出腰间的刀，冲瓦剌点了点头。

地牢里，一如既往阴暗潮湿。

门口的守卫不知什么时候已经不见了，牢里静谧无声，针落在地上都清晰可闻，人的脚步声，就显得格外刺耳。

黑影顺着台阶，一步一步地走下来。门口的火把照得影子微微晃动，最里头的一间，有人蜷缩成一团，靠着墙睡着了。

黑影在禾晏的牢房前停下脚步。

地上摆着一个空碗，里头原本装的不知是水还是饭，被舔得干干净净。薄被很短，连全身都遮不住，盖在身上会露出脚来。他身子有些轻微发抖，脸色亦是白得不正常。黑影瞧了片刻，伸手将钥匙插进锁孔，"啪嗒"一声，锁开了。

牢房里的人仍然无知无觉。

他走了进去。

少年过去意气风发的模样全然不再，这个样子，与所有的阶下囚并没有任何区别，黑影似是有几分遗憾，又有几分警惕，站在原地不动，盯着少年的脸。

少年一动不动。

过了一会儿，黑影慢慢地靠近。

就在此时，少年蓦地抬起头，露出一双眼睛，黑白分明，没有半分睡意，清醒得很。

"你——"他才来得及说出一个字，手上的刀还未落下，便觉身下一痛，被一脚踹得正中红心，痛得他顿时跪倒在地，下一刻，有白绸自身后勒住他的脖颈，禾晏的声音从身后传来。

"我等你很久了，雷候。"

雷候被勒得眼睛上翻，禾晏的力气极大，双腿压着他的腿，令他动弹不得，眼见雷候就快要被禾晏勒死了，禾晏骤然松手，雷候乍然得了呼吸的空间，捂着脖子大口大口喘气，就见禾晏三两步走到他面前，如撬开鸭子嘴一般，往他嘴里灌了什么东西。

雷候正张嘴喘气，哪里防得住这个，一滴不剩地全喝了下去，他想说些什么，但竟使不上力气，只觉得浑身发麻，不过须臾，便昏死过去，再也没动静了。

禾晏伸脚在他脸上踢了两下，确认此人没动静了，便将方才的白绸扯成两段，把雷候的手脚都捆了起来。

那一日她问宋陶陶身上可有武器。可宋陶陶一个姑娘家，哪会随身带着刀剑，摸遍全身，也只有一瓶蒙汗药，还是她从沈暮雪的桌上顺来的，禾晏也就死马当作活马医，要了过来。

这还不够，她还借了宋陶陶的腰带。必要时刻，腰带也能勒死人。

禾晏是想着，对方既然处心积虑污蔑她杀人，将她送进凉州卫的地牢，看来对她多有忌惮。对方定然不死心，会来杀人灭口。须得随身携带兵器，随时反杀。

今日一大早，没人来给她送早饭，卫所里平日里极其注重守时，这个时间点没有人过来，定然是出事了。

禾晏心里着急，不晓得外头是个什么情况。后来逐渐冷静下来，既然出事，说不准对方的人会趁乱来到这里，将自己杀人灭口。

宋陶陶走之前，不知道什么能帮上忙，便将所有的东西一股脑都给了禾晏，其中还有一盒脂粉。禾晏涂了点在脸上，又抹了些在嘴唇，蜷缩成一团，真如重病不起的阶下囚。

她正猜测着外面出了什么事，就听见了脚步声，于是，就有了眼前这一幕。

禾晏将雷候拖到角落，脸对着墙躺着，蒙汗药药效八个时辰，短时间里，雷候不会醒来了。

她出了牢房，转身将门锁上了。

雷候成了阶下囚。

演武台上，卫桓的水龙刀与瓦剌的石斧胶着在一起。

一个是中原年轻质朴的前锋营新兵，一个是西羌凶残暴虐的战场老手，纵然卫桓的刀技出众，实战经验到底不足。更何况，对方还是个能力拔千钧的力士。

比起卫桓的灵活，瓦剌的石斧巨大而沉重，像是没有章法的劈砸，卫桓躲避的时候，石斧砸进地面，连石头地都被劈出一道裂痕。

卫桓体力渐渐跟不上了。

他到底年轻，又不如瓦剌健硕，这样横冲直撞的劈砸招架不了多久，而他自己除了在瓦剌脸上挂了一道彩外，就连对方的身都近不了——对方可是穿着铠甲的！

这本就是不公平的战斗，卫桓身上的伤痕越来越多，而瓦剌却并不想要他命，每一次可能命中的时候，就稍微偏上一两分，并不刺中要害，却令卫桓伤痕累累。

就像是猫抓老鼠，抓到了并不急于一口吃掉，非要玩弄到老鼠精疲力竭才会吞下肚去。

这根本就是一场单方面的虐杀。

台下的沈瀚见状，拳头捏得咯吱作响，就要上前，被日达木子挡住。

生得似秃鹫般的健硕男人倚在马上，笑容嗜血："教头，不可以帮忙哟。"

沈瀚拔出刀来。

"怎么？你也想与我打一场？"日达木子笑起来，目光阴森，"那我当然要奉陪到底了。"

演武台的周围，有意无意地围了一群羌族兵士，一旦凉州卫的新兵想要上去帮忙，这些羌人就会与新兵交手，纵是可以，也晚了。

台上，卫桓的视线已经慢慢模糊，躲避身后的追砍也越来越慢，他的力气在流失，"呼呼"地喘着气，躲避不及，被瓦剌一斧头砍中右腿，钻心地疼，但他竟按捺住没有出声。

卫桓已经没有力气再逃跑了，瓦剌走到他面前，居高临下地看着他，如同屠夫看着案板上的羔羊，道："这么快就完了，没意思。中原人好弱，连羌族人一根手指头都比不过。"

卫桓不说话，额上渗出大滴大滴的汗水，混着脸上的血，十分凄惨。

"你放心，不会疼的，"瓦剌舔了舔嘴唇，目光贪婪地盯着他道，"这一斧头砸下去，你的脑浆会飞出来，很漂亮。可惜你自己看不到了。"

说罢，他挥舞巨大的斧头，直取卫桓项上人头！

"卫桓！"马大梅失声叫道，卫桓进前锋营前，曾是他带的，情谊本就深厚。他欲上前救人，却被一个西羌人拔刀拦住，眼看着卫桓就要性命不保。

演武场台后，有一棵枝繁叶茂的榕树，纵然是冬日，也未见半分衰黄，众人都在演武台前，也就没有发现，那棵榕树里什么时候坐了个人。

等看见的时候，那个人如一道闪电，抓着绑在树上的布巾如秋千一般荡过来，在半空中就已经松手，这一切都发生得太快，他顺着掠到演舞台前，将向着卫桓脑袋砍去的斧头一踢——

借着惯力，即使瓦剌身强力大，也被来人这一侧踢踢得往后仰倒，斧头沉重锐利，将他自己也砍伤了，若非他力大出众，往后倒退两步站住了身子，这石斧，或许该砍得更深一点。

"禾晏？"卫桓喃喃道。

凉州卫的新兵们也愣住了。

禾晏之前因为白月山的事，被关在凉州卫的地牢里，尽人皆知，他怎么会突然出现在这里，他被放出来了？

瓦剌看向面前的人。

黑色劲装的少年双手叉腰，歪头笑盈盈道："阁下也太凶了吧，方才要不是我出手，我这位兄弟的脑袋，可就保不住了。"

凉州卫的新兵人人视他们为眼中钉，又有血海深仇，看见他们都红着眼眶，最好的也不过是卫桓这般面无表情，这少年却笑嘻嘻的，仿佛无事发生，瓦剌生出一丝兴趣，仿佛找到了新的猎物。

"你又是谁？"他问。

黑衣少年拂了拂乱发，笑道："本人禾晏，前段时间凉州卫争旗第一。"她看了看瓦剌，"也许你们不知道什么叫争旗，没关系，你只需要记得，我是凉州卫第一就行了。"

"第一？"台下的日达木子眯着眼睛看他，道，"就你？"

禾晏看起来，到底太矮小瘦弱了些。

"抱歉，我来得迟了些，不知道诸位是在做什么。"少年言笑晏晏，"倘若是在比武切磋的话，不找我来找其他人，实在是暴殄天物。"

瓦剌哈哈大笑："你真是大言不惭！"

"禾晏！"沈瀚叫他。

"沈总教头，"禾晏看向他，"我这几日正憋了一肚子气没处发，打一场消消气也好，烦请总教头通融下，不要再阻拦我了。"

沈瀚无话可说。

日达木子是冲着凉州卫的新兵来的，既不肯让教头上，只能让新兵上，新兵里除了禾晏，能与之一战的，其实并不多。有出众技艺的，实战经验不足；有实战经验的，年纪又大了些，体力不如年轻人。禾晏武艺绝伦，又心思灵巧慧黠，算起来，已经有很大的赢面了。

演武台上这头吸引了羌人的目光也好，更重要的是……

禾晏道："请问现在是不是要切磋？如果是的话，我代替我这位兄弟上可好？"

"你？"

"不错。我乃凉州卫第一，打败了我，比打败了他，"禾晏看了一眼地上的卫桓，"有成就感得多吧。"

台下的西羌人哈哈大笑起来。

日达木子看着他："这个人的脾性，我很喜欢！换他上！"

禾晏道："来人，请把这位兄弟抬下去。"

卫桓被抬走了，抬走时，他看向禾晏，低声道："你……小心。"

禾晏："知道了。"

演武场高台上，又剩下了两个人。

台下的新兵们看着，皆是为禾晏捏了一把汗。

过去大半年间，禾晏在这上头出风头，也不是一回两回，有真心佩服崇拜他的，也有嫉妒眼红不爽他的，但这一刻，凉州卫的新兵们同仇敌忾，只愿他能打败瓦剌，给那些羌人点颜色看看，让羌人们知道，凉州卫不是好欺负的！

台下的新兵们提心吊胆，台上的禾晏却浑然未觉，笑道："对了，我也不知这边比试的彩头是什么。我先说了，不如这样，我输了任你们处置，你输了，"她吊儿郎当道，"就得叫我一声爹。"

这下子，凉州卫的新兵们"哄"的一下笑出声来。

梁平又是担忧又是自豪："都什么时候了，还在贫！"

日达木子的人，却无一人笑得出来。瓦剌阴沉沉地看着禾晏，抹了把唇角的血，道："我们不需要彩头，比三场，输的人死，赢的人活，这就是规矩。"

"生死勿论？"禾晏道。

"怎么，怕了？"

"倒也不是。"禾晏道："教头，扔一截铁鞭来，要长的！"

沈瀚从兵器架最上面抓起一条最长的铁鞭扔过去，禾晏顺手接住，拿在手中把玩，看向瓦剌："我用兵器可以吗？"

"可以。"瓦剌冷笑，"不过你确定不换成刀剑？鞭子，杀不死人的。"

少年唇角微勾："杀你，足够了。"

还没回味过来他话中的意思，就见那少年突然持鞭冲来，瓦剌一愣，随即哈哈大笑，抡起巨斧往前迎战。

那少年冲至跟前，却并不出手，只是脚尖轻点，避开了石斧的攻击，绕到了瓦剌身后，待瓦剌转过身去，抡动斧头，就又侧身避开。

他看似主动，却又不出手，鞭子绕在手上，不知道在干吗，仿佛在围着瓦剌转圈，不过须臾，他转身就跑，瓦剌跟上，甫一抬脚，便觉自己脚上缠着什么，维持不住平衡，往一边摔倒。

这大块头反应极快，意识到自己被禾晏的鞭子缠住脚后，就要稳住步伐，可禾晏哪里会给他机会，将鞭子负在背后，如驮运货物般狠狠一拉——

瓦剌再也支撑不住，他本就身形巨大笨重，一只脚失去平衡，另一只脚就难以稳住，加之禾晏在另一头拉动，便"咚"的一声摔倒在地。

那鞭子看起来也就一人来长，不知禾晏是如何使得，从瓦剌身下一拉，鞭子又轻松回到了她手中。她脚步未停，冲至瓦剌身前，一手绕过瓦剌脖颈，鞭子在瓦剌脖颈上缠了个圈。

瓦剌下意识去拉。

禾晏双手一勒——

成日投掷石锁，手上的力气不容小觑，古怪的力士身上穿着铠甲，脖子却没有任何覆盖，普通的血肉也是最脆弱的地方，他毕竟不是真正的钢筋铁骨。

演武场的人只听见一声让人牙酸的"咔嚓——"。

瓦剌的脑袋软绵绵地垂了下去。

"你不算人，你是畜生，"禾晏低声道，"所以，杀你，鞭子就够了。"

她复抬起头，虽是微笑，眼中却寒气袭人，望着台下众人平静开口："他死了，我赢了。胜负已分，下一个。"

演武台上，情势陡转。

方才瓦剌虐杀卫桓，如猫戏老鼠，迟迟不给最后一击，大约也没有料到，自己会死在面前这个看似孱弱的少年手中。

杀死一个人需要多久？一盏茶、一炷香，还是一刻钟？

统统不需要。

凉州卫的新兵们知道禾晏厉害，之前在这里同黄雄、江蛟比试的画面还历历在目，但眼下的禾晏，和过去演武台上"切磋"的禾晏，似乎又有不同。这少年收起玩笑之意时，冷而寒，身带煞气，不可逼视。

她开口笑道："战场上不需要花里胡哨的表演，想清楚怎么杀，就可以动手了。"目光落在日达木子身上。

日达木子回视。

慢慢地，台下的凉州新兵们反应过来，纷纷激动道："禾晏赢了！禾晏杀了瓦剌！"

"禾大哥了不起！"程鲤素被抓着，还不忘给禾晏叫好，"把他们打得满头包！"

梁平与马大梅面面相觑，禾晏杀人的速度，就算是天纵奇才，也太快了些。

"你们，"那少年站在高台上，望着西羌人微笑，"不会是输不起了吧？下一个谁来？"

西羌人那头，暂且无人说话。

她便又笑了，笑容带着一点挑衅："我知道，以生命作为赌注，是有些可怕。没想到口口声声无所畏惧的西羌勇士，也会有不敢上台的时候。不过没关系，我大魏中原儿郎，从来心地仁善，实在不愿意，就此认输，就如刚才我所说，叫我一声爹，这切磋就到此为止，怎么样？"

"不过，是谁来叫我一声爹？"禾晏盯着日达木子，"你是他们的首领，不如你来叫，如何？"

"混账！"日达木子身后一名兵士上前一步怒斥。

禾晏丝毫不惧，无辜开口："这也不行吗？"

王霸小声道："真痛快！"

"他是在故意激怒对手。"黄雄沉声道，"只是，现在这种情况，好像没必要这么做。"

"我来跟你比。"一个声音自日达木子身后响起："统领，巴嘱愿意一战。"

日达木子瞧他一眼，看不出喜怒，只道："去吧。"

这个叫巴嘱的男人上了演武场高台。

巴嘱虽然健硕，却不如瓦剌那般巨大得过分，也比瓦剌更年长一些，大约三十岁出头。他浑身上下罩在一件乌色的披风下，连脑袋都藏在帷帽里，露出半个下巴，眉眼都不太清晰，整个人看起来苍白又古怪，状如鬼魅。他的嗓子也是嘶哑的，像是被火烧过，难听如乌鸦叫声。

巴嘱走到瓦剌身边，虽是伙伴，却无半分同情，一脚将瓦剌的尸体踢下演武场高台，骂道："碍手碍脚的东西。"

瓦剌的尸体骨碌碌地滚了下去，他看也不看一眼，只对禾晏道："你身上有旧伤。"

禾晏心下一沉，这个叫巴嘱的男人，比瓦剌更棘手一些。

瓦剌无非就是身负蛮力，不懂得变通的力士而已。对付这种人，只要抓住他的弱点并予以打击，很快就能结束战斗。每一场战斗中，最怕的，是如眼前这样有脑子的敌人。

巴嘱缓缓举起手中的刀，禾晏将铁鞭绕于手上，朝对方冲去。

卫桓与瓦剌那一场，禾晏是观众，提前看到了瓦剌的弱点与短处，是以与瓦剌对战时，能快准狠地解决对方。这一场，巴嘱是她没见过的人，而瓦剌与自己交手的时候，却被这人看得一清二楚。

换句话说，巴嘱了解禾晏，禾晏却对巴嘱一无所知。

他的披风下，似乎藏着不少别的东西，禾晏提防着。这人十分狡猾，并不正面与禾晏交手，有了方才瓦剌的前车之鉴，他更与禾晏保持距离，鞭子只要朝他挥过去，巴嘱就会迅速改变方向，他身体比瓦剌灵活得多，一时间，铁鞭无法近前。

禾晏的腰上，已经隐隐作痛了。

她之前在凉州城里和丁一交手受了伤，后来又被内奸骗到白月山上去，与藏在暗处的人一番搏斗，几次三番，原先已经快要痊愈的伤口，早已裂开了。这还不算，回头就被扔进了凉州卫的地牢，地牢里又冷又潮湿，伤口大约是恶化了。

方才杀瓦剌的时候，用力牵扯到了伤口，短时间还行，长时间与巴嘱对战，便越发觉得痛得刺骨。

巴嘱笑道："你脸色不怎么好看，是因为腰上的旧疾犯了吗？"

禾晏一怔，巴嘱手中的弯刀已经缠上了她的铁鞭，将禾晏拉得往前一扯，台下众人惊呼一声，巴嘱手上刀被缠着，另一只手毫不犹豫地朝禾晏腰间的旧伤处就是一掌。

禾晏挨了结结实实的一掌，动作却未停，手中鞭子松开，卷上了他的脸，被巴嘱避开，却将他的帷帽给卷掉了，露出这人的脸来。

两人齐齐后退站定。

那一掌牢牢实实地贴在了她的旧伤口上，禾晏勉强将喉头的血咽了下去，面上仍然挂着几分笑意，看向眼前人，嘲笑道："真丑。"

没了帷帽遮掩的巴嘱，露出了真面目。这人一半脸是好的，生得也算英俊，另一半脸却被火烧过，坑坑洼洼，泛着暗红色的疤痕犹如蜈蚣，生长在他脸上，将五官都挤得错位。

台下有人吓得惊呼一声。

被禾晏碰掉帷帽，真容暴露人前，巴嘱脸色难看至极，盯着禾晏的目光，恨不得将禾晏吃肉饮血。

禾晏一笑，朝他勾了勾手指："再来！"

巴嘱冷笑，冲了过去。

禾晏甫一动，便知不好，方才巴嘱那一掌，没有留情，现在血已经渗了出来，所幸的是她来的时候为了保暖，换上了雷候的黑色劲装，纵是流了血，也看不出来。只是，这样下去，不知还能坚持多久。

事实上，演武场高台上的切磋，从来都不是重点，重点在于，用这三场"切磋"来争取更多时间。如果没有人能扛得住西羌人的弯刀，成为单方面的屠杀，那么后面的一切，就都没有机会了。

必须杀了巴嘱，才会有第三场。

西羌人善用弯刀，巴嘱的弯刀灵活，禾晏的铁鞭想要缠住他的刀，不太容易。

禾晏的鞭子去缠巴嘱的腿，巴嘱轻蔑道："同一招，你想用在两个人身上，也太天真了些！"说罢，绕开禾晏，弯刀朝禾晏脖颈劈下——

同瓦剌不同，巴嘱一开始就是冲着禾晏的命去的，没有半分虚招。禾晏两手扯着鞭子，将巴嘱的弯刀勒在眼前，巴嘱狞笑一声，往后一倒，禾晏躲避不及，见这人右手从披风里又摸出一把匕首来。

这把匕首只有人的拇指长，纤薄如纸，与其说是匕首，不如说更像刀片，若非近前，实在叫人难以看清。他手掌往前一送，外人看过去，只当他一掌拍在了禾晏腰间，但除了禾晏，无人知道他掌心的这柄锐器，尽数没入血肉。

禾晏只觉得腰间痛得钻心，蓦地握拳揍过去，巴嘱的脸近在眼前，他狞笑道："疼不疼，疼你就——"

他的话戛然而止。

禾晏握紧的拳抵在他喉咙间，死死不松手。

巴嘱疯狂挣扎起来，可不知何时，那铁鞭竟将禾晏的腿与他的腿绑在一起，他逃离无门，剧烈挣扎，可越是挣扎，便越是翻白眼，到最后，口吐鲜血，渐渐不动了。

禾晏面无表情，将拳用力往里再一抵，确认了身下这人再无气息后，松开了手。

巴嘱的脖子上露出了一点铁样的东西，只有一点点，其余的已经看不到了，已被插进了其喉咙深处。那是一个铁蒺藜——禾晏来的时候在地上捡到的。

随时随地在身上放一些暗器，只有好处没有坏处。谁也不知道自己会遇到什么样的敌人、接下来会遇到什么样的事、什么时候会遇到，唯一能做的，就是增加活着的砝码。

她靠近不了巴嘱，因巴嘱已经对她有了提防，最后一击，无非是伤敌八百，自损一千的两败俱伤之策。但她到底比巴嘱好一些，她不过是被匕首刺中了腰间旧伤，而巴嘱现在已经没命了。

"你有底牌，焉知我没有？"她喃喃道。

片刻后，禾晏艰难地将铁鞭从巴嘱与自己的身上抽出，重新绕回腕间。她站起身，黑色劲装穿在她身上，不同于着红色劲装时活泼，多了几分肃杀。她站得笔直，看起来没有半分疲累，把玩着腕间铁鞭，淡淡笑着，说出和方才一模一样的话。

"他死了，我赢了。胜负已分，下一个。"

"禾大哥好厉害！"程鲤素率先叫道，"打得好！打得好！"

"你闭嘴吧！"一边的宋陶陶呵斥他。

程鲤素不满："我替我大哥叫好怎么了？"

"现在还不到放心的时候。"宋陶陶摇头，女孩子到底比男孩子心细，她觉出禾晏脸色比方才要苍白一些，猜测禾晏可能是受伤了。但禾晏穿着黑色衣裳，也看不出究竟伤在哪里。

台上，黑衣劲装的少年下巴微扬，笑问："没有人敢上来了吗？"

就在这时，日达木子突然放声大笑，他边笑边拊掌："有趣，有趣！没想到凉州卫还有这么有趣的人！"话音未落，便驾马朝演武高台奔去。

他动作迅捷，周围的人都猝不及防，有几个凉州新兵差点被他的马踩在脚下，幸而被身边人拉了一把。日达木子在演武台一步之遥处蓦然勒马停住，飞身上台，落于禾晏跟前。

"统领该不会想亲自下场吧？"少年诧然道，"我一介新兵，何德何能啊？"

"你杀了我两名勇士，可不像是普通的新兵。"日达木子大笑，并未因方才损失爱将而有半分不悦。

"只是侥幸而已。"

"不必谦虚，你方才与他们二人交手，我都看过了，当得起凉州卫第一！"日达木子说着，看向演武台下众人，笑得轻蔑，"我看这里，就你担得起有勇有谋。不过……"他话锋一转，"不知道你腰间的伤口，还撑得住几时？"

禾晏不语。

日达木子饶有兴致地看着他："巴嘱是我最得力的手下，他刚才连续两次攻击你的腰部，看来是有旧伤在身。最后一次，你把暗器刺进他喉咙的时候，他……"他走到巴嘱身边，用脚拨弄了一下巴嘱的尸体，把巴嘱仰翻过来，"他的手松开了，是把什么刺进了你的腰间，是刀？"

日达木子关切地问他："一定很疼吧？"

"其实还好。"禾晏微笑，"不及他疼。"

日达木子盯着他看了一会儿，笑了："很好，我最喜欢你这样的硬骨头，敲碎了也会特别香甜。"他如方才巴嘱对瓦剌所做的一般，一脚将巴嘱的尸体踢下高台，轻笑一声："没用的废物。"

紧接着，日达木子缓缓抽出腰间的弯刀。

沈瀚见状，目光一凝，怒道："日达木子，你身为统领，怎可与我凉州卫新兵交手，若要切磋，我陪你来！"

"你？"日达木子缓慢摇头，"还不如他呢，我就要他，这位禾……禾晏。"

"沈总教头，还是我来吧。"禾晏道。

其实她与沈瀚说什么，都并不重要，日达木子已经盯上了她。这是最糟糕的事，但与此同时，也是足够幸运的事，他们就有更多的时间了。

"你不换换兵器吗？"日达木子笑道，"我的刀，可是会砍断你的鞭子的。"

"说不定是我的鞭子绞断你的刀。"禾晏笑盈盈道，双手握鞭，横于眼前。

羌族士兵善用弯刀，日达木子的这把弯刀极大极长，有半人高。上头不知道沾过多少人的鲜血，泛出些暗红色。刀甫一出鞘，日光落在上头，泛起些血腥气。

日达木子持刀冲过来。

他的步伐很快，与他健硕的身形不符的是，他动作非常灵活，亦很巧妙，距离恰好卡在禾晏的鞭子接触不到的地方。

禾晏的鞭子想要卷住他的刀，被日达木子躲过，反手一刀砍在铁鞭上。"砰"的一声，虽然铁鞭未断，但不免使人心惊。

这样下去，不知道这根鞭子能撑到几时。兵器架上的兵器，是给士兵们练武用的，结实耐用就好，可日达木子的这把刀，明显是宝刀，不可相提并论。

他哈哈大笑着，横刀劈开，禾晏的鞭子缠住刀，却没拖动，日达木子力气太大，他道："天真！"将刀往自己身边拉，拉得禾晏的身体也忍不住往他那头飞去。

　　"阿禾哥小心！"小麦忍不住脱口而出。

　　禾晏朝日达木子飞去，眼看就要撞上日达木子的刀锋，少年却突然一笑，鞭子挽了个花，从刀锋下面溜走，顺手拍在了日达木子的脸上，而她自己则借着飞过去的力道，从日达木子头上掠过，在地上滚了个圈儿方才停了下来。

　　台下众人的一颗心这才落回肚子。

　　日达木子缓缓转头。

　　他本就生得凶狠暴戾，此刻被禾晏一鞭子抽在脸颊上，出了血，血顺着脸颊流下来，日达木子浑然未觉，不甚在意地抹了一把，舔了舔落在唇边的血迹，死死盯着禾晏，道："你可真厉害。"

　　他说话的声音很轻，落在耳中，却令人毛骨悚然。

　　禾晏道："彼此彼此。"

　　腰上的伤口，牵扯一下都很疼，刚刚翻滚的那一下，让刺进身体里的刀片更深了。但她现在不能把刀片拔出来，一来，这里容不得她有时间拔刀；二来，拔出来的话，血止不住，很快就会没有力气。

　　巴嘱捅进她身体里的那把匕首短而纤巧，大概食指宽，又是横着送进去的，虽不及要害，却恰好覆在旧伤之上。原先的伤口开裂，而她在演武场上与人交手，牵动皮肉，刀片扎得更深，无异于清醒着感觉被割肉。

　　她低头，迅速咬了一下嘴唇，唇上重新出现血色，看上去，又是那个意气风发的少年了。

　　"你还撑得住多久？"日达木子并不担心，笑道，"你的汗，都快要流干净了。"

　　"是吗？"禾晏摸了一把，"许是天气太热。"

　　日达木子缓缓举刀，狞笑着扑来："你的血，也会流得一干二净！"

　　禾晏冲了上去。

　　底下的凉州卫新兵，皆是看得提心吊胆，禾晏面对日达木子的时候，并不如面对前两人时游刃有余。而日达木子狡猾凶残，禾晏平日里再如何厉害，说到底，也只是个十六岁的半大孩子。

　　江蛟喃喃道："他撑不住了。"

　　"可能受了伤。"黄雄眉头紧锁，"实在不行，"他摸了摸自己身上的金背大刀，"咱们一起冲上去，总不能看他白白送死。"

　　王霸骂道："干！这些教头怎么不阻止，就让一个毛头小子上去迎战？丢不丢人！"

沈瀚站在人群中，死死盯着禾晏的身影，手中字条都要被捏碎了。他身边的梁平焦急不已，低声道："总教头，咱们不能这么一直等着，不能让他们西羌人做主，不如……"

"别自作主张！"沈瀚低喝，"再等等。"

等？等什么？

台上的禾晏，与日达木子再次交手十几招。她的动作不如方才迅捷了，也挂了彩，但她面上的笑意，自始至终都没变过。这令日达木子感到费解。

他道："中原人都如你一般能装模作样吗？"

"也不是如此，"禾晏疼得声音都有些不稳，她笑道，"我特别能装模作样。"

日达木子的笑容不如方才轻松了。

禾晏并不敢放松对他的警惕。

当年与西羌人交战，对方的统领日达木基暴虐凶残，一把弯刀收割亡魂无数，所到之处，白骨累累。日达木基最爱做的事，就是用弯刀砍掉俘虏的脑袋，绑在他的坐骑尾巴上，死人的头颅，足以成为许多中原百姓一生的噩梦。

禾晏带领的抚越军，和日达木基带领的羌族军队，恶战连连，每一次交手，禾晏都能察觉出对方的狡猾与可怕。

在最终一战中，日达木基死在了禾晏的手上。

他生前喜爱砍别人的头颅，大概没想到，自己死后也会被别人砍下头颅，装进镶着珠玉的匣子中，带到京城皇宫，送到皇帝跟前，成为将军的军功，换来丰厚的赏赐。

日达木基死后，西羌群龙无首，很快叛乱被平定。而眼前这个叫日达木子的男人，生了一张和日达木基一模一样的脸。

日达木基是禾晏亲眼看着咽气的，不会死而复生，何况日达木基的眼珠子是暗绿色的，而日达木子的眼睛，是暗蓝色。禾晏便想到，曾听过日达木基有一名孪生兄弟，天生蛮力，凶恶横行。不过与日达木基因统领之位不和，早年间就离开了，不知所终。

如今看来，这就是日达木基的那位孪生兄弟了。

他大概也知道了兄弟的死讯，或许又得了羌族的残兵，才带着人马赶到凉州卫。他亦是狡猾，从内奸处得知了肖珏如今不在凉州卫，这里的新兵又稚嫩，才敢如此明目张胆。

但日达木子也不是傻子，纵然他的部下再如何英勇蛮横，一千人对上凉州卫的数万精兵也不可能胜。所以，他的人马应该远远不止于此。这是一出早就针对凉州卫布好的局，卫所前面是白月山，后面是五鹿河，他们若有军队，从白月山横贯过来，如此大雪，当是不可能的。因此，最有可能的是趁夜走最近的水路，越渡而来。

禾晏不曾见过日达木子，但与日达木基交手多次，早知此人底细。此人最爱摆上擂台，嘴里说要与对方切磋，其实手段阴狠，中原武士行的光明正道，多数会败于对方之手。如此一来，仗还没打，就丢了士气。一旦对羌人有了畏怯之心，之后多会溃败。当年多少大魏武将，正是中了日达木基的诡计。

兵不厌诈，士气为重。禾晏看得明白，日达木子虽与其兄不和，行事手段却如出一辙。凉州卫的新兵，今日免不了与日达木子的手下一番恶战，她已经做了能做的所有事，而最后一件事，就是在这演武场上，替大魏的儿郎们攒足这股气。

有了士气，他们的第一场战争，才会发挥出真正的实力。

"我最讨厌装模作样的中原人。"日达木子终是不耐烦了，他看了看远处，似乎是在等什么消息，然而并未等到，便转过头来，道，"快点结束吧！"

禾晏笑道："我也正是这般想的。"

她伸手，将腰带重新绑得更紧了些，腰带覆着伤口，让血不至于流得过多，但同样的，也更痛，更难受。

日达木子看着他的动作，突然道："你让我想起一个人。"

"何人？"

"我虽没见过，但听我那倒霉的兄弟说过，中原有一个叫禾如非的将军，战场上中了箭都能拔掉箭柄继续指挥作战。他最终死于禾如非之手，你，和那个人很像。"

禾晏闻言，笑了："错了，我不是禾如非，也和他不像。"

她看了一眼台下的凉州众人："不过我大魏儿郎，人人皆如我一般，只要不死，就会战斗到底！中原会有千千万万个飞鸿将军，你西羌，"她抬眸，语含讥诮，"又出得了几个？"

说罢，挥舞铁鞭，直冲日达木子而去！

日达木子冷笑一声，并未放在心上，在他看来，禾晏已经受了伤，旧伤新伤，不过是强弩之末。虽然他的忍耐力令人惊讶，不过，也撑不了多久。

弯刀与铁鞭交缠在一起，发出清脆的碰撞声。

"禾大哥……"小麦在台下看得一颗心揪起，怎么都不敢落下。

禾晏的动作变快了。

她挥鞭子的动作越来越快，快过了日达木子挥刀的动作。那弯刀又大又沉，对寻常人来说，日达木子的动作已经很快了。但快不过铁鞭，鞭子趁着刀还未挥动的空隙间，无孔不入地从各处钻进来，抽到日达木子的脸上。方才只是一道血痕，可不过须臾，他脸上已经多了好几条血迹。

"你就只会这样吗！"日达木子被接二连三的中鞭激怒了，神情变得暴虐起来，弯刀直取禾晏脖颈，奈何禾晏身材娇小，轻松躲过。

"你也不过如此。"这少年甚至还有时间侧头来调侃。

怎么回事？日达木子越发惊异，怎么好似随着时间流逝，禾晏的动作反而越来越快了。他不是受了伤吗？为何还可以身姿灵活，丝毫不见半分影响？莫非之前都是他装的，这小子根本没有任何旧伤？

禾晏闪身避开刀尖，脚尖点地，绕到了日达木子身后。

这人身穿铠甲，刚硬无比，她的鞭子不是没有打中日达木子身上，只是落在铠甲上，什么都没留下。

那么，他全身上下，也如巴嘱、瓦剌一般，只剩下一个弱点了。

她眼眸微眯，朝日达木子身后攻去。

日达木子转身用刀挡住禾晏的铁鞭，将禾晏震得飞了出去，不过眨眼，她就借着力又扑向日达木子。

这简直是不要命的打法，只管攻不管守了。

"他该不会是想要同归于尽吧？"江蛟喃喃。

在外人眼中瞧上去孤注一掷的禾晏，实则并没有那么糟糕，反而是日达木子，从一开始的成竹在胸，开始渐渐沦落下风。

这个少年似乎知道日达木子每一次出刀的痕迹，在每一次交手中，早早地避开了，而他又很迅速地捕捉到日达木子刀术上的弱点，趁着弱点进攻，让对手也有些手足无措。

他才多大？十五六岁的模样，不过须臾就能看出自己的弱点，有此敌人，该是一件多么可怕的事。而如这少年所说，中原有无数同他一样的人，西羌呢？西羌出得了多少？这样的天纵奇才，没有，一个都没有。

一瞬间，日达木子竟生出退意。

他的士气泄了。

不过这一点，他倒是冤枉禾晏了。禾晏再如何厉害，也不会交手数次，就能迅速判断出对方的身手轨迹，更何况是日达木子这样的人。实在是因为，许是孪生兄弟的血缘关系，又或者可能是他们师承一人，日达木子的刀法，和日达木基的刀法竟一模一样。

禾晏与日达木基交手无数次，知己知彼，早已对其招数熟记于心，此刻却便宜了自己对付日达木子。而日达木子因此生出的畏怯之意，正好中了禾晏的下怀。

185

不过是以其人之道还治其人之身罢了。

他们惯来喜欢打击旁人士气，如今也总算领略到灰心丧气的感觉，这正是机会。

禾晏的鞭子越抽越快，看得周围人目不暇接，日达木子只觉得那铁鞭好似成了一条活蛇，在他面前盘旋飞舞，影子绰绰，他的刀挥过去，竟扑了个空，额上却挨了一鞭子，真鞭子在此。

他狂怒着朝禾晏劈砍下去，那少年却已绕到他身后，这个动作，之前在对付瓦剌的时候也出现过，日达木子心中暗叫不好，但见那铁鞭已经飞舞在眼前，如一副沉重的镣链，即将套中他的脖颈。

然后，再一勒，他的喉咙就会断掉，就会如瓦剌一般死去。

千钧一发的时候，他高喊了一声："柯木智——"

这似乎是他某个部下的名字，下一刻，忽然响起一个女子的惊呼，竟是宋陶陶，被抓着她的羌人一把扔上了演武台。

羌人身材健硕，力气极大，宋陶陶不过是个纤瘦的小姑娘，如货物一般被抛上来，若是掉下去，纵然不死也是重伤。

台下没有人赶得及。

禾晏手中的鞭子，在日达木子脖颈前打了个转儿，飞向了宋陶陶，少年的身子亦是朝宋陶陶扑去。

铁鞭卷住了宋陶陶的身体，禾晏飞身过去，将宋陶陶接到怀中，二人一同重重摔在地上。禾晏托着宋陶陶的身体，这一摔，便将腰间的伤口摔得更深，她冷不防"嗞"的一下出了声。

"大哥小心！"陡然间响起程鲤素的喊叫。

"禾晏！"

"阿禾哥！"

四面八方传来焦急的声音，梁平的声音凄厉至极，禾晏侧头一看，就见一线刀光朝自己扑来。

她接着宋陶陶的时候，后背露了出来，日达木子的弯刀凶狠落下，就要将她砍成两段。

禾晏一把将宋陶陶推开，被刀风扫得闭上了眼。

她已经没有动弹的力气了。

"去死吧！"

"砰——"

没有想象中的疼痛，也没有血溅五步，有什么东西将弯刀撞得翻倒，似乎有人挡在了她的面前。

禾晏慢慢睁开眼。

熟悉的暗蓝身影，袍角有银线织成的银鳞巨蟒，年轻男人站在她身前，身姿笔挺如松，冷静得令人安心。他手中的长剑还未出鞘，似冰雪般晶莹剔透，流转出璀璨光彩。

就是这么一把窄而薄的饮秋剑，拂开了那把要人性命的屠刀。

"都督……都督！是都督！"台下众人讶然片刻，顿时沸腾起来。

"都督回来了！"

"舅舅！"

肖珏……回来了吗？

禾晏望过去，已觉得视线都模糊，看不太清楚。

肖珏一把将她从地上拉起来，禾晏没了力气，软软地倚在他身上，肖珏扶着她的腰，似是察觉到什么，低头一看。

穿着黑衣劲装的少年，看起来除了虚弱些，并没有任何伤口，但此刻扶住禾晏腰间的手，却摸到了一片濡湿。

手上，都是血迹。

他神情微顿，缓缓看向日达木子，话却是对着禾晏说的，语气是一如既往地讥讽："怎么每次遇到你，你都能把自己搞得如此凄惨？"

禾晏笑了一下，轻声道："可能是因为，我每次都知道，你会来救我吧。"

第十八章

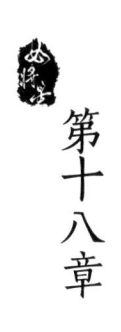

医者

"肖怀瑾？"日达木子看着眼前人，目光阴晴不定。

"飞奴。"

飞奴出现在他身后，肖珏将禾晏交给他："带她们下去。"

飞奴扶着禾晏，宋陶陶爬起来跟在身后，二人到了演武场台下。此刻周围都是人，飞奴问禾晏："可还撑得住？"

禾晏点了点头。

"先坐，"飞奴将她扶到树下靠着树坐着，"大夫马上到。"

大夫？禾晏不解，凉州卫就只有一个医女沈暮雪，此刻正被羌族的兵士虎视眈眈地盯着——美貌的女子在军营中，向来都是惹人注目的。

她抬眼看向台上。

演武台上。

"不是要找我切磋吗？"肖珏漫不经心地抽剑，黑眸看向眼前人，微微勾唇道，"上吧。"

日达木子问："你就是肖怀瑾？"

肖珏笑了一下："如假包换。"

世人皆知，大魏有两大名将，封云将军肖怀瑾、飞鸿将军禾如非。但正如禾晏从未跟南蛮人交过手一般，肖珏也从未和西羌人作过战。威名都听过，可真正的照面，还是头一回。

未曾见过肖珏的真实样貌，而在此之前收到的消息又是肖珏去了漳台，从漳台到凉州，来去时间，他根本不可能回到这里。

但他手中的剑……并不像是普通剑。

见他迟迟不动，肖珏扬眉："怕了？"

日达木子冷笑一声："装模作样！"旋即提刀扑来。

但见青年手中剑寒彻惊秋，锋锐不可当，而他行动间如落花慵扫，直破弯刀，迅而猛，令人得眼花缭乱、目不暇接，日达木子刚刚同禾晏交手已然泄了士气，此刻更是应付不及，节节败退，饮秋剑直刺他胸前。

"统领！"这是部下的惊呼。

日达木子仰身后退，未被肖珏刺中前胸，却被他破开铠甲挑在剑尖抛下，一瞬间，他前胸已无铠甲遮挡。

"西羌勇士？"肖珏唇角微翘，嘲讽道，"不过如此。"

日达木子怒火中烧，但方才交手已然看出，自己并非肖珏的对手。凉州卫卧虎藏龙，方才的禾晏也是，一个新兵，竟有如此能耐，谁知道还会不会有其他人。演武场上的切磋已经没有必要继续进行下去了，此番赔了夫人又折兵，失去了两名爱将，还被部下看到自己狼狈的样子，眼下士气已失，再打下去只会误事，还是正事要紧。

他侧头看向演舞台下，可是……为何还没有动静？

年轻男人优雅地擦拭剑身，似笑非笑地看了他一眼："你在等什么？在等五鹿河边的伏兵捷报？"

日达木子心中大震，缓缓抬头。

"那你恐怕要失望了。"肖珏轻笑，眸底一片漠然。

"柯木智！"日达木子飞快后退，喊道，"粮仓！粮仓！"

"没有消息，"部下的声音也带着一丝张皇，"统领，他们还没回来！"

肖珏微微一怔。

台下，有人笑起来。

日达木子循着声音一看，见方才害他栽了跟头的罪魁祸首，那个叫禾晏的黑衣少年脸上露出快意的笑容，他已经虚弱得声音都很轻了，说话却还是如此令人讨厌，道："偷偷去别人粮仓放火这种行径也太卑鄙了，所以早早就有弓弩手在那边准备，这位统领，你的部下回不来了。"

竟早有准备？！

日达木子陡然间意识到了不好，他早早准备一出，原以为可以满意收网，殊不知螳螂捕蝉，黄雀在后。

上当了！

只怕肖珏去漳台是假的，凉州卫新兵不堪一击也是假的，统统都是假的，一切的一切，都是为了让他们上当。这里的内应，早就暴露了！

"中计了！快走！"他冲台下众人吼道，"河边有伏兵！"

伏兵？羌族兵士一头雾水，河边的伏兵不正是他们自己人吗？为的就是将凉州卫的新兵一网打尽。可这话的意思……

"既然来了，"肖珏看向他，"就别走了。"

日达木子咬牙，横弯刀于身前，事已至此，他们西羌士气不足，又身中圈套，唯一能做的，也无非就是背水一战。然而留得青山在，不愁没柴烧，他若是能逃出去，日后必有机会卷土重来！

"勇士们！"他举刀，"杀了他们！杀光他们！"

身后的兵士纷纷举刀，大肆屠杀起来，同凉州卫的新兵混战在一处，有人暗中燃放信号，信号弹在空中炸响。

日达木子转身，想要趁乱逃跑。

他刚一回头，便觉有人抓住自己肩头。

"想跑？"年轻的都督五官漂亮得令人惊艳，然而笑容漠然，"跑得了吗？"

就此交手。

正在此时，又听得前方突然传来震天响声，循声一看，便见自五鹿河的方向奔来一支军队，皆是黑甲黑裳，最前方的人骑马，手持战旗，写着一个"南"字。

"是南府兵！九旗营！"

"南府兵来了！"

禾晏的眼睛已经快要睁不开了，飞奴为了不让她在混乱中被人伤到，扶着她往后撤，禾晏只能匆匆一瞥。

源源不断的南府兵自河边而来，仿佛无穷无尽。

救兵来了……她昏迷过去之前，望向肖珏的方向，脑中只有一个念头。

原来……他打的是这个主意。

这是一场惨烈的战争。

日达木子不会傻到只率领一支千人的骑兵来挑衅凉州卫，他们占了离五鹿河最近的村寨，连夜水渡，在河边设下伏兵。若凉州卫的新兵抵挡不过，想要撤离，便如羊入虎口，将被一网打尽。

只是人算不如天算，大概日达木子自己也没想到，他与人在演武场"切磋"时，五鹿河边的设伏也不太顺利。原以为所有新兵都在演武场周围了，竟不知为何，又有一支弓弩队，藏在五鹿河边的丛林里，羌人一出现，便摆出箭阵，羌人阵脚一乱，率先与这些新兵交上手。再然后，原本不该这个时候回来的肖珏突然出现，还带回来了一万南府兵。

一万南府兵，对战一万多的羌人，也不会赢得太过轻松。可若是再加上士气高涨的凉州卫新兵，自然攻无不克。

原以为十拿九稳的局，顷刻间便被颠倒了胜负。

日达木子周围亲信皆战死，自知今日再难逃出生天，亦不愿做俘虏任人宰割，便拿弯刀抹了脖子，自尽了。

统领一死，群龙无首，剩下的羌人很快弃甲曳兵，抱头鼠窜。

比预料中结束得要快。

凉州卫的演武场上，白月山下，马道旁，五鹿河边，尽是尸首。这一战，凉州卫的新兵也损失不少，最惨烈的，大概是昨夜被人暗杀的巡逻哨兵。其次便是在五鹿河边的那支弓弩队，羌人最先与他们交上的手。

活着的、轻伤的兵士帮着打扫整理战场，将同伴的尸体抬出来。重伤的，则被送到医馆，由沈暮雪和她的仆役诊治。

肖珏往外走，沈瀚跟在身后。

"舅舅！"程鲤素被赤乌带着，扑过来，惊魂未定道，"你怎么现在才回来！吓死我了，我还以为我今日要死在这里！"

肖珏还没来得及说话，程鲤素一眼看到了跟在肖珏身后的沈瀚，想到前些日子在沈瀚那里吃的苦头，如今长辈过来，立马告状，就道："舅舅！你说说沈教头，今日若不是禾大哥，那个叫什么木头的，早就在凉州卫大开杀戒了。禾大哥帮了我们，结果呢，前些日子还被沈教头关进了地牢！也太委屈了！"

"地牢？"肖珏看了沈瀚一眼，"怎么回事？"

沈瀚头大如斗，答道："……说来话长，当时情势紧急，我也不敢确认禾晏身份。"

"你们还冤枉他杀人！结果呢？结果你们把禾大哥抓起来了，把真正的凶手放出来了！我大哥今日不计前嫌救了你们，你们回头都得给他道歉！"

"够了。"肖珏斥道，"赤乌，你带程鲤素回去。"

"欸？舅舅你去哪儿？"

"我去换件衣服。"肖珏懒得理他，对沈瀚道："你跟着我，我有事要问你。"

他回来得匆忙，不眠不休地赶路，方才经历一场恶战，浑身上下都是血迹和灰尘。一回到屋便迅速沐浴换了件干净衣裳，才出门，迎面撞上一名身穿白衣的年轻人。

这年轻人年岁与肖珏相仿，生得眉清目秀又文质彬彬，逢人脸上挂着三分笑意，衣裳上绣着一只戏水仙鹤，大冬天的，竟手持一把折扇轻摇，也不嫌冷。

见到肖珏，他笑道："你受伤了？要不要给你看看？"

肖珏抬手挡住他上前的动作："不必，隔壁有个快死的，你看那一个。"

"哦？"这年轻人看向隔壁的屋子，露出一个不太愿意的表情，"我白衣圣手林双鹤从来只医治女子，你已经是个例外，咱们几年未见，你一来就要我破了规矩，现在连你手下的兵也要看了？这样我和那些街头坐馆大夫有何区别？"

肖珏："去不去？"

林双鹤"唰"的一下展开扇子，矜持道："去就去。"

一边的沈瀚闻言，心中诧然，这人竟然是白衣圣手林双鹤？林双鹤给禾晏看病？如此说来，禾晏与肖珏的关系果真不一般，想到自己之前将禾晏关进地牢，沈瀚不由得一阵头痛。这下可真是捅了马蜂窝了！

几人一同去了禾晏屋子，屋子里，宋陶陶正坐在床前给昏迷的禾晏擦汗，这会儿见肖珏带着一个年轻人过来，当即喜道："肖都督！"

"大夫来了。"肖珏道，"你出去吧。"

宋陶陶看向林双鹤，怔了一刻："林公子？"

朔京说小不小，说大也不大，宋慈与林双鹤的父亲认识，两人也曾见过面，算是旧识。

"宋姑娘，好久不见。"林双鹤摇摇折扇，"我来给这位小兄弟瞧病。"

"可你不是，不是……"宋陶陶迟疑道。

"我的确只为女子瞧病，"林双鹤叹息，"只是受人之托忠人之事，也就破个例，只此一次，下不为例。"

宋陶陶还想说什么，肖珏对她道："宋姑娘无事的话请先出去，以免耽误大夫治病。"

"……好。"小姑娘起身出了门，肖珏在她身后将门关上，宋陶陶望着被关上的门，突然反应过来，肖珏自己还不是在里面，怎么他在里面就不是耽误大夫治病了？

哪有这样的！

屋里，林双鹤走到禾晏榻前，将自己的箱子放到小几上，一边打开箱子一边道："这兄弟什么来头，竟能挨着你住？身手很不错吗？瞧着是有些瘦弱了。"

肖珏："废话少说。"

林双鹤不以为然："你方才其实不必让宋姑娘出去，看样子，她很喜欢这位兄弟。就算在一边看着，也不会碍事，你又何必将人赶走，让人在门外心焦？"

肖珏无言片刻："你想多了，我让她出去，是怕吓到你。"

"吓到我？"林双鹤奇道，"为何会吓到我？又不是什么疑难杂症。"他说着，就要伸手去剥禾晏的衣裳。

肖珏抓住他的手臂。

林双鹤抬起头："干吗？"

"先把脉。"

"他是外伤，把什么脉？我一看就知道是怎么回事，得先包扎伤口！"

肖珏看他一眼："我说了先把脉。"

"肖怀瑾你现在怎么回事，"林双鹤一头雾水，"连我怎么行医也要管了是吗？"

"把不把？"

"把把把！"林双鹤被肖珏的目光压得没了脾气，只好伸手先给禾晏把脉。一摸脉象，他神情一变，起先是不敢相信自己的感觉，又把了两回，末了，看向肖珏："她是……"

　　肖珏挑眉："没错。"

　　林双鹤弹起来："肖珏！你竟然金屋藏娇！"

　　肖珏皱眉看向门外："你这么大声，是怕知道的人不够多？"

　　"别人不知道啊，现在有谁知道？"林双鹤低声问。

　　"就你我二人，飞奴。"

　　"这妹妹可以呀，"林双鹤惯来将所有的姑娘称作"妹妹"，看向禾晏的目光已是不同，"我说呢，你怎么会让人住你隔壁，原来是醉翁之意不在酒。你俩什么关系？咱们这么久没见面，你终于有喜欢的姑娘了？怎么也不说一声，弟妹是哪里人？怎么来了凉州卫？定是为了你是不是？你也是，姑娘当然是要来疼的，把人弄到这荒山野岭的地方受苦，你还是不是人？"

　　肖珏忍无可忍："说完了吗？你再多说几句，她就断气了。"

　　"哪有这么诅咒小姑娘的？"林双鹤骂他，"你过来，帮我把她衣服脱下，找块布盖住其他地方，腰露出来就行。"

　　肖珏险些怀疑自己听错了，问："你说什么？"

　　"来帮忙啊。虽然医者跟前无男女，但若只是个寻常姑娘，我也不会在乎这么多，可这是你的人，当然你来脱。否则日后有什么不对，你对我心生嫌隙，找我麻烦怎么办？"

　　"什么我的人？"肖珏额上青筋跳动，"我与她毫无瓜葛。"

　　"都住一起了什么毫无瓜葛，你既然都已经知道人家身份了，定然关系匪浅。你快点，我刚才摸她脉门，情况不大好，已经很虚弱了。"林双鹤催促道，"我先用热水给她清洗伤口。她伤口在腰上。"

　　肖珏想到方才扶禾晏的时候，染上的一手血，深吸口气，罢了，洗手后，慢慢解开禾晏衣裳。

　　他侧过头，目光落在另一边，并不去看禾晏，纵然如此，却还是不可避免地碰到了禾晏的身体。手下的肌肤细腻柔滑，和军营里的汉子们有着截然不同的触感。也就在这时，他似乎才意识到，禾晏的确是个女子。

　　这人平日里活蹦乱跳，与凉州卫的众人称兄道弟，又性情爽朗，比男子有过之而无不及，久而久之，虽知道她是女子，却还是拿她当男子对待。

　　脑中又浮现起在凉州城的知县府上，被发现女子身份的那个夜里，饮秋剑斩碎了禾晏的衣裳，那一刻，才发现素日里看上去刚毅无双的身体，原来披着这样莹白的肌肤。

脆弱得不堪一击。

他扯过旁边的一条薄毯，将禾晏的半身包裹起来，去解她的腰带，甫一动手，便觉得意外。禾晏的腰带，未免束得也太紧了些，是因为姑娘家爱美？看这人平日行径，绝无可能。

他将腰带解开，顿觉手心濡湿，禾晏身下的褥子被染红大块。林双鹤也收起玩笑之意，伸手查探，一看便怔住，肃然道："她身上带着把刀。"

肖珏："什么？"

林双鹤从箱子里拿出细小的金钳和银针，用金钳轻轻探了进去，榻上，禾晏昏迷中蹙起眉头，似是痛极，但终究没有醒来。

林双鹤用小钳小心翼翼地自她腰间的伤口处夹出了一个薄薄的刀片。

肖珏看得眉心一跳。

林双鹤半是感慨半是佩服地道："这位妹妹，还真是能撑啊！"

肖珏看向丢进盘子里的那个刀片，薄而锋利，她就一直带着这么个东西在演武台上？这是什么时候有的？是日达木子与她交手的时候刺中的，还是在那之前？倘若是在那之前的话，之前两场，禾晏每与人交手一次，刀片进入得更深，犹如活生生割肉，只会疼痛难言。寻常男子尚且忍受不了，禾晏又是如何忍下的？肖珏还记得自己赶到的时候，那少年的脸上挂着笑意，看不出一丝一毫不对，骗过了所有人。

骗子惯会装模作样，但如果连自己也要骗的话，未免有几分可怜。

"这姑娘什么来头？"林双鹤一边帮禾晏清洗伤口，一边头也不抬地问肖珏。

"城门校尉的女儿。"

"城门校尉？"林双鹤手上动作一顿，"怎么跑到这儿来了？为你来的？"

"想多了，"肖珏嗤道，"建功立业。"

"啥？"

"她自己说的。"肖珏看向窗外。

林双鹤咀嚼了这句话半晌，也没瞧出个意思，便道："这姑娘实在是不得了，能忍常人不能忍，我行医这么多年，治过的女子无数，这样的还是头一次遇见。"

林双鹤取出干净的白布，替上过药的禾晏包扎。心中无不感慨，他在朔京医治的女子，多得数不清，什么千奇百怪的病由都有。有认为自己额上胎记不好看，请他帮忙去掉的；也有打娘胎里身体羸弱，要他开方子调养身体的。有成亲多年无子来求得子妙方的；也有不得夫君宠爱，请他调制一些养颜食谱滋润美容的。

能请得起他的人，大多是富贵人家的女子，于身体上，实在不曾吃过什么苦头。因此，见惯了人间富贵花，如此伤痕累累的狗尾巴草，也就显得格外特别。

"你与她是什么关系？"他问。

肖珏："没有关系。"

"没有关系你会这样关照她？连我都被你拿来使唤。"林双鹤"啧啧啧"地摇头，"罢了，你之后打算如何处置？"

"处置？"

"别以为姑娘家穿着你们新兵的衣服，就真是你的兵了。我瞧着也是好好一个清秀佳人，看看现在都被折磨成什么样子了？你总不能一直让她就混在你们军营当个新兵吧？不如把她送到沈暮雪那边，给沈暮雪打个下手，既留在你身边，也不必去那种危险的地方。这姑娘柔柔弱弱的，就该放在屋里好好呵护，你倒好，辣手摧花，狠心驱燕……"

"柔弱？"肖珏似被他的话逗笑，勾唇慢悠悠道，"我赶回之前，她刚砍了两个西羌人的脑袋。"

林双鹤："……"

"我再来得晚一点，她就要砍第三个了。"

林双鹤包扎的手抖了一下，半晌，才笑道："……那还真是真人不露相，露相不真人，哈哈，哈哈。"

禾晏这一觉，睡得委实长了些。

她甚至还做了一个梦，梦里是她与日达木基交手，那统领暴虐凶残，被她用剑指着脑袋，猛地抬起头来，竟是一张禾如非的脸。

禾晏手中的剑"铛"的一下掉了下去。

她睁开眼，目光所及是柔软的帐子，身下的床褥温暖。禾晏还记得自己昏过去之前，正在演武场上，肖珏和日达木子交上了手，远处援军南府兵已至。眼下是个什么情况，已经都结束了？

她撑着身子慢慢坐起来，腰上的伤口已经被包扎过了，她这是回到了自己的屋子——挨着肖珏的那间，屋里一个人都没有。

正想着，门被推开，一个年轻人捧着药走了进来，他关了门，端着药走到禾晏榻前，看见禾晏已经坐起来，便笑了："醒了？看来恢复得不错。"

这是张陌生的脸，在凉州卫里禾晏还是头一次见，但看他穿的衣裳，绝不会是新兵。禾晏盯着他的脸，脑中空白了一刹那，突然回过神来，差点失口叫出对方的名字。

好在她及时反应过来，话到嘴边，又生生地咽下去。那人笑着看向她，道："我叫林双鹤，是大夫，也是肖都督的朋友，你的伤，就是我给看的。"

见禾晏只瞪着他不说话，林双鹤想了想，又道："你别误会，衣裳不是我脱的，是肖怀瑾脱的，我只负责看病。喀……你的真实身份，我也知道了。"他压低了声音，凑近禾晏道，"妹妹，我真佩服你呀。"

禾晏："……"

她艰难地对着林双鹤颔首致谢："多谢你。"

"不客气。"林双鹤笑道，把药递给她，"喝了吧，已经凉得差不多了。"

禾晏接过药碗，慢慢地喝药，心中难掩震惊。

林双鹤，林双鹤居然来凉州卫了！

对于林双鹤，禾晏并不陌生。事实上，他也是禾晏的同窗。当年一起在贤昌馆进学的少年中，禾晏觉得，她与林双鹤，其实比同肖珏的关系更熟稔一点。

原因无他，每次校验与禾晏争夺倒数第一位置的，十次有八次都是这位仁兄。

是的，林双鹤看起来长了一副聪明的模样，实际上文武科也烂得一塌糊涂。他又与禾晏不同，禾晏是努力了还倒数第一，林双鹤是压根儿就没努力过。他与肖珏关系很好，日日形影不离，功课就抄这位好友的，先生让誊写的字帖，则是出钱请人帮忙代写。

贤昌馆的少年们，家境非富则贵，谁也不缺那几个子儿，奈何这位仁兄每次拿出来的，都是奇珍异宝，总有人眼馋。禾晏也曾没忍住诱惑，帮林双鹤抄了一宿的书，得了一块玉蝈蝈。

林双鹤极有钱。

林家世代行医，祖辈就在宫中太医院做事，如今林双鹤的祖父林清潭就是太医署的太医令，林清潭的小儿子林牧为太医师，于女子医科极为出众，深得宫中贵妃喜爱。林牧还喜爱研制一些美容秘方，讨好了太后皇后贵妃，时不时得些赏赐。这些赏赐回头就给了林双鹤。

林牧只有林双鹤一个儿子，宠爱至极。林双鹤也就仗着家里有钱，在贤昌馆里混日子。

大抵林家对林双鹤要求也不高，从未想过要林双鹤文武出众去入仕什么的，对他的功课也并不在意。家里无甚负担压力，要应付的，也只有贤昌馆的先生，是以林双鹤的求学生涯，每一日都充满了招猫逗狗的轻松与惬意。

纨绔子弟林双鹤自己堕落也就算了，看见禾晏这般努力，还觉得很不理解，曾在禾晏忙着背书的时候凑到禾晏跟前问："禾兄啊，你说你，日日这般努力，还老是拿倒数第一，又有什么意思呢？"

禾晏不理他，继续吭哧吭哧背书，林双鹤讨了个没趣儿，自个儿走了。

过了几日，禾晏校验从倒数第一变成倒数第二时，他又来找禾晏，问道："禾兄，打个商量，这次校验，你能不能还是考倒数第一，容我拿倒数第二？"

禾晏："……为何？"

"先生在我祖父面前告状，祖父骂了我父亲一顿，我父亲令我下次校验必须进步，否则便要断我财源。我如今是倒数第一，只要你考倒数第一，我不就进步了吗？"

禾晏："……"

"禾兄，求求你了。"这少年恳求道，"你若是帮我这回，我将淑妃娘娘赏的那支凤头金钗送给你。"

"不要，"禾晏拒绝，"我又不是女子，要金钗做什么？"

"你可以送给你的母亲呀！"林双鹤摇摇扇子，继续与禾晏打商量，"或者你喜欢什么告诉我，我送给你，只要你帮我这一回。"

"抱歉，"小禾晏摇头，"我实在爱莫能助，林兄何不找怀、怀瑾兄帮你温习功课？他课业这样好，只要为你指点一二，你必然能进步。"

林双鹤闻言，大大地翻了个白眼："你饶了我吧，谁要他指点，他成日只顾睡觉，又没什么耐心，要他指点，还不如我自己钻研。"说罢，又叹了口气，"世上怎么会有成日睡觉还考第一的人呢？"

禾晏看了一眼正伏在课桌上睡觉的肖珏，心有同感。

老天爷一定是肖珏亲爹，才这般厚爱于他。

林双鹤垂头丧气，十分可怜，禾晏瞧着瞧着，动了几分恻隐之心，就对他道："其实，你也不必灰心，我每日都要温习功课，你若是不嫌弃，可与我一道。我整理的功课，你可以拿过去看。没关系的。"说罢，又有几分不安，"不过，我整理得也不太好……"

林双鹤瞅着他，瞅得禾晏心里发毛，这少年才一合扇子："好吧！"

"什么？"

"与你一道温习就一道温习，我也来试试，头悬梁锥刺股是个什么感觉。"

其实林双鹤在贤昌馆里的人缘，比禾晏要好得多。他不戴面具，不搞特立独行，人生得风度翩翩，又出手阔绰，处事圆滑，动不动请大伙儿吃好吃的，再者谁家少年没个母亲姐妹，要有个头疼脑热，还得央求林太医帮忙医看。加之他祖父在宫中与贵人们交好，谁也不敢得罪。因此少年们人人都喜欢他。

不过，喜欢是一回事，与他温习功课又是一回事了。按理说林双鹤想要求人帮忙，愿意帮忙的人多不胜数。可他底子实在太差，贤昌馆的少年们又多是天资优越，实在没那个耐心和时间陪他从头一点点温习。一来二去，就无人肯来接这个苦差事。

而禾晏就不一样了,他俩半斤八两,谁也没比谁好到哪里去。

于是禾晏在下一次校验之前,便与林双鹤整日在一起温习功课。

林双鹤的武科不行,就直接放弃了,与禾晏温习,多温习的是文类。不管别人怎么说,倒还像模像样的。傍晚下了学,众人都去吃饭了,两人还坐在学堂里,互相诵背。

不过这种诵背,一般都是林双鹤歪坐着拿着书看,禾晏抑扬顿挫地背。

她道:"大学之道,在明明德,在亲民,在止于至善。知止而后有定,定而后能静,静而后能安……古之欲明明德于天下者,先……先……"①

背到这里,忘记后面讲什么了,禾晏看向林双鹤。

林双鹤也不给提醒,一边吃干果一边故意逗禾晏:"先什么?"

禾晏憋得脸颊通红,死活想不起接下来是什么。

偏林双鹤还在催:"先什么?快说呀。"

"先下后上!"禾晏胡乱编了个。

"咔咔咔——"身后有人喝茶被呛住了,两人回头一看,暗处里的桌前,肖珏懒洋洋地撑起了身子。

"怀瑾,你还没走哇?"林双鹤诧然,"我还以为你早就走了。"

少年从桌前站起,刚睡醒,尚且有些惺忪,走到禾晏二人跟前,随口问林双鹤:"你在做什么?"

"我在温习功课啊!"林双鹤揽住禾晏的肩,"我决定与禾兄一同进步。"

"温习功课?"

"对,禾兄整理的手记也给我看。禾兄真的很大方。"林双鹤道。

肖珏看了禾晏一眼,伸手拿起桌上的手记,禾晏还没来得及阻止,他已经翻了起来。上头都是禾晏平日里总结的小记,肖珏拿的那本,应当是算经。

他个子很高,禾晏只得仰着头看他,少年随手翻了一页,目光一顿,嘴角抽了抽。

禾晏有些紧张。

片刻后,肖珏将手记放回桌上,面无表情道:"一页五题,你写错三题。"

禾晏:"啊?"

林双鹤也不知所措。

肖珏扫了一眼他们二人,勾了勾唇,语气不无嘲讽:"一同进步?"

林双鹤:"……"

他转身走了,面具下,禾晏面红耳赤。

---
① 引自《礼记·大学》。

那一次校验最后是什么结果，禾晏还清楚地记得，她与林双鹤并列倒数第一，也不知最后林双鹤回去是如何交差的，这究竟是算进步了还是没有进步，谁也不知道。

如今多年已过，她没料到再遇到林双鹤竟是这样的场景。在远隔朔京千里之外的凉州卫，不是书声琅琅的学堂，而是刚刚经历了厮杀的战场。他们也不再是一起温习功课的倒霉同窗，一个是新兵，一个是大夫，命运何其玄妙。

禾晏将药碗里的药喝光，将碗放在一边，打量起面前的人来。

比起多年前，林双鹤的眉眼长开了许多，少了几分少年时候的稚嫩，看起来更沉稳了些。不说话的时候，就是翩翩公子，不过一开口，就仪态全崩，他凑近禾晏，笑道："妹妹，你老实跟我说，你来凉州卫，是不是为了肖怀瑾？"

禾晏："什么？"

"你喜欢他，所以追来凉州卫？"他佩服道，"勇气可嘉。"

禾晏无言片刻，解释道："并非如此，是我在京城遇到些事，待不下去，走投无路，才投了军。"

肖珏与林双鹤关系一向很好，既然林双鹤知道了自己的女子身份，想来这些事情，肖珏也对林双鹤提起过。

"那他为何会发现你的女子身份？"林双鹤不信，"你们的关系，我看也并不普通。"

"是因为肖都督神通广大，对我多有怀疑，令人去京中查验我的身份得知。林大夫，"禾晏耐着性子与他交谈，"我能否请求你一件事？"

林双鹤正色："请说。"

"在凉州卫里，可不可以不要叫我'妹妹'？这里人多嘴杂，我的身份一旦暴露，也会给都督招来麻烦。平日里，叫我'禾兄'就可以。"

"妹……禾兄，这是小事，当然可以。"林双鹤看着她，摇头叹息，"你一个清秀佳人，不好好待在屋里，怎么跑到这地方来受苦，多让人心疼啊！"

禾晏："……"

又来了，说起来，林双鹤在这件事上，还真是一点都没变。

同肖珏不一样，肖珏年少的时候，爱慕他的姑娘可以从城东排到城西，也没见他多看谁一眼。林双鹤则是另一个极端，只要是个姑娘，不对，只要是雌性，不管是人还是动物，他都能回报以十二万分的耐心与柔情。

他叫姑娘，也不好好地叫，统统都是"妹妹"，亲昵又婉转。少年时，有许多姑娘打着肖珏的主意接近林双鹤，林双鹤也并不生气，反而很乐意跑腿。今日帮着这位妹妹送个花笺，明日帮着那位妹妹端盘点心。他本来就生得不错，一来二去，有一些原本打着接近肖珏主意的姑娘，也芳心另投，落在了林双鹤身上。

当然，林双鹤也极有原则，不管喜欢他的还是不喜欢他的，统统都是"妹妹"。

他少年时叫禾晏"禾兄"，叫得正气凛然，中气十足，如今换了个温柔语调，亲切地唤自己"妹妹"，实在叫禾晏难以忍受，全身都起了一层鸡皮疙瘩。

"你之前身上旧伤未愈，又添新伤，尤其是那个刀片，插得很深，我替你医治，但也不是一日两日就能好的。这些日子，你需要卧床静养，日训什么的都别做了。"林双鹤看着她，"至于疤痕，你也不必过于担心，我们林家在祛疤生肌上惯有妙方，虽说不能恢复到从前模样，但也可恢复七八成，不至于过分刺眼。"

禾晏颔首："多谢林大夫。"

"不必感谢，你是我医治过这么多女子中，伤情最重、最耐疼的一位，也算是让我开了眼界，又是怀瑾的朋友，日后也可当我是朋友，若有难处，只管告诉我就是。"

说到此处，禾晏想起了什么，就问："林大夫……都督在吗？我有重要的事要告诉他。"

"他在外面，你等一下。"林双鹤站起身，打开门，对院子里的人道："肖怀瑾，禾晏找你。"

肖珏正和沈瀚说话，闻言点头，示意知道了。片刻后沈瀚离开，他走了过来，林双鹤在门口等着他，见他进门，就要跟进去。

肖珏停下脚步，看着他。

林双鹤莫名其妙："干什么？"

"你在外面等。"

"为什么？"林双鹤道，"有什么事是我不能听的吗？"

肖珏扫他一眼，淡淡道："军中机密。"当着林双鹤的面把门关上了。

禾晏："……"

肖珏走了过来。

禾晏抬眼看他，其实也就半月不见，但仿佛已经过了许久。他还是一如既往地冷淡懒倦，仿佛不久前并未存在过一场厮杀。

禾晏怔了怔，回过神，才道："都督，雷候在地牢里。"

"我知道。"他在榻前的椅子上坐下，看向禾晏，漫不经心道，"已经让人守着了。"

禾晏松了口气，既然让人守着，便不怕雷候会中途自尽，肖珏应当比她更清楚这一点。

自从当初争旗同雷候交过手后，禾晏就隐隐察觉到有什么地方不对劲。但那感觉很轻微，她也想不明白，直到被关进地牢。禾晏确定凉州卫里有与胡元中接应的内奸，将认识的人一遍遍梳理，疑点又回到了雷候身上。

雷候有些奇怪。

她争旗时与雷候交手，雷候用的是剑，禾晏记得很清楚，他用剑是左手。这也没什么，他可能是个左撇子，习惯用左手。但后来雷候进了前锋营，出于观摩的心思，禾晏也曾去看过前锋营训练，那时候雷候用枪，却是用右手。

若是左撇子，没必要刻意用右手，除非他想掩饰什么。禾晏想着想着，便觉得争旗时雷候用剑的模样，似有几分别扭，看起来，他更像是习惯用刀。用刀法舞剑，到底不那么自然。

那一日将她引去山上的蒙面人，亦是如此。

后来日达木子率兵前来，雷候想到地牢灭口，反被禾晏制服。禾晏也想明白了，若是雷候与羌人有关联，他用刀的话，多半是用弯刀。也许怕被人发现痕迹，用剑时索性用左手。

不过……禾晏还有疑惑的事。

她问："都督，你去漳台，这么快就回来了吗？"

就算漳台那头一切顺利，一来一去，也不会在这个时候就回来了。何况，他还带回来了南府兵。

"我没去漳台。"肖珏道。

禾晏看向他。

"漳台的求救消息是假的。"他开口，"我去了庆南，带了一部分南府兵过来。"

禾晏沉默。

这大概是个局，为的就是引开肖珏，肖珏不在，再让日达木子带领羌人对战凉州卫的新兵。才练了半年的新兵哪里是羌人对手，此仗难胜。但日达木子做梦也没想到，肖珏根本没去漳台。

禾晏问："那么雷候也是你故意放进前锋营的？你早就怀疑他了？"

肖珏勾唇："是。"

禾晏暗暗心惊。

这一场局，布得比他们所有人想的都要早。日达木子怎会料到，从一开始，就踏入坑中，再难回头。

"都督，你好厉害。"禾晏诚心诚意地夸道。

肖珏似笑非笑地看了她一眼："不及你厉害。"

禾晏："我？"

他双手抱胸，好整以暇地看向禾晏："问完了吗？问完了的话，该我了。"

这话说得莫名其妙，禾晏不明所以，只道："什么意思？"

他笑了一声，从怀中掏出个什么东西扔到禾晏面前，禾晏动作一顿，拿起来一看。

那是一张折成两半的纸，上面粗粗标了地点和文字，仔细一看，正是凉州卫四面的地图。

她被关在地牢的夜里，宋陶陶来探望她，禾晏请求她帮忙办一件事，就是将此物交到沈瀚的手中。那时候禾晏并不知道沈瀚看了后会作何动作，但情势危急下也顾不了那么多。禾晏是抱了最坏的打算，倘若她真的出不去，或是没办法阻拦事情的发展，这张纸，就是最后的底牌。

现在，底牌到了肖珏手中。

"禾大小姐，"他歪头，似笑非笑地看着禾晏，声音淡淡，"解释一下？"

解释？这要如何解释？

当时情势危急，禾晏被关进地牢里，猜测十有八九对方就要动手了，便托宋陶陶寻了纸笔，写了一封信给沈瀚。

禾晏都在凉州卫待了大半年，地图画得也细致。她猜测对方会从五鹿河水渡而来，建议沈瀚派数百至一千弓弩手藏于五鹿河通往凉州卫所的密林深处，一旦对方的人马渡水上岸，往凉州卫来，就会身中埋伏。

"当时我被人诬陷杀人，送进地牢中。"禾晏想了想，解释道，"虽然旁人不信我，但我总觉得，对方所图不小。都督你又不在，真要有个万一，凉州卫就危险了。所以我便画了这么一张图，让宋姑娘替我交给沈教头。不过，当时我并不确定沈教头会按我说的做，只是死马当作活马医罢了。"

沈瀚虽然嘴巴上抵死不信，事关凉州卫，终究是谨慎了一回，让人埋伏在密林深处，是以日达木子的人马才会中了埋伏，在岸边处就已经处于下风。

肖珏抬了抬眼："为何是岸边？"

"小敌困之。捉贼而必关门，非恐其逸也，恐其逸而为他人所得也。"①

他笑了一声："兵法学得不错，粮仓又是怎么回事？"

"凉州卫所后面是白月山，靠着五鹿河，一条道是都督你出去的道，再往前是进城的道。我猜测对方既然所图不小，一个凉州卫所未必够。倘若将我们代入对方的位置，要做的第一件事就是烧粮仓。凉州卫的新兵们没了补给，坚持不了多久，要么困死在这里，要么进城，而一旦开城门，敌军入城，凉州城就守不住了。所以我在信中告诉沈教头，令人藏在暗处守着粮仓，阻止有人来放火。"

---

① 引自《三十六计》。

事实上，日达木子也的确派人来放火了，只是被早有准备的凉州新兵拿下。

"你猜得很准。"肖珏慢悠悠地开口，身子前倾，靠近她，盯着她的眼睛，"算无遗策啊小姑娘。"

他瞳眸深幽，清若秋水，禾晏被看得有点不自在。这话她没法接，她为何能算无遗策，实在是因为，她对羌人上来就烧粮仓的行径已经领教过无数回。

"你懂得很多嘛，你爹在家都教你兵法？"他勾唇问道。

禾晏心知这人已经起了疑心，索性胡诌一通："那倒没有。都是我自己学的，都督难道不觉得我是天生的将才？"

他冷笑一声："又在骗人了是吗？"

"都督总怀疑我是骗子，好歹也要拿出证据。"禾晏胆子大了些，"你怀疑雷候，就把雷候放进前锋营，终于让雷候露出马脚。你怀疑我有问题，就将我放在身边，我与都督的房间只有一墙之隔，按理说我要是真有不对，都督会更容易发现。可到现在除了我是女子这件事，什么都没发生，都督这么说，就有些太不讲道理了。"

肖珏被她气笑了："我不讲道理？"

"都督将我放在身边这么久，除了发现我的忠心、机敏、勇敢、智慧，还发现了什么？什么都没有。"禾晏两手一摊，"为人将者，当赏罚分明。我此番也算解了凉州卫的危机，立了一功，都督难道不该奖励我吗？"

"奖励？"他缓缓反问，"你想要什么奖励？"

禾晏将身子坐直了些，也凑近了他一点，双眼放光地盯着他道："我可以去九旗营吗？"

"不可以。"

"为什么？"

"九旗营不收满嘴谎话的骗子。"他不咸不淡地回答。

"我没有骗人！"

"禾大小姐，"他漂亮的眸子盯着她，突然弯了弯唇，"虽然不知道你隐瞒了什么，但是，"顿了顿，他才道，"总有一日，你的秘密会被揭开。"

禾晏心中一跳，竟忘了回答。

他站起身，往外走，禾晏急忙道："那、那胡元中呢？"

肖珏步子未停，抛下一句"死了"，出了门。

禾晏一怔，死了？

肖珏出去的时候，林双鹤已经不见了，只有飞奴守在外面，肖珏问："林双鹤去哪儿了？"

"林大夫说去沈姑娘那边帮忙配点药。"飞奴答道,"凉州卫战死的新兵已经安顿好了。"

战死的新兵,会被掩埋在白月山脚下,这些年轻的生命,还没来得及经历一场真正的厮杀,就被屠戮在暗处的刀下。

肖珏捏了捏额心。

接到漳台的消息后,他即刻动身前往漳台,只是出发至中途,便察觉其中不对。他暗中联系九旗营的营长,得知漳台确实受乌托人骚扰,但并没有信中所说的那般严重,便中途掉转马头,将驻守在庆南的南府兵拨了一部分过来。

对方是冲着凉州卫而来,或者说,冲着他而来。

如今他刚接手凉州卫,若凉州卫在他手中出了岔子,陛下必然有合理的理由收回兵权,朝中那些对他不满的大臣即可落井下石,他这个指挥使,也不能做得长久。

"那些西羌人……"

"不是西羌人,"肖珏打断飞奴的话,"是乌托人。"

飞奴怔住。

"除了日达木子和他的亲信是羌人,其他都是乌托人。"

飞奴问:"借刀杀人?"

"是杀我。"他轻笑一声,转过身道,"让沈瀚和所有教头到我房间来。"

禾晏在肖珏走后,又休息了一会儿,宋陶陶、程鲤素和沈暮雪来了。

俩孩子各自提了一大篮食物,都是些鱼汤、蒸肉什么的,宋陶陶跑到禾晏榻前,问他:"你可好些了?"

"还不错。"禾晏笑道,"之前拜托你找沈教头帮忙的事,多谢了。"

小姑娘难得有了一丝羞赧,忸怩了一会儿:"没什么……你也救过我,咱们扯平了。"

"我大哥什么时候救过你?"程鲤素尚且不知道宋陶陶在凉州城里曾被孙凌掳走,一脸狐疑地问。

"这是秘密,干吗告诉你?"对待程鲤素,宋陶陶就没什么好脸色了。

"那是我大哥!我当然有权利知道,你凭什么瞒着我?"

眼见着这两人又要吵起来,沈暮雪无奈摇头,只对禾晏道:"禾晏,之前是我错怪你了。"

她说的是胡元中的事。

"无事,"禾晏道,"他们连教头们都瞒过去了,瞒住你很正常。而且沈姑娘当时救人心切,不可能想那么多。对了,"她想到了什么,"我听肖都督说,胡元中死了？"

沈暮雪点头："那个胡元中，在日达木子出现的时候，曾想掳走我，后来都督赶回来，都督的护卫与他交手，这人死在护卫手下。"

"早知道他要死，何必费心把他救回来，浪费药材。"程鲤素嘟囔了一句。

禾晏心想，那胡元中果真看中了沈暮雪的美貌，贼心不死，两军对战，居然还想趁乱掳人，其心可诛。

"禾晏，"沈暮雪看着他，认真地询问，"我一直想不明白，你当时，为何会怀疑胡元中有问题呢？"

禾晏不能说是因为胡元中手上的疹子，默了片刻，她道："是那张写着情诗的纸。"

"纸？"沈暮雪一愣，"胡元中亡妻留给他的遗物？"

"不错。"禾晏道，"你们都为他的深情所感动，可这样一个深情的人，绝不会用那样的目光看着你。"

"哪样的目光？"沈暮雪莫名其妙。

禾晏挠了挠头："就是那种，男人对女人的目光。"她想，沈暮雪到底是个姑娘，脸皮薄，还是换个委婉的说法。

但沈暮雪闻言并未害羞，只是奇道："你又是如何看出来的？"

"我？"这问题就有些为难禾晏了，她道，"我一直注意着沈姑娘啊。"

沈暮雪蹙眉，一边的宋陶陶见势不好，忙上前挡住禾晏看沈暮雪的目光，若无其事地端起旁边的水杯递给禾晏："禾大哥，喝水。"

禾晏："……谢谢。"

正说着，外头响起人的笑声，回头一看，却是林双鹤去而复返。他大冬天摇着折扇，翩翩走近，挂着斯文笑意："我说怎么这么热闹，原来都在这儿待着。"

"林叔叔。"程鲤素喊道。

林双鹤与肖珏年纪相仿，程鲤素和林双鹤差得也不大，却因为叫肖珏"舅舅"，便也随着叫林双鹤"叔叔"。不过林双鹤大约不太满意这个称呼，笑容顿了一下，不如方才流畅。

沈暮雪起身："林公子。"

"沈姑娘，我刚从医馆过来，有几个新兵醒了，正叫伤口疼，你要不要去看看？"

沈暮雪一怔："是吗？"随即看向禾晏："我去医馆看看，你现在可有什么不适？"

"没有没有。"不等禾晏回答，宋陶陶先开口了，她如临大敌地看了一眼沈暮雪,"要有什么,林公子在这儿,会给他看的。"

"林叔叔不是只医治女子吗?"程鲤素奇道。

"喀,"林双鹤一合扇子,"偶尔也可破例。"

"如此,那我就先走了。"沈暮雪对着众人欠了欠身,转身出了屋。

宋陶陶松了口气。

禾晏:"……"

她有些头疼,不知怎么做才好,林双鹤是个人精,大抵瞧出了她的为难,就对宋陶陶和程鲤素道:"我现在要为你们的禾大哥看看伤口,看完了之后,他须得休息,你们两个,最好不要在此打扰。"

"又休息?"程鲤素不满,"我还有话想跟禾大哥说。"

"那也要等你禾大哥好了才能说,"林双鹤扶着他的肩膀,把他往门外推,"难道你想看着他缠绵病榻,一病不起?"

宋陶陶回头看了禾晏一眼,禾晏作势无力扶额,她咬了咬唇,便拉着程鲤素往外走:"既然如此,就不要打扰他了,让他多休息,我们明日再来。"

程鲤素道:"说话就说话,你拉我干什么?"

宋陶陶:"你以为我很想碰你吗?"

两个小孩儿吵吵嚷嚷地远去了,林双鹤关上门。

禾晏这才吁了口气,林双鹤还真不错,这么多年过去了,察言观色的本事还是一流。

"妹妹,你可真厉害,"林双鹤摇着扇子笑盈盈走过来,"都这份上了,还能让姑娘为你争风吃醋,了不起!"

禾晏无力地开口:"过奖。"

宋陶陶的心思,她又不是傻子,当然看得明白。不过小姑娘的心思,千变万化,想来过段日子就好了。

"林大夫过来,可是找我有什么事?"

"没事,"林双鹤叹气,"凉州卫里,到处都是羌人的死尸堆着,我看着头疼。我虽是大夫,可平日里不喜见血腥,来你这儿躲躲。"

林双鹤也是养尊处优的少爷,她这屋子是借程鲤素的,宽敞又舒适,还给燃足了炭火,是比外面要适合躲懒些。

"你怎么不去找肖都督?"禾晏问,"他的屋子比我这边要舒服得多。"

"我也想啊,"林双鹤耸了耸肩,"我刚过来的时候碰上他了,他带着人正要去地牢,可能有事吧。等回来我再找他。"

"地牢?"禾晏怔住。

"怎么?你想去?"

地牢里就雷候一个人，肖珏去地牢，应当是为了审问雷候，她之前与雷候交过手，许有能帮上忙的地方。

禾晏就道："我想去，林公子可以帮忙吗？"

"本来是不可以的。"林双鹤矜持地摇了摇扇子，"但因为是美丽的姑娘提出来的请求，就可以了。"他站起身，"走吧，我给你拿根棍子扶着。"

地牢门口，肖珏和沈瀚一众人正往里走。

门口的守卫增加了一倍，里头还有人看着，以防雷候在牢中自尽。风带起了肖珏的氅衣，他边走边道："杜茂呢？"

"听您的吩咐，让人给关起来了。"沈瀚欲言又止，最后还是道，"但关于雷候的事，他可能真的不知情。"

"规矩就是规矩，"青年神情漠然，"错了就要受罚。"

沈瀚也不敢说话了。

地牢里的守卫见着肖珏，纷纷让路，肖珏将身上的大氅脱下来，递给飞奴，看向牢房里的人。

禾晏与雷候交手的时候，给雷候喂了蒙汗药，又用宋陶陶的腰带将他捆起来，以至于后来肖珏的人赶到时，雷候还未醒。

但此刻的雷候，比起与禾晏交手的时候，就要惨多了。他的手脚全部被木枷扣着，动弹不得，连脖子也不能动，浑身都没有力气，更无法做到咬舌自尽。一旦失去了主宰自己生死的机会，他就跟案板上的鱼一样，只能任人宰割。

"把门打开。"肖珏道。

守卫将门打开了。

雷候看向眼前人，年轻男子的眉眼在灯火下漂亮得不可思议，然而看向他的目光，冷如寒潭。

"不必白费力气。"雷候挤出一个笑容，"我什么都不会说的。"

守卫将椅子搬过来，肖珏在椅子上坐下。他垂着眼睛看向跪倒在地的雷候，声音平静："几个月前，白月山上争旗，你败于禾晏手下，但我还是点了你进前锋营，你知道为什么吗？"

雷候笑容僵住，不可置信地盯着肖珏。

肖珏扬眉："猜到了？"

"你是故意的？"一瞬间，雷候的嗓子沙哑至极。

"一个新兵，日训时候不声不响，争旗时候一鸣惊人。是什么，天才？"肖珏嘲道，"你是这种天才吗？"

雷候说不出话来。

他处心积虑进入凉州卫，一步一步想方设法，生怕露馅，就算到了如今这一步，还心存侥幸，但肖珏只一句话，就将他的防线击溃。

人家从一开始就知道了。

所以他做的一切，都如跳梁小丑，被人牵着鼻子走，还沾沾自喜。

"那又如何？"雷候强撑着道，"反正都是死，不如死得有价值。"

"我点你进前锋营的时候，做了一件事。"肖珏漫不经心地挥手，飞奴屈身，从怀中掏出一样东西递给肖珏，是一个香囊和一个长命锁。肖珏将香囊扔到雷候面前，将长命锁绕于指尖，似笑非笑地看着雷候："看看，还认识吗？"

雷候如遭雷击。

香囊的刺绣很熟悉，是出自他妻子之手，那长命锁，是雷候出发前亲自令工匠打好，戴到儿子身上的。

"肖怀瑾，"他咬着牙道，"祸不及妻儿……"

"妻儿？"肖珏把玩着手中的长命锁，讥讽道，"你来做这件事的时候，还记得自己有妻儿吗？"

雷候咬着牙不说话。

"你做这件事，就是将你妻儿的命拴在身上。成了，一起活；输了，你凭什么以为，只有你一人付出代价？"

"肖怀瑾！"雷候高声道，他想挣扎，可被木枷扣着，也是无能为力。此刻红着眼眶，目眦欲裂，叫道："你到底想干什么？"

年轻的都督看向他，露出一个嘲弄的笑容："你知道的，都可以说一说。"

"不可能！"雷候道。

"好一条忠心耿耿的狗。"肖珏将长命锁放于眼前，仔细观察，漠然道，"你猜你死了，你妻儿死了，你为之效命的那位主子，会不会替你报仇？"

"事情是我一个人做的。"雷候绝望地哀求道，"他们什么都不知道，你放过他们，你放过他们好不好？你要怎么处置我都没关系，杀了我也没关系，求你了……"

"你来之前，应当想过这个后果。做死士的，怎么可能心存侥幸。或者，你该将他们藏得更深一点。"

雷候委顿在地。

大魏的这位少年杀将，心硬如铁，再如何卑微祈求，都不可能换来他的心软。他是没有感情的怪物，心狠手辣，如泥塑木雕，对待生母生父尚且如此，怎么可能指望他有感情？

"你到底想怎么样？"他无力地问。但他知道，他狠不过肖珏，根本不可能做到对自己妻儿的性命视若无睹。

可若是说了，他的主子亦会报复。这本就是一条无法回头的路，成则活命，败则黄泉。

这一刻，雷候后悔了。

"我说过了，将你知道的都说说。"肖珏悠悠道，"我时间多得很，不着急，你可以一件件说完。"

"我若是不说呢？"

青年把玩长命锁的动作一顿，下一刻，轻微的"咯吱"一声，长命锁在他手中碎成齑粉。他竟生生将那把长命锁捏碎了。

"你可以试试，"他语气平静，甚至称得上温和，只道，"我保证，下一次送来的，不会只是这两样死物。"

雷候闭了闭眼。再睁眼时，神情一片惨然。他看着肖珏，冷笑着一字一顿道："不愧是封云将军，不愧是右军都督。这般心性手段，雷候领教了。"

禾晏扶着棍子，随着林双鹤一同来地牢，刚走到门口，听到的就是这么一句。

"难怪当年肖仲武夫妇头七未过就争兵权，难怪虢城长谷一战淹死六万人亦面不改色，论无情，大魏谁能比得过肖怀瑾呢？"

地牢里，一瞬间寂静无声。

沈瀚有心想说什么，终于什么都没说。

年轻男人背对着囚徒，贴在身侧的手慢慢紧握成拳，不过须臾，又缓缓松开。他回过头，看向雷候，漠然笑道："看来你很清楚我是什么样的人，那你就更要想清楚了，"他往外走，声音冷淡，"我从不给人第二次机会。"

行至门口，恰好撞见站在拐角处的禾晏与林双鹤二人，他目光一顿，没有理会，径自离开了。

身后无人敢追上去。

沈瀚让人将雷候重新关进去，不知是方才与肖珏的一番话说得让雷候自己心生绝望还是怎的，他大声惨笑。笑声回荡在地牢中，阴森又凄厉。

飞奴从里面走出来，看见禾晏与林双鹤也是一怔，道："林公子，你们怎么来了？"

"我想说，"禾晏看了一眼里面，"我与雷候曾交过手，都督审问雷候的时候，也许能帮得上忙，所以就来看看。"

"不必，已经解决了。"飞奴回答得很快，"两位可以回去了。"

林双鹤耸了耸肩，看到飞奴手里抱着的肖珏的大氅，主动伸手接过来道："这是怀瑾的衣服，我给他送过去吧。"

飞奴："不用麻烦林公子。"

"不麻烦不麻烦，"林双鹤道，"我等下也正要去找他。"

飞奴便罢手，对着林双鹤点头："那就多谢林公子了。"

林双鹤笑了笑，对禾晏道："走吧。"

两人一道往外面走去。

出来的时候天上已经在下小雪，此刻雪又大了些。禾晏身子有伤，走得很慢，外头还罩着程鲤素的披风。林双鹤虽然嘴巴上叫"妹妹"叫得亲热，与女子相处间却很有分寸，仿佛刻意避嫌，连搀扶也不搀扶禾晏一把。

不过两人并不赶时间，走得就很慢。

雪粒簌簌地落下来，打到人的身上，禾晏心里想着方才在地牢里听到的话，正在沉思，冷不防林双鹤开口，他问："听说过虢城长谷一战吗？"

禾晏一怔，随即答道："听过。"

虢城长谷一战，是当年肖仲武死后，肖珏带领南府兵去平定南蛮之乱中，最重要的一战。那时候大魏举国上下都等着看肖珏的笑话，一个十六岁的少年，面对的是连他父亲都赢不了的异族雄兵，怎么看，他都是必败之局。

谁知道第一战就大获全胜，到后来南蛮节节败退，肖珏真正平定南蛮的动乱，不过半载时光。

"你可知，长谷一战他是如何获胜的？"

"水攻。"

"你竟知道？"

禾晏不说话，竹棍插在雪地上，戳出一个小坑。

"那你也就知道，长谷一战中，封云将军肖怀瑾水淹虢城，六万人丧命。"林双鹤将肖珏的黑色大氅抱得更紧了些，"当时尸体漂浮，城东皆臭，虢城如人间地狱，惨不忍闻。"他笑问，"怎么样，是不是觉得他很残忍，毫无人性？"

禾晏平静道："战争本就是残酷的。对敌人心怀仁慈，就是对本国百姓残忍。更何况，未处在那个位置，谁都不知道真相是什么样。若非他的残忍与毫无人性，或许如今被淹死的人，就是我们。"

林双鹤脚步一顿，转向禾晏，问："你竟会这般想？"

"我不过是觉得，肖都督不是这样的人罢了。"

林双鹤仿佛第一次见到禾晏般地盯着她。

禾晏问："我说的可有什么不对？"

半响，他摇头一笑，道："我只是诧然，你与怀瑾相处不到一载时光，便如此相信他。为何当初我听闻此事，却不如你坚定？"

禾晏心想，那是因为林双鹤并未真正上过沙场。见过沙场上厮杀的人，才知道将领每做一个决定的艰难。肖珏聪明、冷静，若非有必须这样做的理由，大可不必如此，给自己留下一个嗜杀的恶名。

要知道，长谷一战后，肖珏虽大败南蛮，引得无数少年推崇敬畏，却也被许多文人指着鼻子骂无情无义，杀孽太多。毕竟长谷一战中被淹死的人里，亦有南蛮平民。

"林大夫似乎知道他这么做的原因。"禾晏问，"是为什么？"

"我并非一开始就知道的。"林双鹤叹了口气，"你说，拿三千兵士，对抗六万人，除了水攻，还有什么法子呢？"

"三千兵士？"禾晏猛地抬头，"不是十万南府兵吗？"

"十万？"林双鹤笑道，"倘若有十万南府兵在手，他也不必取这个法子了。"

当年肖仲武死后，肖夫人追随而去，一时间，肖府哭声震天，悲声载道。那时候举朝上下皆道鸣水一战中肖仲武身败，是因为他刚愎自用，指挥失误，使得数万大魏军士葬身沙场。

陛下仁慈，念及肖家多年功劳，不追究肖仲武失责之过，但同时，兵权也被收回。肖珏那时候才十六岁，肖璟也只刚刚十八，白容微嫁过来未满半年就出此大祸，一时间，人心惶惶，都不知道未来的路如何走。

林双鹤还记得肖家出事后，他第一次见到的肖珏。

少年惯来一副冷淡懒倦的样子，好像什么事都不曾放在心上，世上没有什么事能难得倒他。

任谁家中遭此大难，必然要一蹶不振，再不济，也要同过去大不相同。但林双鹤见到的肖珏，并非如此，除了神情比之前憔悴一点，他并无任何颓然沮丧。

"你有让人昏睡整日的药吗？"肖珏开口就问。

林双鹤道："我家药铺有，你想要，我马上给你取。"

林家药铺遍布大魏，光是朔京的闹市就开了好几家，林双鹤令小厮去最近的药铺取了两服来，递给他道："吃了可以昏睡十个时辰。"他突然想到了什么，"你若夜里失眠，我可以为你调制一服温和些的。"

肖珏将药收回袖中，对他摆了一下手，道："多谢。"转身要走。

"怀瑾！"林双鹤叫他。

肖珏脚步停住，看向他。

"这药……是你用吧？"

少年眉眼精致明丽，目光越过他，落在远处，远处尽头，巍峨宫殿若隐若现，他淡淡道："我要进宫。"

林双鹤并非蠢笨之人，顷刻间便明白了肖珏的用意，他悚然道："你要瞒着你大哥进宫？"

"告诉他做什么，"少年低头笑了一下，"徒增烦恼罢了。"

"你疯了！"林双鹤急道，"你知不知道，现在因为肖将军的事，朝中乱作一团。如今谁也不敢替肖将军说话，徐相近来日日陪着陛下，你可知是为了什么？"

"我知道。"肖珏道，"那又怎么样？兵权必须回到肖家。"

"你这样很可能会没命的！"

肖珏转过头，定定地看着他："那就没命。"

"你！"

"对了，有件事还想请你帮忙。"他开口道。

少年极少显出这般郑重其事的神情，林双鹤的心中，一瞬间涌出不祥的预感，他嗫嚅着问："何事？"

"若我活着回来，就当此事没有发生。若我死了，"说到此处，他顿了一下，"不必替我收尸，林太医在太后娘娘跟前能说得上话，请帮帮我大哥，此事与他无关。"

"什么叫……你死了？"林双鹤听到自己颤抖的声音。

"很简单，今夜一过，不是我死在今时，就是他死在明日。"他神情平静，仿佛说的是别人的事，"但我并不确定结果，所以，"他弯了弯唇，"你可以祈祷一下。"

"肖怀瑾！"

少年对着他，深深拜下去，直身的时候，只说了两个字："多谢。"

林双鹤的眼眶红了。

肖珏冲他摆了摆手："回去吧。"

林双鹤没有动。

肖珏笑了一声，自己转身离开了。

那是很久很久以前的事了，但当时肖珏的背影，似乎还停在眼前。熙熙攘攘的闹市街道上，少年背影挺拔，却格外孤独。

谁也不知他将要走上一条什么样的路，但林双鹤很清楚一件事。

肖珏不会回头了。

他想得入神，冷不防被禾晏的话打断，禾晏问："所以后来，都督就这样自己进了宫？"

林双鹤回过神，继续慢慢地往前走，边走边道："我并未跟着一道进宫，后来的事，也是听祖父说起的。"

那天夜里，下起了雨。

秋雨凉而冷，似乎要浸透人的心里去。再过不了几日，就是中秋了。倘若肖仲武不出事，肖府眼下应该都在忙着为中秋宴做月团布置酒宴。然而如今一片惨淡，处处戴孝。

桌上三人默然无语。

饭菜无人想动，白容微温声开口："多少也吃一点吧，这样下去，身子都吃不消了。"

都是简单的清粥小菜，沉默片刻，肖璟还是端起了碗，他才喝了一口，又放下，道："怀瑾，明日一早，我与你一同进宫。"

肖珏："好。"

白容微问："进宫……做什么？"

"肖家没了兵权，迟早会成为砧板上的肉，任人宰割。"肖璟道，"无论如何，南府兵也要回到肖家，否则……"

否则，肖家也不知道能撑得了几时。

"那，就算陛下将兵权还给了我们，日后又该怎么办呢？"白容微小心翼翼地开口，"如璧，你是奉议大夫，就算怀瑾从武，可他才十六岁。"

肖璟的动作顿住。

他不得不承认一个事实，肖家无人了。纵然肖珏天赋秉异，但他才十六，自己都是个半大孩子，难以服众，如何能带领数万南府兵。

"十六岁能做的事多了去了。"肖珏漫不经心地夹菜，"大哥，畏首畏尾，只会一事无成。"

肖璟叹了口气，道："罢了，走一步看一步吧。如今，也没有别的路可走。"

"陛下会把兵权还给我们吗？"白容微愁道，"如今徐相势力滔天，不会放过这个对付肖家的机会。"

"会的。"少年给他们倒茶，"不必害怕，徐敬甫，也只是个凡人而已。"

无人再说话了。

夜雨淅淅沥沥下个不停，下人将白容微和肖璟扶回床上。

肖珏站起身，披上外裳，走出门去。

外面，飞奴正等候着，雨水落在地面上，砸出一个个水坑，荡出层层涟漪，将门口挂着的白色灯笼浸湿。

肖珏在门口停下脚步。

飞奴道："少爷。"

他低头，吩咐管家："照顾好他们。"转身上了马车。

"走吧。"

就此消失在夜色中。

马车驶向皇宫，宫里，当今丞相徐敬甫正在与文宣帝下棋。

宫人来报："陛下，光武将军府上二公子求见。"

文宣帝下棋的动作一顿："肖怀瑾？他来干什么？"

"许是为了他父亲一事。"徐敬甫笑道，"陛下，小心啊。"他捡走一枚黑子。

"你，别趁着朕分心的时候作怪，"文宣帝笑骂，"狡猾。"

徐敬甫也笑："是陛下让着老臣。"

他二人又说笑着下棋，似乎已经将肖珏忘记了。一炷香时间过去，宫人再次进来提醒："陛下，肖二少爷还在殿门外候着，外面还在下雨。"

"下雨就回去，"文宣帝正苦恼着面前的棋局，"待着做什么。"

"陛下莫恼，"徐敬甫道，"肖二少爷家逢巨变，如今也还是个孩子，定然心中诸多委屈，不如让老臣出去劝劝，能将他劝回去最好。"

"你去吧。"文宣帝不耐烦地挥手，"上朝也是肖仲武的事，下朝还脱不得，成日都是肖家肖家，朕都听烦了。你让他回去吧！快去快回，回来还得陪朕下完这局棋。"

徐敬甫起身，恭敬行礼："是。"

待出了殿门，一眼便看到跪在门口等候的肖珏。

徐敬甫年过花甲，年轻的时候曾在翰林院任职，门生遍天下。大魏出众的少年儿郎，多少也与他有点关系。纵然肖珏并非他学生，可肖珏的出众，他也是听过的。曾在皇家狩猎时见过肖珏一面，也记得那白袍少年丰姿夺人，如明珠生晕，将他人都比了下去。

徐敬甫也曾在心中叹息，这样出众的少年，若是他徐家人多好，可惜，便宜了肖仲武那个莽夫。

他在肖珏面前站定，道："肖二少爷。"

少年抬起头，看向他："徐大人。"

"外面下这么大的雨，肖二少爷怎么也不打把伞。"他吩咐左右宫人："来人，给肖二少爷打把伞。"

宫人持伞站于肖珏身后，徐敬甫作势要将他扶起，仿佛长辈真切关心小辈般道："还跪着做什么，快起来吧。"

肖珏不动，道："我想见陛下。"

"陛下眼下正忙着，肖二少爷要真有什么事，明日再来也不急。眼下已经很晚，陛下忙过之后还要歇息，并非面圣的好时候。"

少年不为所动，只重复道："徐大人，我今日非见到陛下不可。"

徐敬甫退后两步，手拢在袖子里看他，脸上挂着慈祥笑意："肖二少爷，陛下仁慈，从前是肖家有功，对你青睐有加。如今你父亲失责，鸣水一战令大魏兵士惨败，本该追究，是陛下念着旧日情分，网开一面。你怎能得寸进尺，不识好歹呢？"

夜雨斜斜飘着，从伞下溜进来，将少年的衣衫打得濡湿。他眉眼俊美得要命，神情平静，声音再无过去半分懒倦风流，道："徐大人说的是。"

徐敬甫笑容不变。

"所以，"肖珏抬起头来看向他，"恳请徐大人与陛下禀告一句，肖珏想见陛下。"

"肖二少爷说笑了，老夫为何要替你通融禀告陛下？"徐敬甫问。

少年看着他，微微低头："请徐大人成全。"

少年人的傲骨，最经不起摧折，有时候脊梁就那么轻轻一弯，便再也站不起来了。

肖仲武若泉下有知，瞧见他这个引以为傲的次子如今跪在自己面前，请求自己的怜悯施舍，会是怎样一种表情？

一瞬间，徐敬甫便不想立刻将他逼到绝路了，看骄傲的人落入凡尘，被人踩进泥泞，自尊被践踏得一文不值，比这些有意思的多。

他微微仰头，苦恼道："肖二少爷，不是老夫不帮你。只是如今陛下正生着肖家的气。纵然是老夫，也难以插手此事。"

肖珏只道："请徐大人成全。"

徐敬甫盯着他，半响道："若是肖二少爷执意想见陛下，不如先自行领罚，陛下瞧见，心中火气许会消散几分，老夫也好为肖二少爷说话。"

"请徐大人指教。"

"你如今年少，更多的责罚也难以承担，就先去领五十个板子吧。"他道。

这话说得十足轻松，仿佛已经很给肖珏网开一面了似的，旁边的宫人低着头不说话，心中却难掩惊讶。

五十个板子，身子稍弱的，即可一命呜呼，纵然是寻常人，五十板子下去，也能少半条命，不养个一年半载难好。

肖珏道："好。"

徐敬甫微笑："二公子果真有乃父之风。"他转身，吩咐身后人："带肖二少爷下去领板子吧。"

夜雨潇潇，五十个板子落在人身上，并非想象中的轻松，尤其是行刑的宫人还特意被徐敬甫"交代"过。

少年一声不吭，咬牙扛了下来。五十个板子过后，他拭去唇角的血痕，慢慢撑起身子，站起来。

肖珏站起来的时候，脚步有些虚浮，身侧的宫人看着有些不忍。当年的肖二少爷，锦衣狐裘，矜贵华丽，如今这般狼狈，谁能料到？谁也料不到。

徐敬甫并没有兴趣观看肖珏挨板子，他进了殿里，先去与文宣帝说话。

文宣帝道："你不是说要赶走他？"

"陛下，"徐敬甫摇头，"肖二少爷执意想见陛下，老臣也规劝不得。少年人，心气盛，真要认准了事，九头牛也拉不回。如今光武将军已经不在，他母亲又……老臣也是看他可怜，陛下不如就见他一面，听听他怎么说。要是说得不好，让他出去，下次不见就行了。"

文宣帝叹气："爱卿心软了。"

"是陛下仁慈。"

"罢了，"文宣帝吩咐宫人，"好歹也是朕看着长大的，叫他进来吧。"

殿外极冷，殿里极暖，没了无处可避的夜雨，只有熏得人头晕的花香。灯火绰绰，有人走来。

他在文宣帝面前跪下身去，道："臣，叩见陛下。"

"免礼。"文宣帝随口道，抬眼朝肖珏看去，甫一看到肖珏就怔住，问，"你怎么成了这个样子？"

外头一直下雨，徐敬甫令人撑的伞，也仅仅维持了一刻不到。他浑身上下湿漉漉的，狼狈无比，又因刚挨过五十个板子，身子虚弱至极，面如金纸，唇色苍白，仿佛下一刻就要晕倒。

与过去截然不同。

文宣帝不由得生出恻隐之心，放缓了语气，道："这是有人欺负你了？"

"没有。"徐敬甫站在一边回答，"肖二少爷自知肖家有罪，主动领罚五十大板，好教自己心中好过一些，也教陛下知道，肖家的悔过之心。"

文宣帝瞧着他，叹了口气："五十大板……也太过了些。"

"肖二少爷也是感念陛下仁德。"徐敬甫笑道。

"你来找朕，究竟是为何事？"文宣帝道，"肖家的事，朕已经不想再提了。"

肖珏的目光扫过桌上的棋局，黑白子交织错落，在暖融融的灯火下，泛出阴森冷意。

如人生奇诡，谁也无法预知未来会发生什么。

但过去已经过去，既无法预知，便创造未来。

少年伏下身去，声音平静，带着不可阻挡的执拗，一字一顿道："臣，求陛下恩准，愿亲率南府兵再入鸣水，出战南蛮。"

第十九章　少年

灯影微微晃动，外头传来雨水打湿地面的声音。

少年伏身不起，半晌，文宣帝道："你可知自己在说什么？"

"南蛮人欺我中原百姓，如今父亲战死，豺狼未清，臣愿继承父亲遗志，再入南蛮，夺回鸣水。"

文宣帝没有说话，徐敬甫先开口了，他道："肖二少爷，光武将军离去，虽然老臣也能理解你此刻悲愤之心，不过率兵出征，并非一句话的事。"

见文宣帝并没有要阻止自己说话的意思，徐敬甫继续道："鸣水一战中，光武将军刚愎自用，贻误战机，使得大魏数万兵士葬身鸣水，已是大过。陛下仁德，不予追究，原来你今夜前来，不是为了请罪，而是为了兵权。"

肖珏沉声道："臣是为了大魏百姓。"

"大魏百姓？"徐敬甫摇头道，"肖二少爷如今才十六岁，又从未上过战场。大魏朝中多少武将，尚不敢自言带兵出征，你一个小娃娃，口出狂言，未免过于自负。"

"你回去吧。"文宣帝道，"此事休要再提。"

少年顿了顿，看向文宣帝："臣愿意立下军令状，若战败，甘受惩罚。"

一字一句，掷地有声。

肖家二公子的眼睛，生得很漂亮，如秋水澄澈，又总是带着几分懒倦的散漫，如今眸中那点散漫消失不见，有什么东西沉了下去，又有什么渐渐浮了起来，教人一瞬间觉得灼烫。

难以忽视。

"军令状好说，"徐敬甫道，"肖二少爷战败，无非就是一条命而已，可于其他人呢？战争并非儿戏。大魏因为光武将军的鸣水一败，已经元气大伤，如今要因为你的一句话，将数万南府兵也作为赌注吗？"他抚了抚胡须，摇头叹息，"大魏输不起了。"

肖珏沉默片刻："臣不敢。"

徐敬甫眼中精光闪动。

肖珏再次伏身："南蛮异族侵我国土，屠戮百姓，父亲战死，臣不愿苟活。望陛下恩准，容臣率军出征。未见捷报，臣不敢妄言，陛下愿给臣多少兵，臣就带多少兵，纵战死沙场，无悔。"

他态度执拗，仿佛只要文宣帝不答应，就要在这里一跪不起。

文宣帝揉了揉额心："朕不想再提此事。"

"陛下仁德。"少年人的声音，未有半分退让。

"陛下，"徐敬甫开口了，"肖二少爷执意要去南蛮出战，也是一片赤子之心。"

文宣帝看他一眼："怎么，你也要替他说话？"

徐敬甫忙道："老臣不敢，只是……肖二少爷对自己如此自信，许有奇迹也说不定。只是如今大魏确实不敢拿数万南府兵做赌注，所以……"

"所以什么？"文宣帝问。

"三千。"

肖珏抬起头来。

南蛮雄兵，数十万，三千对十万，没有任何将领会接受这个提议，这是一场必输的战争。

文宣帝喝了口茶，心中明了，徐敬甫提这个要求，其实就是要肖珏知难而退。带三千兵去打南蛮人，那不是强人所难，那叫痴人说梦。肖珏只要不是想去送死，就不会答应。

他放下手中茶盏，看向殿中执拗的少年："肖怀瑾，你若执意出征，朕只给你三千人马，你还愿前去？"

徐敬甫手拢在袖中，作壁上观。

他不会答应的。

少年慢慢低下头去，对文宣帝叩礼："臣，谢陛下圣恩。"

殿中几人皆是一怔。

肖珏再抬眼时，神情已是一片平静："君无戏言，三千就三千。"

雪沉沉地压在光秃秃的树枝上，"嘎吱"一声，将树枝压断了。

林双鹤微微出神。

肖珏带着三千兵马去往鸣水的事，他知道的时候，已经过去了很久。久到虢城长谷一战已经发生，久到文人书生背后骂肖珏残暴无道，久到肖怀瑾已经变成了大魏战神封云将军，久到他们好友二人已经两年未见。

世事无常，众说纷纭，但没有人知道，当年肖珏带着三千人马出城，知晓自己面对的是十万大军时，是怀着一种怎样的心情。

肖如璧并不知道肖珏将他迷晕，半夜进宫，要来的只有三千兵马。他以为陛下将南府兵交到了肖珏手中，肖珏暂时得到了兵权。

221

所有人都在背后骂肖珏，骂他一心争权夺利，母亲头七未过便迫不及待地进宫陈情，巧舌如簧欺瞒陛下，竟将十万南府兵交到毛头小子手中，何其荒唐。

荒唐的究竟是谁？

这世道又何其荒唐。

肖珏离城的时候，是在半夜。无人知道他临行前的眼神，也无人知晓，他心里在想什么。

朔京每日发生无数趣事，肖家之事，有人扼腕叹息，有人幸灾乐祸，也不过新鲜数日时光。一月一过，提及的人便寥寥无几，再过数月，早已被人抛之脑后。

直到长谷一战的捷报传来。

肖二少爷率领南府兵拿下虢城，淹死南蛮六万人，举国震惊。

震惊这少年用兵奇袭，也震惊他小小年纪，就已经如此狠辣。

世人都以为他带领十万南府兵，大可用更温和的方式，至少能留下活口俘虏，谁知淹死的六万人里，还有平民。

但能怎么办呢？

"三千人对十万人，"禾晏摩挲着竹棍上头一个小凸起，轻轻按下去，硌得手疼，"他没有别的路可走。"

林双鹤笑道："不错。"

若非已逼至绝路，谁会用这种办法。

南蛮兵马驻守虢城，之前肖仲武久攻难克，如今三千兵马，更不可能正面抗敌。肖珏令三千人在虢城以东百里外暗中筑起堤坝，拦截东山长谷水流，等水越积越多，积成了一片汪洋，他下令决堤。

飞奴问："少爷，您想清楚。这一下去，世人都会在背后辱骂您。"

水淹虢城，纵然胜了，史书上也要留下残暴一笔。历来将士，从来都希望名垂青史，千载功名。何况当今陛下推崇"仁政"，不喜滥杀。这样的胜利，要承担的远远比得到的多。

少年坐在树下，望着远处虢城的方向，手指抚过面前裂缝中生出的一棵杂草，自嘲道："我还有别的选择吗？"

飞奴不说话。

"别人怎么说我，没关系。"他站起身子，黑色的披风在身后划出一道痕迹，道，"开闸。"

飞奴没说话，也没动弹。

少年往前走，声音冷淡："我说，开闸。"

洪水千仞，奔流而下。

虢城被淹没，洪水从城东灌入，从城西溃出。城中南蛮兵士及平民无法逃脱，六万人尽数淹死。

城陷，肖珏不战而胜。

消息传回朝中，文宣帝也震惊。

当初肖仲武死后，支持肖家的官员被徐相一党打压，如今肖珏大胜，也算是为他们扬眉吐气。肖珏再趁机上书，请求文宣帝将南府兵交到他手中，一鼓作气，将南蛮人一网打尽。

文宣帝放权，是一点一点放的。

肖珏的胜仗，也是一场一场打的。

这几年，南蛮人被他打得节节败退，终究溃不成军，那个在夜里孤零零带着三千人出城的少年，也终于成了世人口中教人闻风丧胆的封云将军。

真相是什么，没有人在意了。人们在意的只是当年他贪慕军功，视人命如草芥，随意屠戮的狠辣。在意的是他自大跋扈，目中无人，连户部尚书的独子说砍就砍，不讲半分情面的无情。

但他难道就愿意这样吗？

少时一同在贤昌馆里进学，读"少年自有少年狂，藐昆仑，笑吕梁。磨剑数年，今日显锋芒"，何等的意气飞扬，俊爽坦荡，而后的数年，却再不见当年的灿烂明亮。

白袍银冠的俊美少年，变成了黑裳黑甲的玉面杀将，这并不是一件值得庆贺的事。

他自始至终，都是一个人罢了。

雪下得更大了。

大到站在原地，已经开始觉出了冷意，脚踩在雪地上，留下一个个清晰的脚印，但过不了多久，就会被大雪覆盖，了无痕迹。

"我并不知道，当时都督在虢城一战中，只带了三千人马。"禾晏道。

"你可知九旗营是如何来的？"林双鹤问。

禾晏摇了摇头。

"陛下要肖珏自己去南府兵中挑三千人马，是他对怀瑾最后的仁慈。怀瑾便站在南府兵前，让他们自己选择是否愿意跟随前往鸣水。"

没有人认为这场仗会赢，这就是去送死，每一个站出来的人，都是抱着必死的决心，追随这位将军公子而去的。

"最先站出来的八百人，后来就成了九旗营。"他笑道。

难怪，禾晏心中明了，这么多年，未曾见肖珏轻易收人进九旗营。于患难之中互相扶持的情分，是后来无论遇上再如何出色、忠勇、机敏、能干的人都比不上的。

"这些事,当时我并不知道。"林双鹤伸手拂去落在身上的一片雪花,"后来祖父在为太后娘娘治病时,太后娘娘说出。祖父这才告诉我,这些年朝中各处又有只言片语,拼凑在一起,也就有了事情原本的轮廓。"

"肖都督没有主动告诉你这些吗?"禾晏问。

"说实话,这几年,我与他见面也不过几次。"林双鹤摇头,"偶尔几次写信来找我,也都是借钱。"

"借钱?"

"没想到吧。"林双鹤说到此处,语气轻松了些,"肖家原本的银子,在光武将军出事的时候已经被收缴。头两年他带兵南蛮,物资亦不丰厚,他舍不得压榨自己大哥,就来找我。我们林家药铺遍布大魏,又多受贵人女子喜爱,日进斗金,他便拿我当他爹,给他钱零用。"

她道:"……有你这样的朋友,真好。"这话说得真心实意。

林双鹤谦虚地摆手:"过奖过奖。所以这一次肖珏主动给我来信,要我来凉州,我也很意外。"

"是都督主动找林大夫来凉州的?"禾晏奇道。

"不错,信上说他有位心腹眼睛受了伤,要我前来医治。我还以为是飞奴、赤乌受伤了,等路走到一半,这边又来信说那人眼睛好了,我既不能中途折返,听闻他在庆南,索性半道改路去了庆南与他会合,顺带也就跟着来凉州卫,瞧瞧他现在住的地方。"

禾晏有些意外。

肖珏信上说"有位心腹眼睛受了伤",想来就是她,她被孙祥福宴上的刺客所伤,不过很快就察觉并无大碍,但当时的她并不知道,肖珏已经让人请林双鹤过来给她瞧病。

这人,倒也没有嘴上说的那般无情。

两人说话的工夫,已经走到了禾晏的门前。

"喏,"林双鹤将手中的氅衣递给禾晏,"这个,你拿给他吧。"

禾晏:"……为何是我?"

林双鹤想了想:"因为此刻的肖怀瑾,定然心情不会太好,我前去凑热闹,未免会被骂。你就不同了,"他凑近禾晏,低声道,"可爱乖巧的小姑娘前去,多少他也会收着脾气,不会给你难堪。"

禾晏扯了扯嘴角:"林大夫难道认为,肖都督是会怜香惜玉的人吗?"

而且想来她在肖珏心中的模样,与"可爱乖巧"一个字都沾不上边。

"是,怎么不是?"林双鹤笑眯眯地看她,一边轻轻将她往屋里推,"他发现你的身份，没有第一时间将你赶出凉州卫，就证明对你还不错。去吧，小心点，别摔着了。"

"等等！"

"我明日再来看你。"

禾晏被推进了自己的屋子。

门在身后被关上了。方才程鲤素与宋陶陶送过来的吃食犹在床边，禾晏拄着棍子走过去，在榻上坐下来。

黑色氅衣就在手边，禾晏望向中门，不知道肖珏此刻在不在？在的话，就这样给他送过去……是不是有些尴尬？

窗户开着，盐粒似的雪顺着风飘进了屋里。

年轻的都督站在窗前，望着外面的风雪。

地牢里，雷候的话在耳边响起。

雪越来越大，几乎要眯住人的眼睛，他眸中的光渐渐沉寂下去。

幼时在山中随高士习武学经，下山之前先生跟他说："你将会走上一条非常艰难的路。你必须一个人走下去，不可回头。"

他那时年少，并不明白这句话意味着什么。直到命运的巨浪轰然打来，将载着少年期许的船只掀翻，在海中孤身沉浮之时，恍然醒悟。

原来如此。

肖仲武只有两个儿子，肖璟如白璧无瑕，光风霁月，如何能参与这样的事？他们之中，如果必须有一个人走上这条路，背负杀孽、误解、骂名和孤独，不如就让他来。

他无所谓。

这么多年过去了，他并不在乎误解，也不害怕质疑，从来没有拥有过的东西，从何而谈失去。

只是……

只是这样的雪天，未免也太冷了。

"吱——"有什么声音在身后响起。

肖珏回头，自屋中的虚门后，伸出了一个脑袋。禾晏拄着棍子吃力地走进来，手里还抱着他的氅衣。

"抱歉，"少年诚恳道，"我刚敲了门，你没有回应，所以我就……"

肖珏："所以你就撬了锁不请自入？"

禾晏不好意思道："别生气嘛，都是邻居。"她打了个喷嚏，"阿嚏——怎么没关窗，好冷。"

"都是邻居"这种话,她是如何能这般坦然地说出口的?肖珏懒得理她,将窗户掩上了。

"都督,你的氅衣。"禾晏把衣裳递给他。

肖珏看了她一眼:"放榻上就行了。"

禾晏"哦"了一声,给他放在榻上,自己在屋中的凳子上坐下来。见这人还站在原地,不知道想什么,估摸着他还在为雷候地牢里说的话难受,心中不免有些同情。

她在抚越军的那些年,并不知道原来肖珏也这般艰难。若是她就罢了,但如果这种事落在肖珏身上,便觉得上天太过残忍。

她便没话找话:"都督,我看你这件氅衣,真的好漂亮!在哪里买的?多少银子?"

肖珏道:"宫里御赐的。"

禾晏:"……"

这人摆明了不想跟她多说,禾晏踌躇着要不要走,想到当初肖珏在她受伤时候给她鸳鸯壶的药,心中叹了口气。

她这个人,有仇报仇,有恩报恩,如今肖珏正是心情低落的时候,就这么走了,未免不够义气。

"都督,我腰上的伤口好疼,"禾晏换了个话头,试图将他注意力吸引到别的事情上来,"日后不会留下遗症吧?"

"疼?"肖珏在桌前坐下,不咸不淡地开口,"我看你还能下床四处游走,应当问题不大。"

"……都督,你不能把对雷候的不满发在我身上啊。"

肖珏翻起面前的书页,头也未回:"你想多了。"

禾晏瞅着他,应当是凉州卫送来的关于日达木子突袭,卫所伤亡人数的军文。他就坐在桌前仔细翻阅。

肖珏也挺不容易的。禾晏心里想,他先去庆南,带着南府兵马不停蹄地赶回来,率军将日达木子的兵剿灭,再安顿伤亡兵士,接着去审问雷候,完了被雷候刺几句,现在还回来继续看军文,一刻也没有停歇过。

禾晏受了伤,好歹踏踏实实地睡了一觉,这人却是从头到尾,都没有休息。

可当年在贤昌馆,他是最喜欢躲懒的。所以连肖珏也躲不过吗?

禾晏坐在椅子上,看着他的背影,道:"都督,雷候的话,你不要放在心上了。"

没有听到肖珏的回答,禾晏也没在意,继续自顾自地道:"他本就是敌人,当然看你生气最高兴了。那些话都是故意来气你的。又不是你一个人挨骂，他也骂过我，呃，骂我娘娘腔。"禾晏又开始胡诌，"还骂我身有隐疾，未婚妻迟早跟人跑了，孤家寡人，以后沦落到城东卖豆腐还没人买的份儿。"

这安慰，实在蹩脚得厉害。禾晏说完，自己都觉得很不用心。可又怎么办呢？她其实很少被人安慰，是以，也不太会安慰别人。

有些事本就没有对错之分，处在什么样的位置，做什么样的决定。外人不能理解，独自背负一切的感觉，其实不太好，她曾真切地体会过。所以，也很能理解肖珏的感受。

肖珏仍然懒得搭理她，目光没有从眼前的军文上移开过。

禾晏站起身，拄着棍子费力地走到他身边，右手握成拳，落在桌上。

"送你个东西。"她道，"我走了。"

她又慢慢地拖着步子走回自己的房间，把中门关上了。

禾晏走后，肖珏的动作停下，看向桌上。

她刚刚手心覆住的地方，躺着一颗芝麻南糖。

看起来很甜。

日达木子的事情过后，凉州卫很是忙碌了一段日子。

战死的新兵们埋葬立碑之后，还要对着军籍册记名，等日后回到朔京，好为新兵的家人们发放丧费恤银。死去的新兵们都是哨兵，大都还很年轻。来凉州卫不到一年就战死，平日里朝夕相处的伙伴们也很是消沉了一段时间。

不过消沉归消沉，日子还是要继续过的。尤其是经过此次，凉州卫并不如往昔那般安全。肖珏吩咐沈总教头开始列阵演练——真要遇到了敌人，新兵们唯有学会军阵布局，方可杀敌制胜。

南府兵并未全到凉州，肖珏从庆南赶回来时，带来了一万南府兵，九旗营仍留在庆南，未曾跟来。如今凉州城已成众矢之的，实在不适合出风头。

南府兵的日训时长和总量，是凉州卫这头的三倍。凉州卫的新兵们每每瞧见南府兵们日训的劲头，都忍不住感叹佩服。

一时间，原来空旷的演武场，居然热闹了起来。白月山下、五鹿河边，随时都是兵士们的身影。

禾晏的伤也在一日日好起来。林双鹤的医术出色，照这速度，再过两个月，禾晏觉得自己就能去演武场活蹦乱跳了。

宋陶陶将汤羹放到禾晏面前，看着禾晏喝光后，就端着碗出去了。小姑娘自己不会做饭，便去伙头兵那里打劫来吃的喂禾晏。汤当然是很好喝的，若是小姑娘不用那种看宝贝一般的眼神看她的话，就更好了。

房间的另一头,隐隐约约传来人的声音,似乎是梁平的,还有些激动。

禾晏在床上考虑了一下,便起身拄着棍子下了床。

她掏出袖中的银丝,捅进了锁里,撬锁这种事做得多了,也就轻车熟路了。还好肖珏对她这种行径也是睁一只眼闭一只眼,不曾将锁换成更复杂的"士"字形。

禾晏将中门推开一小条缝,见肖珏面前跪着一人,竟是许久不见的杜茂。自从日达木子那事出了以后,雷候奸细的身份暴露,作为雷候的亲戚,当初的举荐人杜茂便不见踪迹。听程鲤素说杜茂似乎是被关起来了,禾晏也能理解,雷候既是内奸,谁也不能保证杜茂就是清白的。

如今杜茂出现在这里,大抵是冤屈被洗清了。

屋里除了跪着的杜茂外,还站着一众教头。禾晏瞧见梁平上前一步,央求道:"都督,杜教头与雷候多年未见,雷候是内奸一事,他是真的不知情。还请都督网开一面。"

"是啊,都督,"马大梅也忍不住开口,"杜教头在凉州卫已经待了十年了,从未出过半点差错,若非雷候有意隐瞒,也不会成如今局面。请都督看在杜教头这么多年苦劳的分上,从轻责罚。"

众教头纷纷附和,为杜茂求情。

沈瀚动了动嘴唇,最终什么都没说。并非他与杜茂感情不深,而是他也清楚面前这位肖都督,绝不是会为了旁人三言两语就改变主意之人。

果然,肖珏没有理会旁人的说法,看向杜茂,只道:"你打算如何?"

不过短短几日,杜茂便仿佛老了十岁,鬓角生出几丝白发,容貌也苍老了许多。他开口,语气中是掩饰不住的疲惫:"杜茂愿接受责罚。"

"杜茂!"梁平急得叫他的名字。

"是我没有打听清楚雷候的身份便贸然举荐他进了卫所,此为渎职。"杜茂道,"都督责罚我也是应该。"

"你确实渎职。"肖珏平静开口,"因为你,凉州卫死了不少新兵。"

还想要继续劝解的教头们动作一顿,没敢开口。

"死了的人不会复活。"肖珏道,"明白吗?"

"杜茂明白。"

屋子里寂静无声,梁平看向杜茂的神情已是绝望。

"我不取你性命。"

此话一出,屋中人皆是一愣,禾晏也怔住。

肖珏道:"你走吧。"

"都督……"

"从今日起，你不再是凉州卫的教头。"肖珏站起身，往屋外走，"日后也不必回来了。"

他的身影消失在屋外，屋里沉默片刻后，马大梅才回过神，去拉仍跪在地上的杜茂："好了，好了，都督也算是对你网开一面，快起来。"

杜茂呆呆地跪在原地，突然号啕起来。

屋里众人的安慰和着杜茂的哭声，禾晏抓起衣裳随手披在身上，拄着棍子也跟着出了门，甫一出门，便被外头的风雪吹得打了个寒战。

肖珏呢？禾晏四处望了望，这人刚才出了门，这会儿就没影了，会飞不成？

"找我？"有人的声音从身后传来，吓得禾晏差点没抓稳手中的棍子。

她转过身，见肖珏站在她身后，扬眉盯着她，问："有事？"

"没、没事。"禾晏作势望天，"天气很好，我出来走走。"

肖珏瞥一眼雪粒，嘲道："我以为你是方才偷听得不够，有话想亲自问我。"

他竟然知道自己在偷听？这就尴尬了。禾晏挠了挠头："都督耳力真好。"

肖珏弯唇："不及你。"

"说吧，"他问，"找我做什么？"

找他做什么？禾晏也不知道，只是下意识地跟了出来。她词穷了一刻，想了想，道："都督，你对杜教头还是手下留情了啊。"

禾晏原以为，以肖珏的性子，杜茂难逃一死，没料到最后，也只是将他驱逐出凉州卫而已。

肖珏笑了一声，似是觉得她的话好笑："手下留情？"

"是啊，若换作我……"

"换作你怎样？"

禾晏突然说不出话来，若是她，她会下令取走杜茂的性命吗？

"换作我，我也不会。"禾晏想了想，道，"取走杜茂性命，看似军令严整，实则伤人心。凉州卫刚经过日达木子一事，人心若散，凉州卫便如一盘散沙，难以立起来。"

肖珏看向她的目光里，带了几分意外："不错。"

禾晏得意道："我早说了，我很聪明的，怎么样，都督，能不能让我进九旗营？"

肖珏弯了一下嘴角："不能。"

这人还真是固执。禾晏正要再为自己争辩几句，就见他转身继续往前走，禾晏拄着棍子跟上去，问："都督去哪儿？"

"演武场。"

"要去看练兵吗？"禾晏道，"我也去！"

她受了伤后，自然不能跟着日训。日日除了躺在床上，就是在屋外拄着棍子走两圈，实在无聊得紧。是以，肖珏一说去演武场，禾晏就有些蠢蠢欲动。

雪下得小了些，外面也没方才那般冷了。禾晏拄着棍子走不快，抱怨道："都督，你等一下我！"

这般理直气壮的语气令肖珏的脚步也忍不住顿了一下，他反问："我是你的仆人？"

"不是，"禾晏回过神来，解释道，"我的意思是，咱们可以走得慢点，顺便聊点别的事。喀，雷候那头有没有说，日达木子为何会来咱们卫所找碴啊？西羌之乱不是早被飞鸿将军平定了，羌族又哪里来的这么多兵士？"

数万兵士，现在的羌族，真有这么多人马？禾晏当初与日达木基交手，对羌族什么情况再熟悉不过，总觉得不太对劲。

"不是羌族，"肖珏难得回答了禾晏的疑问，"是乌托人。"

"乌托人？"这一回，是真的出乎禾晏的意料了。

肖珏瞥她一眼，将她惊讶的神情尽收眼底，淡淡道："你有什么想法？"

禾晏问："日达木子是乌托人吗？"

肖珏无言了片刻，才道："他不是乌托人，但除了日达木子以及之前与你交过手的几个亲信外，其余兵士，皆是乌托人。"

"都督可确定无疑？"

肖珏不紧不慢地往前走："确定。"

"倘若真是乌托人，"禾晏的声音，已经带了三分凝重，"那乌托人所图的，就不只是一个凉州卫了。"

"此话怎讲？"

"乌托国近年来豢养兵队，势力雄厚，老在边关处骚扰百姓，本就存了试探之意。如今来到凉州卫，却以羌族为由，将自己藏于暗处，是想借着羌族的名头先在大魏胡作非为。

"都督不妨想想，如果当时您真的去了漳台，援救不及，等那些乌托人占了凉州卫，再夺了城池，凉州城被乌托人占领，犹如在大魏边关撕出一条口子，他们可一路西上，长驱直入，顺着河道往前，一直到京城。"

肖珏抬了抬眼："就这些？"

"大魏恐有内奸通敌叛国，"禾晏道，"此人与乌托人私下有往，并且与都督是旧识。"

肖珏："继续说。"

"能在凉州卫神不知鬼不觉地安插亲信，还能在漳台传出假消息，此人地位不低，且人脉广，知晓凉州卫有都督便固若金汤，先调虎离山将都督引走，此人一定很畏惧您。"禾晏看向肖珏，"过去可能同都督交过手但没有讨到好处。所以如果有这么一个人，十有八九，就是他干的。"

肖珏视线凝着她，索性道："那你不妨说说，这个人是谁。"

想到之前袁宝镇的事，禾晏随口道："徐敬甫？"

肖珏一怔。

禾晏见他神情，心中一动："真是他？"

肖珏没有回答。

"徐敬甫居然通敌叛国？"禾晏大惊，"他疯了！他可是当朝宰相，做这种事对他有什么好处！"

"你可以再大声一点，"肖珏不咸不淡道，"没有证据的事，随时可以告你污蔑朝廷官员。"

禾晏心想，谁还不是个朝廷官员了？她做飞鸿将军时，也是吃皇粮的。

"可是，可是……"她还想说什么，肖珏已经停下脚步望向前方，不远处，传来兵士低喝列阵的声音。

不知不觉，他们二人已经走到了演武场。

演武场原先只有凉州卫的新兵日训，如今分成了东、西两面，东面是南府兵在练兵，西面才是凉州卫的人。此刻两方同时练兵，差距就出来了。

南府兵的副总兵正在操练步围，都不需要人指挥，瞧着便让人觉得士风劲勇，所向无敌。而凉州卫的新兵，如今才刚刚开始学习列阵，难免有些手忙脚乱，沈瀚站在高台上，铆足了劲儿地吼。

禾晏瞧着瞧着，迟疑道："这是在练……鱼鳞阵？"

肖珏侧眸看了她一眼，问："你知道？"

来了来了，他又来考人了。禾晏虽然对肖珏时不时的提问有些摸不着头脑，但想着或许他是在为考验自己能否进九旗营做准备，只得认认真真地答："梯次分布，前端微凸，中央集结主要兵力，再分作若干鱼鳞状的小方阵。对敌之时，可集中兵力对敌阵中央发起猛攻，不过弱点在于尾侧。敌军若从尾侧突破，可破此阵。就是鱼鳞阵没错啊，只是……"她道，"他们太松散了。"

太松散了！要按他们这么慢吞吞地列好阵，早被人打死五回了。

肖珏若有所思地看着她，突然勾唇道："不赖嘛。"

禾晏很得意。努力到底还是有收获的，谁能想到当年贤昌馆倒数第一，如今对兵法熟记于心，纵然是面对贤昌馆第一的提问，也能轻轻松松回答上来。

"学过兵法？"肖珏挑眉。

"略懂一点。"

"懂得布阵？"

"不敢当不敢当。"

"好，"肖珏看向台下操练的兵士，"如果当日日达木子来凉州卫，你并未被关进地牢，沈瀚将兵权交给你指挥，这一仗，你如何打？"

这么快就出题目了？

禾晏思忖了一刻，慢慢道："那些西……乌托人兵强马壮，凶残暴虐，凉州卫的新兵还未上过战场，士气不足，难以正面抗衡，亦不是短时间内就能解决。如果是我……我会用车悬阵。"

肖珏看着她："说下去。"

"我作为主将，会位于阵形中央压阵，外围兵力层层布设。分散兵力在外，结成游阵。临战时，朝同一方向旋转，轮流攻击敌阵，形如一个转动车轮。这样的话，一直对敌军不断施加压力，乌托人会因疲惫而崩溃，我们自己这边则因为轮流出击而得到补充和修整，恢复战力。"

"你作为主将？"

"我的意思是，我临时作为主将压阵，真正要打的，还是都督你。之所以选择车悬阵，也是为了拖延时间好让都督你能赶得回来支援呀。"禾晏说得非常恳切。

肖珏转过身，微微俯身，垂着眼睛看她，弯唇道："禾大小姐兵法学得不错，不做将军可惜了。"

肖珏这人不管怎么说，眼光还是蛮好的。禾晏点头道："我也这么觉得，我觉得我天生就适合做将军，有时候我甚至觉得，我天生就是女将军。"

肖珏："……"

"都督不相信吗？"禾晏拿棍子在雪地上戳出一个坑，"还是说都督以为，女子便不可为将？"

"我没有这么以为。"

禾晏抬起头来看他。世人都以为，女子就该待在闺阁，绣花描眉，等着夫君的宠幸，别说是做女将军，就算在外面抛头露面，做个女掌柜、女夫子、女大夫，都要承受许多人异样的眼光。

能迈出那一步的极少，纵然迈出了，也不得旁人理解。

"想做什么都可以去做，"年轻男人神情懒倦，扯了一下嘴角，"做得到就行了。"

禾晏怔了一下，盯着他没说话。

他的目光又落向远处的演武场，落在操练的新兵身上，并没有看见身后禾晏的目光。

谢谢，禾晏在心里小声说道。

雪渐渐地停了下来，沈瀚带的新兵，练了几次后，有所长进，不如一开始那般慌张。列阵初见成效，肖珏与禾晏也在此地站了许久。

一个熟悉的声音从身后响起来："怀瑾！禾……兄！"

禾晏回头一看，正是林双鹤。林双鹤爬到阁楼上，掸了掸靴子上的积雪，道："难怪到处找你俩找不到，原是到这里来了。怎么？"他看着肖珏，促狭地笑道："带我们禾妹妹来看练兵啦？"

禾晏："……林大夫，请不要在外面叫我妹妹。"

"对不住，"林双鹤拿扇子掩住嘴，抱歉道，"一时又忘记了。不过这里又没有外人。"他瞧了一眼禾晏拄着的棍子，又问，"今日可以下床走这么远吗？怎么样，伤口可还疼？"

"不太疼。"禾晏道，"林大夫医术高超，今日我已经好了许多。"

"那就太好了，"林双鹤摇了摇扇子，"若是不能将你治好，我内心会很愧疚的。"

他们二人互相恭维，肖珏在一边冷眼旁观，似是看不下去，不耐道："有事就说。"

林双鹤一愣，道："哎！我差点将正事忘记了，刚凉州卫所来人了。我本想找沈教头，沈教头不在，找了老半天才找到你在这儿。"

"什么人？"

"宫里来的人，说此次凉州卫大捷，陛下给你赏赐。对了，还有那个，那个……"他一下子没想起来，哽了片刻才记起名字，"石晋伯府上的四公子，楚子兰！对，楚子兰也来了。"

"楚昭？"肖珏蹙眉，"他来干什么？"

林双鹤耸了耸肩："我怎么知道？人现在都在卫所门口等着，你不去看看？"

肖珏顿了顿，往楼下走去："走吧。"

"哎，都督，我呢？"禾晏忙拄着棍子，想要跟上。

肖珏看她一眼，道："你回去吧，不必跟着。"

"噢。"禾晏乖乖答应，林双鹤冲她摆了摆手，二人极快地下了楼阁，背影消失在远处。

禾晏望着茫茫雪地，心中有些疑惑。

这个叫楚子兰的，究竟是什么人？

233

卫所外头，站着一行人。

下人正从马车上卸箱子下来，忙得不可开交。卫所进门处歇憩的地方，客人们正坐着喝茶。

肖珏一进门，看到的就是梁平给人斟茶的画面。

"楚四公子。"先打招呼的是林双鹤，他摇扇上前，仿佛主人招待客人般熟稔地笑道，"不知茶可还合口味？"

楚子兰站起身，对林双鹤与肖珏拱手："肖都督，林公子。"他微笑道，"凉州卫的云雾茶，醇厚甘润，齿颊留香。都督好口福。"

肖珏随手拉过一把椅子，坐下盯着他道："粗茶而已，不必客气。"

楚昭也不恼，只道："都督玩笑了。"

石晋伯府四公子与肖珏年岁一样，比起肖珏时常漠然懒倦的神情来，他显得要温柔得多。生得亦是极好，五官明秀，皮肤白皙，一身玉色宽大长袍，越发显得清瘦如仙。他眼形狭长，总是含着笑意，实在翩翩君子，温润如玉。

他二人在一处，一人如秋水冷淡，一人如幽兰明净，瞧着很是赏心悦目。

在楚昭身侧，还站着一名侍女模样的姑娘，虽穿着侍女的衣裳，却生得格外美貌，五官深而明艳，纵是清简素服，也难以掩饰艳光。林双鹤这样见惯美人的人，瞧见此女容貌也忍不住多看了两眼，心中暗自感叹，这一主一仆站在一起，更不像是尘间的人了。石晋伯四个儿子里，头三个相貌平平，唯有这个长成如此模样，看来母亲的容貌，实在很重要。

"楚四公子来凉州卫，是为何事？"肖珏道。

楚昭笑了，只道："陛下听闻肖都督在凉州卫歼灭敌军数万，除尽羌族余孽，龙颜大悦，特意叫我送来赏赐，顺带看一看凉州卫的雄兵士气。"

"送赏？"肖珏漫不经心道，"凉州苦寒之地，能让楚四公子纡尊降贵前来观赏，"他微微一笑，"不简单。"

楚昭道："能亲眼见到肖都督带领的雄兵，是子兰的运气。"

肖珏笑了一声，没搭话。

"此次凉州大捷，陛下还令我在此设宴庆功。"楚昭道，"不过我并不清楚凉州卫所素日如何庆功，是以，只有麻烦都督了。"

"战死的新兵刚刚下葬，"肖珏道，"现在庆功，恐怕不大合适。"

楚昭笑容温柔，语气却很坚持："战争之中，哪能不流血？再说打了胜仗，本是喜事，该赏就得赏，这也是陛下的意思。"

这是抬出文宣帝了？

肖珏盯着他看了一会儿，半晌点头："好。"他站起身，意味深长道，"明日就可设庆功宴，就请楚四公子一道来参与吧。"

楚昭起身还礼："恭敬不如从命。"

肖珏出了屋子，吩咐飞奴道："给楚四公子的人安排房间。"

飞奴领命离去。

林双鹤跟出来，凑到他身边，低声问道："这楚昭干什么来的？看这样，是要在凉州卫住上一段时间？"

"人没了，徐敬甫急了，"肖珏淡声道，"派他的狗过来看一看，有什么问题？"

林双鹤回头看了一眼屋子，见屋内楚昭正低头饮茶，就问："让他留在这儿，会不会有点不安全？这小子毕竟是徐敬甫的人。"

"不安全？那要看他的本事了。走吧。"

"去哪儿？"

"既是赏赐，也该看看都有什么。"肖珏玩味地开口，"这样大张旗鼓地来我凉州卫，区区几箱赏赐，未免说不过去。"

"你又要雁过拔毛？"

肖珏看他一眼。林双鹤道："没别的意思，就是问一问，别生气。走走走，看宝贝去！"

禾晏从演武场回来，躺在床上看了几本游记，等宋陶陶送饭过来，吃过饭，宋陶陶离开的时候，听到门外有动静，似是宋陶陶在与人说话，以为是肖珏回来了，撑着棍子下床将门打开，一眼看到了林双鹤。

"林大夫？"禾晏左右看了看，没见着肖珏的影子，就问，"都督不在吗？"

"他同教头商量庆功宴的事情去了。"林双鹤笑道，"我先在屋里等他，还有事与他说。"

"庆功宴？"禾晏蒙了一刻，"什么庆功宴？"

"凉州卫庆功宴。"林双鹤冲宋陶陶摆了摆手，见宋陶陶离开后，才往禾晏这头走，走到门口突然又脚步顿住，不肯再往前了。

禾晏莫名："怎么了？"

林双鹤缩回手，正色道："男女同处一屋，到底不好，传出去有损你的清誉。"

"……这里没人知道我的身份，林大夫将我当作普通新兵就好。再者你之前不是来过吗？"

林双鹤矜持地摆手："之前屋子里还有旁人，如今就你我二人，恐怕引起误会。"

"有什么误会，"禾晏有些无奈，"我与都督也常共处一室，并未有任何不妥。"

闻言，林双鹤更是后退了一步："那就更不可了，朋友妻，不可戏，我岂是那等背叛朋友的小人？"

禾晏："……"这个人乱七八糟在说些什么鬼话？

她想了想，终是想出了一个好办法："这样吧，林公子，你去都督屋里，我在我自己屋里，我把中门打开，咱们隔着中门说话，这样一来，不算共处一室，而是分别处于两室，可行？"

林双鹤没料到居然还可以这样，怔然片刻，一拍扇子："就这么办吧！"

于是等禾晏回到屋里，用程鲤素的银丝撬开锁，吃力地推好凳子在中门处，林双鹤已经等在另一头了。

他打量了一下中门，问禾晏："你们平日里都这么玩的？"

"怎么玩？"

"就是……"林双鹤说到这里，摇头笑道，"没想到怀瑾竟然也会这般……"

禾晏被他说得莫名其妙，但还惦记着他方才说的庆功宴一事，就问："林大夫，你刚才说的庆功宴是什么？"

"之前你们不是打赢了日达木子的人，消灭了敌军数万嘛，"林双鹤道，"陛下听闻此事，龙颜大悦，特意让人带了赏赐过来嘉奖，还要在凉州卫设宴庆功，以犒三军。"

禾晏闻言怔住："现在吗？现在庆功，不太好吧。"

现在在凉州卫庆功，可不是什么好时机。这些新兵此刻的心情，比起打了胜仗的快乐，更多的恐怕是对战友战死的悲伤和对战争的恐惧。

"陛下的意思，能怎么办？"林双鹤叹了口气，"还能不识抬举？"

一时间，两人都没有说话。

片刻后，禾晏问："那个来传陛下旨意的人，就是今日你们说的什么楚子兰吧？他是谁？"

"你竟没听过楚子兰？"林双鹤奇道。

禾晏摇了摇头。

"京中少女的梦中人，排名第一的是肖如璧，排名第二的是肖怀瑾，这楚子兰嘛，排名第三。"林双鹤感叹，"不过自从肖如璧成亲后，也就只有肖怀瑾和楚子兰二人了，咱们怀瑾性子冷淡，又不爱跟姑娘说话，这几年已经不如楚子兰了。楚子兰虽然出身低了些，但生得好看，又和气温柔，还没有定亲，你去问京城中女子最乐意嫁的夫君是谁，十有八九说的都是楚子兰。怎么，"他看向禾晏,"你原先在京城中的时候,没听过他的名字吗?不可能吧!"

禾晏之前都在带兵打仗,哪有心思去关注风花雪月。后来回了京迅速嫁人,更无从得知外男的消息。这个楚子兰还真没听过。

"我自小被我爹养在深闺,大门不出二门不迈,"禾晏一本正经地随口说道,"对外面这些事,确实一无所知。"

"是吗?"林双鹤道,"那你爹管你还真是管教得很严。"

禾晏点头:"确实。"她问,"这楚子兰和肖都督,又是什么关系?"

"这就说来话长了。"林双鹤起身去小儿前给自己倒了杯茶,喝了口茶润了润嗓子,才重新坐下,对禾晏道,"你没听过楚子兰,可听过他爹石晋伯楚临风?"

禾晏想了想:"是不是那位娶了十九房小妾,个个国色天香的那位?"

"正是!"

禾晏记得楚临风这个名字。当年在军中,副将手下们聚在一起闲谈,说他们不羡慕皇帝,最羡慕的,就是这位石晋伯了。石晋伯生得玉树临风,是大魏出了名的美男子,娶的夫人却比他年长几岁,生得更是貌似无盐。

如楚临风这样的浪子,绝不可能就此罢休。未成亲前便日日流连花坊,成亲后更是变本加厉。他娶的这位夫人似乎知道自己容貌普通,不得夫君宠爱,便从不拦着他纳妾。这些年来,竟是纳了十九房小妾,个个花容月貌,沉鱼落雁,各有生趣。

只是纳妾归纳妾,这么多年,从来没有一位小妾能生下石晋伯的骨肉。

听闻这些小妾在进楚家大门之前都会被喂绝子药,再如何得宠,没了子嗣,除了讨好主子,便也只能讨好主母。石晋伯夫人将这些小妾拿捏得死死的,无人敢在她眼皮子底下作乱。石晋伯依旧每日和小妾恩恩爱爱,石晋伯夫人只当没瞧见,好好抚育自己的三个儿子。

楚子兰是石晋伯的第四个儿子,却并非石晋伯夫人所出。

"他是妾室所出的庶子吗?"禾晏问。

"非也非也,"林双鹤道,"楚夫人管小妾,比你爹管你还要严厉,妾室怎么可能生得出儿子?"

"那是……"

"具体是怎么一回事,我也不知道。总之,突然有一天,楚家家宴的时候,就多了一个四岁的儿子,叫楚昭。"林双鹤又喝了口茶,"虽然没说,但大家也心知肚明,这楚昭嘛,多半就是楚临风外室生的私生子了。"

禾晏瞪大眼睛。

"楚夫人千防万防,没料到石晋伯会留这么一手,孩子已经四岁了,众人面前也认过了,还能怎样?"林双鹤一摊手,"如果只是这样,楚子兰也不过是楚临风的庶子,但在楚子兰十岁那年,被记在了楚夫人名下。所以,他如今的身份,算是石晋伯府上嫡出的四公子。你可知为何?"

"为何?"

"因为他是当朝宰相徐敬甫最得意的学生。"

禾晏一怔,又是徐敬甫?

"石晋伯风流浪荡,也不是什么慈父,想来在楚夫人手下,楚子兰的日子也不好过。不知道他是用什么手段,能平安活到十岁,接着再搭上了徐敬甫。徐相的面子,石晋伯怎么敢不顾?后来将楚昭记在楚夫人名下,也大约是徐敬甫的意思。"

"那这位楚四公子,很厉害啊。"

林双鹤看向禾晏:"你觉得他很厉害吗?"

"厉害,如你所说,他在府中全无外援,父亲不疼,生母又没在身边,如今成了嫡出的少爷,还能让陛下令他前来凉州卫传旨,单靠自己能走到如今这一步,实在很厉害。"

"不厉害的话,怎么会成为徐敬甫最喜欢的学生。"林双鹤摇头叹道。

"那他的生母呢?"禾晏问,"没有被纳入石晋伯府中吗?"

"不知道。"林双鹤摇头,"听说生下他就病逝了,若非如此,凭楚子兰现在的本事,应当能让她过得好一些。"

禾晏若有所思地点头:"原来如此,难怪肖都督不喜欢楚四公子。"肖珏与徐敬甫是敌非友,楚子兰是徐敬甫的学生,自然也是肖珏的敌人。

"禾……兄,倘若要你在怀瑾与楚子兰中选一个,你会帮谁?"

禾晏奇怪:"为何这样问?"

"我只是很好奇,大魏的姑娘会做什么选择而已。"

"我根本不认识楚子兰。"禾晏道,"当然是站在都督这一边了。"

林双鹤便露出一个很意味深长的笑容:"倒也不必这么早开口,明日的庆功宴上,你就能见到楚子兰了。"

禾晏:"……"

见到了又怎样?难道有什么奇特的不成?

禾晏并没有想到,果如林双鹤所说,她在第二日,就见到了这位传说中的大魏少女梦中人,可与肖珏一争高下的楚四公子,楚子兰。

这一夜,难得地没有下雪,第二日,也正好是个晴天。

天气虽冷,但有了日头照在人身上,便觉暖融融的。禾晏如今不能去演武场日训,但觉得太阳很好,索性拄着棍子想去院子里走走,才走到门口,就听见宋陶陶的声音："这个金糕卷是我先看到的，是我的！"

紧接着就是一个女子好脾气地说道："这位姑娘，这是我们公子带来的厨子特意做的，并非卫所厨房所出，是以不是你的。"

"你说是你们公子的就是你们公子的？"小姑娘气道，"都放在厨房里，我怎么知道是不是你们厨子做的？你们既然有厨子，再做一道不就行了吗？"

"金糕卷工序麻烦，再做一道，就误了公子用饭的时间了。"

"那就不要吃了！"

"姑娘……"

禾晏听不下去了，走出去道："宋姑娘。"

宋陶陶扭头，和与她争执的女子一同看过来，欢天喜地道："禾大哥！这是金糕卷，你要不要尝尝？！"

禾晏："……"

那女子也道："那是公子的……"

禾晏接过金糕卷，还给那女子，道："小孩子不懂事，请不要计较。"

"禾大哥！"宋陶陶气得跺脚，"你怎么还给她了？！"

"本就是人家的。"禾晏摇头。她估摸着对方嘴里的公子，应当就是石晋伯府上那位四公子楚子兰了。

"多谢公子。"那女子对着禾晏嫣然一笑。

禾晏亦是一怔，有一瞬间，为这姑娘的容色所惊。

见禾晏盯着对方的脸不说话，宋陶陶更急了，拉了拉禾晏的袖子："你看她做什么？有什么好看的！"

捧着金糕卷的女子见状，"扑哧"一声笑出来，笑容勾人心魄。

"应香。"有人开口道。

叫应香的婢子立刻收起笑容，对着前面欠了欠身："四公子。"

四公子？楚子兰？禾晏转过身，目光落在眼前人身上。

这是一个年轻男子，穿着淡玉色长袍，袖子极宽大，著玉冠，如幽兰高洁，又如谪仙俊逸。面上挂着淡淡笑意，冲禾晏点了点头。

禾晏蹙眉，这人的长相，好熟悉的样子。

他见到禾晏，亦是一怔，片刻后笑了，似是看出了禾晏的思忖，伸出手来，掌心向上，轻声开口道："小兄弟，你东西掉了。"

一句话，令禾晏倏而回神，她想起自己在什么地方见过这人了！当初她去乐通庄赌钱，却被输家的人追打，好不容易将他们全都打趴下，突然有人出现，告诉她掉了银子。

那人的好相貌，只要见过的人，很难忘记。如今乍然在此瞧见，禾晏有一瞬间没认出来，反倒是他先将禾晏认了出来。

"你……楚四公子？"禾晏问。

楚子兰点了点头："是我。"

禾晏一时间心中无言，她这是什么运道，随随便便在夜里翻墙打架，都能遇到大魏闺中少女的梦中人，这是何等的巧合？

"在下楚昭，"楚子兰笑着看向禾晏，"我与小兄弟也算是旧识，却还不知道小兄弟姓名，敢问小兄弟尊姓大名？"

禾晏回礼道："不敢当，在下禾晏。草木禾，'河清海晏'的'晏'。"

楚昭微笑："好名字。不过，"他看了看周围，疑惑道，"禾兄怎会在此？"

"我？"禾晏道，"我是凉州卫的新兵，不过前些日子受了伤，是以没去演武场日训。"

"原来如此。"

这时候，一直没说话的宋陶陶终于回过味儿来，她低声道："禾大哥，这人是谁啊，你认识吗？"

禾晏便道："这位是石晋伯府上的四公子，我之前在朔京的时候，曾与他有过一面之缘。"

楚昭笑道："算是旧友。"

禾晏与楚子兰说话的时候，并未察觉，肖珏与林双鹤站在不远处的树后。

林双鹤瞧着瞧着，奇道："看样子禾妹妹竟然与楚子兰认识？那我昨日问她的时候，她为何说不认识？"

"你问过她了？"

"是啊，我还问她，若你和楚子兰发生冲突，她会站在哪一边。"林双鹤摇摇扇子，笑道，"想不想知道她是怎么回答的？"

肖珏："不想。"

"你怎么这样！我告诉你吧，禾妹妹想也没想就说，她不认识楚子兰，当然站在你这一边。不过，"他看了一眼远处正在交谈的二人，"她这根本就是认识，为何要说不认识？"

肖珏嗤笑："你为什么要相信一个骗子说的话？"

"骗子？"林双鹤看向肖珏，"她骗你什么了？难道，"他想到了什么，作势低声惊呼，"她和楚子兰是一伙儿的，也是徐敬甫的人？"

肖珏懒得搭理他。

正说着，那头那个叫应香的美艳婢子侧头来，恰好瞧见了他们，当即远远地唤了一声："肖都督、林公子。"

这下纵是想躲也没处躲了，林双鹤站出来，矜持地点头："楚四公子、禾兄。"

禾晏问："你们也出来晒太阳吗？"

"随意出来走走。"林双鹤拿着扇子，目光在禾晏与楚昭身上打了个转儿，试探地问，"禾兄与楚四公子过去认识？"

禾晏道："只是一面之缘而已。在凉州卫所遇到，才知他是楚四公子，我也很意外。"

"怎么个一面之缘，说来听听？"林双鹤不依不饶。

楚昭微笑着站在原地，没有要主动解释的意思，肖珏的目光亦是平静，却让禾晏觉得有点冷，倒是宋陶陶很好奇，追问道："就是就是，你们如何认识的？"

"那个，"禾晏只好硬着头皮解释道，"之前在朔京的时候，我在夜里去乐通庄赌钱，赢了许多银子，被人追打，无意中遇到了楚四公子。楚四公子捡到了我遗落的银两还给我，当时我并不知他身份，匆匆道过谢就走了。"

"乐通庄？"宋陶陶惊了，"禾大哥，你赌钱啊？"

"你不是说你爹管你管得很严，大门不出二门不迈？"林双鹤也忍不住问。

禾晏抬头，对上肖珏似笑非笑的神情，不觉头皮发麻，后退一步道："我那时候也是为生活所迫……就去过一次！再也没去过了！"

林双鹤与肖珏都知道她是女子，一个女子夜里孤身去赌钱，说出去到底惊世骇俗了些。而且赌钱总归不是什么好事，偏要在这一群大人物面前说出来，真教人无地自容。

"没想到禾兄居然来到了凉州卫，"楚昭微笑道，"也算是你我二人有缘。当夜禾兄的厉害身手，我到现在还记得。"

"你很厉害吗？"林双鹤问禾晏。

禾晏敷衍笑道："只是侥幸而已。"

"今夜的庆功宴，我必要与禾兄多喝两杯，"楚昭道，"才不枉此缘分。"

禾晏："谢……谢谢楚四公子。"

"应香，"楚昭看了一眼宋陶陶，笑道，"金糕卷就送给这位小姑娘吃吧，我用不了这些。"

宋陶陶受宠若惊："给、给我吗？"

"是啊，"他温声道，"如果你很喜欢，可以让厨子日日给你做。"

"可是公子，"应香犹豫着开口，"那是特意为您准备的厨子。"

"我对吃食不讲究，"楚昭道，"不必日日做这些。"

"那……"宋陶陶踟蹰了一会儿，看向他，"多谢楚四公子。"

"不客气。"

禾晏心想，楚子兰长成这个样子，待女子还如此温柔体贴，想来是不分老少都会喜欢的一类。

应香将装着金糕卷的碟子递到了宋陶陶手上，楚昭看向肖珏："肖都督这是准备去哪儿？"

"演武场。"肖珏扬起嘴角，"楚四公子也想一道去？"

"我就不必去了。"楚昭笑道，"回屋看会儿书就好。"

林双鹤对楚昭拱了拱手："那就晚上见了。"他又看向禾晏："禾兄做什么？"

"我？"禾晏不敢和楚昭待久了，这人如今还是徐敬甫的学生，谁知道是敌是友，便道，"今日天气好，我打算趁着日头在院子里多走动走动，恢复一下。"

"那也可以。"林双鹤嘱咐，"不要有太大的动作就行。"

禾晏点头。

几人便就此分开。

因着楚昭也住在附近的关系，禾晏不敢轻易出门，纵然她确实挺想问楚昭有关朔京的事。不过看肖珏与楚昭之间的气氛，至少现在不是问话的好时机。

她去院子里，尝试将棍子丢掉走动了一会儿，觉出有些累的时候才停下来。后又回房睡觉看话本，转眼间，就到了傍晚。

程鲤素老早就在外面敲门："大哥！"

禾晏去给他开门。

程鲤素换了一身簇新的琥珀色袍子，袍角依旧绣着一群黑尾锦鲤，神采飞扬，一把抓住禾晏的手："我怕你在睡觉，没敢来早了，看我的新袍子好不好看？"

"我可以问你一个问题吗？"

"什么？"

"为何你的每件衣服上，都要绣锦鲤？"禾晏老早就想问他了，莫非有什么特殊的含义？

"这你就不知道了，"程鲤素背过身，"说起来，我爹当年对我娘一见倾心，可我外祖父早已替她相中了别的人家，又嫌我爹比我娘还要小两岁。我爹便买通了府中的厨子，将鲤鱼送到了给我娘做饭的小厨房里，厨子宰杀鲤鱼的时候，就瞧见了其中的信。我娘被信打动，后来便说动了外祖父，与我爹结成连理。"

程鲤素平日里诗文什么的都记不起来，这会儿反倒牢记于心了，侃侃而谈："客从远方来，遗我双鲤鱼。呼儿烹鲤鱼，中有尺素书。长跪读素书，书中竟何如？上言加餐食，下言长相忆。"①他得意道，"我的名字，就是出自此处。"

禾晏怔然："原来如此。"

"不错。"程鲤素转回身子，给禾晏展示他身上的鲤鱼刺绣，"后来我的衣裳发簪，多是鲤鱼形状。毕竟鲤鱼是我爹娘的红娘，穿着它，就是穿着爹娘对我的爱！"

禾晏羡慕道："你爹娘真好。"

"那是自然。"程鲤素说罢，看了看禾晏，"大哥，今夜庆功宴，你不穿点别的吗？"

禾晏问："我这样穿有什么不对？大家不都这样穿的？"

她还是穿的凉州卫新兵们统一的劲装，今日特意穿了红色的，喜庆。

"可你才是打败日达木子的大功臣，穿这样也太平平无奇了。"

"我本来也没有其他衣服，"禾晏道，"这样就很好，走吧，教头那边可能等不及了。"

程鲤素也没有勉强，顺手替他带上了门，两人一道往白月山下的旷野走去。

今夜无雪，却比往日更冷了些。旷野处燃烧着熊熊篝火，新兵们席地而坐，正在喝酒吃肉。

虽说是喝酒吃肉，可比起前段日子的中秋节来，便显得萧索了许多。毕竟刚刚死过同袍，对战争的余悸尚且没有过去，庆功……到底是勉强了一些。

赏赐已经分发到了各个教头手中，程鲤素到了旷野，便去找肖珏，禾晏则径自去了洪山那头，她这些日子没有去演武场，和他们见面的次数少得多。

小麦看到禾晏就喊："阿禾哥，你来了！"

禾晏在他身边坐下来。

"怎么样？"洪山递了一块烤兔肉给禾晏，"身子好点了没有？我看你现在没拄棍子了，可以走了？"

禾晏接过兔子肉，兔肉被烤得滋滋冒油，她吹了吹，咬了一口，边嚼边道："还不错，再过两个月，就又能和你们并肩作战了。"

"可拉倒吧你，"王霸嫌恶道，"每次不都是你一个人出风头？我听说上头的赏赐，光是银子就给你分了十两。"他嫉妒极了，"你发财了！"

"禾兄差点命都没了，十两银子算什么，理应多分他一些。"江蛟开口，"只是我还以为禾兄此番要往上升一升，没想到竟没有。"

说起此事，禾晏便气不打一处来，按理说，她立了功，再如何说，也不该是一个小兵了。但到了现在，赏赐是比寻常新兵多，但升官？影子都没见着。

---
① 引自《饮马长城窟行》。

在肖珏手下当兵，升迁这么难的？

"别说了，再说禾老弟又要生闷气了。"黄雄看出了禾晏心中的不快，只道："你如今在凉州卫已经令大家心服口服，就算不是现在，迟早也会升官，不必着急。"

禾晏昧着良心道："我不着急。"只是夜里在榻上辗转反侧，恨不得冲进隔壁屋将肖珏抓起来质问为什么而已。

庆功宴虽说是庆功宴，但肖珏不在，赏赐又已经提前分发到个人，是以今夜也不过是新兵们坐在一起聚一聚而已。凉州卫的人挨着白月山，南府兵的人靠着五鹿河，井水不犯河水。

石头给禾晏倒了一碗酒，道："喝吧。"

禾晏瞪着碗里的酒："我如今有伤在身，不能喝这么多。"

"也对，差点忘了，"洪山顺手将酒碗端走，"那你别喝酒了，喝水就行。"

禾晏就道："好。"

又坐了一会儿，听得背后有人叫她："禾兄。"

禾晏回头一看，愣了一下，竟是楚昭。

楚昭身边，还跟着那位美若天仙的侍女应香，洪山几人都看呆了，王霸嘀咕道："这小子，怎么每次都艳福不浅。"

他自以为说得很小声，其实在场的人都听到了。应香忍俊不禁，楚昭也笑道："之前便与禾兄说好，今日一定要与你喝一杯的。"

应香便道："我们公子来之前，特意带了长安春。请禾公子同饮。"

话音刚落，就听王霸响亮地咽了一声口水。

禾晏："……"她尚有些为难，肖珏要是知道她和楚昭喝酒去了，会不会以为她和楚昭是一伙的？那可真是六月飞雪。

似是看出了禾晏的为难，楚昭微笑道："只是一杯而已，若是禾兄不方便，便罢了。"

禾晏心中叹气，她又不是什么大人物，还得人家前来邀约，罢了，也就是一杯酒，就当是还了那一锭银子的人情。

禾晏便道："一杯酒而已，没什么不方便的。"

"那就请禾公子随婢子来。"应香笑盈盈地转身。

禾晏原以为楚昭说的喝酒，就是在新兵们所在的旷野，谁知道是将她带到了楚昭住的屋子。不知道肖珏是不是公报私仇，楚昭住的屋子，委实算不上华丽，甚至还比不上程鲤素住的，也就比新兵们的通铺房要好一点。不过院子倒是很大，院子里的石桌上，摆着一壶酒、一些干果点心。

"不知道禾公子喜欢吃什么，就随意备了些小菜。"应香惭愧道，"若是不合口味，还请禾公子多担待一些。"

"不必客气，已经很好了。"禾晏受宠若惊。

应香提起桌上白玉做的酒壶，分别倒进了两尊玉盏，笑道："之前听林公子说，禾公子身上有伤，想来不便饮酒。这长安春性温不烈，入口甘甜，禾公子稍饮一些，当是不碍事的。"

禾晏笑道："还是应香姑娘想得周到。"

应香抿唇一笑，将酒壶放好，退到楚昭身后了。

"上次在朔京见到禾兄时，太过匆忙，没有好好结识。"楚昭微笑着开口，"既在凉州遇到，可见你我缘分不浅，当敬一杯。"他端起酒盏，在空中对着禾晏虚虚一碰。

禾晏会意，跟着举起酒盏，心想，上回中秋夜时，喝醉了与肖珏打了一架，还压坏了他的琴，今夜绝不可重蹈覆辙。不过这酒并非烈酒，喝了不会如上回那般上头，而且自己只喝一点，应当不会有事。

她一仰头，酒盏里的酒尽数倒进喉咙。

禾晏愣住了。楚昭也愣住了。

半晌，楚昭才笑道："禾兄果然豪爽。"

禾晏："……"

喝酒一口闷都成了习惯，心里想着要小口小口地喝，手上的动作却是下意识的反应。等回过神来的时候肠子都悔青了，她很想骂自己一句：怎么就管不住这手呢？

不过……禾晏赞道："好香的酒！"

应香"扑哧"一声笑了："长安春可不是日日都能喝到的，楚府里，今年剩下的唯一一壶，也就在这里了。"

"这么珍贵的吗？"禾晏将酒盏推了回去，可不敢再喝了。

"酒虽珍贵，但也比不上禾兄你。"楚昭笑了，伸手提过酒壶，将禾晏那个空了的酒盏斟满，"长安春没了，可以买十八仙，志趣相投的朋友没了，就没那么容易找到了。"

禾晏："……"

她道："楚兄，你知不知道你在大魏女子梦中人中排名第一？"

楚昭一愣。

"我现在觉得，或许可以再加上男子一项。"对男人也这么温柔大方，哪个男人与他待在一起，也很危险哪。

院子里一片寂静。

片刻后，楚昭开怀地笑起来，他摇头道："禾兄，你可真是有趣。"

"我说的是实话。"禾晏很诚恳。

"那禾兄是过奖了。"他摆手,"第一我可不敢当。"

长安春闻起来清冽,不如十八仙馥郁性烈,却后劲不小,禾晏觉得有些发飘,见面前这人笑容温软清隽,便端起酒盏,对他道:"楚兄当得起,我敬你一杯!"

又是一饮而尽。

另一头,林双鹤正四处找禾晏。

"有没有见到禾晏?"他问。

这头的烤肉吃光了,小麦去旁边火堆边偷了俩,闻言便回头道:"你找阿禾哥吗?阿禾哥刚才被京城来的楚四公子带走了。"

"楚昭?"林双鹤奇道,"他带走禾兄作甚?"

"喝酒吧,"小麦挠了挠头,"说请阿禾哥品尝长安春。"

林双鹤得了这个消息,马不停蹄往回赶,回到肖珏的屋外,门没关严,便直接推开。

肖珏正坐在桌前擦剑。

林双鹤道:"你知道禾晏去哪儿了吗?"

肖珏懒得理他。

"被楚昭带去喝酒了!"

肖珏抬了抬眼:"所以?"

"你不着急吗,大哥?"林双鹤把扇子拍在他桌上,"那可是楚昭!"

"让开,"肖珏不快道,"挡住光了。"

林双鹤侧开身子:"别擦了。于公,楚昭是徐敬甫的人,若是他有意招揽禾晏去他们阵营,你怎么办?我听说禾晏的实力在凉州卫数一数二。这样的人才,落到徐敬甫手中,麻烦得很!"

见肖珏神情未变,他又绕到另一边:"于私,你怎么能让你的姑娘去跟别的男子喝酒!"

此话一出,肖珏的动作顿住了,他抬起头,淡淡地看了林双鹤一眼:"谁跟你说,她是我的?"

"少来,"林双鹤摆明了不信,"不是你的人,你能让她住你隔壁,中间隔着一道门,还让人家姑娘撬锁。我以前怎么未发现,你还能这么玩?挺有兴致?"

肖珏:"……你没事的话,就滚出去,别来烦我。"

"肖怀瑾,你这样凶,可不是楚子兰的对手。"

他正说着,听见屋里的中门处传来窸窸窣窣的声音,仿佛老鼠在杂物间穿梭，两人抬眼看去，门上的"一"字形锁眼处，探出了一根银丝，银丝歪歪扭扭地绕了一下，准确无误地将锁芯往里一拨。

"啪嗒"一声，锁掉在地上，门开了。

林双鹤拊掌："好技艺！"又看了一眼肖珏："还说她不是你的人！"

肖珏无言片刻，站起身来。

禾晏从门口走了过来。她走得很慢，步伐稳重，见到林双鹤，甚至先拱手与他打了个招呼："林兄。"

林双鹤："……怎么不叫我林大夫了？"

禾晏却仿佛没有听到一般，径自走到了肖珏跟前。

肖珏目光往下，落在了禾晏身上。

少年穿着凉州卫新兵们统一的赤色劲装，规规矩矩，发丝分毫不乱，朝着他恭恭敬敬地屈身行礼。

这下子，林双鹤和肖珏一同怔住了。

窗户没关，窗外的风吹进来，吹得桌上的书卷微微翻动，带起了阵阵凉意，也带来了若有若无的酒香，隐隐约约，并不真切，清甜甘洌的味道，仿佛长安城里的春日，潋滟多姿。

比春日还潋滟的是她的目光。

肖珏心中悚然一惊，只觉得此情此景，似曾相识。依稀记得中秋夜时，似乎也有人用这种目光看过自己。

"你喝酒了？"说话的同时，他下意识地把晚香琴往里推了推。

这人喝醉了后，光看脸上，全然瞧不出来究竟是不是清醒。但她的举动，只会匪夷所思。

林双鹤笑眯眯地捧起茶来，打算喝一口看戏。

禾晏抬起头来，冲肖珏露出一个大大的笑容："我会背《大学之道》了，爹。"

林双鹤一口茶喷了出来。

247

第二十章

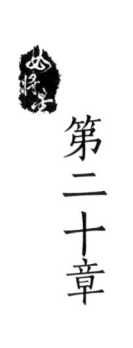

醉酒

肖珏难以置信地看着她:"你叫我什么?"

禾晏盯着他,目光十分清澈,认真道:"大学之道,在明明德,在亲民,在止于至善。知止而后有定,定而后能静,静而后能安,安而后能虑,虑而后能得。物有本末,事有终始……致知在格物……壹是皆以修身为本……其所厚者薄,而其所薄者厚,未之有也!"

林双鹤先是看呆了,随即渐渐反应过来,指着禾晏问肖珏:"我禾妹妹这是……喝醉了?"

话音刚落,禾晏突然冲过来,扑到肖珏怀里,抱着他的腰,差点把肖珏扑得后退两步。她把脸埋在他胸前蹭了蹭,期期艾艾道:"爹,我会背了,我进步了!"

屋子里是死一般的寂静。

单用几个词,实在难以形容肖珏此刻难看的神情。

林双鹤捂着脸,肩头耸动,笑得停不下来。

"哎哟,怀瑾,见过把你当作夫君的,我还是头一次见到有人把你当爹的。当爹的感觉怎么样?这小女儿也太乖巧了吧!背书背得挺好,很有才华啊!"

似是被林双鹤这句"有才华"鼓励到了,禾晏从肖珏的胸前抬起头来,目光灼灼地盯着肖珏:"爹,我现在是凉州卫第一了。"

肖珏抓住她的胳膊,试图把她从腰间扯下来:"松开。"

"我不!"禾晏力气大得很,也不知是不是成日掷石锁掷出来的,肖珏竟扯不开。禾晏仰着脸看他:"你考考我,我什么都能答得出来。"活像得了第一在家摇尾巴炫耀的小孩。

肖珏扶额:"你先松手。"

"我不。"她把肖珏的腰搂得更紧,整个人恨不得贴上去,肖珏拼死往后,试图拉开与她的距离,不让自己和她的身子碰到,可惜徒劳。

肖珏想去掰禾晏的手,林双鹤道:"哎,我先说了,禾妹妹的身子如今还有伤,你若强行动她,难免会拉扯伤口。这一养又是大半年的,可不太好。"

肖珏目光如刀子:"你想办法,把她给我弄开。"

"就让她抱一会儿嘛。"林双鹤看热闹不嫌事大,"说不定你与禾妹妹的爹长得很相似，她才会认错人。人家一个小姑娘，千里迢迢来到凉州，这么久没回家，肯定想爹了。你给人家一点……"他做了个拥抱的动作，"家的温暖不可以吗？别这么小气，又不是你吃亏。"

肖珏正要说话，怀中的人已经把头闷在他胸前，瓮声瓮气地继续开始背书了。

"夫总文武者，军之将也。兼刚柔者，兵之事也。凡人论将，常观于勇，勇之于将，乃数分之一尔。夫勇者必轻合，轻合而不知利，未可也。故将之所慎者五：一曰理，二曰备，三曰果，四曰戒，五曰约。理者，治众如治寡；备者，出门如见敌；果者，临敌不怀生；戒者，虽克如始战；约者，法令省而不烦。受命而不辞，敌破而后言返，将之礼也。故师出之日，有死之荣，无生之辱。"

林双鹤听得发愣，问肖珏："我禾妹妹这背的是什么？"

"《吴子兵法·论将》。"肖珏心中也有稍许意外，她竟知道这个？

"我禾妹妹实在是涉猎广泛，无所不通。"林双鹤赞叹道，"竟连这个也会背。"

"那当然了，"禾晏从肖珏怀中探出头来，"为军将者，理应如此。"

"禾妹妹真有志向，"林双鹤笑道，"还想当将军。"

"我本来就是女将星！"

"好好好，"林双鹤拿扇子遮脸笑道，"看把你能耐的。"

禾晏又抬起头来，仰头注视着肖珏，高兴地问："爹，我背得好不好？"

又是爹，肖珏这一刻的感觉难以言喻。

门外，沈瀚刚走近，便瞧见没关的窗户里，有两个人正抱着。再定睛一看，居然是肖珏搂着禾晏，禾晏抱着肖珏的腰，不知道在说些什么，沈瀚愣怔之下，脸一下子通红，只觉得匪夷所思。

乖乖。

那屋里还有个林双鹤呢，就这么站着看，也不觉得自己是多余的那一个吗？还有肖珏与禾晏二人，被林双鹤看着，不觉得尴尬吗？

朔京来的大人物，真是好难懂。一瞬间，沈瀚心中也生出疲倦。他转过身，蹑手蹑脚地离开了。

罢了，就当什么都没看到吧！

屋里，林双鹤已经快笑死过去了，肖珏面色铁青，试了好几次都没把禾晏拽下去，禾晏死死搂着他的腰，活像是搂着传家宝贝。

"爹，我进步了，我现在是第一了，你为什么都不说话？"她有些难过，"你夸夸我好吗？"

肖珏："我不是你爹。"

不说这话还好，一说这话，禾晏的眼里顿时积出水，泪汪汪地看着他，仿佛他做了什么十恶不赦的大事，她问："你也不认我吗？"

肖珏顿住，心中顿时生出一股莫名的烦躁来。他最怕女子的眼泪，尤其眼下这局面，似乎还像是他把禾晏弄哭的。

果然，最怜香惜玉的白衣圣手立马为新认的这位妹妹打抱不平，他道："一句话的事，看你都把小姑娘弄哭了。多懂事多聪明的孩子啊，别人都抢着认好不好？肖怀瑾，你快夸她，立刻，马上！"

肖珏："……"

他忍着气，低头看她，她还是做平日里少年人的打扮，可这皱着眉委屈巴巴的样子，便真的如小姑娘了。或许她是把自己认成了禾绥，不过禾绥平日里对她很严厉吗？就连喝醉了也要讨得父亲的肯定。

一瞬间，肖珏在这姑娘的身上，看到了自己的影子。

他倏而泄气，认命般地放弃了去扯她的手，道："你做得很好。"

"真的？"禾晏立马双眼亮晶晶地看着他。

"真的。"肖珏昧着良心说话。

"谢谢，"她有些不好意思了，"我下次会做得更好，会让爹更骄傲。"

肖珏头痛欲裂，只道："那你先放开我，你抱我抱得太紧了。"

"可是我很喜欢抱着爹爹呀，"禾晏露出一个很满足的笑容，贪婪地搂着他不愿松开，"我很早就想这么抱着爹爹了。为什么我不可以，妹妹就可以？"

林双鹤原本还在笑，一听这话，心疼得眼泪都要掉下来了，只道："禾妹妹在家是不是很受欺负啊？她爹都不抱她的吗？"

肖珏心里也很是奇怪，朔京送来的密信里，禾绥只有一儿一女，禾晏只有弟弟，哪儿来的妹妹？

"我现在是第一了，"禾晏盯着肖珏，道，"爹，你不高兴吗？"

肖珏："……"

他面无表情地道："我很高兴。"

"那我有什么奖励？"

"奖励？"肖珏蹙眉，"你想要什么奖励？"

禾晏把脸贴着他衣襟蹭了蹭，她脸很热，这样蹭着极凉爽，却蹭得肖珏身子僵住了。

"你……你别乱摸！"刚说完这句话，就见禾晏松开手，自他腰间摸到了什么东西，得意扬扬地攥在手里给肖珏看。

"我要这个！"

"这个不行。"肖珏伸手要去夺，被她闪身躲开了。

这人醉归醉，脑子不清楚，但身手依旧矫捷，脚步也不乱，单看外表，实在看不出是个喝醉的人。

禾晏低头端详着手里的东西，是一块雕蛇纹玉佩，还是罕见的黑玉。入手温润冰凉，一看就是宝贝。

她喜欢极了，爱不释手道："谢谢爹！"

肖珏气笑了："没说给你。"

林双鹤拦住他要去夺玉的动作，道："你跟个喝醉的人计较什么。现在让她拿着玩，明日酒醒了，再找她要，人家能不给你吗？不过，"他摸了摸下巴，"禾妹妹倒还挺有眼光，一瞧就瞧中了你全身上下最贵重的东西，不错嘛。"

肖珏懒得搭理他，却也没有再去找禾晏夺玉了。

"看我的。"林双鹤走到禾晏跟前，轻咳一声："禾兄，我问你，喜欢这块玉吗？"

禾晏把玩着手中的玉佩："喜欢。"

"喜欢楚子兰吗？"

"楚子兰……"禾晏疑惑地问，"是谁？"

"喝醉了不记得这人，看来不是和楚昭一伙的。"林双鹤笑盈盈道，"那喜欢肖珏吗？"

肖珏："你有完没有？"

出人意料的是禾晏的回答，她抬起头来，似乎是在思考这个名字，半晌后点了点头："喜欢。"

林双鹤眼睛一亮："你喜欢他什么？"

"药……送我……"禾晏扶着脑袋，"好困。"说完，"啪叽"一声，倒在一侧的软榻上，呼呼大睡起来。

林双鹤站直身子："她说腰。"

肖珏方才没听清禾晏说的话，正有些烦躁："什么？"

"她喜欢你的腰，"林双鹤一展扇子，"真是太直接了。"

肖珏一茶杯给他砸过去："滚！"

另一头，屋子里，应香将空了的酒壶收好。

院子里似乎还残余着长安春的香气。

楚昭脱下外裳，只着中衣，在榻上坐了下来。凉州卫的床榻不比朔京，虽不像通铺那样硬，却也和"舒适"两字沾不上边。

应香走过来，在榻前跪下："公子，奴婢办事不力，没能拉拢禾公子。"

那位叫禾晏的少年，年纪轻轻，方才一壶酒下肚，看着是醉了，要拉着楚昭讨论兵法，楚昭并不懂兵法，便听得这少年侃侃而谈。最后大概是困了，独自离开。

应香对自己的容貌十分自信，虽不敢称人人都会为她的容色倾倒，但对付一个毛头小子还是绰绰有余。谁知今夜饶是她表现得再如何温柔解语，风情万种，禾晏的目光中也只有欣赏，不见邪念。

男人对女人不一样的眼光，一眼就能瞧得出来。那个叫禾晏的少年虽然震惊她的美貌，却并没有动其他心思。这令应香感到挫败。

楚昭闻言，先是愕然一刻，随即摇头笑了，道："不怪你。"

应香抬起头："四公子……"

楚昭看着桌上燃放的熏香，这是从朔京带过来的安神香，他一向浅睡，走到哪里都要带着。

眼前浮现起当初在朔京马场上的惊鸿一瞥，女子白纱下灵动的眉眼。

"谁能想到，凉州卫的新兵里，竟有女子呢？"

他慢慢微笑起来。

禾晏醒来的时候，是在自己屋里，睡得横七竖八，半条腿耷拉在床外，连被子都没盖。

屋外，太阳正好，透过窗照进来一隙亮光，刺得眼睛生疼。

禾晏坐起身，晃了晃脑袋，倒不见宿醉之后的疼痛，反而一阵神清气爽，心想长安春虽然酒劲大，过后却不上头，果真贵有贵的道理。

昨夜她被楚昭和他的侍女拉走，去楚昭的屋子喝了两杯酒，似乎喝得有些多了，酒劲上头困得厉害，竟不知是何时回的屋子睡过去的。不过看眼下，应当没有如上回那般闯祸。

禾晏打算下床给自己倒杯茶喝，才一动手，便觉得手中好像塞着个什么东西，低头一看，自己右手里紧紧攥着一块玉佩。

这是什么玩意儿？什么时候跑到她手里来的？禾晏愣了一下，摊开掌心端详起来。

掌心里的黑玉不大，却雕刻得十分精致，蛇纹繁复华丽，随着她的动作辗转出温润的光，不像普通玉佩。

她这是昨晚喝醉去打劫了吗？禾晏盯着这玉佩，愣怔了片刻，仍是一片茫然。

罢了，不如出去问问旁人。禾晏想了想，便先起身收拾梳洗，等一切完毕后，才抓着玉佩出了门，顺便想去问问宋陶陶那头有没有吃剩的馒头——早上起得太晚，连饭都没赶上。

甫一出门，便遇着了沈暮雪，沈暮雪端着药盘正要去医馆，见到禾晏便停下来，与禾晏打招呼。

"沈姑娘，"禾晏问，"宋大小姐在吗？我找她有事。"

沈暮雪道："她不在屋里，去演武场了。你找她有何事？很重要的话，晚点等她回来我帮你转达。"

禾晏挠了挠头："不是什么大事，她既不在，就算了。"说罢转身就要走。

她动作的时候，手中的玉佩便显露出来，沈暮雪看得一愣，迟疑道："这玉……"

"沈姑娘见过这玉佩啊。"禾晏不动声色地笑道。

沈暮雪仍是一副意外的神情："都督的随身玉佩，怎会在你身上？"

肖珏的？

肖珏的随身玉佩，怎么会在她身上？这话禾晏也想问，她也不知道啊！她昨夜喝了酒究竟干了什么？难道又去找肖珏打了一架，还抢了他的玉？

迎着沈暮雪狐疑的眼神，禾晏清咳两声："这确实是都督的玉佩，都督昨日与我说话的时候，觉得戴在身上不方便，便让我暂时帮他保管着。我……我正要给他送回去。"

"可是……"

"沈姑娘、禾兄。"林双鹤的声音从身后传了过来，他应当是听到了禾晏与沈暮雪的对话，笑着摇了摇扇子："沈姑娘这是要去医馆？"

沈暮雪轻轻点了点头。

"那快去吧，晚了药都凉了。"他又冲禾晏道："禾兄还没吃饭吧？我那儿还有点糕点，随便吃点垫下肚子。"

禾晏道："多谢林公子。"

沈暮雪与他们二人别过，禾晏跟着林双鹤来到他的屋子，犹犹豫豫想问问题，又不知道从何说起。

林双鹤将几碟咸口糕点放在桌上，又倒了杯热茶给她。看着她有些踟蹰的模样，了然笑道："还在想玉的事？"

禾晏一惊："你知道？"

"昨夜禾妹妹喝醉了进了怀瑾的屋，我可是从头到尾都在场。"林双鹤用扇柄支着下巴，"禾妹妹很是令在下大开眼界啊。"

"我昨夜……没做什么出格的事吧？"禾晏试探地问道。

不说这话还好，一说这话，林双鹤似是想到了什么有趣的画面，先是忍笑，随即就再也忍不住，拍桌狂笑起来。禾晏就看着这个斯文的年轻人笑得东倒西歪，毫无形象，哪里像个朔京城里来的翩翩公子。

好不容易等林双鹤笑完了，禾晏问："林大夫，我究竟是做了何事，能让你如此捧腹？"

"没有，没有，"林双鹤摆手笑道，"其实也没什么大事，就是让肖怀瑾体会了一番年纪轻轻就当爹是什么感受。"

禾晏手里的葱油酥"啪嗒"一下掉在桌子上。

"我叫他爹了？"

"咦，"林双鹤奇道，"你居然还记得？"

禾晏捂脸，她是真不记得了。但少年时有一次禾家家宴，当时她从倒数第一考到了倒数第三，期望得到父亲夸奖。结果并无人在意，家宴之上又不小心将梅子酒当桂花露喝了一口。那时候禾晏还未从军，没有养成千杯不醉的酒量，一杯就倒了。听说倒了以后抱着禾元亮的腿叫爹，还问禾元亮要奖励。

第二日酒醒后，禾家人都说定是平日里禾元盛对禾晏太严厉了，才会将二叔认成是爹撒娇。禾大夫人却十分忌讳，将她在屋里好好训斥一番，日后不可说错话才是。

但那终究成为她心中过不去的一道坎。因为没有得到过肯定，便格外期待。因为看别的姊妹能与父亲放肆撒娇，便渴望父亲也能摸摸自己的头，说一声：你做得很好。

大约是在凉州卫看到了林双鹤，老让她想到少年时候的那些事。日有所思夜有所梦，连喝醉了也躲不过，反被看了笑话。

罢了，做都做了，难不成还能时光倒流？禾晏将手中的玉搁在桌上："这又是怎么回事？"

"这是怀瑾给你的奖励。"林双鹤忍笑道。

"奖励？"

"你背书背得很好，当着怀瑾的面背完了《大学之道》和《吴子兵法》，怀瑾很欣慰，就给了他的玉作为奖励。"

禾晏："……这是我抢的吧？"

林双鹤忍笑失败，大笑起来，边笑便拍着桌子："禾妹妹，你是没看到怀瑾当时的脸色，我认识他这么久了，第一次看他这样狼狈。"

"试问这世上有哪个女子敢抱着他不撒手，将他逼得节节后退，还送出了自己的传家宝玉都无话可说呢？只有你，妹妹，"他冲禾晏抱拳，"只有你！"

禾晏被他绕得头晕，抓住他话中的关键词："传家宝？"她看向桌上的玉，"这个吗？"

"肖夫人当年生肖如璧的前一夜，梦见有黑色大蛇衔着两块玉盘旋在他们府门口的柱子上。后来肖璟出生后，不等及冠便取了字如璧。有匪君子，如金如锡，如圭如璧。①等肖珏出生后，则取字怀瑾。"

禾晏道："怀瑾握瑜兮，穷不知所示。"②

"对，就是这个意思！"林双鹤收起扇子，"他们兄弟二人，名字都与玉相关，又因肖夫人当年梦见黑色大蛇，太后娘娘赐下双色玉，一半黑一半白，做成两块蛇纹玉佩，白色那块给了肖如璧，黑色这块给了肖怀瑾。自我认识肖怀瑾起，就从未见过他这块玉佩离身。"

禾晏看着面前的玉佩，顿时觉得重逾千金。

"所以我说，禾妹妹，你极有眼光。"林双鹤赞叹道，"肖怀瑾全身上下，除了人就只有这块玉最值钱了。你两者不落，尽收囊中，高明，厉害，漂亮极了！"

去演武场的路上，禾晏还想着方才林双鹤说的话。

手里的蛇纹黑玉冰凉如水，昨日里喝醉了将肖珏的玉抢走，能做出这样惊世骇俗的事，看来日后是真的不能再随便喝酒了。

禾晏想着想着，已经走到了演武场边上。

肖珏的面前正站着一人，穿着南府兵的黑甲，低着头一言不发，待走近了，听得肖珏冷冷道："这就是你列的阵？"

那人大约是他的副总兵，负责操练南府兵兵阵的首领，生得高大威猛，在肖珏面前却如犯了错的孩子，低着头道："属下知错。大家可能是不适应凉州的雪天……"

"不适应？"肖珏看他一眼，反问，"是不是需要我教你们怎么适应？"

禾晏清楚地看到，好好的一个魁梧汉子，竟被肖珏说的一句话吓得抖了一抖，道："属下这就带他们好好训练！"

"日训加倍，"肖珏平静道，"再有下次，就不必留在凉州卫了。"

"是！"这人又诺诺地走了，禾晏往演武场那头看，见那汉子下去后便将站在前面的几个南府兵骂了个狗血淋头，重新开始操练军阵，不觉咂舌。

肖珏对南府兵和对凉州卫的新兵，态度又有所不同。对凉州卫的新兵，他极少露面，对沈瀚几人，又多有疏离，还带了几分客气。唯有对南府兵时，才真正展现了他平日的样子，随意、冷酷，像个一言不合就会骂人的都督。

她从前做飞鸿将军的时候，也这么讨人嫌吗？禾晏在心里默默检讨自己。

正想着，肖珏已经转过身，见到她也是一顿，默了一刻，有些不耐烦地问："又来干什么？"

---

① 引自《诗经·卫风·淇奥》。
② 引自屈原《九章》。

禾晏赔笑，伸出掌心，一块黑玉躺在她手中，她道："都督昨晚似乎有东西落在我这里了，我特意给都督送还回来。"

"送还？"肖珏玩味地咀嚼着她这两个字，弯腰盯着她的眼睛，漠然道，"乖女儿这么贴心呢？"

禾晏："……"这人怎么就这么记仇呢？再说了，就算叫他爹，也是肖珏占了她的便宜好不好。

禾晏努力维持面上的镇定，只道："都督真会说笑。这黑玉看起来很贵重，都督日后还是不要弄丢了，当好好保管才是。"她拿起玉，伸手探往肖珏腰间。

肖珏后退一步，神情警惕："你干什么？"

"给你系上去啊。"禾晏一脸无辜，"这玉佩难道不是系在腰上的吗？"

肖珏的脑中，蓦然浮现起昨日林双鹤说的"她喜欢你的腰"。

禾晏还要上前，肖珏抬手挡住，以一种复杂的目光看了她一眼："我自己来。"

"哦。"禾晏不明所以，把玉佩交到他手上，见肖珏重新将玉佩佩戴好，黑玉落在他的暗蓝衣袍上，显得十分好看。

她看得认真，殊不知肖珏见她此状，神情一僵，立刻转身，将袍子撩下去了。

他是被虫蜇了吗？禾晏奇怪。

演武场内，传来士兵大声号令的声音，禾晏随他一起走到楼台边上往下看，南府兵军队已经很严整了，士气亦是出色，这样的雄兵，他刚才还差点把人骂哭了。若他接手的是抚越军，估摸着一天到晚不用吃饭了，骂人的时间都不够。

禾晏看着看着，便将心里想着的说出口，她道："他们练得挺好的，你刚才也太凶了。"

"凶？"

"是啊，换作我，早被吓死了。"

肖珏又笑了，笑容带着点嘲意："我看你没觉得我凶。"

"那是因为我被人骂惯了。"禾晏低头看向南府兵那块，"锋矢阵。"

肖珏道："怎么样？"

"已经操练得很好了，只是近来雪地路滑，最后一排左面的兵士有些跟不上而已。"

"除了锋矢阵，你还认识什么阵？"肖珏漫不经心地问。

"嗯，可多了，"禾晏掰着手指数，"撒星阵、鸳鸯阵、鱼丽阵、鹤翼阵……"她一连说了十几个，见肖珏的目光凝在自己身上，不觉停了下来，问，

"你……看我做什么？"

肖珏转身，两手撑在楼台边的栏杆上，懒洋洋笑道："看你厉害，女将星。"

禾晏："……"

她干脆厚着脸皮道："我这么厉害，都督不考虑给我升一升官？做你的左右手？咱们双剑合璧，定能一斩乾坤！"

肖珏嗤道："谁跟你'咱们'？"

"你不要一直这么拒人于千里之外嘛，要多学学我平易近人。"

肖珏懒得理她，禾晏还要说话，身后有人的声音响起："少爷。"

是飞奴。

"少爷，"飞奴看了一眼禾晏，"雷候那边有动静了。"

肖珏点头："知道了。"他转身往楼下走，大概是要去地牢，禾晏本想跟上，走了一步又顿住。

罢了，真要有什么，肖珏不说也会知道，此刻眼巴巴地跟着去，没得碍了肖珏的眼。不如去找一下楚昭，问问昨日她喝醉了可有对楚昭做什么出格的事。若是有，还得道歉。

思及此，她便冲肖珏挥了挥手："我还有事，就不陪都督你一道去了。咱们晚点再见。"

飞奴抽了抽嘴角，看这自来熟的，有谁邀请她去了吗？

肖珏早已习惯了禾晏的无赖模样，迈步下台阶："走吧。"

禾晏去到楚昭屋子里的时候，楚昭正在练字。

昨日她来得匆忙，又是夜晚，只在院子里喝酒，并未仔细看楚昭住的地方。眼下看来，屋中除了桌子和床，连椅子都只有两把，更无甚雕饰。不过这位楚四公子倒是挺会自得其乐，还在屋里放了熏香，挂了纱帐，于是原本简陋的屋子，看起来也有了几分隐士风雅。

应香见了禾晏，笑道："禾公子是来找我们公子的？"

"嗯，"禾晏道，"我……过来给楚四公子送点心。"她扬了扬盒子，盒子里是早上林双鹤给她的没吃完的葱油酥，禾晏本想着留一点饿了垫肚子，但来找楚昭，空着手也不好，便勉强算是见面礼了。

"四公子正在练字，"应香笑道，"禾公子请随奴婢来。"

禾晏跟着她往里走，看见楚昭坐在桌前正在写字。

她站在楚昭身后，忍不住读出声来。

"青山无一尘，青天无一云。天上惟一月，山中惟一人。此时闻松声，此

259

时闻钟声。此时闻涧声,此时闻虫声。"①

话音刚落,楚昭也写完最后一笔,回过头,见是她,笑道:"禾兄来了。"

禾晏绕着他写的字转了一圈,赞道:"楚公子的字写得真好。"

楚昭与肖珏的字不同,肖珏的字锋利、遒劲,带着一种冷硬的恣意。楚昭的字却很是秀丽温和,如他给人的感觉一般。他写的也是这样淡泊清雅的诗,实在很难想象,他会与徐敬甫沾上边。

"禾兄来找我,可是有什么事?"楚昭起身,将纸笔收好,请禾晏坐下,两把椅子刚刚好,他对应香道:"给禾公子倒茶。"

应香笑着去取茶,禾晏道:"我也不是有什么事来找你,只是昨夜喝了楚四公子的长安春,心中过意不去,就回送这盒点心。"她示意楚昭看桌上的点心盒子,但没好意思揭开,毕竟瞧着太简陋了些。

"多谢。"楚昭很体贴人,"我正好想尝尝凉州卫的点心与朔京有何不同,禾兄送来的正是时候。"

禾晏清咳两声:"差点忘记问四公子,昨夜我没给四公子添麻烦吧?"她挠了挠头,"我这人喝醉了酒喜欢乱说话,若是说了什么,四公子千万不要放在心上。"

楚昭看着她,笑了:"禾兄今日特意来我这里,不会就是想问这一句吧?"

瞧瞧,不愧是当朝丞相的得意门生,这心思细腻的,教她也无话可说。

像是瞧出了禾晏的为难和尴尬,楚昭笑道:"放心吧,昨夜禾兄在这里,什么都没做,不过是拉着我讨论兵法而已。只是我并不通兵法,白白浪费了禾兄的工夫。"他看着禾晏,又感叹道,"只是我很意外,禾兄懂得竟这样多。"

禾晏:"……"她在心里默默检讨自己,日后再也不说别人是孔雀了,看她醉酒的样子,她才是孔雀好吧?喝多了就到处显摆自己念的书多,这也太丢人了。

"四公子过奖。"禾晏以手掩面,"再说我就真的要无地自容了。"

应香端着两杯茶过来,将一杯放到禾晏面前,笑道:"禾公子尝尝。"

禾晏端起来抿了一口,忍不住叹道:"好甜啊。"

"朔京的茶没有凉州的苦,"应香将另一杯放到楚昭面前,"禾公子喜欢就好。"

禾晏看着眼前的茶,忽然想到另一件事,就看向楚昭,装作不经意地问:"楚四公子是一直在朔京长住吗?"

"是的。"

"那朔京的新鲜事,当知道的不少吧?"禾晏瞧着杯中的茶叶沉浮,"我来

---

① 引自易顺鼎《天童山中月夜独坐》。

260

凉州已经大半年了，这里日日都是苦训，无聊得很。我自受了伤后，成日待在屋里，都快发霉了。好不容易来了个京城里的朋友，"她凑近了一点，目光灼灼地看向楚昭，"四公子能不能给我讲讲，京城这半年里发生的趣事？"

"趣事？"楚昭一愣。

禾晏点头："就是比较好玩儿的事。"

"这个说来就很多了，"楚昭温声道，"禾兄想听哪一方面的？"

"哪一方面？"禾晏思忖片刻，"寻常人家怕也没什么特别有趣的，就说说京城官家吧，当官的，比如什么老爷偷人夫人逮了个正着，谁家儿子不是亲生的其实是捡来的……这种之类的吧。"

饶是楚昭向来好脾气，也被禾晏说的这话噎了一下。

他慢慢地开口："这些宅门私事，我也不是很清楚，我还是挑一些我知道的，告诉禾兄吧。"

禾晏忙不迭地点头。

接着，她就听这位石晋伯府的四公子将朔京城里大大小小的官都说了一遍，但所谓的"有趣"，实在是半点都没听到。无非就是谁谁谁又升了官，谁谁谁的俸禄涨了二石，谁谁谁上书的奏折字太丑被皇帝嫌弃，谁谁谁的夫人得了件罕见布料送给贵妃讨了欢心。

楚四公子长得好，性情好，又有耐心，但与他说话，禾晏都快没耐心了。

她忍了又忍，两杯茶下肚，还没听到自己想听的，实在忍不住了，就打断楚昭的话："楚四公子，你在朔京，可认识当今飞鸿将军？"

楚昭动作一顿，端起茶来抿了一口，笑问："怎么突然说起他了？"

"在凉州卫，教头们私下里老是讨论，咱们封云将军和飞鸿将军究竟是谁厉害一点。封云将军如我日日都能见到，没什么好稀奇的，可我还从未见过飞鸿将军。"她笑了笑，"你也知道，我与飞鸿将军都姓禾，说不准上辈子是一家，我就想听听，他有什么稀奇事，是不是真那么厉害？"

楚昭看着禾晏，摇头笑道："我与禾将军只是同朝为官，并不太熟悉。只见过几面，他人倒是很不错，又很厉害，当年平定西羌之乱，十分神勇。"

"如今呢？他在京城有没有升官？"

"本就是三品武将，升得太快也会被人背后说的，"楚昭道，"不过陛下倒是很欣赏他，隔三岔五宣他进宫，想来日后，并不比肖都督差。"

禾如非……竟然已经到这个程度了？

禾晏的笑容微滞。

楚昭问："怎么了？"

禾晏端起杯子，掩饰地喝了一口，道："我只是感叹，同是姓禾，他又比

261

我年长不了几岁，可他的成就，我一辈子都到不了。"

"禾兄不必妄自菲薄，"楚昭笑着宽慰她，"你如今年少，日后未必就比他差。"

这话并没有安慰到禾晏。她再抬起头来，又是那副没心没肺的笑容："只是这样吗？其他的呢？依飞鸿将军的年纪也该定亲了吧，难道就没有喜欢的姑娘？这样的话未免也太惨，大魏两大名将，封云和飞鸿，都是这般孤家寡人？"

楚昭怔了一下，随即轻笑道："这我就不知道了，不过到目前为止，并没有飞鸿将军定亲的消息。"

禾晏点了点头。

"怎么，"楚昭笑着看向她，"禾兄家中有姊妹，是想……"

"没有没有，"禾晏连忙摆手，"我只有一个弟弟，万万没想过这些。那可是飞鸿将军，我们这样的平头百姓，如何高攀得起？不敢想不敢想。"

楚昭若有所思地点点头。

地牢里，肖珏坐在椅子上，看向牢中人。

已经十几日过去了，雷候整个人瘦得令人心惊，和十几日前的他仿佛两个人。他也没睡好觉，整个人仿佛被噩梦折磨，眼窝深深凹陷下去。原本高大的男人，竟然佝偻了许多。

飞奴送上信，低声道："与雷候接应的人找到了，信是从济阳传出来的。"

"济阳？"肖珏扬眉。

"不错。"

"肖怀瑾，"雷候开口了，他的嗓音像是被火燎过，极哑，仿佛下一刻就会发不出声音来，嘴唇上全是开裂的口子，"我已经按照你说的，给接应的人写信，按约定，你可以放过我的妻儿了。"

肖珏瞥了他一眼，笑了："在你眼中，我是这样一个信守约定的人？"

"你！"雷候面色大变，猛地暴起，然而手脚都被镣铐铐着，一动便窸窸窣窣地发出声响，这些日子他吃得很少，浑身使不上力气，这般一动，没够着肖珏，自己反而摔倒在地。

年轻男人坐在椅子上，居高临下地俯视着他，仿佛正欣赏他的狼狈，半晌才慢悠悠道："我只说，考虑一下。"

身为阶下囚，就要有阶下囚的自觉，雷候终于意识到，从自己踏入凉州卫那一刻起，就注定了他的结局。他并不是这个男人的对手，对方十六岁的时候就能在虢城淹死六万人，就能斩杀赵诺面不改色，狠辣与手段，无人能及。

"我求你，"他慢慢地跪下来，给肖珏磕头，"放过我的妻儿。"

男人看了他片刻，慢条斯理地开口："好啊，我再问你，你与你的接应人，只靠信交流？"

"是的，是的！"既已决定投诚，他的目的也不过是让肖珏放过他的妻儿，便一股脑地说出来，期望能得到眼前这个男人的一丝宽容，他道，"我们隔七日会送一封信，接应人之前在朔京，后来在济阳，我知道的就是这些了。你们要找他，就去济阳找，一定能找到！"

"济阳城……"肖珏沉吟了一下，看向他，"济阳城不许外乡人长住，你的接应人，是以什么身份入的城？"

"我不知道。"雷候道，"我只知道，他住在济阳的翠微阁里。"

"翠微阁。"肖珏站起身，"我知道了。"

"肖怀瑾……肖都督！"雷候叫住他，仿佛狗一般爬行了两步，冲着他的方向道，"我已经说了，我知道的都说了，能不能放过我的妻儿？"

容貌俊美的青年在门口停住，没有回头，嗓音带着讽意："不急，说不准过几日你又想起了什么，那个时候再放人，也不迟。"

他转身走了出去。

赤乌正站在门口等候。

见到他，赤乌道："少爷，鸾影那头消息传过来了。"

肖珏："说。"

"已经找到了柴安喜的下落，柴安喜如今在济阳。"

"济阳？"肖珏转身。

赤乌并不知道方才地牢里发生的事，迟疑道："可有什么不对？"

飞奴跟着从肖珏身后走出来，神情凝重："雷候所说的送信人，也在济阳。"

"少爷是怀疑……"飞奴诧然，"与雷候暗中接应的人，就是柴安喜？"

"没有见到人，无法确定。"

"可是，"赤乌忍不住问，"济阳是藩王属地，从不许属地以外的人在此长住，就算要短暂停留，都要有通行令。就连咱们都没法说去就去，柴安喜是如何进去的，还能在济阳停留这么多天？会不会有诈？"

"谁知道，那个雷候也没说。"飞奴看了一眼肖珏的脸色，问："少爷，咱们是不是要想想办法，先去济阳一趟？"

"说得容易，"赤乌给他泼冷水，"当年老爷在的时候，从济阳路过，就借住几日，蒙樱王愣是不让老爷的兵进城，说要得了通行令才可，通行令还要去府衙拿，还要给宫里报备，咱们此去定然不可张扬，这要怎么弄？"

"不急。"肖珏把玩着手里的香囊，那是雷候的妻子所绣，"再等几日。"

263

赤乌与飞奴面面相觑，飞奴瞧见他手里的香囊，想起方才在地牢里雷候的话，就问："少爷，雷候的妻儿现在还被我们的人看着……是要继续还是……"

京城中自有人看着雷候的妻儿，这些日子，虽然关着他们，却也没有做出伤害他们的举动。济阳的消息传来，看雷候的样子，也不像是还能榨出什么消息了。他的妻儿如何处理，还是个问题。

肖珏的目光落在手中的香囊上，笑了一声，随手扔给了赤乌。

赤乌："少爷？"

他转身往前走，慵懒道："放了吧。"

凉州卫的这个冬日，极冷，一个月里有半月都在下大雪。

柴火和炭都很短缺，好在新的凉州知县上任后，主动从县衙的库房里拨了些炭火送来给卫所，权当交好右军都督。新来的这位知县还很年轻，家中并无依靠，瞧着文文弱弱的样子，做事倒很老练周到。林双鹤对这个新来的知县很满意。

一晃，已经两月过去了。一年已近尾声，再过不久，就是新年了。新年一过，又是一个春日。凉州卫的新兵们，将告别"新兵"这个名号，在这里度过新的一年。

屋子里，肖珏正与赤乌、飞奴说话。

"藩王属地那头的信又来了，"赤乌从怀中掏出信递给肖珏，"一月一封，这是第二封了。"

雷候被关进地牢一事，除了教头和赤乌几人，禾晏知道外，凉州卫的新兵们是不知道的，以为雷候是当了逃兵。肖珏令雷候与藏在济阳的接应人继续通信，谎称自己从凉州卫逃了出来，正在四处躲避追兵的追捕，询问接下来应该怎么办。

济阳的接头人也十分狡猾，并不在信里直接告知雷候应当如何，只说让雷候藏好，主子会派人来接他的。

肖珏抽出信一目十行地看完，递给了飞奴。飞奴与赤乌看过后，皆是神情难看。

接应人在信上说，既然日达木子已经暴露了，凉州卫的棋就已经废掉。让雷候想办法躲藏，等风头过了，朔京那头的人再来接他。这封信以后，他们便不要再继续通信了，如今多事之秋，若是因此打草惊蛇，坏了上头的大事，就不是他们几个小人物能承担得起的了。

"怎么办？"赤乌道，"这人的意思是，日后都不会送信来了？"

肖珏："雷候已经是废子了。"

"可是济阳……"飞奴犹豫了一下,"都督是打算去济阳吗?"

"就算没有送信人,就凭柴安喜在济阳这一点,我也要去一趟。"肖珏将信放到燃着的蜡烛上,火苗舔舐着信纸,不消片刻,化为灰烬。

柴安喜是肖仲武曾经的参将。

鸣水一战中,肖仲武以及带着的几万兵马战死,其中就包括他的参将们。柴安喜当时死不见尸,众人都道他多半是死了。肖珏一直在派人暗中查探柴安喜的下落,如今功夫不负有心人,柴安喜果真没死,甚至隐姓埋名去了济阳。

济阳是蒙稷王的属地。属地以外的大魏百姓进城,须得拿到官府批准的通行令。纵然是拿到通行令,外乡人也不可在此长居。柴安喜长居于此,难怪旁人都找不到。

"可我们如何去济阳?若是向官府要通行令,徐敬甫的人一查就能查到,岂不是一举一动都被他们牵着鼻子走?"飞奴问。

肖珏思忖一刻,道:"用别的办法。"

赤乌:"什么办法?"

"找个去济阳有通行令的人,换个身份就是了。"

"这……"飞奴有些为难,蒙稷王在世的时候,往来客路管控严得要死,有通行令的,都记录上册,有画像的。况且正因为进一次藩王属地十分麻烦,所以大魏百姓对此的应对方法就是:能不去就不去。一年到头,拿到通行令要去济阳的,实在寥寥无几。

本来人就不多,管控又严,还要人家愿意冒着被发现后再也不能进属地的风险与肖珏换身份,实在不是一件容易的事。

"此事交给鸾影安排。"肖珏对赤乌道,"你立刻写信交代鸾影,尽早准备。"

赤乌:"……是。"

正说着,有人推门进来,是林双鹤,赤乌错身向他点头:"林公子。"林双鹤也对他笑笑。

飞奴也知趣地退了出去。

"怀瑾,这几日忙什么呢?"林双鹤摇了摇扇子,"冬日都快走到春日了,你算算我统共与你见了几面?"

"觉得无聊?"肖珏道,"程鲤素回京的时候,你可以一道走。"

"罢了,来都来了,何必回去呢。他们什么时候启程?"

"就这两日了。"

日达木子一事过后,凉州卫已经不安全,恐日后有变。程鲤素与宋陶陶实在不适合继续留在此地,肖珏已经盼咐好了人马,再过几日,就让他们一道出发回朔京。俩孩子自然不肯，闹腾了好一阵子，不过纵然再如何不满，也只能接受肖珏的安排。

"程鲤素我便不说了，宋陶陶那个小姑娘，居然舍得禾晏？"林双鹤不可思议道，"她就差没长在禾晏身上了，就这么乖乖回去了？"

"你不如去问问她。"肖珏在椅子上坐下来，给自己倒了杯茶。

他忙碌了好长一段日子，也只得了片刻的休憩时间。

林双鹤坐在他的软榻上，看着他："你不理我也就罢了，我与你总归也认识了这么多年，不跟你计较，不过你怎么也不理我禾妹妹？军中事虽然重要，可我禾妹妹也重要。别怪兄弟没提醒你，你再这样下去，等禾妹妹被楚子兰拐跑了，你可没地方哭。"

"她与我有什么关系？"肖珏不耐地拧眉，又道，"楚子兰怎么了？"

林双鹤将下巴搁在扇柄上，不慌不忙地道："也不知是巧合还是怎的，这一月来，我老看到禾妹妹与楚子兰在一起说话。

"她一个姑娘家，身上受了伤，没法日训，成日待着也无聊。这楚子兰也不知来凉州到底是干什么的，都两个月了，也不提什么时候走。他无聊，禾妹妹也无聊，两个人凑一起，不熟也熟了。反正之前禾妹妹还叫他楚四公子，前两日我已经听见她叫楚子兰'楚兄'了。这样下去，你慌不慌？"

肖珏莫名其妙："我慌什么？"

"你不想想，禾妹妹要是被楚子兰拐走了，为他所用，凉州卫可就少了这么一位文韬武略绝世无双的天才，你这是把得力干将往外推。"

肖珏嗤道："你当凉州卫无人？"

"反正这样的姑娘，我以前没见过。"林双鹤道，"楚子兰惯来会讨姑娘欢心。原本你生得比他好，能力比他出众，可性子嘛，还是他温和亲切些。这么一个长得不错的富家公子每日温柔陪伴，哪个姑娘不喜欢？"

"喜欢？"肖珏漂亮的眼睛一眯，声音带着嘲意，"才十六岁的丫头，知道什么叫喜欢。"

"十六岁怎么了？"林双鹤道，"朔京城里，多少十六岁的姑娘都嫁人了！"

"所以呢？"肖珏端起茶来抿了一口，不咸不淡道，"十六岁，除了父兄亲长，见过几个男子？既没见过几个，又何来知道喜欢？只见过牡丹花就说喜欢牡丹花，和见过百花喜欢牡丹花，不一样。有的选择的喜欢，和没的选择的喜欢，也不一样。"

"你这样说就没意思了，"林双鹤翻了个白眼，"世人多是普通人，当然遵循普通人的规矩。普通人就是这样，十六岁定亲，然后过一生，也不是没有一辈子幸福和乐的。"

"不幸福的更多，"肖珏道，"世人没的选择，我可以有。"

林双鹤彻底没话了，他道："好好好，你有你有你有。不过照你这么说，你能找到的那个看遍百花的姑娘，就只有禾妹妹了。"

"禾妹妹在凉州卫里，岂止阅遍百花，凉州卫里数万男儿，也是阅遍万花的人了。如果阅遍万花喜欢你，那很好，如果阅遍万花喜欢上了楚子兰，"林双鹤幸灾乐祸，"对你来说，岂不是颇受打击？"

"你想多了，"肖珏哂道，"她喜欢谁和我没关系，不过，楚子兰是徐敬甫认定的女婿。"

"她大可去喜欢楚子兰，"肖珏唇角弯了弯，"只要她不怕死。"

林双鹤一愣。

"对哦。差点忘了，楚子兰是徐娉婷的人。"